ハヤカワ文庫 SF
〈SF1600〉

老人と宇宙《そら》

ジョン・スコルジー
内田昌之訳

早川書房
6019

OLD MAN'S WAR
by
John Scalzi

Translated by
Masayuki Uchida
First published 2007 in Japan by
HAYAKAWA PUBLISHING, INC.
This book is published in Japan by
arrangement with
ETHAN ELLENBERG LITERARY AGENCY
through THE ENGLISH AGENCY (JAPAN) LTD.

最初の特命読者であるリーガン・エイヴリー
そして、いつもどおり、クリスティンとアシーナに

老人と宇宙《そら》

第一部

1

七十五歳の誕生日。わたしは妻の墓参りをして、それから軍隊にはいった。

キャシーの墓参りは、このふたつのうちでは地味なできごとだった。ハリス・クリーク共同墓地は、わたしが家族とともにすごした家から一マイルも離れていない。妻をここに埋葬したときには、必要以上に手間取ってしまった。ふたりとも埋葬が必要になるとは思っていなかったので、そのための手続きをしていなかったのだ。妻が埋葬の予約をしていなかったことについて墓地の管理者と議論をするのは、はっきりいって屈辱的だった。結局は、たまたま市長をつとめていた息子のチャーリーが、あちこち手をまわして区画をひとつ確保してくれた。息子が市長だとそれなりに利点がある。

さて、その墓はというと、質素かつ平凡で、大きな墓石のかわりに小さな墓標が立ててあるだけ。となりのサンドラ・ケインの墓はまったく正反対で、大きすぎる墓石はぴかぴかに磨きあげられた黒い花崗岩だし、ハイスクール時代の写真や、若さと美しさの死をうたいあげたキーツのお涙ちょうだいの詩が、その前面に彫りこまれている。いかにもサンドラらしい。キャシーも、となりでサンドラがあの派手な墓石とともに眠っていることを知ったら、さぞかしおもしろがるだろう。サンドラは、生涯ずっと、キャシーを相手に愉快な受け身の対抗意識を燃やしていた。キャシーが地元のバザーのためにパイをひとつ焼くと、サンドラは三つもパイを持ちこんだあげく、キャシーのパイが先に売れたからといってあからさまに怒りをたぎらせた。キャシーはこの問題を解決するために、先にサンドラのパイをひとつ買っていた。サンディの立場から見て、これで事態が好転したのか悪化したのかはよくわからない。

サンドラの墓石は、この一方的な争いにおける最後の一撃なのかもしれない。反撃されるおそれはない。なにしろ、キャシーはすでに死んでいるのだから。その一方で、サンドラの墓参りをしている人を見かけたおぼえはない。サンドラが亡くなった三カ月後、夫のスティーヴ・ケインが自宅を売り払い、州間高速《インターステート》10号線なみの幅広い笑みを顔面にはりつけたまま、アリゾナ州へ引っ越していった。しばらくしてポストカードが届いた。五十年まえにポルノ女優だった女性といっしょに暮らしているとのことだった。その知らせがあってから一週間ほどは、なんだか気持ちがよごれた感じだった。サンドラの子や孫はとなり町に住んでいるが、めったに顔を見せないのでアリゾナにいるのとたいして変わりはない。例のキーツの詩は、葬儀がすんだあとは、おそらくだれにも読まれていないだろう。わたしが、すぐそばにある妻の墓をおとずれるときにちらりと目にする以外は。

キャシーの墓標には、名前（キャサリン・レベッカ・ペリー）と、生年と没年と、こんなことばが記されている――〝最愛の妻、最愛の母〟。わたしは墓参りのたびに何度もそれを読む。そうせずにはいられない。ひとつの人生の要約としては、あまりにも不充分ともいえるし、まったく申し分ないともいえる。これだけでは、どんな人だったかということがなにもわからない。日々をどんなふうにすごし、なにをして働き、どんなことに興味があり、どこへ旅行していたのか。お気に入りの色は、好きな髪型は、投票傾向は、ユーモアのセンスは。そうした事実はなにも語られず、ただわかるのは、愛されていたということだけ。それはほんとうだ。キャシーはそれで充分だと思っていた。

あそこへ行くのはだいきらいだ。妻との四十二年間が死んだことが腹立たしい。ある土曜日の朝、妻はキッチンにいて、ワッフルの生地をボウルでかきまぜながら、前夜の図書館委員会での大騒ぎについて話していたのに、その一分後には、床に倒れ、脳卒中で体をけいれんさせていた。妻の最後のことばも腹立たしい――「バニラエッセンスをどこに置いたっけ」

自分が、亡き妻の墓参りをする老人になってしまったことが腹立たしい。いまより（ずっと）若かったころには、キャシーにむかって、そんなことになんの意味があるんだと問いかけたものだ。かつては人間だった腐敗した肉と骨のかたまりは、もはや人間ではない。ただの腐敗した肉と骨のかたまりだ。その人物は逝《い》ってしまう――行き先は天国か、地獄か、それ以外のどこかか、どこでもないか。貯蔵された牛肉に会いにいくのと変わりがない。だが、歳をとるとそれでもかまわなくなる。残っているのはそれだけなのだから。

墓地がきらいなことに変わりはないが、それがここにあることには感謝している。妻のことがなつかしい。妻が生きてすごしていた場所でなつかしむより、墓地でなつかしむほうがずっと楽だ。ここでは妻は死んでいたことしかないのだから。

長くはとどまらなかった。いつもそうだ。ここにしばらくいると、八年近くたっても消えない胸の痛みがあざやかによみがえる。それはまた、バカな老人みたいに墓地でぼんやり突っ立っているよりほかにやるべきことがあるという事実を思いださせてくれる。その痛みを感じると、わたしはきびすをかえし、脇目もふらずに妻の墓を離れた。この墓地を、妻の墓をおとずれることは二度とないだろうが、努力して記憶にとどめるつもりはなかった。まえにもいったとおり、ここは妻が死んでいたことしかない場所だ。そんなものをおぼえておいてもしかたがない。


考えてみると、軍隊にはいるための手続きもたいして劇的なものではなかった。

わたしの住む町は小さいので募集事務所がない。郡の役所があるグリーンヴィルまで車を走らせ、そこで申し込みをしなければならなかった。ごく平凡なショッピングモールに面した小さな事務所で、となりには州立の酒類販売店、反対のとなりには刺青《いれずみ》店があった。この三つにどういう順番ではいるかによっては、翌朝目をさましたときに、かなり深刻な事態におちいりかねない。

事務所の内部はいっそう地味だった。コンピュータとプリンタがのったデスク。そのむこうにすわっている人。椅子がデスクのまえに二脚、壁ぎわに六脚。そのまえにある小さなテーブルには、募集関係の資料と、タイムやニューズウィークのバックナンバー。もちろん、わたしも十年まえにキャシーといっしょにここへ来た。あれからなにひとつ変わっていないどころか、なにひとつ動いていないように見える。雑誌も含めて。人は新しくなっているようだ。少なくとも、まえの募集官にはあんなにゆたかな髪の毛はなかった。あと、ゆたかな胸も。

女性の募集官はコンピュータでなにかを打ちこむのに忙しく、わたしがはいっても顔さえあげなかった。「少々お待ちを」そのつぶやきは、ドアがひらいたことによる条件反射のようでもあった。

「どうぞごゆっくり。混雑しているのはわかるからね」この皮肉っぽいユーモアはあっさりと無視されたが、ここ数年はそれが定番になっていた。調子が変わらないのはうれしい。デスクのまえで腰をおろし、女性が作業を終えるのを待った。

「はいりますか？　出かけますか？」募集官が唐突にいった。あいかわらずこちらをちゃんと見てはいない。

「なんだって？」

「はいるのか出かけるのか。つまり、〝入隊の意思〟を登録しに来たのか、出かけて軍務につくのかということです」

「ああ。出かけるほうでたのむよ」

募集官はようやく顔をあげて、かなりきつめの眼鏡越しにわたしを見た。「あなたはジョン・ペリーですね」

「そのとおり。どうしてわかった？」

募集官はコンピュータに目をもどした。「たいていの志願者は誕生日にきます。正式な入隊は三十日後になるんですけどね。きょう誕生日をむかえる人は三人だけ。メアリ・ヴァロリーはすでに出かけないと連絡してきました。そして、あなたはシンシア・スミスには見えません」

「そいつはうれしいなあ」

「さらに、目的が初期登録ではないとすれば」募集官は、またもやわたしのユーモアを無視して話をつづけた。「当然、あなたはジョン・ペリーということになります」

「人との会話をもとめてさまよう孤独な老人かもしれないよ」

「そういう人はめったにここへは来ないんです。となりで悪魔の刺青を入れた若者たちを見て、こわがって逃げてしまうから」募集官はようやくキーボードを押しやり、わたしに全面的に注意をむけた。「さてと。身分証明書を見せてください」

「わたしが何者はもうわかっているだろう」

「確認が必要です」募集官は、ほんのかすかな笑みも見せずにいった。口数の多いじいさんばあさんの相手を毎日つづけていると、こういう態度になってしまうのだろう。

　わたしは運転免許証と出生証明書と国民IDカードを差しだした。募集官はそれを受け取ると、デスクにはいっていたハンドパッドを抜きだし、ケーブルでコンピュータにつないでから、こちらへむかってすべらせた。わたしは手のひらを押し当てて、スキャンが完了するのを待った。募集官はハンドパッドを取りもどし、その側面にIDカードをすべらせて、表示された情報をたしかめた。

「あなたはジョン・ペリーですね」

「これでふりだしにもどったと」

　募集官はまたもやわたしのことばを無視した。「十年まえに入隊の意思を登録したときのオリエンテーションで、コロニー防衛軍と、そこに入隊することで生じる義務と責任について教わりましたね」

　口ぶりからすると、この仕事に就いてからずっと、少なくとも一日にいちどはこうした説明をくりかえしてきたようだ。

「その後の十年間に、その義務と責任を再確認するための資料が何度か送付されたはずです。現時点で、追加の情報や再確認のための説明をもとめますか？　それとも、入隊によって生じる義務と責任について完全に理解していると明言しますか？　再確認のための説明をもとめても、あるいは、この段階でコロニー防衛軍すなわちCDFに入隊しないと決めても、罰則はいっさいありません」

　十年まえのオリエンテーション。第一部では、高齢者たちが集まったグリーンヴィル公民館で、折りたたみ椅子にすわり、ドーナツを食べてコーヒーを飲みながら、CDFの係官が人類のコロニーの歴史についてだらだらと語るのに耳をかたむけた。そのあと、CDFでの生活について説明したパンフレットをわたされたが、それはふつうの軍隊の生活とよく似ているように思えた。質疑応答にはいると、その係官がじっさいはCDFの一員ではないことがわかった。マイアミヴァレー一帯で募集をおこなうために雇われただけだったのだ。

第二部では、簡単な健康診断を受けた。ドクターがあらわれて、血を採り、綿棒で頬の内側をこすって細胞を採取し、脳スキャン検査をおこなった。どうやら合格したようだった。それ以来、オリエンテーションで配られたパンフレットが、一年に一回、郵便で送られてきた。二年目からはゴミ箱へ直行させたので、中身は読んでいなかった。

「理解しているよ」わたしはいった。

募集官はうなずき、デスクに手を入れて書類とペンを取り出すと、それをわたしに手渡した。書類に記された文章はいくつかの項目に分かれていて、それぞれの下にサインをするための空欄があった。なんとなく見覚えがある。十年まえに、とてもよく似た書類にサインをした。あれは、十年後にどうなるかをちゃんと理解していると明言するためのものだった。

「これから項目ごとに文章を読みあげます。それぞれの項目の終わりに、読みあげられた内容を理解して受け入れるということであれば、すぐ下の空欄にサインをして日付を書き入れてください。質問があるときは、ひとつの項目を読み終えたところでたずねるようにしてください。それでも読みあげられた内容が理解ができないとき、あるいは受け入れられないときには、サインをしないでください。わかりましたか?」

「わかった」

「けっこうです。第一項。署名者は、みずからの意志により、だれにも強制されることなく、コロニー防衛軍への入隊を志願する。兵役は最低二年間で、戦時には防衛軍がこれを一方的に最大八年間延長できる」

兵役が合計で十年までのびる可能性があるという話は、ここではじめて聞いたわけではなく、送付された資料で何度か読んでいた。とはいえ、多くの志願者はその点をあまり気にとめなかっただろうし、そうでなくても、十年も軍隊から抜けだせないと真剣に考えた者がどれだけいたことやら。わたし自身は、こうして十年までの延長が規定されている以上、CDFはそれが必要になると考えているのだと思った。検疫隔離法のせいで、コロニー戦争にまつわる情報はあまり伝わってこない。だが、耳にする話だけでも、宇宙が平穏でないということは充分にわかっていた。

わたしはサインした。

「第二項。署名者は、コロニー防衛軍への入隊にともない、武器の所持および使用に同意する。なお、コロニー連合の敵のなかには、他の人類の軍隊が含まれる可能性がある。兵役中は、命令に従って武器を所持および使用することを拒否しない。あるいは、そうした行為について宗教上または道徳上の理由から異議をとなえることで戦闘を回避しない」

入隊を志願したあとで良心的兵役忌避を主張する者がどれだけいるというのか？　わたしはサインした。

「第三項。署名者は、コロニー防衛軍の統一行動規範にのっとった、上官からの命令および指示を、忠実かつ迅速に遂行する」

わたしはサインした。

「第四項。署名者は、コロニー防衛軍への志願にともない、戦闘即応性の向上のために防衛軍が必要とみなす、あらゆる内科的、外科的、治療的、療法および処置を受け入れる」

さあこれだ。わたしを含めた大勢の七十五歳の人びとが毎年入隊を志願する理由。

祖父にこんなふうにいったことがある。わたしが祖父の年齢になるころには、人間の寿命を劇的にのばす方法が考えだされているはずだと。祖父は声をあげて笑い、自分もそんなふうに考えていたが、やっぱりこうして老人になってしまったといった。そして、わたしもやっぱりこうなった。老化のやっかいなところは、問題がひとつずつ順番に起きるわけではなく、なにもかもいっぺんに起きてしまうことにある。

老化を止めることはできない。遺伝子治療や臓器移植や整形手術でそれなりに抵抗はできても、いつかは追いつかれてしまう。新しい肺を手に入れれば、心臓の弁が壊れる。新しい心臓を手に入れれば、肝臓がこども用のビニールプールみたいにふくれあがる。肝臓を交換すれば、脳卒中に襲われる。それが老化の最後の切り札だ。脳だけはいまでも取り替えがきかない。

平均寿命はしばらくまえに九十歳近くまでのびて、それからずっと変わっていない。聖書に記されている七十歳の寿命に、なんとか二十年は上積みしたものの、それ以上は神が断固として阻止しているらしい。人間はもっと長く生きられるし、現実にもっと長く生きている——が、その期間はやはり老人として生きるしかない。たいして大きな変化は起きていないということだ。

考えてみてほしい。二十五歳、三十五歳、四十五歳、それどころか五十五歳になっても、きみはまだまだ世界を相手に闘えるような気がするだろう。ところが、六十五歳になって、自分の肉体に差し迫った崩壊のきざしがあらわれると、〝あらゆる内科的、外科的、治療的、療法および処置〟が魅力的な響きを持つようになる。七十五歳になると、友だちを何人もなくしているし、おもだった臓器を少なくともひとつは交換しているだろう。ひと晩に四度もトイレにかようし、階段をのぼれば息切れがする。それでも、歳のわりにはなかなか元気だといわれてしまう。

その状態と引き換えに戦闘地域で新たな十年間をすごすことが、すばらしい好条件のように思えてくる。なにしろ、それを拒否した場合、十年後には八十五歳になり、きみとレーズンとのちがいは、どっちもしわくちゃで前立腺がないが、レーズンには最初から前立腺がないという点だけになってしまうのだから。

では、CDFはいかにして老化という流れを逆転させているのか？　こちらにはそれを知る者はいない。地球上の科学者たちは、その仕組みを説明できないし、その成功を再現することもできない。べつに努力をおこたっているわけではない。CDFは地球上では活動しないので、退役軍人に質問することはできない。しかし、新兵の募集は地球上でしかおこなわれないので、たとえ植民者たちに質問ができるとしても——じっさいには不可能だが——彼らもなにも知らないのだ。CDFによる〝治療〟は、地球を離れた、軍の管轄ゾーンのなかでおこなわれ、地球政府や各国政府の目は届かない。従って、政府高官だろうがなんだろうが助けにはならない。

ときおり、どこかの議会や大統領や独裁者が、秘密が明かされないかぎりCDFの新兵募集は禁じるという決定をすることがある。CDFはけっして抗議せず、ただ荷物をまとめて去っていく。すると、その国に住む七十五歳の人びとがいっせいに長期の海外旅行に出かけて、二度と帰国しなくなる。CDFはなにひとつ説明せず、ほのめかしもせず、手がかりもあたえない。彼らがどうやって人間を若返らせているのかを知りたければ、入隊するしかない。

わたしはサインした。

「第五項。署名者は、コロニー防衛軍への志願にともない、現在所属している政治的実体(この場合はアメリカ合衆国)における市民権、および惑星地球における居住権を停止する。これより先、署名者の市民権は、概括的にはコロニー連合、具体的にはコロニー防衛軍へ移される。合衆国の市民権および地球での居住権の停止にともない、今後、署名者は地球への帰還を禁じられ、兵役終了時には、コロニー連合および／またはコロニー防衛軍によって割り当てられるコロニーへ移住することになる」

簡単にいうと、二度と故郷へはもどれないということだ。これは、コロニー連合およびCDFが定める検疫隔離法の肝となる部分で、公式には、あの〈断種〉のような宇宙生物学的大災害から地球を守るためとされている。当時、地球上の人びとはだれもがこれに大賛成だった。わずか一年で男性の三分の一が生殖能力を失うと、その惑星はバカみたいに閉鎖的になってしまう。もっとも、いまでは大賛成というわけではない——みんな地球にあきあきして、宇宙のほかのところを見たがっているし、子種をなくした大伯父さんたちのことはすっかり忘れている。だが、星間旅行に必要なスキップドライヴを搭載した宇宙船を所有しているのはコロニー連合とCDFだけ。それで、こういうことになる。

（このコロニー連合から割り当てられたところへ移住するという取り決めは、未解決の問題点といえる。宇宙船を持っているのがコロニー連合だけなので、どのみち連れていかれるところへ行くしかない。宇宙船を操縦させてもらえるわけではないのだ）

検疫隔離法とスキップドライヴの独占がもたらす副作用のひとつが、地球とそれぞれのコロニーとのあいだで（さらにはコロニーどうしのあいだでも）まったく連絡が取れないということだ。コロニーから急いで返答をもらいたいときには、スキップドライヴを搭載した宇宙船にメッセージをたくすしかない。惑星政府なら、CDFに依頼すればこの方法でメッセージやデータをはこんでもらえる。だが、ほかの人びとはそうもいかない。パラボラアンテナを立ててコロニーからの信号を待つことはできるが、地球にいちばん近いコロニーであるアルファでさえ、八十三光年彼方にある。惑星間でのおしゃべりはなかなかむずかしい。

質問してみたことはないが、たいていの人びとが入隊を思いとどまるのはこの項目のせいではないだろうか。若さを取りもどしたいと願うことと、自分の知っているものを、知り合いやたいせつな人を、七十五年にわたる体験をすべて捨て去ることとは、まったく問題がちがう。自分の全人生に別れを告げるのはたいへんなことだ。

わたしはサインした。

「第六項――これで最後です」募集官はつづけた。「署名者は、この文書の全項目にサインしてから七十二時間経過するか、コロニー防衛軍によって地球から移送されるか、いずれかの条件が満たされた時点で、関連するすべての政治的実体（この場合はオハイオ州およびアメリカ合衆国）において法律上は死亡したものとみなされる。署名者のいかなる財産も法律で定められているとおりに分配されるものとする。法律で死亡時に消滅すると定められているすべての義務あるいは責任も、その時点で消滅する。法律上の前歴については、それが好ましいものであれ好ましくないものであれ、すべて削除される。債務についても、法令に従ってすべて免除される。署名者がまだ財産の分配についての取り決めをおこなっていない場合、七十二時間以内にそれを実行できるように、コロニー防衛軍が法律面および財務面の助言をおこなうものとする」

わたしはサインした。これであと七十二時間の命になったようなものか。

「七十二時間以内に地球を離れなかったらどうなるのかな？」わたしは書類を募集官に差しだしながらたずねた。

「どうもなりません」募集官は書類を受け取った。「ただし、あなたは法律上は死亡しているので、財産は遺言に従って分配されますし、健康保険や生命保険は解約されるか保険金が相続人に支払われるかのどちらかになります。死んでいるのですから、中傷から殺人までどんなことであれ、法律で保護される権利はなくなります」

「じゃあ、だれかがわたしを殺しても、法的にはなんの問題もないと？」

「そうでもありません。法的に死亡しているあなたを殺せば、このオハイオ州では、死体損壊の罪に問われるでしょう」

「じつにおもしろい」

「しかし」募集官はあいかわらず事務的な口調でつづけた。「ふつうはそんなことにはなりません。いまから七十二時間後までのいつでも、気が変わったら簡単に入隊を取りやめることができます。ここに連絡してください。わたしが不在のときでも、自動応答システムがあなたの名前を記録します。こちらが入隊取りやめの要請を確認した時点で、あなたはすべての義務から解放されます。忘れないでほしいのですが、いちど取りやめたら、再度入隊することはできません。志願できるのはいちどだけです」

「わかった。宣誓が必要なのかな？」

「いいえ。この書類を処理して、あなたにチケットを渡すだけです」募集官はコンピュータにむきなおり、しばらくカチャカチャやってから、最後に実行キーを押した。「コンピュータがあなたのチケットを作成しています。一分ほどかかります」

「じゃあ、ひとつ質問してもいいかな？」

「わたしは結婚しています」

「そんなことをきこうとしたわけじゃないんだが。誘われることがあるのかい？」

「しょっちゅうです。ほんとにうんざりします」

「気の毒に」わたしがいうと、募集官はうなずいた。「わたしがきこうとしたのは、CDFに所属する人とじかに会ったことがあるのかということなんだ」

「志願者以外ということですか？　それはないですね。CDFは新兵募集センターを地球上に設置していますが、わたしたち募集官はCDFの一員ではありません。うちのトップでさえちがうと思います。情報や物資はすべてコロニー連合の大使館員から受け取っているのであって、CDFからじかにではありません。彼らはまったく地球へやってこないんだと思います」

「まったく顔の見えない組織のために働くのは抵抗があるんじゃないか？」

「いいえ。仕事にはなんの問題もありませんし、こういう施設の装飾にほとんどお金をかけない割には、給料はびっくりするほど高いんです。それに、あなただってまったく顔の見えない組織に加わろうとしているじゃないですか。抵抗はないんですか？」

「ないな。わたしは年寄りだし、妻は亡くなったし、ここにとどまる理由は多くない。きみはそのときが来たら入隊するかね？」

募集官は肩をすくめた。「歳をとることは気になりませんから」

「わたしだって若いころはそうだった。こうして歳をとってみるとわかるんだよ」

プリンタが低くうなり、名刺みたいなものが吐きだされてきた。募集官はそれを取りあげて、わたしに差しだした。

「これがチケットです。あなたがジョン・ペリーで、ＣＤＦの新兵だということを証明するものです。なくさないでください。デイトン空港へのシャトルは、三日後にこの事務所のまえから出発します。時間は午前八時三十分。早めに来るほうがいいですよ。手荷物はひとつまでですから、持っていくものは慎重に選んでください。

デイトンから午前十一時発の便でシカゴへ飛び、そこから午後二時発のデルタロケットでナイロビへ向かいます。ナイロビとは時差が九時間ありますから、到着は現地時間で真夜中くらいになります。そこでＣＤＦの代理人と会い、午前二時発か、もっと休憩時間をとれる午前九時発のどちらかを選んで、豆の木《ビーンストーク》でコロニーステーションへ向かいます。そこから先は、ＣＤＦの管轄となります」

わたしはチケットを受け取った。「途中の飛行機が遅れたりしたら？」

「ここに勤めてからの五年間、飛行機の遅れがでたことはいちどもありません」

「へえ。きっとＣＤＦの列車も時間どおりに運行するんだろうな」

募集官は無表情にわたしを見つめた。

「いや、ここへ来てからずっとジョークを飛ばしつづけているんだけどね」

「わかっています。すみません。こどものときにユーモアのセンスを手術で除去されてしまったものですから」

「おや」

「いまのはジョークです」募集官は立ちあがり、片手を差しだした。

「ああ」わたしは立ちあがり、その手をとった。

「おめでとうございます、新兵さん。星の世界であなたに幸運がおとずれますように。これは本気でいってるんですよ」

「ありがとう。感謝する」

募集官はうなずき、腰をおろしてコンピュータへ目をもどした。帰れということか。

事務所を出ると、年老いた女性が駐車場をこちらへむかって歩いてくるのが見えた。わたしはその女性に近づいた。「シンシア・スミスですね？」

「ええ。どうしてわかりました？」

「誕生日おめでとうといいたかっただけです」わたしは上を指さした。「ひょっとしたら、上でまたお会いするかもしれません」

女性はその意味を察してにっこりと笑ってくれた。きょうはじめて、人を笑わせることができた。状況は好転しているようだ。

2

ナイロビが足の下から離れ、ぐんぐん降下していった。わたしたちは、まるで高速エレベーターに乗ったように(ビーンストークはまさにそのとおりのものなのだが)片側に集まり、遠ざかりはじめた地球を見おろした。

「ここからだとみんなアリみたいだな!」となりにいるレオン・ディークが、けたたましい声でいった。「真っ黒なアリだ!」

窓をあけてレオンを外へほうりだしたいという強い衝動をおぼえた。悲しいかな、あけられる窓はどこにもなかった。ビーンストークの〝窓〟は、プラットフォームのほかの部分と同じダイアモンド複合材で、旅行者が眼下の光景を見物できるように透明になっていた。プラットフォームが気密性であるという事実は、ほんの数分で重要なことになってくる。あるていどの高度になると、窓をあけたら急激に気圧が低下し、低酸素症で命を落とすことになる。

というわけで、レオンが予期せぬ唐突な地球への帰還を果たすことはなかった。残念きわまりない。この男は、シカゴでビールぶとりのダニみたいにわたしにへばりついた。血液の半分が動物性脂肪で占められているやつが、よく七十五歳まで生きのびられたものだ。ナイロビまでの飛行中は、レオンがおならをしたり、コロニーの人種分布について陰険な持論を披露したりするのを、さんざん聞かされた。その独白のなかではおならがいちばんマシなほどだった。あんなに機内用のヘッドホンがほしくなったことはない。

ナイロビで最初のほうのビーンストークを選べば、レオンから逃げられるだろうと思った。一日じゅうガスをひりだすので大忙しだったのだから、きっと休憩が必要になるはずだと。だが、そう都合よくはいかなかった。これからさらに六時間、レオンやそのおならとすごすのかと思うと、とても耐えきれなかった。仮にビーンストークのプラットフォームに窓があったとして、レオンをそこからほうりだすことができないとしたら、わたしのほうが身を投げていたかもしれない。やむなく、レオンについてこられずにすむ唯一の口実を告げて、その場を離れた。つまりトイレに行くといったのだ。不満げなレオンをあとに残し、時計と反対まわりにぶらぶらと歩きだした。方向としてはトイレがあるほうだが、もっとはっきりいうと、レオンに発見されない場所をさがすためだった。

簡単なことではなさそうだった。プラットフォームはドーナツ型で、直径はおよそ百フィート。ドーナツの〝穴〟は、ケーブルが貫通している部分にあたり、さしわたしが二十フィートほどある。ケーブルの直径はそれよりわずかに小さくて、たぶん十八フィートくらい。考えてみると、数千マイルもの長さがあるケーブルにしてはずいぶんほそい。それ以外の部分には、腰かけたりおしゃべりをしたりできる快適なボックス席やカウチと、旅行者が娯楽用の映像をながめたり、ゲームをしたり、軽食をとったりするための小さなエリアがならんでいる。もちろん、展望エリアもたくさんあり、下をむけば地球、横をむけばほかのビーンストークのケーブルやプラットフォーム、上をむけばコロニーステーションをながめることができる。

プラットフォーム全体の印象は、静止軌道へむけて打ち上げられた、居心地のいいビジネスホテルのロビーという感じだった。ひとつだけ困るのは、あけっぴろげなデザインのせいで隠れるのがむずかしいということ。今回の便はそれほど申し込みが多くなかったので、まぎれこんで隠れられるほど大勢の乗客がいるわけでもない。結局、プラットフォームの中心近くの売店で飲み物を手に入れることにした。ここならレオンが立っている場所とはほぼ正反対の位置になる。視界が別れたときのままだとすれば、ここがいちばん長くレオンを避けていられる可能性が高い。

地球を離れるのは、肉体面ではレオンのせいでなかなかしんどかったものの、心情面ではびっくりするほどたやすかった。出発の一年まえには、CDFに入隊しようと決めていた。それからあとは、あれこれ手配をすませ、別れを告げるだけだった。自宅については、十年まえにキャシーといっしょに入隊を決心したとき、息子のチャーリーとの共同名義にしておいたので、所有権の委譲に際して遺言の検認をおこなう必要もない。わたしたち夫婦は、それ以外にはとくに価値のあるものを持っていなかった。あるのは長い人生でためこんだガラクタばかり。まともな品物は、この一年で友人や家族にすっかりばらまいてしまった。あとはチャーリーが処理してくれるだろう。

知人との別れもそれほどつらくはなかった。話を聞いた人たちは、さまざまなかたちでおどろきや悲しみをあらわにした。コロニー防衛軍に入隊したら二度ともどってこないということは、だれでも知っているのだから。とはいえ、死ぬのとはわけがちがう。宇宙のどこかでまだ生きているのだ。ひょっとしたら、いずれもどってくるかもしれない。数百年まえの人びとが荷馬車で西部をめざす知り合いを見送ったときも、こんな感じだったのだろうか。だれもが涙を流し、別れを惜しみ、ふたたび日常へともどっていった。

とにかく、出発の一年まえには、出かけることを知人に話していたのだ。伝えるべきことを伝え、身辺整理をし、和解をする時間はたっぷりあった。その一年のあいだに、古い友人や家族と何度かじっくり話をして、古傷や灰燼《かいじん》をほじくりかえした。たいていの場合、話し合いはおだやかに片付いた。あまり悪いとは思っていなかったことについて許しをもとめるはめになったこともあった。いちどなどは、そんな状況でもなければけっしてベッドにはいるはずのない相手と寝たりもした。とはいえ、やるべきことはやってけじめをつけなければ。相手をいい気分にしてあげられるし、たいして金がかかるわけでもない。どうでもいいことについて謝罪をして、地球に残るだれかに幸運を祈ってもらうほうが、頑固な態度をとりつづけて、どこかのエイリアンに脳みそをすすられることを願われるよりずっといい。因果応報保険といったところか。

いちばんの問題はチャーリーだった。多くの父と息子がそうであるように、わたしたちもよくけんかをした。わたしはとくに思慮深い父親ではなかったし、チャーリーもとくに自立心のある息子ではなく、三十歳をすぎてもふらふらした人生を送っていた。キャシーとわたしが入隊するつもりでいるのを知ったとき、チャーリーは激昂した。曰く、とうさんたちは亜大陸戦争に反対していたじゃないか。暴力はなんの解決にもならないとくりかえし教えたじゃないか。ぼくがビル・ヤングといっしょにターゲット射撃に出かけたときには一ヵ月も外出禁止にしたじゃないか。この最後のやつは、三十五歳の男がもちだす話としてはすこしばかり妙な感じがしたものだった。

キャシーの死で、父と息子のいさかいにはほぼケリがついた。どちらも、それまで議論していたことはたいした問題ではないと気づいたのだ。わたしは男やもめとなり、チャーリーも独身だったので、ふたりに残されたのはおたがいだけだった。それからしばらくして、チャーリーはリーサと出会い、結婚し、それからまた一年ほどたった、とあるてんやわんやの夜には、父親になると同時に市長に再選された。遅咲きタイプではあったが、その花は大輪だった。チャーリーとはふたりきりでじっくり話をして、いくつかのことについて（心から）謝罪をし、おまえが立派な男になったことをとても誇りに思っていると伝えた。それから、ふたりでビールを手にポーチで腰をおろし、前庭にいる孫のアダムが野球練習用のティーにのせたボールを打つのをながめながら、とりとめのない話をして楽しいひとときをすごした。別れのあいさつも親愛の情に満ちていて、父と息子の別れとしては申し分のないものだった。

売店のかたわらに立ち、コーラをちびちび飲みながら、チャーリーとその家族のことを考えていたら、レオンのうなるような声がして、そのあとに、低く鋭い女の声がなにか返事をした。わたしは思わず売店のむこうをのぞき見た。レオンは、どこかの気の毒な女性をつかまえて、その愚鈍な脳幹からひねりだされるバカげた持論を押しつけようとしているようだった。騎士道精神が隠れたいという願望に打ち勝ち、わたしはふたりのもとへとむかった。

「わしがいってるのは」レオンがしゃべっていた。「あんたやわしを含めたすべてのアメリカ人が、クソみたいな年寄りにならないかぎり出発するチャンスをつかめないということだ。なのに、あのちんけなインド人たちは、こどもをつくれる年齢になるやいなや新世界へぞろぞろと旅立っている。いくらなんでも早すぎるだろう。公平じゃない。あんたはそれでいいと思ってるのか？」

「そうね、あまり公平とは思えない」女性がこたえた。「でも、インド人だって、ニューデリーやムンバイが地球上から消し去られたことを公平とは思わないでしょうね」

「まさにそれをいいたいんだよ！」レオンは叫んだ。「わしらはあのひたいに丸をつけた連中を核兵器でやっつけた。戦争に勝ったんだ！　勝利にはそれなりの値打ちがあるはずだろう。それがどうだ。負けたやつらが宇宙への植民を進めているのに、わしらが宇宙へ出ようとしたら、そいつらを守るための軍隊にはいるしかない！　こういっちゃなんだが、聖書にもあるじゃないか――『柔和《ミーク》な人びとは地を受け継ぐ』と。戦争に負けるってことは、ものすごく意気地なし《ミーク》ってことだろう」

「その一節の意味は、きみが考えているのとはちがうと思うよ、レオン」わたしはふたりに近づきながら声をかけた。

「ジョン！　さあ、わしのいってることをわかってくれるやつがおでましだぞ」レオンはにんまりと笑みを浮かべた。

女性がわたしに顔をむけた。「こちらの紳士と知り合いなの？」それが事実なら、あなたはちょっとおかしいといわんばかりの口ぶりだった。

「ナイロビへの旅の途中で知り合ってね」わたしは片方の眉をひょいとあげ、好んで連れになったわけじゃないと伝えた。「ジョン・ペリーだ」

「ジェシー・ゴンザレスよ」

「はじめまして」といってから、わたしはレオンに顔をむけた。「なあレオン、きみはかんちがいしているよ。あれは山上の垂訓からの引用で、正しくは『柔和な人びとは幸いである、その人たちは地を受け継ぐ』だ。地を受け継ぐのは報酬とみなされている。罰じゃない」

レオンは目をぱちくりさせ、ふんと鼻を鳴らした。「たとえそうでも、わしらはあいつらを負かしたんだ。あのちんけな茶色のケツを蹴飛ばしてな。宇宙へ進出するべきなのは、あいつらじゃなく、わしらなんだ」

わたしは反論しようと口をあけたが、ジェシーに先を越された。

『義のために迫害される人びとは幸いである、天の国はその人たちのものである』」ジェシーはレオンにむかってしゃべりながら、横目でわたしを見ていた。

レオンはわたしたちをぽかんと見つめ、やっとのことで口をひらいた。「まさか本気じゃないだろうな。聖書に書いてあるわけがないんだ。キリストを信じてもいない茶色いやつらが銀河をぎっしり埋めてるってのに、わしらが地球にしばりつけられるべきだなんて。銀河へ進出していくあのちんけな連中を、わしらが守ってやるべきだなんて、そんなこと絶対に書いてあるもんか。いいか、わしの息子はあの戦争に行ったんだぞ。そして、インド野郎にタマをひとつ撃ち落とされたんだ！　だいじなタマを！　あんちくしょうどもは当然のむくいを受けたにすぎん。わしにあんなやつらのコロニーを守ることをよろこべなんていわないでくれ」

ジェシーがわたしに目くばせした。「こんどはあなたが反論したい？」

「きみがかまわないのなら」

「ちっともかまわないわ」

「『敵を愛しなさい』」わたしは引用した。「『悪口をいうものには祝福を送り、あなたがたを憎む者に親切にし、あなたがたを悪意をもって利用し、迫害する者のために祈りなさい。それはあなたがたの天の父の子となるためである。父は悪人にも善人にも太陽をのぼらせ、正しい者にも正しくない者にも雨をふらせてくださるからである』」

レオンはロブスターみたいに真っ赤になった。「おまえたちは頭がいかれてるんだ」そして、たっぷりした贅肉が許すせいいっぱいの速さでどすどすと歩み去った。

「やれやれ《ジーザス》、助かった」わたしはいった。「これはほんとにジーザスのおかげだな」

「あなた、聖書の引用が得意なのね」とジェシー。「以前は聖職者だったとか？」

「いやいや。ただ、わたしが住んでいた町は人口が二千人なのに教会が十五あった。だからすらすらと引用できるんだろうな。それに、信心深くなくたって、山上の垂訓はじっくりとあじわうに値する。きみのほうはなぜ？」

「カトリックスクールで宗教の授業を受けたから。十年生のときには暗記のコンテストで賞をもらったのよ。脳が六十年もそんなものを保存してきたなんておどろき。近ごろじゃ、買い物のときに車をどこにとめたかさえ思いだせなくなるけど」

「なんにせよ、レオンのことはすまなかった。知り合って間もないんだが、マヌケ野郎だということだけはわかってる」

「『人を裁くな、あなたがたも裁かれないようにするために』」ジェシーは肩をすくめた。「あの人がいっていたのは、大勢の人たちがそう信じていることでしかないわ。バカげているし、まちがっていると思うけど、理解できなくもない。七十五年待って軍隊にはいったりするんじゃなく、もっとべつのやりかたでコロニーを見られたらいいのに。あたしも若いうちにコロニーへ移住できたのならそうしていたもの」

「じゃあ、きみが入隊するのは軍隊での冒険のためじゃないんだ」

「あたりまえでしょ」ジェシーはあざけるようにいった。「あなたが入隊するのは戦争がしたくてたまらないから？」

「ちがう」

ジェシーはうなずいた。「あたしもよ。ほとんどの人がちがうはず。あなたのお友だちのレオンだって、軍隊にはいりたいわけじゃないでしょ——自分が守ることになる人たちをあんなにきらっているところを見ると。みんなが入隊するのは、まだ死ぬ準備ができていなくて、どんどん年寄りになるのがいやだから。あるいは、一定の年齢を超えると地球での暮らしに興味がもてなくなるから。あるいは、死ぬまえにどこか新しい場所を見てみたいから。あたしの目的もそれよ。戦ったり若返ったりするために入隊するわけじゃない。ただ、よそがどんなふうか見てみたいだけ」窓の外へ顔をむけた。「こんなことをいって、なんだかへんな感じ。ついきのうまで、あたしはテキサス州を一歩も出たことがなかったんだから」

「気にすることはないさ。テキサスはとても大きな州だからね」

ジェシーはにっこりした。「ありがとう。べつに気にしているわけじゃないの。へんな感じがするだけ。こどものころは、〝若き植民者〟を描いた小説やドラマにすっかりはまって、アルクトゥルス産の家畜を育てたりガンマ・プライムのコロニーで凶暴なランドワームと戦うことを夢見ていた。もうすこし大きくなると、植民者はインドやカザフスタンやノルウェーといった人口過多の国の出身で、アメリカに生まれた自分はどこへも行けないということに気づいた。それに、アルクトゥルス産の家畜やランドワームなんてどこにもいないって！　十二歳でそれを知ったときには、すごくがっかりした」また肩をすくめた。「あたしはサンアントニオで生まれ育ち、テキサス大学で学生時代をすごしたあと、サンアントニオにもどって就職した。結婚したときも、新婚旅行はテキサスのガルフコースト。結婚三十周年の記念に、夫とふたりでイタリア旅行をする予定だったんだけど、それも実現しなかった」

「なにかあったのかな？」

ジェシーは声をたてて笑った。「なにかというのは夫の秘書だった。そっちのふたりが新婚旅行でイタリアへ行ったのよ。あたしは故郷にとどまって。もっとも、ふたりはヴェニスで貝にあたってひどい目にあったから、出かけなくてラッキーだったかも。ただ、その後はあまり旅行をしようという気にならなくなって。時が来たらすぐに入隊するつもりだったし、現にそうしたから、ここでこうしているわけ。でも、いまはもっと旅行をしておけばよかったと思ってる。あたしはデルタロケットでダラスからナイロビまで飛んだの。すっごく楽しかった。何度か体験しておきたかったわ。もっとすごいのはこれ」──窓の外に見えるビーンストークのケーブルのほうへ手をふり──「自分がこんなものに乗りたいと思う日が来るなんて思ってもみなかった。だってほら、いったいなにがこのケーブルを支えているわけ？」

「信念だよ。ケーブルは落ちないと確信していれば落ちないんだ。そのことはあまり考えないほうがいい。さもないとたいへんなことになる」

「あたしが確信しているのは、なにか食べたいということ。いっしょにどう？」

「信念か」ハリー・ウィルスンは声をあげて笑った。「たしかに、このケーブルを支えているのは信念かもしれん。基礎物理学じゃないのはたしかだからな」

ハリー・ウィルスンが仲間入りをしたのは、わたしとジェシーがボックス席で食事をとっていたときだった。「きみたちふたりはもう親しくなったようだな。ほかのみんなに先んじて」といって近づいてきたので、いっしょにどうぞと勧めると、ハリーはよろこんで座に加わってきた。インディアナ州ブルーミントンのハイスクールで二十年にわたって物理学の教師をつとめていた男で、ビーンストークには、乗りこんだときからずっと興味をそそられていたとのことだった。

「ケーブルを支えているのが物理学じゃないってどういう意味？」とジェシー。「正直いって、この状況でそういう話は聞きたくないんだけど」

ハリーはにっこり笑った。「こりゃすまん。じゃあことばを変えよう。物理学はたしかにビーンストークの保持に関与している。だが、その物理学はありふれたしろものとはちがうんだ。ここでは、地上では筋がとおらないことがたくさん起きている」

「物理学の講義がはじまりそうだな」わたしはいった。

「ずっと十代のガキどもに物理学を教えていたんだぞ」ハリーは小さなメモ帳とボールペンを取り出した。「むずかしいことはない。信じてくれ」彼はページのいちばん下に円をひとつ描いた。「これを地球とする。で、こっちが」ページのなかほどに、最初のより小さな円を追加する。「コロニーステーション。こいつは地球の自転に同期した静止軌道上にあるから、つねにナイロビの上空にとどまっている。ここまではいいか？」

わたしとジェシーはうなずいた。

「けっこう。さて、ビーンストークの発想は、コロニーステーションと地球を一本の〝豆の木〟――あの窓の外に見えているケーブルの束――でつなぎ、おれたちがいま乗っている昇降プラットフォームでそこを行ったり来たりするというものだ」

ハリーは、ケーブルをあらわす線と、プラットフォームをあらわす小さな四角を描き足した。

「つまり、ケーブルにくっついているプラットフォームは、ロケットに積まれるときとはちがい、脱出速度に達しなくても地球軌道までたどり着ける。おれたちにとってはありがたい話だ。なぜかというと、コロニーステーションへ行くときに、象に胸を踏まれるような気分を味わわずにすむ。単純なことだ。重要なのは、このビーンストークが、地球と宇宙をつなぐむかしながらのビーンストークの基本的な物理要件に適合していないということだ。たとえば――」

ハリーは、コロニーステーションを通過してページの端まで達する線を追加した。

「本来、コロニーステーションはビーンストークの端にあってはならない。質量バランスと軌道力学のからむいくつかの理由で、コロニーステーションをとおりすぎて数万マイル先までケーブルをのばす必要がある。このおもりでバランスをとらなかったら、ビーンストークは本質的に不安定であぶなっかしいものになってしまう」

「なのに、こいつは不安定ではないと」わたしはいった。

「不安定じゃないどころか、かつて考案された旅行手段のなかでもっとも安全なものといえるだろう。ビーンストークは一世紀以上にわたって継続的に運行されてきた。植民者にとっては唯一の出発点だからな。構造上の不安定さや、不安定さをもたらす材料破壊が原因となった事故はいちども起きていない。四十年まえに有名な爆破事件があったが、あれは破壊活動であって、ビーンストークの物理構造とは無関係だ。ビーンストークそのものはみごとに安定していて、それは建造時からずっと変わっていない。ところが、基礎物理学に照らすと、これは安定していてはいけないんだ」

「じゃあ、なにがこれを支えているの?」ジェシーがたずねた。

ハリーはまたにっこり笑った。「そこが問題なんだよ」

「あなたも知らないということ?」

「おれは知らない。だが、それで不安になったりはしない。こっちは一介のハイスクールの物理教師だからな。それもむかしの話だし。もっとも、おれの知るかぎり、まともな手がかりをつかんでいる者はひとりもいないようだ。この地球上では。コロニー連合が知っているのはまちがいないが」

「なぜそんなことがありえるんだろう?」わたしはいった。「一世紀もまえからずっとここにあるのに、だれもその仕組みを解明しようとしなかったなんて」

「そんなことはいっていない。もちろん大勢の人びとが努力してきた。べつに秘密にされているわけじゃないんだ。ビーンストークが建造されたときには、政府やマスコミからその仕組みを知りたいという要求があった。コロニー連合は『そちらで考えてください』とこたえただけだった。以来ずっと、物理学者たちがその解明に取り組んできた。〝ビーンストーク問題〟と呼ばれているよ」

「あまり独創的な呼び名とはいえないな」

「まあ、物理学者は想像力をもっとべつのことに使っているからな」ハリーはくすくす笑った。「とにかく、おもにふたつの理由から、ビーンストークの仕組みは解明されていない。ひとつは、それがとてつもなく複雑だということだ。質量の問題についてはさっきもいったが、そのほかにも、ケーブルの強度とか、嵐をはじめとするさまざまな気象現象によって起こるビーンストークの振動とか、ケーブルをどんなふうに先細りにするかといった問題がある。どれかひとつでさえ、現実世界で解決するのはきわめてむずかしい。ぜんぶまとめて解決するのは不可能だ」

「もうひとつの理由は？」ジェシーがたずねた。

「第二の理由は、解明する必要がないということだ。たとえビーンストークを建造する方法がわかったとしても、われわれにはそのための資金がない」ハリーは椅子に背をもたせかけた。「教師になるまえ、おれはゼネラルエレクトリック社のシビルエンジニアリング部で働いていた。当時は大西洋地下鉄道の作業が進んでいて、おれの仕事のひとつは、過去のプロジェクトの報告書や企画書を総ざらいして、大西洋地下鉄道プロジェクトに応用できる技術や手法があるかどうかを調べることだった。コスト削減のためになにかできることはないかと、わらにもすがる思いだったんだな」

「ゼネラルエレクトリック社はそのプロジェクトで破産したんじゃなかったかな？」わたしはいった。

「コスト削減が必要だった理由がわかるだろう。あと、おれが教師になった理由も。その後、ゼネラルエレクトリック社はおれを、というか、従業員をだれひとり雇っておけなくなったわけだ。とにかく、過去の書類をあさっていて、おれは機密資料を見つけた。そのなかにビーンストークにまつわる報告書があったんだ。ゼネラルエレクトリック社は、合衆国政府の依頼により、西半球におけるビーンストーク建造の可能性について調査をしていた。アマゾンをまるく切りひらいてデラウェア州ほどのひろさの空間を確保し、赤道の真上にビーンストークを立てようという計画だった。

ゼネラルエレクトリック社は、とてもむりだとこたえた。報告書によれば、たとえ技術面でいくつかの画期的な進歩があったとしても——その大半はいまだに実現していないし、どれも、このビーンストークに使われている技術の足もとにもおよばない——建造にかかるコストは合衆国の年間GNPの三倍に達する。しかも、それは予算超過がないことを前提とした話だが、いうまでもなく、予算というのはほぼ確実に超過するものだ。それが二十年まえのことで、報告書はさらにその十年まえのものだった。とはいえ、現在でもコストが劇的にさがっているとは思えない。だから、新しいビーンストークが建造されることはない。人や物資を軌道上へ送りこむならもっと安い手段がある。はるかに安い手段が」

ハリーはふたたび身を乗りだした。「というわけで、ふたつの明白な疑問が生じる。コロニー連合はどうやってこんなテクノロジーの怪物をつくりあげたのか？　そして、なぜわざわざそんなことをしようと思ったのか？」

「はっきりしているのは、コロニー連合のテクノロジーが地球のそれよりずっと進歩しているということね」とジェシー。

「たしかに。しかし、なぜそうなる？　植民者だって同じ人間なのに。しかも、各コロニーは人口過剰の問題をかかえる貧困国から人を集めているんだから、どうしたって教育水準は低くなる。新たな住みかにたどり着いたら、生きていくのでせいいっぱいになるはずだ。ビーンストーク建造などという創造的な思考につやす時間はない。それに、恒星間植民における最重要テクノロジーであるスキップドライヴは、この地球上で開発され、一世紀以上のあいだ大きな改良はなされていない。となると、テクノロジーの面で植民者たちがわれわれよりも進んでいると考える理由はひとつもないように思える」

ふとひらめいて、わたしはいった。「植民者がずるをしているなら話はちがう」

ハリーはにやりとした。「そのとおり。おれもそうにらんでいる」

ジェシーが、まずわたしを、ついでハリーを見つめた。「話が見えないんだけど」

「植民者はずるをしているんだ」わたしはいった。「いいかい、地球にいる人びとは隔離されている。だから自力で学ぶしかない。さまざまな新発見によってテクノロジーに磨きをかけてはいるが、進歩はゆっくりしたものだ。自分たちでなにもかもやるしかないからね。ところが宇宙では――」

「宇宙では、人類はほかの知的種族と出会っている」とハリー。「そのなかに、ずっと進歩したテクノロジーを持つ種族がいるのはほぼ確実だろう。交易でそれを入手するか、さもなければ、リバースエンジニアリングでその仕組みを解析すればいい。なにかの仕組みを解き明かそうというときは、じっさいに作動している現物があれば、いちから自力で考えるよりもずっと簡単だからな」

「だからずるをしているんだ。コロニー連合は他人のノートを読んでいるんだよ」

「でも、どうしてコロニー連合はそういう発見をあたしたちに教えようとしないの？」ジェシーがたずねた。「自分たちだけの秘密にしてどうなるわけ？」

「教えなくたってなんの害もないと考えているのかも」わたしはいった。

「あるいは、まったくべつの理由かもしれん」ハリーが窓の外を流れすぎるビーンストークのケーブルのほうへ手をふった。「ここにビーンストークが建造されたのは、それがコロニーステーションへたどり着くもっとも簡単な手段だからではない。むしろ、もっとも困難な手段だから――つまり、もっとも高価で、もっとも技術的に複雑で、もっとも政治的に威圧感のある手段だからだ。これが存在するという事実そのものが、コロニー連合がこちらの人類より何光年も先を進んでいるということを暗示しているからな」

「あたしは威圧的だと感じたことなんていちどもないわ」とジェシー。「そもそも、あんまり考えたことがないし」

「むこうがメッセージを伝えようとしている相手はきみじゃないからな」ハリーはつづけた。「もしもきみが合衆国大統領なら、もっとちがう考え方をするだろう。なにしろ、コロニー連合はわれわれみんなを地球に縛りつけている。宇宙旅行をするためには、連合の許可を受けた植民か入隊しか道がない。政治指導者たちは、連合に対抗して人びとを星の世界へ送りだすべきだと突き上げをくらっている。だが、ビーンストークを見るたびに思いださずにいられない。あれはこう語っているんだ──『こういうのを建造できるようになるまで、われわれに挑戦することなど考えるな』と。しかも、ビーンストークは連合がわれわれに見せている唯一のテクノロジーだ。連中がわれわれに教えていないものがどれだけあるか考えてみるがいい。まずまちがいなく、合衆国大統領はそういうふうに考えているはずだ。だからこそ、うちの大統領だけでなく、この惑星上の指導者たちすべてが二の足を踏んでいるんだろう」

「聞けば聞くほど、コロニー連合に好意を持つ気にはなれないわね」

「だが、悪意があると決まったわけでもない。コロニー連合が地球を守っているという可能性もある。宇宙はひろい。地球の近隣の治安はあまりよくないのかもしれん」

「ハリー、きみはずっとそんなふうに心配性だったのか？」わたしはたずねた。「それとも、歳をとるにつれてだんだんそうなったのかな？」

「どうやって七十五歳まで生きのびたと思ってるんだ？」ハリーはにやりと笑った。「とにかく、おれとしてはコロニー連合のテクノロジーが地球よりはるかに進んでいてもいっこうにかまわない。むしろありがたいくらいだ」片腕をすっとあげる。「こいつを見てくれ。肉はたるみ、古びて、いい状態とはいえない。ところが、コロニー防衛軍は、この腕だけでなく、おれの全身を、戦闘に使える状態にひょいと変えてくれるらしい。どうやるかわかるか？」

「いや」わたしがいうと、ジェシーも首を横にふった。

「おれも同じだ」ハリーは腕をぱたりとテーブルにおろした。「どうやってこの腕を使えるようにするのかさっぱりわからない。いや、想像すらできないというべきか。われわれがコロニー連合によってテクノロジーの発達を阻止されているとすれば、いまのおれがその方法を理解するのは、馬車より複雑な輸送手段を見たことがない者がこのビーンストークのプラットフォームのことを理解しようとするようなものだろう。しかし、連合がそれを実現しているのはたしかだ。さもなければ、どうして七十五歳の老人を入隊させたりする？　じじばば軍団で宇宙を征服できるとは思えない。いや、悪気はないんだよ」ハリーは急いで付け加えた。

「わかってる」ジェシーが笑顔でこたえた。

「諸君」ハリーはわたしたちを見つめていった。「おれたちは自分たちがどんな世界に身を投じたのかすこしは理解しているつもりでいるかもしれないが、じっさいには手がかりひとつつかんでいないと思う。このビーンストークの存在がそれを物語っている。これはおれたちが想像している以上にでかくて異様なものだ。しかも、旅ははじまったばかりでしかない。つぎにやってくるものは、さらにでかくて異様なものだろう。せいいっぱい心の準備をしておくことだ」

「劇的すぎるわ」ジェシーがそっけなくいった。「そんなことをいわれたら、どんな準備をすればいいのかさっぱりわからない」

「わたしにはわかる」わたしはボックス席を出ようと腰をすべらせた。「トイレに行っておくよ。宇宙が想像以上にでかくて異様なものなら、膀胱はからっぽのほうがいい」

「優秀なボーイスカウトみたいだな」とハリー。

「ボーイスカウトはわたしほどひんぱんにトイレに行かないだろう」

「もちろん行くさ――六十年たてば」

3

「あなたたちはどうか知らないけど」ジェシーがわたしとハリーにいった。「これまでのところ、軍隊はわたしが予想していたものとはぜんぜんちがう」

「それほど悪くないね」とわたし。「ほら、ドーナツをもうひとつどうだい」

「もうドーナツはほしくない」といいつつ、ジェシーはドーナツを受け取った。「ほしいのは睡眠よ」

いいたいことはわかる。わたしが家を出てからすでに十八時間以上たっていて、そのほとんどが移動についやされていた。すこし眠りたい。だが、いまのわたしは、恒星間巡洋艦のひろい食堂で、ほかの千人ほどの新兵とともにコーヒーとドーナツを腹に入れながら、だれかがやってきてつぎの行動を指示してくれるのを待っていた。少なくともこういう部分だけは、わたしの予想していた軍隊と似かよっていた。


せきたてられて待ちぼうけ、というのは、到着したときからはじまっていた。ビーンストークのプラットフォームをおりるやいなや、コロニー連合の二名の係官がわたしたちを出迎えて、あなたたちはもうじき出発する宇宙船に最後に乗りこむグループなので、スケジュールを守るために急いでついてきてくれといった。そして、ひとりの係官が先頭に立ち、もうひとりがしんがりについて、効率よく、いささか失礼な態度で、数十名の高齢者を追いたててステーションを横断させ、この宇宙船、CDFSヘンリー・ハドスン号まで連れこんだのだった。

ジェシーとハリーはこの大急ぎの横断にあきらかにうんざりしていた。わたしも同感だった。コロニーステーションは広大だ。直径は一マイルを超えており（正確には千八百メートル。七十五歳になってはじめて、メートル法に慣れるしかない状況に追いこまれそうだ）、新兵にとっても植民者にとっても唯一の港の役割を果たしている。そんなところを、わけのわからないまま休む間もなく横断させられるというのは、五歳のこどもがクリスマスの季節におもちゃ屋で両親にせきたてられるようなものだ。床にすわりこんで駄々をこねたい気分だったが、残念ながら、そういう態度をとるには歳をとりすぎていた（もっと歳をとっていれば、またちがった話になるのだろうが）。

このあわただしい遠足の最中、すこしばかり興味を引かれる光景を見た。係官たちにせきたてられて通過した広大な待機ベイが、パキスタン人かイスラム系インド人と思われる人びとでぎっしり埋めつくされていたのだ。ほとんどの人びとは、連絡シャトルに乗りこむ順番をじっと待っていた。シャトルがめざす巨大なコロニー輸送船のうちの一隻が、窓の外、遠く離れたところに見えていた。コロニー連合の職員たちを相手になまりのある英語でなにやら口論している者もいれば、退屈しているこどもたちをなだめたり、なにか食べるものはないかと手荷物をあさったりしている者もいた。カーペットの敷かれた一角では、一団の人びとがひざまずいて祈りをささげていた。地上から二万三千マイル離れた場所でどうしてメッカのある方角がわかるんだろうと思ったとたん、わたしたちは前方へ押しだされ、祈る人びとの姿は見えなくなってしまった。

ジェシーがわたしの袖を引いて右のほうを指さした。せまい食事スペースに、なにか触手の生えた青いものがちらりと見えた。マティーニをつかんでいる。わたしがハリーに注意をうながすと、彼はひどく好奇心をそそられ、わざわざ引き返してそれを見物に行った。引率の女性の係官はびっくり仰天し、こわい顔をしてハリーを群れにもどした。ハリーは気にする様子もなく、バカみたいにニヤニヤしていた。「ゲハールだ。手羽フライを食ってたぞ。気色悪い」といって、くすくすと笑った。ゲハールは、宇宙旅行がコロニー連合に独占されるまえの時代に人類が遭遇した、知性をもつエイリアン種族のひとつだ。気のいい連中ではあるのだが、ものを食べるときには、頭に生えている数十本のほそい触手から酸を出してどろどろにしてから、ズルズルと音をたてて口で吸いこむ。じつにきたならしい。

ハリーは気にしなかった。はじめてエイリアンをじかに目にしたのだ。

わたしたちの遠足の終着点は、フライトディスプレイに〈ヘンリー・ハドスン号／CDF新兵〉という表示が輝いている待機ベイだった。新兵一同はやれやれと椅子に腰をおろし、引率の係官たちは、シャトルのゲートで待機しているほかのコロニー人たちのところへ話をしにいった。好奇心旺盛なハリーは、これから乗る宇宙船をながめようと窓のそばへ近づいた。わたしとジェシーはのろのろと立ちあがり、そのあとを追った。窓辺にある小さなインフォメーションモニターの助けを借りると、行き交う宇宙船のなかから目当ての一隻を見つけだすことができた。

当然のことながら、ヘンリー・ハドスン号はゲートにドッキングしているわけではなかった。十万メートルトンの恒星間宇宙船をあやつって、回転する宇宙ステーションの動きにきちんと合わせるのはむずかしい。コロニー輸送船と同じように、ほどよく距離をたもち、備品や乗客やクルーをはこぶときには、もっとあつかいやすいシャトルや貨物艇《バージ》を利用している。ヘンリー・ハドスン号の船体は、ステーションから数マイル離れた位置に見えていた。コロニー輸送船のような機能一点張りの巨大な車輪形ではなく、もっとすらりとしていて、ひらべったかった。なにより重要なのは、円筒や車輪のかたちをしていないということだ。わたしがこの点を指摘すると、ハリーはうなずいてこういった。「フルタイムの人工重力だな。それも広範囲で安定している。たいしたもんだ」

「ここへのぼってくるときも人工重力を使っていたんでしょ」ジェシーがいった。

「そのとおり。ビーンストークのプラットフォームの重力発生装置は、上昇するにつれて出力を増加させていた」

「じゃあ、宇宙船が人工重力を使っていることと、なにがそんなにちがうわけ？」

「まるっきりちがう。重力場を生成するには莫大なエネルギーが必要で、出力すべきエネルギー量は、重力場の半径の増加に合わせて指数関数的に増大する。おそらく、ひとつの大きな重力場ではなく、複数の小さな重力場を生成してごまかしているんだろう。それにしたって、このプラットフォームの重力場を生成するためのエネルギーは、きみの故郷の町を一カ月照らすためのエネルギーより大きいはずだ」

「それはどうかしら。あたしはサンアントニオの出身なのよ」

「そうか。じゃあ、彼の故郷の町だ」ハリーはわたしのほうへぐいと親指をふった。「要するに、こいつは途方もないエネルギーの浪費なんだよ。人工重力が必要とされる状況では、たいていの場合、車輪を回転させて内側のへりに人間やものを押しつけるほうが、簡単だし、ずっと安上がりだ。いったん回転があがってしまえば、摩擦による減速分をおぎなうために最小限のエネルギーを追加するだけですむ。それに対して、人工重力場を生成しようと思ったら、つねに大きなエネルギーが必要となるからな」

ハリーはヘンリー・ハドスン号を指さした。「ほら、ハドスン号のそばにシャトルが見える。あれを物差しにすると、ハドスン号は長さ八百フィート、幅二百フィート、高さ百五十フィートといったところだろう。あの船を単一の人工重力場で包もうとしたら、サンアントニオ全市の明かりが暗くなるはずだ。複数の重力場だとしても、おどろくほどのエネルギーを使うことになる。となると、それだけの重力場を維持し、なおかつ船内のそれ以外のシステムを作動させるだけのエネルギー源があるか、低エネルギーで重力場を生成する新しい方法を見つけたかのどちらかになる」

「たぶん安くはないんだろう」わたしは、ハドスン号の右側に見えるコロニー輸送船を指さした。「あの宇宙船を見ろ。車輪の形をしている。コロニーステーションも回転しているしね」

「コロニー連合は最高のテクノロジーを軍隊のためにとってあるのね」とジェシー。「しかも、この船は新兵をはこぶためのものでしかない。あなたのいうとおりだと思う。あたしたちは自分がどんな世界に身を投じたのかまるでわかっていない」

ハリーはにやりと笑い、コロニーステーションの自転にともなってゆっくりと旋回するヘンリー・ハドスン号に目をもどした。「すごくうれしいよ、おれと同じ考えになってくれて」

引率の係官ふたりは、ふたたびわたしたちをせきたてて、シャトルに搭乗するための列にならばせた。ゲートで連合の職員に身分証を提示して名簿に登録してもらい、べつの職員から携帯情報端末《PDA》を手渡された。

「地球へのご来訪ありがとうございました。おわかれの贈り物をどうぞ」わたしはその職員にいってみたが、きょとんとされただけだった。

シャトルには人工重力はなかった。係官たちは、わたしたちにハーネスを装着させたあと、なにがあろうと自分ではロックを解除しようとするなと警告した。閉所恐怖に襲われた人がそういう行動に出ないように、飛行中は乗客がハーネスのロックを操作できないようになっているらしい。それで問題は解決だ。髪の長い人たちにはプラスチック製のヘアネットも配布された。無重力では、ロングヘアは四方八方へひろがってしまう。

もしも気分が悪くなったら、座席の側面のポケットにはいっているエチケットバッグを使うようにと指示された。無重力では、バッグを使うのをぎりぎりまでがまんしてはいけないと強調した。係官たちは、ゲロはふわふわとただよってほかの乗客に迷惑をかけるので、吐いた人は、シャトルをおりるまで、場合によっては退役するまでずっと、みんなのきらわれ者になりかねない。これを聞いて、何人かはさっそくガサガサと準備をはじめた。わたしのとなりの席の女性もエチケットバッグをしっかりと握りしめた。わたしは最悪の事態にそなえて心の準備をした。

ありがたいことにゲロ騒ぎは起こらず、ヘンリー・ハドスン号までの飛行はきわめて順調だった。はじめに重力が消えたときは、くそっ、墜落してる——という信号が脳を直撃したが、そのあとは、ゆるやかな長いジェットコースターに乗っているような気分だった。宇宙船には五分ほどで到着した。ドッキング準備で一分ほど待機したあと、シャトルベイの扉がレンズの絞りのようにひらき、シャトルを受け入れて、ふたたび閉じた。それから、ベイに空気が注入されるまで、また何分か待たされた。かすかにぞくっとする感覚があったかと思うと、いきなり体に重みがかかってきた。人工重力が作動したのだ。

シャトルベイのドアがあいて、はじめて見る女性の係官が姿をあらわした。「ＣＤＦＳ

ヘンリー・ハドスン号へようこそ。ハーネスをはずし、手荷物をまとめましたら、明かりのついている道をたどってシャトルベイを出てください。きっかり七分後に空気が排出されます——このシャトルを送りだし、つぎのシャトルを迎えいれるために。どうかお急ぎください」

全員がおどろくほど迅速に行動した。

そのあと、ヘンリー・ハドスン号の広大な食堂へ案内され、コーヒーとドーナツがあるからくつろいでくれといわれた。職員がひとり同行してあれこれ説明してくれることになっていた。待機しているうちに、わたしたちよりまえに到着していたらしいほかの新兵たちが、食堂にぞろぞろと集まってきた。一時間もたつと、うろつく新兵の数は数百人まで増えた。わたしはこんなに大勢の老人をいちどに目にしたことはなかった。それはハリーも同じだったようだ。「水曜日の朝に世界最大のデニーズにはいったらこんな感じかな」そういって、ハリーはコーヒーをおかわりした。

膀胱からコーヒーの飲みすぎ警報が届いたころ、コロニー外交官のブルーの服に身をつつんだ上品な紳士が食堂にはいってきて、部屋の前方へとむかった。食堂内の騒音レベルがさがりはじめた。いったいどうなっているのか説明してくれそうな人があらわれたので、みんなほっとしているようだった。

男はしばらくその場でたたずみ、部屋が静かになるのを待った。「ようこそ」男がそういったとたん、全員がとびあがった。体にマイクをつけているらしく、男の声は壁に仕込まれたいくつものスピーカーから流れていた。「わたしはサム・キャンベル。コロニー連合の代表としてコロニー防衛軍のお手伝いをしています。厳密にいえばＣＤＦの一員ではありませんが、代理としてオリエンテーションをおこなう権限をあたえられていますので、これから数日間は、わたしのことを上官と考えていただいてけっこうです。さて、さきほどのシャトルで到着したばかりのみなさんは、すこし休憩をとりたいと思っているでしょう。それ以外の方々は、最長でまる一日近く船に乗っていて、これからどうなるのかを知りたがっているでしょう。両者の状況を考慮して、手短に説明をします。

およそ一時間後に、ヘンリー・ハドスン号は地球軌道を離れ、フェニックス星系への最初のスキップの準備にはいります。フェニックス星系に立ち寄って追加の補給をおこなったあと、ベータ・ピクシスⅢへ移動し、そこで訓練にはいります。ご心配なく、いまの説明がみなさんに理解できないことはわかっています。いま知っておく必要があるのは、最初のスキップポイントまでたどり着くのに二日以上かかり、そのあいだに、みなさんがうちのスタッフによって精神および肉体の評価を受けるということだけです。スケジュールについては、いまみなさんのＰＤＡに送信されています。お好きなときにごらんください。そのＰＤＡがあれば、行きたい場所への道順もすぐにわかります。迷子になる心配はありません。ヘンリー・ハドスン号に到着したばかりのみなさんは、やはりＰＤＡで船室の割り当てを確認することができます。

今夜は、船室への行き方を確認する以外、みなさんがするべきことはありません。多くの方は長時間の移動でたいへんだったでしょうから、あしたにそなえて休息をとっておいてください。そうそう、ここで船内時間の説明をしておきましょう。使われているのはコロニー共通標準時で、いまは」──と腕時計に目をやり──「2138時です。みなさんのPDAは船内時間にセットされています。あしたの予定ですが、朝食は0600時から0730時で、そのあとに肉体の評価および強化がおこなわれます。朝食は強制ではありません──まだ軍のスケジュールで動いているわけではありませんので。しかし、あすは長い一日になりますから、食事をとることを強くお勧めします。

なにか質問がありましたら、各自のPDAでヘンリー・ハドスン号の情報システムに接続し、AIインターフェースを活用してください。スタイラスで質問を書くか、マイクに口頭で問いかけるだけです。船室のある各デッキにはコロニー連合のスタッフが常駐しています。遠慮せずに助力をもとめてください。みなさんの個人情報にもとづいて、医療スタッフが、必要なものはすべて用意していますし、きょうの夜に船室で個別に面会の予定を入れている場合もあります。PDAを確認してください。医療ベイも自由に利用してかまいません。この食堂は、今夜だけはずっとあいていますが、あしたからは通常スケジュールにもどります。利用できる時間とメニューはやはりPDAで確認してください。最後に、あした以降、みなさんにはCDFの新兵用の衣服を着ていただきます。いま各自の船室に届けているところです」

キャンベルはちょっと口をつぐみ、本人は威厳があると思っているらしい目つきで全員を見わたした。

「コロニー連合とコロニー防衛軍を代表して、みなさんを新市民および新兵として歓迎します。みなさんに神の祝福とご加護がありますように。ついでながら、本船が地球軌道を離れるのを見たい方は、展望デッキシアターへ映像をつなぐ予定になっています。シアターはとても大きくて新兵全員を収容できますので、席のことはご心配なく。ヘンリー・ハドスン号はきわめて高速ですから、あしたの朝食のころには、地球はほんの小さな円盤になり、夕食のころには、空に輝く光点にすぎなくなります。おそらく、これはみなさんが故郷を目にする最後のチャンスになるでしょう。そのことになにか意味があると思う方は、ぜひお立ち寄りください」

「で、新しいルームメイトはどうだ?」ハリーはそういいながら、展望デッキシアターでわたしのとなりの席に腰をおろした。

「正直いって、そのことは話したくない」わたしはこたえた。

PDAを使って自分の船室にたどり着いてみたら、ルームメイトが手荷物をはこびこんでいた。レオン・ディークだ。ちらりとこちらを見て、「おや、聖書マニアの登場か」といったあとは、わざとらしくわたしを無視しようとしたが、縦横十フィートの部屋ではかなりの労力が必要だった。レオンはすでに寝台の下段(最低でも七十五年の歳月を経ている膝にとっては、そちらのほうがありがたい)を占拠していた。わたしは手荷物を上段にほうりこみ、PDAを取り出して、同じデッキにいるジェシーに会いにいった。彼女のルームメイトは、マギーという名のすてきな女性だったが、ヘンリー・ハドスン号が軌道を離れるのを見物するのは遠慮するとのことだった。わたしが自分のルームメイトのことを話すと、ジェシーは声をあげて笑った。

ジェシーがまたもや笑いながらハリーにこの話を伝えると、ハリーは同情をこめてわたしの肩をぽんと叩いた。「あまり深刻に考えるな。ベータ・ピクシスに到着するまでのしんぼうだ」

「それはいったいどこなのやら」わたしはいった。「そっちのルームメイトは？」

「じつは説明のしようがない。船室に着いたときにはもう寝てた。やっぱり下段を占拠していたよ、あんちくしょう」

「あたしのルームメイトはすてきな人よ」とジェシー。「会うとすぐに手作りのクッキーをくれたわ。お孫さんが餞別に焼いてくれたんだって」

「わたしにはクッキーをくれなかったな」とわたし。

「まあ、これからあなたといっしょに生活するわけじゃないから」

「クッキーはどうだった？」とハリー。

「オートミールをかためた岩みたいだった。でも、重要なのはそこじゃなくて、あたしのルームメイトが三人のなかでいちばんましだということ。あたしは特別ってわけ。ほら見て、地球が」ジェシーは、ぱっと点灯したシアターの巨大なスクリーンを指さした。宙に浮かぶ地球の姿は、おどろくほど真に迫っていた。このスクリーンの開発者はじつにすばらしい仕事をしたようだ。

「うちの居間にもこんなスクリーンがあればなあ」ハリーがいった。「近所で大評判のスーパーボウル観戦パーティをひらけたのに」

「見ろよ」わたしはいった。「わたしたちの人生すべてがあそこにあるんだ。知り合いやたいせつな人はみんなあそこにいた。いま、わたしたちはそこを離れようとしている。なにか感じることはないか？」

「わくわくしてる」とジェシー。「悲しみもあるけど、たいしたことはない」

「たしかに、あまり悲しくはないな」とハリー。「もうあそこでやれることはなにもない。さらに年老いて死ぬだけだ」

「こっちでも死ぬかもしれないぞ」わたしはいった。「なにしろ軍隊にはいろうとしているんだから」

「ああ。しかし老衰で死ぬことはない。若くして死んで美しい遺体を残す二度目のチャンスが手にはいるんだ。最初のチャンスは逃したけどな」

「そういうところはロマンチックなのね」ジェシーがまじめくさった顔でいった。

「いかにも」

「静かに」わたしはいった。「船が動きだした」

シアターのスピーカーから、出発するヘンリー・ハドスン号とコロニーステーションとの交信が流れだした。そのあと、低いうなりとほんのかすかな振動が、座席をとおして伝わってきた。

「エンジンだ」ハリーがいった。ジェシーとわたしはうなずいた。

スクリーンのなかの地球がゆっくりと縮みはじめた。あいかわらず大きくて、あいかわらずきれいな青と白に輝いてはいたが、スクリーンに占める面積は、確実に、容赦なく減少していった。わたしたちは、見物に来た数百人の新兵たちとともに、無言でそれを見つめた。ふと横へ目をやると、それまでにぎやかだったハリーも、口をつぐんでじっと考えこんでいた。ジェシーの頬には涙が流れていた。

「おいおい」わたしはジェシーの手を握った。「それほど悲しくはないんだろ？」

ジェシーは笑みを浮かべ、わたしの手を握り返してきた。「そうよ」声がしゃがれていた。「あまり悲しくはない。でもね。やっぱり」

わたしたちはもうしばらく座席にとどまり、自分たちの知るすべてがスクリーンのなかで小さくなっていくのを見守った。


ＰＤＡのアラームは０６００時にセットしてあった。小さなスピーカーからそっと流れだした音楽は、わたしが目をさますまでだんだんと大きさを増した。音楽を止めて、静かに寝台の上段からおり、タオルをさがすためにクロゼットのなかの小さな明かりをつけた。そこには、わたしとレオンの新兵用の衣服がかかっていた。コロニー人特有のライトブルーのスウェットのトップとボトム、やはりライトブルーのTシャツ、ウエストをひもで締めるブルーのチノパンツ、白い靴下とブリーフ、それにブルーのスニーカー。ベータ・ピクシスに着くまでは、きちんとした格好をする必要はないらしい。スウェットのボトムとTシャツを着て、やはりクロゼットにかかっていたタオルをつかみ、シャワーをあびるために通路をぶらぶらと歩きだした。

もどってみると、船室には煌々と明かりがついていたが、レオンはまだ寝台のなかにいた。明かりは自動的についたらしい。Tシャツの上にスウェットのトップを着こみ、おそろいの靴下とスニーカーを履いた。これでジョギングの準備はできた。あるいは、なんだか知らないがきょうやるべきことの準備は。とりあえずは朝食だ。部屋を出るときに、ちょっとレオンをつついてみた。いやなやつだが、寝過ごして食事をとりそこねたら困るかもしれない。わたしは朝食はいらないのかとたずねてみた。

「あ?」レオンはぐったりした声でいった。「いや。ほっといてくれ」

「いいのか、レオン? 朝食の重要性は知ってるだろう。一日でもっともたいせつな食事だとか、いろいろいわれてるじゃないか。さあ。エネルギーを補給しないと」

レオンは怒鳴るようにいった。「わしの母親は三十年まえに死んだし、その魂があんたの肉体に舞いもどってるはずもない。わしのことはほっといて、さっさと行ってくれ」

レオンになれなれしくされないのはありがたかった。「わかった。朝食をすませたらもどるから」

レオンはひと声うなり、ごろりと体をまわした。わたしは食堂へむかった。

朝食はすばらしかった。これほどの朝食をつくれる女性と結婚していたら、ガンジーも断食をやめていたにちがいない。わたしの食べた二枚のベルギーワッフルは、金色で、サクサクで、粉砂糖とほんもののバーモントメープルの味がするシロップ（バーモントメープルシロップの味なんて区別できないと思うなら、それは口にしたことがないせいだ）がまぶされ、ほどよく溶けたクリーミィなバターが四角いくぼみを満たしていたし、軽く両面を焼いた目玉焼きはちゃんと黄身がとろりとしていた。赤砂糖入りのチップで薫製にした分厚いベーコンが四切れ。まさに搾りたてとしか思えないほどみずみずしいオレンジジュース。それと挽きたてのコーヒー。

自分がすでに死んで天国にいるのかと思った。もっとも、わたしは地球では法的には死んでいたし、宇宙船に乗って太陽系を飛んでいたのだから、当たらずとも遠からずといったところかもしれない。

「やれやれ」朝食の席でとなりにすわっていた男が、わたしがテーブルにおろした満杯のトレイを見て声をあげた。「たいへんな量の脂が乗っているね。それじゃ冠状動脈血栓を招き寄せているようなものだ。わたしは医者だからね、わかるんだよ」

「ははあ」わたしは男のトレイを指さした。「そこに見えるのは卵四つぶんのオムレツみたいだけどね。それと、一ポンドくらいずつあるハムとチェダーチーズ」

「〝わたしのするようにではなく、わたしのいうようにしなさい〟――これが開業医としてのわたしのモットーだ。こんな無惨な手本に従うんじゃなく、忠告のほうに耳を貸していれば、もっと大勢の患者たちがいまでも生きていただろうに。われわれみんなにとっての教訓だな。それはそうと、トマス・ジェインだ」

「ジョン・ペリー」わたしはこたえ、男と握手をかわした。

「会えてうれしいよ。それと同時に悲しくもある。なぜって、そこにあるものをぜんぶたいらげたら、きみは一時間以内に心臓発作で死んでしまうんだからな」

「その人の話には耳を貸さないで、ジョン」わたしたちのむかい側にすわっている女性がいった。そちらの皿はパンケーキとソーセージの食べかすでよごれていた。「あなたの食べ物をわけてもらおうとしているだけ。そうすればまた列にならばずにすむから。わたしもそれでソーセージを半分取られたのよ」

「なんという的はずれな非難だ」トマスは憤然としていった。「たしかに、わたしはこちらのベルギーワッフルがほしい。それは否定しない。だが、みずからの動脈を犠牲にすることで彼の寿命をのばせるのなら、わたしにとっては意味のあることなんだ。戦友のために手榴弾の上に身を投げる行為の料理版だと考えてくれ」

「たいていの手榴弾はシロップがかかっていないんだけど」女性はいった。

「そうするべきかもしれんな。献身的な行為をもっとたくさん見られるようになる」

「どうぞ」わたしは二枚あるワッフルの片方を半分に切った。「これに身を投げて」

「顔から飛びこむとしよう」トマスは約束した。

「それを聞いて、みんなすごくほっとしてるよ」わたしはいった。

テーブルのむかい側の女性はスーザン・リアドンといい、ワシントン州ベルビューからやってきたとのことだった。

「ここまでの宇宙大冒険の感想は？」スーザンはたずねた。

「料理がこんなにおいしいと知っていたら、なんとかしてもっと早く入隊していただろうね」わたしはいった。「とても軍隊の食事とは思えないよ」

「まだ軍隊にはいったわけではないと思う」トマスがベルギーワッフルをほおばりながらいった。「ここはコロニー防衛軍の待合室みたいなものなんじゃないかな。ほんとうの軍隊の食事はもっとずっと質素なんだよ。こんなふうにスニーカーでひょいひょい歩きまわれるはずもないし」

「わたしたちを徐々に慣れさせようとしていると」

「そうだ。なにしろ、この船にはおたがいに見ず知らずの人間が千人もいて、そのすべてが、いまや故郷も家族も職業も失ってしまったんだ。精神的なショックはでかい。うまい食事で気をそらしてやるくらいのことはしないと」

「ジョン！」列にならんでいたハリーがわたしを見つけて呼びかけてきた。わたしが手をふると、ハリーともうひとりの男が、トレイをかかえて近づいてきた。

「こちらがルームメイトのアラン・ローゼンタール」ハリーがその男を紹介した。

「かつて〝眠れる美女〟として知られていた人か」わたしはいった。

「その呼び名は半分ほど当たっていますね」アランがいった。「事実、ぼくは圧倒的に美しいので」

わたしはハリーとアランをスーザンとトマスに紹介した。

「ちっ、ちっ」トマスがふたりのトレイをじっくりながめながらいった。「また動脈閉塞の予備軍がふたりお出ましだな」

「トムにはベーコンをふた切れほどあたえておくといいよ、ハリー。さもないと、えんえんとこういう話を聞かされるはめになる」

「わたしが食べ物で買収されるというほのめかしは不愉快だな」トマスがいった。

「ほのめかしじゃないわ」とスーザン。「はっきりそういってるの」

「おまえがルームメイト方面で貧乏くじを引いたのは知っている」ハリーはわたしにむかってしゃべりながら、ベーコンを二枚トマスにわたし、トマスはおごそかにそれを受け取った。「だが、おれのほうはだいじょうぶだった。こちらのアランは理論物理学者だ。鞭みたいに頭が切れる」

「しかも、圧倒的に美しい」スーザンが口をはさんだ。

「そこのところをおぼえていてくれてありがとう」とアラン。

「このテーブルにはなかなか知的な面々が集まっているな」ハリーがいった。「で、きょうはなにがあるんだと思う？」

「0800時に身体検査がある」わたしはいった。「みんな同じじゃないのかな」

「ああ。しかし、おれがききたいのは、みんながそれをどんな意味でとらえているのかということだ。きょうはおれたちが若返りの治療をはじめる日だろう？　きょうをかぎりに、おれたちは老人ではなくなるんじゃないか？」

「老人ではなくなると決まったわけじゃない」トマスがいった。「みんながそう考えていたのは、兵士は若いものだという思いこみがあるからだ。しかし、考えてみたまえ。われわれのだれひとりとして、コロニー防衛軍の兵士をじかに見てはいない。それはただの推測であって、事実とはかけ離れているのかもしれない」

「老人の兵士になんの意味があるんです？」アランがいった。「このままの状態で戦場へ送りだされるんだとしたら、自分がなんの役に立つのか見当もつきません。じつは腰が悪いんです。きのう、ビーンストークのプラットフォームからシャトルのゲートまで歩いただけで死にそうな思いをしたんですから。リュックと銃器をかついで二十マイルも行進するなんて想像すらできません」

「なんらかの治療を受けるのはまちがいないと思う」とトマス。「ただし、それは〝若返り〟とはちがう。わたしは医者だからな、こういう方面にはちょっとくわしいんだ。人間の肉体は、どんな年齢になっても機能を高めることが可能だが、やはり年齢に応じた限界というものはある。七十五歳の肉体は、もっと若いときに比べると、そもそも動作がにぶいし柔軟性も低いし修復にも手間がかかる。もちろん、いまでもおどろくようなことはできる。自慢するわけじゃないが、地球にいたころ、わたしは定期的に十キロメートルのレースを走っていた。つい一ヵ月ほどまえにも走ったばかりだ。しかも、五十五歳のときよりもタイムがよかった」

「五十五歳のきみはどんなふうだった？」わたしはたずねた。

「そこなんだよ。五十五歳のわたしはふとったブタ野郎だった。心臓を交換してはじめて、本気で健康に注意するようになったんだ。つまり、高機能の七十五歳なら、〝若返り〟がなくても、状態さえよければかなりのことができる。この軍隊で要求されるのはそういうことかもしれん。宇宙にいるほかの知的種族は、みんな弱っちいやつらなのかもな。だとしたら、いやな話だが年老いた兵士を使うのは理にかなっている。若者はそれぞれのコミュニティで役に立つじゃないか。彼らの行く手には長い人生があるが、われわれなら惜しげなく使い捨てにできる」

「じゃあ、おれたちはやっぱり老人で、ただ、すごく、すごく健康になるだけかもしれないのか」ハリーがいった。

「そういうことだ」とトマス。

「やめてくれ。なんだか気がめいってきた」

「そのフルーツポンチをくれたら口をつぐむよ」

「あなたのいうように、あたしたちが高機能の七十五歳になったとしても」スーザンがいった。「やっぱり歳はとりつづけるのよ。五年たったら、高機能の八十歳になる。兵士として使える年齢には上限があるはずだわ」

トマスは肩をすくめた。「われわれの兵役は二年だ。軍はそれだけ働いてもらえればいいと考えているのかもしれん。あるいは、七十五歳と七十七歳とのちがいは、七十五歳と八十歳とのちがいほど大きくはない。二年たったら〝フレッシュな〟新兵と入れ替えればいい」

「兵役は最長で十年までのびる」わたしはいった。「書類に但し書きがあった。それはつまり、十年はわたしたちを働かせる技術があるということじゃないのかな」

「それに、軍はおれたちのDNAも登録した」とハリー。「ひょっとしたら、クローンで交換部品を用意したりするのかも」

「たしかに」トマスは認めた。「だが、クローンの肉体からわれわれの肉体へ臓器や骨や筋肉や神経をひとつひとつ移植するのは、たいへんな作業になる。それに脳だけは交換がきかない」

トマスはテーブルを見まわして、全員が落ちこんでいることに気づいた。「若返りがありえないといってるわけじゃない。この宇宙船を見るだけでも、コロニー連合のテクノロジーがわれわれのいた地球のそれよりもはるかに進んでいるのはわかる。ただ、医者としての立場でいうなら、みんなが期待しているほど劇的なかたちで老化のプロセスを逆転できるとはなかなか考えにくいんだ」

「エントロピーは難敵です」とアラン。「若返りの困難さを裏付ける理論はいくらでもあります」

「軍がわたしたちを改良する手段を持っているという証拠なら、はっきりしたのがひとつあるよ」わたしはいった。

「すぐに教えてくれ」とハリー。「トムの銀河長老軍の話を聞くと食欲が失せる」

「まさにそこだよ。もしもわたしたちの肉体を修繕できないんだとしたら、こんな食事をあたえるはずがない。たいていの人が一カ月で命を落としかねないほど脂肪分が多いんだから」

「そうよ」とスーザン。「すごく的を射てるわ、ジョン。もう気分がよくなってきた」

「ありがとう。この証拠がある以上、コロニー防衛軍はわたしの体の不具合をぜんぶ治してくれるはずだから、もういちど列にならんでくるよ」

「ついでにパンケーキをすこし取ってきてくれ」トマスがいった。

「おい、レオン」わたしはルームメイトのぶよぶよした体をつついた。「起きろ。おねむの時間は終わりだ。八時から予定がはいってるんだぞ」

レオンは寝台でぐったりと横たわっていた。わたしは思わず天井を見あげ、ため息をついてから、かがみこんでもっと強くこづいた。そして、レオンの唇が紫色になっていることに気づいた。

まずい——と思い、力をこめてゆさぶった。反応はない。胴体をつかんで寝台から床へ引きずりおろした。鉛を動かしているみたいだった。

ＰＤＡをつかんで医療班に助けをもとめた。それから、膝をついて、レオンの口に息を吹きこみ、胸をぐいと押した。それをくりかえしていたら、コロニー人の医療スタッフがふたりやってきて、わたしはレオンから引き離された。

そのころには、ひらいたドアのまわりに小さな人だかりができていた。ジェシーの姿が見えたので、手を差しのべて部屋へ招き入れた。ジェシーは倒れたレオンを見て、さっと手を口に当てた。わたしはジェシーの体をぎゅっと抱きしめた。

「具合はどうです？」わたしは、レオンのＰＤＡを調べているコロニー人にたずねた。

「亡くなりました。死後一時間ほどたっていますね。心臓発作のようです」男はＰＤＡを置いて立ちあがり、ちらりとレオンを見おろした。「気の毒に。はるばるやってきて、ここで心臓がいかれるとは」

「どたんばでゴースト部隊の志願者が出たわけだ」もうひとりのコロニー人がいった。

わたしはその男をにらみつけた。こんなときにジョークをいうのはあまりにも悪趣味だと思った。

4

「さて、おつぎはと」ドクターは、オフィスにはいったわたしの姿を見て、やや大きめのPDAにちらりと目を落とした。「ジョン・ペリーですね？」

「ええ」

「ドクター・ラッセルです」そういって、わたしをしげしげとながめる。「飼い犬が死んだばかりのような顔をしていますね」

「じつは、ルームメイトが亡くなって」

「ああ、なるほど」ドクターはもういちどPDAに目をやった。「レオン・ディーク。あなたのつぎに診察することになっていたんですが。タイミングが悪かった。では、スケジュールからはずしておきましょう」彼はPDAのスクリーンをとんとんと叩いて入力をすませると、かたい笑みを浮かべた。ドクター・ラッセルの患者に接する態度には、いささか問題がありそうだった。

「さて」ドクターはわたしに注意をもどした。「診察にとりかかりましょうか」

オフィスにあるのは、ドクター・ラッセルと、わたしと、ドクター用の椅子と、小さなテーブルと二台の治療槽《クレーシュ》。治療槽は人間の輪郭をかたどったもので、湾曲した透明なドアが人型のくぼみにおおいかぶさっていた。どちらの治療槽も、てっぺんに一本のアームがのびていて、その先端にキャップが取りつけられていた。ちょうど人間の頭がおさまるくらいの大きさ。正直いって、すこしばかり不安をおぼえる光景だ。

「どうぞくつろいでください。それから診察をはじめますので」ドクター・ラッセルはそういって、手近の治療槽のドアをあけた。

「服をぬぐのか？」わたしの記憶では、身体検査のときは肌を見せる必要があった。

「いいえ。でも、そのほうがくつろげるというのなら、かまいませんよ」

「必要もないのに服をぬぐ人はいないだろう」

「それがいるんですよ。長いあいだこうしろといわれつづけていると、なかなかその習慣を断ち切れないようで」

服は着たままにしておいた。PDAをテーブルに置き、治療槽にのぼって、むきを変え、あおむけに横たわる。ドクター・ラッセルがドアをしめてあとずさった。「ちょっと待ってください、治療槽の調整をしますので」といって、自分のPDAをとんと叩く。人型のくぼみがうごめき、わたしの体に合わせて変形していく。

「むずむずするね」わたしはいった。

ドクター・ラッセルはにっこり笑い、「すこし振動がありますから」といった。たしかにそのとおりだった。

「ところで」わたしは、体の下で静かにうなる治療槽の振動を感じながらいった。「待合室にいたほかの人たちのことだが、ここにはいったあとはどこへ？」

「あちらのドアから出ていきました」ドクター・ラッセルはPDAから顔をあげることなく、背後へ手をふった。「回復エリアがありますので」

「回復エリア？」

「ご心配なく。検査についてはおおげさに説明していただけです。じつをいえば、あなたのスキャンはほぼ完了しています」ドクター・ラッセルがもういちどPDAを叩くと、振動が止まった。

「これからどうすれば？」

「そのままで。もうすこしやることがあります。あなたの身体検査の結果もチェックしなければいけませんし」

「もう終わったということかな？」

「現代の医療技術はたいしたものでしょう」ドクターはわたしにPDAのスクリーンを見せてくれた。スキャン結果の概要が表示されている。「〝あーん〟という必要さえないんですよ」

「しかし、どのていどくわしくわかるんだ？」

「充分にくわしく。ミスター・ペリー、最後に身体検査を受けたのは？」

「六カ月ほどまえだな」

「医師の診断は？」

「健康状態は良好で、血圧がすこし高いだけだといわれた。なぜ？」

「まあ、基本的にはそのとおりです。ただし、その医師は睾丸癌を見逃したようですね」

「なんだって？」

ドクター・ラッセルはもういちどPDAを見せた。こんどは、わたしの睾丸の着色合成画像が表示されていた。生まれてこのかた、自分の一物を目のまえにかざされたことはなかった。「ほら」ドクターは、左の睾丸に見える黒い点を指さした。「こぶがあるでしょう。かなり大きなやつが。まちがいなく癌です」

わたしはドクターをにらみつけた。「いいかね、ドクター・ラッセル、たいていの医師はもっと思いやりのある伝えかたをするものだよ」

「これは失礼。無頓着に見えてしまいましたか。しかし、ほんとになんの問題もないんですよ。地球でさえ、最悪の場合、睾丸癌は簡単に治療できるんです。とくに、このケースのように初期の段階では。睾丸を失うでしょうが、たいした痛手ではありません」

「その睾丸の持ち主でなければな」わたしは怒鳴るようにいった。

「どちらかといえば精神的な問題ですから。いずれにせよ、いまここにいる以上は、そんな心配はご無用です。数日後に全身のオーバーホールをおこないますので、そのときに睾丸のほうも処置します。それまでのあいだも問題はありません。癌は睾丸のなかにとどまっています。肺やリンパ節への転移はありません。元気にすごせますよ」

「いずれタマを失うことになるのか？」

ドクター・ラッセルはにっこり笑った。「当面はだいじょうぶですよ。仮に失うことになっても、ほとんど気になることはないでしょう。この、たいして問題とはいえない癌をべつにすると、あなたは七十五歳という身体年齢としてはきわめて健康体です。これは吉報ですよ。現時点ではなんの処置もほどこす必要がないのですから」

「ほんとうに悪いところが見つかったらどうなる？　たとえば、癌が末期だったら？」

「〝末期〟というのはいささか不明確な表現ですね。長い目で見れば、われわれはみんな末期の患者といえます。この身体検査のそもそもの目的は、差し迫った危険をかかえた新兵の健康状態を安定させ、あと数日を生きのびられるようにすることです。あなたのルームメイト、ミスター・ディークは気の毒なことになりましたが、べつに珍しいことではありません。ここまでやってきて身体検査のまえに亡くなる新兵は大勢います。だれにとっても残念なことですが」

ドクター・ラッセルはPDAに目をやった。「心臓発作で亡くなったミスター・ディークの場合ですと、蓄積したプラークを動脈から取りのぞき、破裂をふせぐために動脈壁の強化剤を投与していたでしょう。それがもっとも一般的な処置です。七十五歳ともなると、たいていの人は動脈にテコ入れが必要になるものです。あなたの場合、もしも癌が進行していたら、さしあたって生活機能に脅威をあたえない状態まで腫瘍を摘み取り、病変部位を補強して、これからの数日間で問題が起きないようにしたはずです」

「なぜ治療しないんだ？　病変部位を〝補強〟できるくらいなら、その気になれば完全に治すこともできそうなのに」

「できますが、必要がないんです。数日後には全面的なオーバーホールをおこなうわけですから。それまで保たせるだけで充分です」

「〝全面的なオーバーホール〟というのは？」

「それがすんだら、睾丸に小さな癌があるくらいでどうして心配したんだろうと思うようになりますよ。まちがいありません。さて、もうひとつやっておくことがあります。頭をまえに出してください」

いわれたとおりにすると、ドクター・ラッセルは手をのばし、アームの先端のおそろしげなキャップをわたしの頭のてっぺんへ引きおろした。「これから二日間、あなたの脳の活動の詳細なデータを取らなければなりません」といって身を引く。「そのため、頭蓋にセンサーを埋めこみます」ドクターはPDAのスクリーンをとんと叩いた。あの動作はどうも信用ならない。かすかな吸着音とともに、キャップが頭に密着した。

「どうやって埋めこむんだ？」わたしはたずねた。

「いま、頭皮とうなじのあたりがちょっとムズムズするかもしれません」ドクター・ラッセルはいった。そのとおりだった。「注入器が位置決めをおこなっています。センサー群を埋めこむ皮下注射器みたいなものです。センサー自体はとても小さいんですが、数が多いもので。およそ二万個ですね。ご心配なく、自己消毒型ですから」

「痛いのか？」

「それほどでもありません」ドクターはPDAのスクリーンを叩いた。二万個のマイクロセンサーが頭蓋にどっと流れこむと、四本の斧の柄で同時に頭をなぐられているような痛みが襲いかかった。

「うわっ！」思わず頭をつかもうとしたら、両手が治療槽のドアにぶつかった。「こんちくしょう」ドクターにむかって叫ぶ。「痛くないといったくせに！」

「〝それほどでもない〟といったんです」

「なにと比べて？　ゾウに頭を踏まれるほどではないと？」

「センサーがおたがいに接続するときと比べてです。ご安心ください、接続が完了すれば痛みは止まります。さあじっとして、ほんの一分ですみますから」ドクターはもういちどPDAを叩いた。頭のなかで八万本の針が四方へ突きだした。

　生まれてこのかた、こんなに医者をなぐりたいと思ったことはなかった。

「どうだろう」ハリーがいった。「なかなかおもしろい見ものだと思うんだが」

　ハリーは自分の頭をこすっていた。いまや、全員の頭が、脳の活動を測定する二万個の皮下センサーによって、ほこりをかぶったような灰色に染まっていた。

　朝食のときの面々が、昼食でも同じテーブルに集まっていた。こんどはジェシーとそのルームメイトのマギーも加わっている。ハリーは、このメンバーで正式に徒党を組み、それを〝オイボレ団〟と名付けることを宣言したうえで、となりのテーブルに対してフードファイトを挑むべきだと主張した。これについては投票で否決された。投げつけた食べ物はもう食べられないというトマスの意見が少なからず影響したように思う。なにせ、昼食は朝食よりもさらに美味だったのだ。信じがたいことに。

「それにしても、あれはいまいましいほど高性能だったな」トマスがいった。「けさのちょっとした脳への注射のあとは、怒りでほとんどものを食べる気にもならん」

「とても想像できない」とスーザン。

「〝ほとんど〟といっただろう。ただ、これだけはいえる。できることならあの治療槽をひとつ持ち帰りたいよ。診察時間を八十パーセントは削減できるはずだ。そのぶんをゴルフにまわせる」

「あなたの患者に対する献身的愛情には圧倒されるわ」とジェシー。

「ふん。わたしはほとんどの患者といっしょにゴルフを楽しんでいたんだ。患者たちだって同意見のはずだよ。こんなことをいうのはくやしいが、あれのおかげで、ドクターはわたしには絶対にできないほど正確な診断をくだすことができた。診断医にとっては夢のマシンだよ。わたしの膵臓にある顕微鏡レベルの腫瘍を見つけてくれた。地球にいたら、腫瘍がずっと大きくなるか患者に病徴があらわれるまで発見できなかっただろう。ほかになにかおどろきがあった人は？」

「肺癌」とハリー。「小さな影があった」

「卵巣囊腫」とジェシー。マギーもうなずいた。

「初期のリウマチ性関節炎でした」とアラン。

「睾丸癌」とわたし。

テーブルの男性陣がいっせいにたじろいだ。「うわ」とトマス。

「死なないといわれたけど」

「歩いてると体がかたむくだけよ」とスーザン。

「それだけでも充分に悲惨だよ」

「わからないのは、どうして問題のあるところを治さないのかということね」ジェシーがいった。「ドクターから、まるいチューインガムくらいの大きさの囊腫を見せられたんだけど、心配する必要はないといわれたわ。あんなものを見て心配するなというのはむりだと思うんだけど」

「トマス、あなたは医者でしょ」スーザンが自分の灰色がかった頭をとんと叩いた。「このいまいましいやつはなんなの？　どうしてふつうに脳スキャンをしないの？」

「手がかりがなにもないから、推測するしかないんだが」トマスはこたえた。「訓練を受けている最中の、活動中の脳を調べたいんだろう。われわれをマシンにつないだままではそんなことはできないから、かわりにマシンをわれわれにくっつけたと」

「説得力のある解説はありがたいんだけど、そのくらいはとっくに見当がついてるの。あたしが知りたいのは、なんのためにそういう計測をするのかということと」

「知らんね。新しい脳へ移るための下準備かもしれん。あるいは、新しい脳物質を追加する方法が開発されていて、各自の脳のどの部分に補強が必要なのか調べているのかも。とにかく、こんなしろものは二度と頭に入れたくない。最初のぶんだけでも、痛みであやうく死にかけたんだから」

「そういえば」アランがわたしに顔をむけた。「きょうの朝、ルームメイトが亡くなったそうですね。だいじょうぶですか？」

「平気だよ。気は重いけどね。ドクターは、けさの診察までなんとかもちこたえていれば死なずにすんだだろうといっていた。プラークを取りのぞくとかなんとか。朝食のときに起こしてやるべきだったよ。そうすれば診察まで生きていられたかもしれない」

「自分を責めるな」とトマス。「わかるはずがなかったんだから。人は死ぬものだ」

「それはそうだけど、ドクターのことばを借りるなら〝全面的なオーバーホール〟まであと数日だったのに」

ハリーが口をはさんだ。「こんなときに不謹慎かもしれないが――」

「ろくでもない話になりそうね」とスーザン。

「――カレッジにかよっていたころは」ハリーは話をつづけながら、パンのかけらをスーザンに投げつけた。「ルームメイトが死ぬと、その学期の期末試験を休んでもかまわないことになっていた。つまり、強烈なショックを受けたことを考慮されて」

「へんな話だけど、ルームメイトのほうも試験は休むしかないのよね」とスーザン。「やっぱり強烈なショックを受けたから」

「そんなふうに考えたことはなかったな。とにかく、きょう予定されていた診察のほうはパスさせてくれてもよかったと思わないか？」

「どうかな」わたしはいった。「たとえそういう許可が出たとしても、ことわっていたと思う。ほかにすることもないし、一日じゅう船室ですわっているのかい？　ますます気が重くなるよ。なにしろ、あそこで人が死んだんだから」

「部屋を移ればいいのよ」とジェシー。「ほかにもルームメイトを亡くした人がいるかも」

「ぞっとしない考えだなあ。いずれにせよ、部屋を移るつもりはないよ。もちろん、レオンが死んだのは気の毒だと思う。でも、おかげで部屋をひとりで使えるし」

「もう立ち直りつつあるようですね」とアラン。

「心の痛みをやりすごそうとしているだけさ」

「あなた、無口なのね」ふいに、スーザンがマギーにむかっていった。

「ええ」とマギー。

「ねえ、みんなのこれからの予定はどうなってる？」ジェシーがいった。

全員がPDAに手をのばしかけて、気まずそうに思いとどまった。

「ハイスクールの卒業式がどんなだったか思いだしてよ」とスーザン。

「まあいいさ」ハリーが自分のPDAを取り出した。「みんなとっくに食堂仲間の一員になってるんだ。とことんまで付き合おうじゃないか」

ハリーとわたしは最初の評価セッションをいっしょに受けることになっていた。指定された会場にはいると、椅子と机が用意されていた。

「うひゃあ」ハリーが席につきながらいった。「ほんとにハイスクールにもどったみたいだな」

担当のコロニー人試験官が部屋にはいってくると、この印象はますます強まった。「これから基礎的な語学力および数学力のテストをおこないます。いま最初のテストがみなさんのPDAにダウンロードされています。選択式の問題になっていますので、三十分の制限時間内にできるだけ多くの質問にこたえてください。三十分たつまえに終了したときは、静かにすわっているか、回答の見直しをしていてください。ほかの訓練生と話しあってはいけません。では、はじめてください」

わたしは自分のPDAを見おろした。関連する単語を選ぶ問題が表示されていた。

「冗談だろ」思わずつぶやくと、部屋のあちこちで同じように声があがった。

ハリーが手をあげた。「先生。ハーヴァード大学に入学するために必要な点数はどれくらいです？」

「そのジョークはまえにも聞きました。みなさん、テストに集中してください」

「数学の点数をあげる機会を六十年待ってたんだ」ハリーはいった。「どれくらいできるかやってみるか」

二番目の評価セッションはさらに悲惨だった。

「白い正方形を目で追ってください。頭は動かさないように」コロニー人が部屋の照明を暗くした。六十組の目が壁の白い正方形を見つめた。ゆっくりと、それは動きだした。

「宇宙へ来てこんなことをやってるなんて信じられないな」ハリーがいった。

「だんだんましになるのかもしれない」わたしはいった。「運がよければ、もうひとつ正方形をながめられるさ」

第二の白い正方形が壁にあらわれた。

「おまえ、まえにここへ来たことがあるのか?」ハリーはいった。


その後、ハリーと別れて、ひとりきりでいろいろなことをやらされた。

最初にはいった部屋にはコロニー人がひとりいて、ブロックが山積みになっていた。

「このブロックで家をつくってください」コロニー人はいった。

「パックのジュースをもうひとつくれるなら」わたしはこたえた。

「なんとかしましょう」コロニー人は約束した。

ブロックで家をつくってから、つぎの部屋へ行くと、そこにいたコロニー人が紙とボールペンを差しだした。

「迷路の中央からスタートして、端の出口までたどり着いてください」

「なんとまあ。これくらいヤク中のネズミだってできるぞ」

「だといいんですが。とにかく、やってみてください」

わたしは迷路を解いた。つぎの部屋では、いくつもの数字と文字を読みあげるよう指示された。もう理由を考えるのはやめて、いわれたとおりにすることにした。

午後がもうすこし進んだころ、わたしはかんしゃくを起こした。

「あなたのファイルを読ませてもらいました」そのコロニー人は痩せた若い男で、強い風が吹いたら凧みたいに空へ舞いあがりそうだった。

「それはどうも」

「結婚されていたんですね」

「ああ」

「よかったですか？　結婚して」

「もちろん。しないよりはずっとよかった」

男はにやりと笑った。「で、どうなりました？　離婚ですか？　浮気のしすぎで？」

なんでも楽しんでやろうという気持ちは急速に薄れていった。「妻は死んだんだ」

「ほう？　どんなふうに？」

「脳卒中で」

「ああ、脳卒中はいいですねえ。頭がポンと破裂して、あっというまにプディングに。生きのびなくてよかったですよ。寝たきりでぶよぶよしたカブみたいになっちゃうとね。ストローとかで食事をあたえるしかないし」男はちゅうちゅうと口を鳴らした。

わたしはなにもいわなかった。頭の片隅では、すばやく動けばこいつの首を折れるだろうかと考えていたが、目のくらむようなショックと怒りで、じっとすわっているのがせいいっぱいだった。自分の耳が聞いたことが信じられなかったのだ。

頭の奥深くで、だれかがわたしに語りかけていた。すぐに呼吸を再開しろ、さもなければ気を失うぞと。

突然、コロニー人のPDAがピーッと鳴った。「いいでしょう」男はさっと立ちあがった。「以上です。ミスター・ペリー、あなたの奥さんの死について失礼なことをいったのをお許しください。ここでのわたしの仕事は、新兵からできるだけ迅速に怒りの反応を引きだすことなんです。心理モデルと照らし合わせた結果、あなたはさっきわたしが口にしたようなコメントにもっとも激しい拒否反応をしめすことがわかりました。どうかご理解ください。わたし個人としては、あなたの亡くなった奥さんについてあんなことをいうわけがありません」

わたしはバカみたいに目をぱちくりさせた。それから、男を怒鳴りつけた。「なんて胸くそ悪いテストだ！」

「たいへん不愉快なテストだということは認めます。ほんとうにすみませんでした。わたしは指示された仕事をこなしているだけなんです」

「ふざけるな！　もうすこしでそのいまいましい首をへし折るところだったのがわかっているのか？」

「じつは、わかっています」男のおだやかな口調が、それが事実だと告げていた。「わたしのPDAは、あなたの精神状態を追跡して、あなたが爆発する寸前にブザーを鳴らしたんです。もっとも、ブザーなんか鳴らなくてもわかったでしょう。長くこういうことをやっているので、どうなるかは予想がつきます」

わたしはまだ怒りを抑えきれずにいた。「新兵全員を相手にこんなことをしているというのか？　どうしていまだに生きているんだ？」

「その疑問はよくわかります。わたしがこの任務を割り当てられたのは、体が小柄で、いつならやっつけられるという印象をあたえるからです。格好の〝チビの軟弱者〟というわけですね。とはいえ、わたしはその気になれば新兵を組み伏せることができます。たいていはそんな必要はありませんが。さっきもいったように、長くこの仕事をやっていますので」

「すてきな任務とはいいがたいな」わたしはようやくおちつきをとりもどした。

「よごれ仕事ですが、だれかがやらなければなりません。新兵たちの爆発する原因がそれぞれちがうところなどは、なかなか興味深いものです。しかし、おっしゃるとおり、ストレスのきつい任務です。だれにでもできることではありません」

「きみは人気者にはなりにくいだろう」

「じつをいうと、とてもチャーミングだといわれます。わざと人を怒らせていないときの話ですが。ミスター・ペリー、ここでやることは以上です。右手のドアを抜けると、つぎの評価セッションがはじまりますから」

「もうわたしを怒らせたりすることはないんだろうな？」

「怒ることはあるかもしれません。ただ、それはあなた自身の怒りです。こういうテストはいちどきりです」

わたしはドアへとむかい、ふと足を止めた。「きみが任務を果たしていただけだというのはわかる。それでも、これだけは知っておいてほしい。わたしの妻はすばらしい人だった。こんなふうに利用されるいわれはないんだ」

「わかっていますよ、ミスター・ペリー。よくわかっています」

わたしはドアを抜けた。

つぎの部屋では、とてもすてきな若い女性が、なぜか全裸で待ちかまえていて、わたしの七歳の誕生パーティがどんなふうだったか、おぼえていることを残らず話してくれといった。

「あんな映画を夕食のまえに見せるなんて信じられないわ」ジェシーがいった。

「夕食のまえじゃないだろう」トマスがこたえる。「バッグス・バニーのアニメは夕食のあとだった。いずれにせよ、そう悪いできじゃなかったし」

「まあ、あなたなら腸の手術の映画なんかぜんぜん気持ち悪くないんでしょうけどね、ドクターさま、ほかの人にとってはけっこうきついのよ」

「それはつまり、そのローストビーフがいらないってことかね？」トマスはジェシーの皿を指さした。

「裸の女からこども時代のことを質問された人はいない？」わたしはいった。

「相手は男だった」とスーザン。

「女」とハリー。

「男」とジェシー。

「女」とトマス。

「男」とアラン。

全員がアランに目をむけた。

「なにか？」アランはいった。「ぼくはゲイなんですが」

「いったいどんな意味があるんだろう？」わたしはいった。「いや、相手が裸だったということだよ。アランがゲイってことじゃなくて」

「ありがとう」アランは平然としていた。

「ある特定の反応を引きだそうとしているだけさ」ハリーがいった。「きょうのテストはどれも、基本的な知的反応あるいは感情的反応をテストするものだ。より複雑で微妙な感情や知的能力の土台となる部分だな。要するに、おれたちが原始のレベルでどんなふうに考えたり行動したりするかを知りたいんだろう。あの裸の人物がきみたちを性的に興奮させようとしていたのはあきらかだ」

「いや、わたしがいいたいのは、こども時代のことを質問するのにどんな意味があるのかということなんだが」わたしはいった。

ハリーは肩をすくめた。「ささやかな罪悪感のないセックスはつまらんだろう?」

「なにより腹が立ったのは、わたしを怒らせるための部屋にいたやつだ」とトマス。「本気で叩きのめしてやろうと思ったよ。あいつ、カブスは二世紀ものあいだずっとワールドシリーズで勝てないんだからマイナーリーグへ降格させるべきだといいやがった」

「理にかなっているような気がするけど」とスーザン。

「そこまでだ」トマスはいった。「いいな。冗談じゃないんだぞ。カブスのことはほっといてくれ」


最初の日が知性の面で自尊心を傷つけられるものだったとするなら、二日目は体力の面で、というか、体力不足と思われることで自尊心を傷つけられるものだった。

「ここにボールがあります」試験官がいった。「はずませてください」いわれたとおりにすると、先へ進めといわれた。

小さな運動用のトラックを歩いてまわった。すこしランニングもした。柔軟体操をした。

テレビゲームをした。おもちゃの光線銃で壁の標的を撃った。水泳をした（むかしから泳ぐのは好きだったので、これは楽しかった。頭が水面の上に出ているかぎりは）。ほかの数十人の新兵たちといっしょに娯楽室に入れられ、これから二時間はなんでも好きなことをしろといわれた。ビリヤードをすこし楽しんだ。ピンポンもした。あろうことか、シャッフルボードまでやった。

なにをしたときも、わたしは汗ひとつかかなかった。

「これはいったいぜんたいどんな軍隊なんだろう？」昼食の席で、わたしはオイボレ団の面々に問いかけた。

「筋がとおらないこともないな」とハリー。「きのうは基本的な知的能力と感情のテストだった。きょうは基本的な身体能力のテストだ。やはり、より高度な活動の土台となる部分に関心があるんだろう」

「ピンポンがより高度な身体活動の指針になるとは思えないけどなあ」

「手と目の協調関係のテストさ。タイミングとか。正確さとか」

「いつなんどき手榴弾を打ち返す必要に迫られるかもしれないですからね」アランが口をはさんだ。

「そのとおり」とハリー。「だいたい、連中になにを期待しているんだ？マラソンでも走らせてほしいのか？最初の一マイルも行かないうちに全員脱落するぞ」

「それは自分のことだろう、ぶよぶよ君」トマスがいった。

「訂正する」とハリー。「われらが友のトマスは、心臓が破裂するまでに六マイルは走り抜くだろう。食べすぎで腹痛を起こさなければの話だがな」

「バカなことを。レースのまえに炭水化物をとって力をつけるというのは常識だ。というわけで、これからフェットチーネをもうすこし取ってくるよ」

「マラソンを走っているわけじゃないのよ、トマス」スーザンがいった。

「きょうはまだ長い」

「じつはね」ジェシーがいった。「あたしのスケジュールはからっぽなの。きょうはもうなんの予定もはいってない。あしたも、0600時から1200時まで〝最終身体改良〟があって、夕食後の2000時に新兵総会があるだけ」

「わたしのスケジュールもあいてるな」わたしはいった。ちらりとテーブルを見まわすと、ほかのみんなもこの日の予定はすべて終了しているようだった。「さて、これからなにをして楽しもうか？」

「シャッフルボードならあるけどね」とスーザン。

「もっといいのがある」ハリーがいった。「1500時になにか予定がある人は？」

全員が首を横にふった。

「よし」とハリー。「じゃあその時刻にここで会おう。オイボレ団の諸君にぴったりの見学旅行があるんだ」

「こんなところへ来てかまわないの？」ジェシーがいった。

「もちろんさ」とハリー。「なぜいけない？　たとえだめだとしても、連中になにができる？　おれたちはまだ正式に入隊したわけじゃないからな。軍法会議にかけることはできまい」

「それはそうだけど、エアロックからほうりだすくらいはできるかも」

「バカいうな。きれいな空気がもったいないじゃないか」

ハリーがわたしたちを連れていったのは、船内のコロニー人エリアにある展望デッキだった。たしかに、新兵はコロニー人用のデッキに行ってはいけないという指示はなかったし、行っていい（あるいは行くべき）という指示もなかった。そうやって七人だけで人けのないデッキに立っていると、授業をさぼっていかがわしいショーにやってきた学生のような気がした。

ある意味では、まさにそのとおりなのだった。

「きょうのちょっとした運動の最中に、コロニー人のひとりと話をしたんだ」ハリーがいった。「ヘンリー・ハドスン号はきょうの1535時にスキップをするらしい。おれたちはだれひとりとしてスキップがどんなものか見たことがないから、その男にどこか見物できる場所はないかとたずねてみた。そうしたらここを教えてくれた。で、おれたちはいまここにいて」――ちらりとPDAに目をやって――「あと四分ほど余裕がある」

「それについては申し訳なかった」トマスがいった。「こんなにみんなを待たせるつもりはなかったんだ。フェットチーネはすばらしかったが、わたしの大腸は意見がちがったらしくて」

「これからはそういう情報をわざわざ公表しなくていいのよ、トマス」とスーザン。「みんなそこまであなたをよく知っているわけじゃないんだから」

「だが、そうでもしないと、わたしをそこまでよく知ることができんだろう？」トマスはいったが、だれもあえて返事はしなかった。

「ここがどこかわかる人はいるかな？　つまり、宇宙のなかで」わたしはしばしの沈黙のあとで問いかけた。

「まだ太陽系のなかですね」アランが窓の外を指さした。「なぜわかるかというと、星座が見えているからです。ほら、あれがオリオン座です。すでにあるていどの距離を旅しているとしたら、空のなかでそれぞれの星の相対位置が変化しているはずです。星座のかたちがまのびしたり、まったく見分けられなくなったりするはずです」

「どこへスキップするんだったかしら？」ジェシーがたずねた。

「フェニックス星系です。でも、それじゃなんの説明にもなっていません。なぜかというと、〝フェニックス〟は恒星じゃなくて惑星の名前なんです。〝フェニックス〟という名の星座があって、いまもほら、あそこに見えているんですが」――アランは一団の星ぼしを指さした――「惑星フェニックスがめぐる恒星はあの星座に含まれているわけではありません。ぼくの記憶がたしかなら、じっさいはおおかみ座という、ずっと北のほうの星座にあるはずです」――またべつの、光の弱い一団の星ぼしを指さし――「もっとも、ここからじゃ恒星そのものを見ることはできませんけど」

「ずいぶん星座にくわしいのね」ジェシーが感心したようにいった。

「ありがとう。若いころは天文学者になりたかったんですが、天文学者というやつはすごく稼ぎが悪いんですよ。それで、かわりに理論物理学者になったんです」

「新しい素粒子を考えだして大金を稼いだとか?」トマスがたずねた。

「いいえ。ある理論を考案して、勤めていた企業が海軍艦艇用の新型エネルギー格納システムを開発する手助けをしたんです。その企業の利益分配制度により、システムがもたらした収益の一パーセントを受け取りました。おかげで使い切れないほどの金が手にはいりました。でも、それだけの努力はしたんですよ」

「お金持ちになるっていいでしょうね」とスーザン。

「悪くはないです。もちろん、もう金持ちじゃありません。入隊したときに財産を放棄しますからね。失うものはほかにもあるんですよ。つまり、あと一分もしたら、ぼくが星座をおぼえるためについやした時間はすべてむだになってしまうんです。これからぼくたちが行くところには、オリオン座もこぐま座もカシオペア座もありません。バカげて聞こえるかもしれませんが、なくして残念なのは金よりも星座のほうになるでしょうね。金はその気になれば稼げます。でも、ここへもどってくることはありません。あの旧友たちと会えるのはこれが最後になるんです」

スーザンがアランに近づき、その肩に腕をまわした。ハリーが自分のPDAを見おろした。「そろそろだな」といって、カウントダウンをはじめる。一秒まえになると、全員が顔をあげて窓の外を見つめた。

なにも劇的なことはなかった。星でいっぱいの空を見ていたと思ったら、つぎの瞬間には、べつの空を見ていた。まばたきしたら気づかなかっただろう。そのくせ、それがまったく見知らぬ空だということはわかった。みんな、アランほど星座の知識があるわけではなかったけれど、ならんだ星のなかからオリオン座や北斗七星を見つける方法くらいは知っていた。それらの星座はどこにも見当たらず、ささやかな、しかし重要なちがいをもたらしていた。わたしがちらりと目をやると、アランはスーザンの手を握って、石柱のようにじっと立ちつくしていた。

「まわっとるな」トマスがいった。星ぼしが反時計まわりに回転していた。ヘンリー・ハドスン号が進路を変えている。突然、巨大な青い腕のような惑星フェニックスが頭上に姿をあらわした。その上に（わたしたちの視点から見るとその下に）、宇宙ステーションがあった。それはあまりにも大きく、あまりにもどっしりして、あまりにも混雑していたため、だれもが目をむいて呆然とながめることしかできなかった。

ようやく、仲間のひとりが口をひらいた。だれもがおどろいたことに、それはマギーだった。「あれを見てよ」

全員がマギーをまじまじと見つめた。マギーはあきらかに困惑していた。「口がきけないわけじゃないのよ。ただ無口なだけ。これほどのものを見たら、なにかいわずにはいられない」

「とんでもないな」トマスが窓の外へ目をもどしていった。「あれに比べたら、コロニーステーションなんかゲロの山みたいなもんだ」

「どれくらいの数の宇宙船が見える？」ジェシーがわたしにたずねた。

「わからない」わたしはこたえた。「何十隻。何百隻かもしれない。こんなにたくさんの宇宙船が存在していることさえ知らなかった」

「いまだに地球が人類宇宙の中心だと考えているやつがいるとしたら」とハリー。「いまがその持論を見直す格好の機会だな」

わたしたちは窓の外にひろがる新世界をじっと見つめつづけた。

PDAのチャイムの音で0545時に目がさめた。おかしい。アラームは0600時にセットしてあったのに。スクリーンが点灯して、〈緊急〉のラベルがついたメッセージが表示されていた。わたしはそのメッセージをつついた。

〔通告〕

0600時より1200時まで、新兵全員を対象とした最終身体改良を実施します。迅速な進行を実現するために、すべての新兵は船室にとどまり、コロニー人職員が到着して身体改良セッションの会場へ案内されるのを待ってください。スムーズな進行の一助として、各船室のドアは0600時をもってロックされます。トイレを含む船室外のエリアを利用する個人的な用事は、それまでにすませておいてください。もしも0600時以降にトイレの利用が必要になった場合は、PDAで各船室デッキのコロニー人スタッフに連絡してください。

各自のセッションについては、開始十五分まえに通知します。コロニー人職員が船室に到着するまでに着替えなどの準備をすませておいてください。朝食はありませんが、昼食と夕食については通常どおりです。

わたしくらいの歳になると、何度もいわれなくてもさっさとトイレへ行くものだ。のそのそと船室を出て必要なことをすませ、順番が遅いほうではなく早いほうでありますようにと祈った。小便をするのにわざわざ許可をとりたくはない。

順番は早いほうでも遅いほうでもなかった。0900時にPDAのアラームが鳴り、0915時にドアを強くノックする音がして、男の声がわたしの名を呼んだ。ドアをあけると、ふたりのコロニー人が立っていた。許可を得てすばやくトイレに寄ってから、男たちのあとについて船室デッキを離れ、ふたたびドクター・ラッセルの待合室にはいった。それほど待たずに診察室にとおされた。

「ミスター・ペリー、お会いできてうれしいです」ドクターはそういって手を差しだした。

案内役のコロニー人たちは奥のドアから出ていった。「どうぞ治療槽へ」

「前回こいつにはいったときは、頭のなかに何千本もの金属片を叩きこまれた」わたしはいった。「申し訳ないが、あまり気が進まないね」

「よくわかります。しかし、今回は痛みはありません。時間もかぎられていますので、どうぞおはいりください」ドクターは身ぶりで治療槽をしめした。

わたしはしぶしぶ治療槽にはいった。「ちょっとでも痛みがあったら、先生を殴るよ」

「けっこうですよ」ドクター・ラッセルは治療槽のドアを閉めた。前回とはちがい、ドクターはドアをロックした。わたしの脅しを本気にしたのかもしれない。べつにかまわないが。「さて、ミスター・ペリー。この二日間はどうでした?」

「とまどったし、いらいらした。幼稚園児のようなあつかいを受けると知っていたら、たぶん入隊しなかっただろうな」

「たいていの人がそんなふうにいいます。われわれがなにをしようとしていたのか、ここでちょっと説明させてください。センサーをつけた理由はふたつあります。ひとつは、薄々見当はついたでしょうが、あなたがさまざまな基本機能を実行したり原初の感情を経験したりしているときの脳の活動をモニターするためです。人間の脳が情報や体験を処理するやりかたはおおむね似かよっているのですが、同時に、だれもが自分だけの経路や処理方法を利用してもいます。ちょうど、人間ならだれでも手には指が五本あるのに、指紋はそれぞれちがっているようなものですね。われわれはあなたの精神の〝指紋〟を採取しようとしていたのです。わかりますか？」

わたしはうなずいた。

「けっこう。これで、あなたに二日間のあいだいろいろとバカげたことをさせた理由がおわかりでしょう」

「裸の女性を相手に七歳の誕生パーティの思い出を話すとか」

「あのセッションではたくさんの有益な情報を得ることができるんですよ」

「どうしてそうなるんだろう」

「それは専門的な話になります。とにかく、この二日間で、あなたの脳がどんなふうに神経経路を使い、さまざまな刺激を処理するかはよくわかりました。その情報がテンプレートとして利用できるのです」

わたしがなんのテンプレートだと質問するより先に、ドクター・ラッセルは話をつづけた。「もうひとつ、センサーには、あなたの脳がなにをしているかを記録するだけではなく、脳内の活動状況をリアルタイムで送信する機能があります。ことばを変えると、あなたの意識を放送することができるのです。これは重要なことです。なぜなら、特定の精神機能とはちがい、意識は記録できないのです。転送をおこなうためには生放送するしかありません」

「転送」

「そうです」

「いったいなんの話をしているのか教えてくれないかな？」

ドクター・ラッセルはにっこり笑った。「ミスター・ペリー、入隊を志願したとき、あなたはわれわれの手で若返ることになると考えていたのではありませんか？」

「ああ。みんなそう思っている。老人に戦争なんかできるはずないのに、きみたちは新兵として老人を募集している。なんらかの手段で若返らせているはずだ」

「どうやっていると思います？」

「わからない。遺伝子治療。クローン臓器の移植。古い部品をはずして、新しい部品と交換しているのかも」

「半分だけ正解ですね。われわれは遺伝子治療もクローン臓器も利用しています。しかし、〝交換〟するのは部品ではなく、あなた自身です」

「意味がわからない」わたしは、現実が足の下から引き抜かれていくような、ひどい寒けをおぼえた。

「あなたの肉体は老化しています。古くなって、もう長くは働けません。そんなものを保存したり改良したりするのは無意味です。古くなって価値があがるわけでもないし、部品の交換で新品同様にもどるわけでもありません。古くなった肉体にできるのは老化することだけ。ですから、われわれはそれを捨ててしまいます。ぜんぶまとめて。保存するのは、けっして衰えることがない部分——すなわち、あなたの精神、あなたの意識、あなたの自我だけです」

ドクター・ラッセルは、コロニー人たちが出ていった奥のドアに近づき、コンコンと叩いた。それから、わたしに顔をもどした。「ご自分の肉体をよく見ておいてください。これからそれにお別れをいうのですから。あなたはよそへ移るのです」

「どこへ移るんだ?」わたしはなんとかことばを吐きだした。

「ここです」といって、ドクターはドアをあけた。

部屋の外から、ふたりのコロニー人がもどってきた。ひとりは車椅子を押していて、そこにだれかがすわっていた。わたしはよく見ようと首をのばした。とたんに、体がガタガタとふるえだした。

それはわたしだった。

五十年まえの。

5

「では、リラックスしてください」ドクター・ラッセルがいった。

ふたりのコロニー人は、車椅子をもう一台の治療槽のそばへ押していき、若いわたしの肉体をその上に横たえる作業にとりかかった。それ、彼、わたし――なんと呼べばいいのかわからないが、とにかく、そいつはまったく抵抗しなかった。昏睡状態にある人間をはこんでいるようなものだ。あるいは死体か。わたしはすっかり心を奪われていた。しかも怯えていた。頭のなかの小さな声が、ここへ来るまえにトイレに寄っておいてよかったとささやいていた。さもなければ、小便で脚をぬらしていただろう。

「どうやって――」いおうとしたら喉が詰まった。口が渇いてうまくしゃべれない。ドクター・ラッセルが声をかけると、ひとりのコロニー人が部屋を出て、水のはいった小さなコップを手にもどってきた。ドクターはそのコップを差しだしてわたしに水を飲ませてくれた。ありがたい。自分ではとても持てそうになかった。ドクターは水を飲むわたしにむかってしゃべりだした。

「通常、〝どうやって〟のあとにつづく質問はふたつあります。ひとつは、どうやって若い自分をつくったのか？　じつは、十年まえに採取したあなたの遺伝子サンプルをもとに新しい肉体をつくったのです」ドクターはコップを引いた。

「クローンか」やっと声が出た。

「いいえ。ちょっとちがいます。DNAが大幅に改変されていますから。目で見えるいちばんはっきりした相違点といえば――新しい肉体の皮膚ですね」

あらためて見直したら、若い自分を目にしたショックのあまり、だれにでもわかる明白なちがいを見逃していたことに気づいた。

「あいつは緑色だ」

「あなたが緑色なんですよ。というか、およそ五分後にそうなります。さて、これがひとつ目の〝どうやって〟に対するこたえです。もうひとつの質問は、どうやって自分をあのなかへ入れるのか？」ドクターは緑色をしたわたしのドッペルゲンガーを指さした。「そのこたえは、あなたの意識を転送するんです」

「どうやって？」

「センサーが追跡したあなたの脳内活動の記録を、あちらへ送信します。この二日間に収集した脳パターンの情報を使って、新しい脳に意識を移すための準備をしてありますから、転送をおこなっても、すべてはこれまでと同じように見えます。いうまでもなく、これはきわめて単純化した説明で、じっさいの仕組みはもっと複雑です。しかし、とりあえずはこれで用が足ります。さあ、接続しましょう」

ドクター・ラッセルが手をのばし、治療槽のアームをわたしの頭の上へ移動させようとした。わたしが頭を引いたので、ドクターは手を止めた。「今回は頭にはなにも入れませんから。注入キャップは信号増幅器に取り替えてあります。ご心配なく」

「すまない」わたしは頭をもとの位置へもどした。

「お気になさらずに」ドクター・ラッセルはキャップをわたしの頭にかぶせた。「あなたはたいていの新兵よりずっとましです。まえの人なんか豚みたいな金切り声をあげて卒倒しましたからね。しかたがないので気を失ったまま転送しました。目をさましたら、若返って、緑色になっていて、とてもとても動揺するでしょう。嘘じゃなく、あなたはおとなしいほうです」

わたしはにっこり笑い、もうじきわたしになる肉体へちらりと目をむけた。「そっちのキャップは？」

「必要ありません」ドクター・ラッセルはPDAを叩きはじめた。「さっきいったとおり、この肉体は大幅に改変されていますから」

「そういわれるとすごく不安になるんだが」

「なかにはいってしまえば気分も変わりますよ」ドクターはPDAをいじり終えて、わたしに顔をもどした。「さあ、準備完了です。これからどうなるか説明しましょう」

「たのむ」

ドクターはPDAをくるりとこちらへむけた。「わたしがこのボタンを押すと」――スクリーン上のボタンを指さし――「あなたのセンサーが脳内活動を増幅器へ送信しはじめます。脳内活動のマッピングが終わったら、わたしがこの治療槽を専用のコンピュータバンクに接続します。同時に、あちらの新しい脳へも同じように回線がひらかれます。接続が確認されたら、あなたの意識を新しい脳へ送信します。脳内活動のマップが新しい脳におさまり、回線の接続が切られたら、それでもう、あなたは新しい脳と肉体を手に入れています。なにか質問は？」

「転送が失敗したことはあるのか？」

「もっともな疑問ですね。こたえはイエスです。ごくまれに異常が起こることはあります。しかし、それはほんとうに珍しいことです。わたしはこの仕事を二十年つづけていて、何千回と転送をおこないましたが、亡くなったのはたったひとりです。その女性は転送中にひどい脳卒中を起こしました。脳パターンが混乱して意識の転送がおこなわれなかったんです。それ以外は全員が成功しました」

「じゃあ、ほんとうに死なないかぎりは生きのびられると」

「おもしろいいいまわしですね。でも、だいたいそういうことです」

「意識の転送がすんだことをどうやって知るんだ？」

「これで知ることができます」ドクター・ラッセルはPDAの側面をつついた。「それに、あなたも教えてくれますし。だいじょうぶですよ。転送が終わったら、ご自分でちゃんとわかりますから」

「どうしていいきれる? きみはやったことがあるのか? 転送を?」

ドクター・ラッセルはにっこりした。「じつをいうと、あります。それも二度」

「でも、きみは緑色じゃない」

「二度目の転送のせいです。ずっと緑色でいる必要はありませんから」ドクターは残念そうな口ぶりでそういうと、目をしばたたき、PDAに視線をもどした。「残念ですが、質問はこれくらいで。あなたのあとも、まだ転送待ちの新兵が何人かいるんです。心の準備はできましたか?」

「いや、ぜんぜん。こわくて胸が引き裂かれそうだ」

「ではことばを変えましょう。ケリをつける準備はできましたか?」

「まあね」

「じゃあはじめます」ドクター・ラッセルはPDAのスクリーンを叩いた。内部でなにかスイッチがはいったらしく、治療槽がゴトンと音をたてた。わたしはドクターにちらりと目をむけた。

「増幅器です」ドクターはこたえた。「この過程は一分ほどかかります」

わたしはひと声うめき、新しい自分をながめた。治療槽のなかでピクリともせずに横たわっている。型への流しこみの段階で緑色の塗料がまじってしまった蠟人形のようだ。遠いむかしのわたしにそっくり——いや、もっと立派に見える。若いころもとりたてて運動が得意なわけではなかった。新バージョンのわたしは、競泳選手みたいな体つきをしている。しかも、すごく頭髪が濃い。

あんな肉体にはいるなんて想像すらできない。

「最大解像度に達しました」ドクター・ラッセルが告げた。「回線をひらきます」そしてPDAを叩いた。

かすかな振動のあと、突然、脳のなかに大きな反響室があらわれた。「うわっ」

「反響室みたいですか？」ドクター・ラッセルがいった。わたしはうなずいた。「それがコンピュータバンクです。あなたの意識が、あちらとこちらとのわずかなタイムラグを感知しているんです。心配することはありません。さて、新しい肉体とコンピュータバンクとのあいだの回線をひらきます」またもやPDAを叩く。

部屋のむこうで、新しいわたしが目をあけた。

「よし」とドクター・ラッセル。

「そいつは猫の目をしている」とわたし。

「あなたが猫の目をしているんです。両方の回線がつながり、ノイズもありません。いまから転送を開始します。すこし方向感覚が乱れると思います」ドクター・ラッセルがPDAをとんと叩き——

——わたしは落下した

ずううううううっと下へ

（ぎゅっと押されて目のこまかいメッシュのマットレスを突き抜けるような感覚）

そしてすべての記憶が急にあらわれたレンガ壁のように顔面にぶつかって

ぱっとひらめいた情景でわたしは教会の祭壇に立ち

キャシーが中央の通路を歩いてくるのを見つめている

彼女は足をドレスの裾にひっかけ

足どりをわずかにもつれさせ

それでも優雅に体勢を立て直し

わたしにむかってほほえみで語りかける

〝ええ、こういうことでつまずくのよね〟

〈べつの情景でのキャシー、〝バニラエッセンスをどこに置いたっけ〟という声、ボウルがキッチンのタイルにぶつかる音〉

(なんてこったキャシー)

それから、わたしはふたたび自分にもどり、ドクター・ラッセルの診察室にいて、頭がくらくらするのを感じながら、ドクター・ラッセルの顔と後頭部を同時に正面から見ている。〝うわ、みごとなトリックだな〟と考えたら、その思考がステレオになったような感覚をおぼえる。

そして気づく。わたしは同時にふたつの場所にいる。

笑みを浮かべると、古いわたしと新しいわたしが同時に笑顔になる。

「物理法則に反している」わたしはふたつの口でドクター・ラッセルにいう。

ドクターがこたえる。「はいりましたね」

それからドクターはいまいましいPDAをとんと叩く。

するとわたしはひとりにもどる。

いや、もうひとりのわたしに。なぜわかるかというと、見つめる先にいるのが、新しくなった自分ではなく、古いほうの自分だから。

そいつがわたしを見る目は、なにかとてつもなく奇妙なことが起きたと悟っている。

その目が語る――〝わたしはもう不要だ〟。

そいつは目を閉じる。

「ミスター・ペリー」ドクター・ラッセルがいった。彼はもういちど呼びかけてから、わたしの頬を軽く叩いた。

「ああ。聞こえているよ。すまない」

「あなたのフルネームはなんですか、ミスター・ペリー?」

わたしはちょっと考えこんだ。「ジョン・ニコラス・ペリー」

「誕生日は?」

「六月十日」

「二年生のときの担任の先生の名前は?」

わたしはドクターをまじまじと見た。「おいおい。そんなこと、古い体にいたときでさえおぼえていなかったよ」

ドクター・ラッセルはにっこりした。「新しい人生へようこそ、ミスター・ペリー。みごとにやってのけましたね」ロックをはずして、ドアを大きくひらく。「外へ出てみてください」

両手を――緑色の両手を――治療槽の側面につき、体を外へ押しだした。右足をまえに出したら、ちょっとふらついた。ドクター・ラッセルが近づいてきて支えてくれた。「気をつけてください。ここしばらくは老人だったんですから。若い肉体がどんなものかを思いだすまで、すこし時間がかかるはずです」

「どういう意味だ？」

「たとえば、背中はまっすぐのばすことができるんですよ」

いわれてみると、わたしはすこし猫背になっていた（こどもたち、ちゃんとミルクを飲むんだよ）。背すじをしゃんとのばし、あらためて一歩踏みだしてみた。もう一歩。よかった、歩き方はおぼえている。わたしはこどもみたいに満面の笑みを浮かべながら部屋を歩きまわった。

「気分はいかがです？」ドクター・ラッセルがたずねた。

「若返った気分だ」わたしはすこしだけうれしそうにこたえた。

「そうでしょう。この肉体の生物学的年齢は二十歳です。じっさいは二十年もたっていないんですが、最近は急速に成長させることができるので」

試しに軽くジャンプしてみたら、地球まで半分ほども跳ねもどりそうな気がした。「酒すら飲めない年齢になったということか」

「中身は七十五歳のままですよ」

それを聞いて、わたしはぴょんぴょん跳ねるのをやめ、治療槽に横たわっている自分の古い肉体のそばへ近づいた。悲しげで、ぐったりしていて、まるで古いスーツケースのようだ。手をのばして年老いた顔にふれてみる。肌はあたたかく、吐息が感じられた。わたしはあわてて手を引いた。

「まだ生きてる」わたしはあとずさった。

「脳は死んでいます」ドクター・ラッセルが急いでいった。「認識機能はすべて転送を終えました。その段階でこちらの脳はシャットダウンしたんです。自動操縦で走っているようなものですよ――呼吸をして心臓も動いていますが、ただそれだけですし、一時的なことでしかありません。ひとりで放置されたら、数日で死ぬでしょう」

わたしは古い肉体にそっと近づいた。「これはどうなるんだ?」

「われわれのほうでしばらく保管します。ミスター・ペリー、せかしたくはないのですが、ほかの新兵が待っているので、そろそろ自分の船室にもどってください。正午までにかなりの人数をこなさなければいけないんですよ」

「この肉体について質問があるんだが」

「パンフレットを用意してあります。そちらのPDAにダウンロードしておきましょう」

「そうか、ありがとう」

「どういたしまして」ドクター・ラッセルはそういうと、待機していたコロニー人たちにうなずきかけた。「このふたりが船室まで付き添いますので。あらためて、おめでとうございます」

わたしはコロニー人たちのそばに近づき、いっしょに部屋を出かけたところで、ふと足を止めた。「ちょっと待って。ひとつ忘れていた」もういちど、治療槽に横たわる自分の古い肉体に歩み寄る。ドクター・ラッセルに目をやり、治療槽のドアを指さした。「このロックをはずしたいんだが」ドクターがうなずいたので、ロックをはずし、ドアをあけて、年老いた体の左手をとった。薬指に簡素な金の指輪がはまっている。それをするりとはずし、自分の左手の薬指にはめた。それから、年老いた自分の顔を新しい両手でそっとつつみこんだ。

「ありがとう」わたしは自分にいった。「なにもかも」

そしてコロニー人たちといっしょに部屋を出た。

新しいあなた

コロニー防衛軍新兵のための新しい体への手引き

作成――よりよい体を開発して二百年、コロニー遺伝研究所スタッフ

(これはPDAにダウンロードされていたパンフレットのトップページだ。イラストにつ

いては想像してもらうしかない。ダ・ヴィンチの有名な人体図を模したものだが、裸の男の姿は緑色になっていた。それはともかく、先へ進むとしよう）

すでに、あなたはコロニー防衛軍から新しい体を受け取ったことでしょう。おめでとうございます！　その新しい体は、コロニー遺伝研究所の科学者とエンジニアによる長年におよぶ改良の成果であり、CDFの兵士としての厳しい要求に応じられるよう最適化されています。この文書は、新しい体の重要な特徴や機能を簡単に紹介し、新兵がいだくもっとも一般的な疑問のいくつかにこたえるものです。

新しいだけではない――よりよい体

すでにお気づきのとおり、新しい体は緑色をしています。それはうわべだけの化粧ではありません。新しい皮膚（クロラダーム™）に含まれる葉緑素が、体の追加エネルギー源となり、酸素と二酸化炭素の利用効率を最大限に高めます。その結果、疲労は低減され、長時間にわたり、よりよく任務を果たすことができるのです！　これはさまざまな改良点のほんのひとつでしかありません。以下にほかの改良点を紹介しましょう。

・血液がスマートブラッド™に交換されています――この画期的なシステムは、酸素運搬能力を四倍に高め、病気、毒、失血死から体を守ります！

・わたしたちが特許をもつキャッツアイ™・テクノロジーが、自分で見なければとても信じられない、すぐれた視覚をもたらします！　網膜の桿状体と円錐体の数を増大させることで、自然に進化したシステムではほぼ不可能な高い解像度を実現しています。さらに、特別に設計された光増幅器により、光量がきわめて少ない状況でもはっきりとものを見ることができます。

・アンコモンセンス感覚強化システム™が、未体験の触覚、嗅覚、聴覚、味覚をもたらします。神経配列の拡張および接続の最適化により、あらゆる感覚の知覚レベルが向上するのです。第一日目からそのちがいを体感できるでしょう！

・あなたはどこまで強くなりたいですか？　ハードアーム™・テクノロジーが本来の筋力や反応時間を向上させるので、あなたの体は、夢にも思わなかったほど強靭かつ敏捷なものになります。じつは、あまりにも強靭かつ敏捷なので、法律により、このテクノロジーは消費者市場では販売できません。あなたがた新兵にとって、真の〝助け〟となるでしょう！

・もう接続切れは起こりません！　ブレインパル™・コンピュータを紛失することはけっしてありません。それは脳のなかにあるのです。わたしたちが独自に開発した支援適応インターフェースの協力により、あなたは好きな方法でブレインパルにアクセスできます。ブレインパルは、あなたの新しい体に組みこまれた、スマートブラッドをはじめとする非有機テクノロジーとの連携にも役立ちます。ＣＤＦの兵士たちは、このおどろくべきテクノロジーに絶対的な信頼をおいています――きっとあなたもそうなるでしょう。

よりよいあなたをつくるために

あなたは自分の新しい体の能力におどろいているでしょう。しかし、それがどのように設計されたのか考えたことはありませんか？　新しい体が、コロニー遺伝研究所で設計される高度な改良をほどこされた一連の体の最新版にすぎないのかどうか、知りたいのではないでしょうか。わたしたちは、独自開発のテクノロジーに、ほかの種族から得た遺伝情報と、最新の小型ロボットテクノロジーを組み合わせて、あなたの新しい体を改良しています。困難な仕事ではありますが、うれしいことに成果はあがっています！

二百年近くまえに最初の一歩をしるして以来、わたしたちは着実に作品の開発を進めてきました。修正や改良をおこなうときには、まず最初に、高度なコンピュータモデリング技術を活用して、それぞれの改良案が体全体におよぼす影響をシミュレートします。つぎに、このプロセスで問題がなかった改良案だけが、生物モデルによるテストを受けることになります。それからはじめて、改良案は最終的な体の設計に組みこまれ、あなたが提供する〝初期〟ＤＮＡと一体化されるのです。どれも充分にテストされた安全な改良ですからご安心ください。すべてはよりよいあなたをつくるためなのです！

新しい体についてのよくある質問

1　わたしの新しい体にはブランド名がついていますか？

はい！　あなたの新しい体は、ディフェンダー・シリーズⅫ、〝ヘラクレス〟モデルと呼ばれています。専門用語では、CG／CDFモデル12、リビジョン1・2・11となります。このモデルはコロニー防衛軍でのみ使用されます。付け加えると、それぞれの体にはメンテナンス用に独自のモデル番号がふられています。ブレインパル™であなたの番号を知ることができます。ご心配なく、日々の生活ではもともとの名前を使うことができますから！

2　わたしの新しい体は歳をとるのですか？

ディフェンダー・シリーズは、使用中はつねに最高のパフォーマンスを発揮するよう設計されています。そのために、遺伝子レベルでの高度な再生技術をもちいて、自然な肉体の衰退傾向を低減させているのです。基本的なメンテナンス管理により、新しい体はあなたが使用しつづけるかぎり最高のコンディションを維持します。怪我や障害も早く治ります——あっというまに元気に活動できるようになるのです！

3　このおどろくべき改良を子孫に引き継ぐことはできますか？

いいえ。あなたの体も、その生物的および技術的システムも、コロニー遺伝研究所に特許権があり、許可なく譲渡することはできません。しかも、ディフェンダー・シリーズの改良は広範囲にわたっているので、そのDNAはもはや未改変の人間とは遺伝的に適合しなくなっています。実験室におけるテストの結果、ディフェンダー・シリーズの交配では、どのような場合でも胎児にとって致命的な不適合が生じることが判明しています。付け加えるなら、コロニー防衛軍は、遺伝情報の伝達は兵士たちの任務にとって必要不可欠なものではないと判断しています。従って、ディフェンダー・シリーズに生殖能力はありません。ただし、それ以外の関連機能についてはそのまま残されています。

4　新しい体が神学上どのような意味をもつのか不安です。どうすればよいでしょう?
遺伝研究所もCDFも、体から体への意識の転送にともなう神学面および心理面の影響について公式な見解は出していませんが、多くの新兵が疑問や不安をいだくのはよくわかります。新兵の輸送船には、地球のおもな宗教の聖職者が乗りこんでいますし、それをおぎなう心理セラピストもいます。彼らのもとをおとずれ、あなたのかかえる疑問について語りあってみてください。

5　いつまでこの新しい体にとどまれるのですか?
ディフェンダー・シリーズはCDFでの使用に適した設計になっています。CDFにとどまるかぎり、この技術的および生物的に改良された新しい体を使用することができます。CDFを離れるときには、あなたの本来のDNAをもとにした、新しい、未改変の人間の体が提供されます。

コロニー遺伝研究所一同より、新しい体を手に入れたあなたに祝福を送ります！　CDFですごすあいだ、その体はおおいに役立つことでしょう。コロニー連合への貢献に心から感謝します。どうぞ楽しんでください……新しい体を。

PDAをおろし、船室のシンクに近づいて、鏡に映った新しい顔をながめた。目はどうしても気になった。もとの体の目はにごった茶色で、珍しい金色の斑点がついていた。キャシーからは、虹彩にある色つきの斑点はよぶんな脂肪組織にすぎないとよくいわれた。つまり、わたしの目は太めだったということだ。

あの目が太めだったとしたら、こんどの目はきっぱりデブといえる。瞳孔の金色が外へむかってひろがり、へりに近づくにつれて緑色に染まっていた。虹彩のへりは深いエメラルド色。その色のトゲが瞳孔にむかってつんつん突きだしている。瞳孔そのものはスリット状で、鏡のすぐ上にあるライトの光をあびてきゅっとせばまっていた。わたしはそのライトを消し、部屋自体の照明も落とした。室内にある光源はPDAの小さな発光ダイオードだけ。以前の目なら、なにも見えなくなっていただろう。

新しい目はほんの一瞬で適応した。部屋はまちがいなく暗いのに、ものをはっきりと見分けることができた。もういちど鏡をのぞきこむ。ベラドンナをとりすぎたみたいに瞳孔がひらいている。シンクの明かりをパチンとつけると、瞳孔はすごい速さで収縮した。

服をぬぎ、新しい体をはじめてしげしげとながめた。最初の印象は正しかった。なんというか、全身がすっかりたくましくなっていた。胸から割れた腹筋へと手をすべらせてみる。生まれてこのかた、こんな運動選手みたいな体型になったことはいちどもない。どうやってこんなふうにしたんだろう。二十代のころのたるんだ体型にもどろうとしたらどれだけ時間がかかるやら。この体のDNAにくわえられた大量の改変を考えると、ぶよぶよの体型にすることもできたのだろうか。それはかんべんだ。新しいわたしのほうがいい。

それと、まつげから下の体毛がまったくなかった。

ほんとうに無毛なのだ——毛がどこにもない。腕もむきだし、脚もむきだし、背中もむきだし（むきだしでなかったことがいちどもないというわけではない、エヘン）、陰部もむきだし。無精ひげでも生えていないかと顎をなでてみた。赤ん坊のお尻みたいにつるつるだ。いや、いまはわたしの尻もつるつるか。自分の一物を見おろしてみる。正直いって、毛がないと、なんとなくわびしい感じがする。頭の毛はちゃんとあるが、ぱっとしない茶色だ。そこだけは前世の姿から変わっていない。

手を顔のまえにかかげて、肌の色をじっくりながめた。明るい緑色だが、どぎつくはない。よかった。シャルトルーズ酒みたいな黄緑色だったら、とても耐えられるとは思えない。肌は全身くまなく同じ色だが、乳首とペニスの先端だけはわずかに色が濃かった。コントラストはおおむね以前のとおりで、色合いだけがちがっているらしい。ただ、静脈がより目立つようになり、灰色がかっていた。スマートブラッド™の色は（それがどんなものであれ）、血のような赤ではないようだ。わたしは服を着なおした。

PDAがピーッと鳴った。取りあげると、メッセージが届いていた。

［ブレインパル™・コンピュータシステムにアクセスできます。すぐに起動しますか？］

スクリーンには［イエス］と［ノー］のボタン。わたしは［イエス］を選んだ。

突然、低くゆたかな声がどこからともなく聞こえてきた。わたしはあやうく新しい緑色の皮膚からとびだしそうになった。

「ハロー！　あなたがいま接触しているのは、特許取得ずみ支援適応インターフェースをそなえたブレインパル体内コンピュータです！　おどろかないでください！　あなたがいま聞いている声は、ブレインパル統合システムにより、脳の聴覚中枢へ直接送られているのです」

やれやれ。頭のなかで他人の声を聞くようになるとは。

「この簡単な導入セッションが終わったら、いつでも音声は消すことができます。まずはじめに、いくつかの選択可能なオプションについてイエスまたはノーでこたえてもらいます。現時点では、なにか指示をもとめられたときには、イエスまたはノーと口でこたえてください。それによってブレインパルが応答を学習します。では、準備ができたらイエスといってください。いつでもかまいません」

声が止まった。わたしはちょっと呆然として、口ごもった。

「イエスといってください」声がくりかえした。

「イエス！」わたしはびくっとしてこたえた。

「イエスといってくれてありがとう。では、ノーといってください」

「ノー」わたしはこたえ、一瞬、ブレインパルがいまの要求にノーと返事をされたと思いこみ、腹を立てて勝手にわたしの脳を焼いたりしないのだろうかと不安になった。

「ノーといってくれてありがとう」どうやらことばどおりに解釈したらしい。「学習が進めば、ブレインパルの応答をもとめるときに口頭で命令を出す必要はなくなります。しかし、ブレインパルとの対話に慣れるまでのあいだは、口頭でやりとりするほうがいいかもしれません。現時点では、音声でやりとりするか、テキストインターフェースに切り替えるかを選択できます。ここでテキストインターフェースに切り替えますか？」

「ああ、イエスだ」

〔これよりテキストインターフェースで続行します〕

視線の先に一行のテキストが浮かびあがった。文字はわたしが見ているものと完璧なコントラストを成している。頭を動かしても、テキストは視界の中央にとどまり、コントラストが変化するので読みにくくなることはない。うまくできている。

〔はじめての文章セッションでは、怪我を避けるために着席することを推奨します。どうぞすわってください〕

わたしはすわった。

〔ブレインパル™との最初のセッションのあいだは、口頭でやりとりするほうが楽でしょう。ブレインパル™があなたの質問を理解する助けとなるように、いまからあなたがしゃべる声をブレインパル™に認識させます。以下の音素を読みあげてください」

視界のなかに音素のリストがあらわれた。右から左へ読みあげていく。そのあと、ブレインパルの指示で、つぎつぎと短い文章を読みあげた。

「ありがとう。これでブレインパル™はあなたの声から命令を受け取ることができます。いますぐブレインパル™をあなた専用にカスタマイズしますか？」

「イエス」

「ブレインパル™のユーザーの多くは、自分のブレインパル™に便利な名前をつけています。ここであなたのブレインパル™に名前をつけますか？」

「イエス」

「あなたのブレインパル™につけたい名前をいってください」

「〝クソッタレ〟」

「あなたは〝クソッタレ〟を選びました」ご立派なことにスペルは正しかった。「大勢の新兵がこの名前を選んでいます。ほかの名前に変更しますか？」

「ノー」わたしは、仲間の大勢の新兵たちがブレインパルに対して同じような感情をいだいていることが誇らしかった。

「あなたのブレインパル™はクソッタレになりました。今後も名前は好きなときに変更できます。つぎに、クソッタレを起動するためのフレーズを選ばなければなりません。クソッタレはつねに作動していますが、命令に応答するのは起動中だけです。短いことばを選んでください。クソッタレは〝クソッタレを起動〟を推奨しますが、べつのことばを選んでもかまいません。では、起動用のフレーズをいってください〕
「〝おい、クソッタレ〟」
〔あなたは〝おい、クソッタレ〟を選びました。確認のためにもういちど起動用のフレーズをいってください〕
いわれたとおりにすると、つぎに停止用のフレーズを選べと指示された。わたしは（当然のごとく）〝うせろ、クソッタレ〟を選んだ。
〔あなたはクソッタレに一人称で話させたいですか？〕
「もちろん」
〔わたしはクソッタレです〕
「そうだろうな」
〔わたしはあなたの命令または質問を待っています〕
「おまえに知性はあるのか？」
〔わたしは、自然言語プロセッサをはじめとする各種システムにより質問や命令を理解して返事をしているため、しばしば知性があるとみなされます。とりわけ、より大型のコンピュータネットワークに接続しているときは。しかし、ブレインパル™・システムにはそもそも知性はありません。たとえば、これは自動生成された返答です。これはよくある質問なのです〕

「どうやってわたしを判別しているんだ？」
〔現段階では、あなたの声に反応しています。あなたがしゃべるたびに、わたしはあなたの脳をモニターして、あなたがわたしとの会話を求めているときに脳がどのような活動をするかを学習します。時間がたてば、あなたがしゃべらなくても、わたしはあなたの意図を理解できるようになります。もっと時間がたてば、あなたも声や身ぶりで合図しなくてもわたしを活用できるようになります〕
「おまえはなにができるんだ？」
〔わたしの機能は多岐にわたっています。定型のリストを見たいですか？〕
「たのむ」
目のまえに膨大なリストが浮かびあがった。
〔下位カテゴリーのリストを参照するときは、トップのカテゴリーを選択して〝（カテゴリー）展開〟といってください。機能を使うときは、〝（カテゴリー）実行〟といってください〕
わたしはリストを読んでいった。どうやら、クソッタレにできないことはほとんどないらしい。ほかの新兵にメッセージを送れる。報告書をダウンロードできる。音楽や映像を再生できる。ゲームもできる。システム上のどんな文書でも呼びだせる。膨大なデータを保存できる。複雑な計算ができる。身体に不調があるときに診断をくだして治療法を提案できる。ブレインパルのユーザーでグループをつくってローカルネットワークを構築できる。人類およびエイリアンの数百種類におよぶ言語を瞬時に翻訳できる。ほかのブレインパルユーザーの情報を視界内に表示することさえできるらしい。わたしはこのオプションをオンにした。自分自身を見分けるのさえたいへんなのだ。オイボレ団の仲間たちを見分けられるとは思えない。あれこれひっくるめると、クソッタレを脳のなかに住まわせておくのはとても便利なことだった。

ドアのラッチが鳴る音が聞こえた。わたしは顔をあげた。「おい、クソッタレ。いま何時だ？」

〔現在時刻は1200時です〕

九十分近くクソッタレをいじっていたのか。もう充分だろう。生身の人間と会う準備はできたはずだ。

「うせろ、クソッタレ」

〔さようなら〕そのテキストは、わたしが読むとすぐに消えた。

ノックの音がした。わたしはドアに近づいた。たぶんハリーだろう。どんな姿になっているのやら。

そこにいたのは目のさめるようなブルネットの美女で、肌は濃いオリーブ色、二本の脚はすらりと長くのびていた。

「きみはハリーじゃないな」われながらマヌケな台詞だった。

ブルネットはわたしを上から下までしげしげとながめた。「ジョン？」

ぽかんと相手を見つめていたら、やっと名前を思いついた――その直後に、ＩＤ情報が幻影のように目のまえに浮かびあがった。「ジェシーか」

美女はうなずいた。わたしは啞然としたまま、なにかいおうとして口をあけた。ジェシーはわたしの頭をむんずとつかむと、勢いよくキスをして、そのまま船室へなだれこんできた。床に倒れながら、足で蹴ってドアを閉める。器用なものだ。

すっかり忘れていたが、若い男はいとも簡単に勃起するのだった。

6

すっかり忘れていたが、若い男はたてつづけに何度も勃起できるのだった。

「誤解しないでね」ジェシーは、三度目（！）の行為を終えてわたしの上に横たわっていた。「あなたにそれほど魅力を感じているわけじゃないの」

「ありがたい」わたしはいった。「もしもそうだったら、わたしはいまごろボロボロに消耗しきっていたはずだ」

「かんちがいしないで。あなたのことは好きなの。この――」ジェシーは手をぱたぱたさせて、全身移植による若返りをあらわすことばをさがした。「――変化のまえでさえ、あなたは知的でやさしくて愉快だった。いい友だちよ」

「ふーん。しかしね、ジェシー、〝友だちでいましょう〟という台詞は、ふつうはセックスを阻止するために使うんだよ」

「こうなったからって思いちがいをしてほしくないだけ」

「わたしはてっきり、二十歳の肉体に魔法のように転送されて興奮したあまり、最初に出会った相手と激しいセックスをせずにいられなかったのかと思ってたよ」

　ジェシーはちょっとわたしを見つめてから、声をあげて笑いだした。「そうね！　まさにそういうこと。ただ、あたしの場合はふたり目だったけど。ほら、ルームメイトがいるから」

「へえ？　マギーはどんなふうになってた？」

「すごいわよ。彼女に比べたら、あたしなんか浜に乗りあげた鯨みたい」

　わたしはジェシーのわき腹をなでた。「とてもすてきな浜に乗りあげた鯨だよ」

「そうでしょ！」ジェシーは急に体を起こして、わたしにまたがった。両腕をあげて頭のうしろで組み、おどろくほど張りがあってゆたかな乳房をぐっと上へむける。わたしの体をはさんでいるふとももの内側が熱っぽい。わたしはまだ勃起していなかったが、すぐにそうなりそうだった。「だって、これを見てよ」いわれなくても、ジェシーにまたがられてからというもの、わたしはずっとその体から目を離していなかった。「あたし、ほんとにすごい。うぬぼれでいってるわけじゃないの。ただ、生まれてからずっと、こんなにきれいな体とは縁がなかったから。もうぜんぜん」

「とても信じがたいね」

　ジェシーは左右のふくらみをつかみ、わたしの顔にむかって乳首を突きだした。「これを見て」といって、左のほうをゆらしてみせる。「現実ではこれより小さなサイズだったんだけど、それでも大きすぎたの。思春期をむかえてからはいつも肩こりに悩まされていたわ。それに、こんなに張りがあったのは十三歳のときの一週間くらいだったと思う。それもあやしいくらい」

ジェシーはわたしの両手をつかみ、自分の贅肉ひとつない腹部に押しつけた。「こんなおなかにも縁はなかった。出産を経験するまえでさえ、ここには小さなたるみがあったの。こどもをふたり産んだあとは、なんていうか、もしも三人目を産んだら二段腹になることを覚悟しなくちゃいけない状態だった」

わたしは両手をうしろへまわしてジェシーのおしりをつかんだ。「これは?」

「たぷんたぷん」ジェシーは声をあげて笑った。「あたしは大女だったの」

「大きいのは悪いことじゃない。キャシーも大柄なほうだった。わたしは好きだったよ」

「まえはそんなことは問題じゃなかった。体のことを気にするなんてバカげてる。だからといって、もとにもどる気はないけど」ジェシーは挑発するように両手で自分の体をなでまわした。「すっごくセクシー!」忍び笑いをもらし、顎をくいっとあげてみせる。わたしは声をあげて笑った。

ジェシーは身を乗りだしてわたしの顔をのぞきこんだ。「この猫の目もすごくおもしろいわよね。ほんとの猫のDNAを使ったのかしら。つまり、猫のDNAをわたしたちのDNAにつなぎあわせたとか。あたしは体の一部が猫でもかまわないけど」

「猫のDNAを使ったとは思えないな。猫がもつほかの特質があらわれていないから」

ジェシーは上体を起こした。「たとえば?」

「そうだなあ」わたしはそろそろとジェシーの乳房に両手をのばした。「たとえば、雄猫のペニスにはトゲ状の突起がある」

「まさか」

「いや、ほんとだよ。そのトゲの刺激で雌は排卵するんだ。調べてみるといい。とにかく、ここのやつにはトゲはない。もしもあったらきみが気づいているはずだ」

「それじゃ証拠にはならないわ」ジェシーはぐっと背をそらして、わたしの上にのしかかってきた。みだらな笑みが浮かぶ。「もっと激しくすれば、トゲがとびだしてくるのかもしれないでしょ」

「挑戦されているような感じがするな」

「あたしもなにかを感じてる」そういって、ジェシーは身をくねらせた。

「なにを考えているの？」行為のあと、ジェシーがたずねた。

「キャシーのことだ。よくふたりでこんなふうに寝ころがっていたなあと」

「つまり、カーペットの上でってことね」ジェシーはにやりと笑った。

わたしはジェシーの頭をぽんと叩いた。「そうじゃない。セックスのあとでごろりと横になって、話をして、おたがいの存在を楽しむってことだよ。はじめて入隊の話をしたのもそういうときだったんだ」

「なぜそんな話を持ちだしたの？」

「わたしじゃない。キャシーがいいだしたんだ。わたしは六十歳の誕生日をむかえたところで、老いていく自分に気がめいっていた。それで、キャシーが、時期がきたら入隊しようといったんだ。びっくりしたよ。ふたりとも反戦主義者だったからね。亜大陸戦争にも反対していたんだ。まだそういうのが一般的じゃなかったころから」

「あの戦争には大勢の人が反対していたわ」

「ああ。だが、わたしたちは本気で反対していた。町内でちょっとしたジョークの種になったほどだ」

「じゃあ、奥さんはコロニー防衛軍に入隊することをどうやって正当化したの？」

「本人の話だと、戦争や軍隊すべてに反対していたわけじゃないらしい。あの戦争と自国の軍隊に反対していただけなんだ。人間には自分を守る権利があるし、きっと宇宙は厳しいところなんだろうといってた。それに、気高い動機は抜きにしても、若返って再出発できるじゃないかって」

「でも、ふたりでいっしょに入隊することはできないわ。年齢が同じでないかぎり」

「キャシーはわたしよりひとつ年下だった。そのことはちゃんと指摘したよ。もしもわたしが軍隊にはいったら、公式には死んだことになって、もう夫婦じゃなくなるし、二度と会えないかもしれないんだって」

「奥さんはなんて？」

「そんなのはささいな問題だといってた。きっとわたしを見つけて、まえのように祭壇まで引きずっていくと。こういうことでは頑固なやつだったから」

ジェシーは肘をついて身を起こし、わたしを見つめた。「奥さんがここにいなくて残念だったわね、ジョン」

わたしはにっこりした。「だいじょうぶ。ときどき妻のことをなつかしく思うだけさ」

「よくわかるわ。あたしも夫のことがなつかしい」

わたしはちらりとジェシーを見た。「きみを捨てて若い女のもとへ走り、そのあと食中毒でひどい目にあったんじゃないのかい」

「そのとおりよ。あいつが内臓を吐くような目にあったのは自業自得。まじめな話、あの男のことはなつかしくないの。でも、夫がいたときのことはなつかしい。いっしょにいるのが当然という相手がいるのはとてもいいもの。結婚生活はすばらしいわ」

「結婚生活はすばらしいな」

ジェシーは身をすり寄せてきて、腕をわたしの胸にまわした。「もちろん、これもすばらしいけどね。最後にこういうことをしてからずいぶんたつわ」

「床に横たわること？」

こんどはジェシーがわたしの頭を叩いた。「ちがうわよ。まあ、それにはちがいないんだけど、厳密にいうと、セックスのあとでごろごろしていること。もっとも、セックス自体もひさしぶり。最後にしてからどれくらいたつか知りたくないでしょうね」

「もちろん知りたいさ」

「やなやつ。八年よ」

「わたしを見たとたんにとびかかってきたのもむりはないな」

「そういうこと。あなたはたまたま都合のいい場所にいたわけ」

「場所がすべてなんだと、うちの母がよくいっていたよ」

「変わったお母さんね。おい、アバズレ、いま何時？」

「え？」

「頭のなかの声に話しかけているの」

「いい名前をつけたね」

「あなたのほうはどんな名前を？」

「クソッタレ」

ジェシーはうなずいた。「ぴったりね。うちのアバズレによると、1600時をすぎたところみたい。夕食まで二時間あるわ。それがどういうことかわかる？」

「わからないな。四回は限界だよ。たとえ若返って全面改良されたとしても」

「おちついて。ひと眠りするだけの時間があるってこと」

「毛布をとってこようか？」

「バカいわないで。カーペットの上でセックスしたからって、その上で眠りたいわけじゃないわ。ここにはあいている寝台があるじゃない。それを使わせてもらうから」

「じゃあ、わたしはひとりで寝るのかい？」

「埋め合わせはするから。あたしが起きたら催促して」

わたしは催促した。ジェシーは埋め合わせをしてくれた。

「いやはや」トマスがテーブルにつきながらいった。手にしたトレイは食べ物が山盛りで、持ちあげられるだけでも奇跡のようだった。「ことばではいいあらわせないほどの美形ぞろいだな」

そのとおりだった。オイボレ団の仲間たちは信じられないほどきれいに洗濯されていた。トマスとハリーとアランは男性モデルになれそうだった。男性四人のなかでは、わたしは醜いアヒルの子だったが、それでも——まあ、見ばえはよかった。女性陣はというと、ジェシーは目がさめるような美人で、スーザンはその上をいき、マギーは率直にいって女神のようだった。見ていると目が痛くなるほどだ。

勢ぞろいした仲間たちをながめていると、いい意味で頭がくらくらしてきた。しばらくのあいだ、わたしたちはただおたがいを見つめていた。しかも、それはわたしたちだけではなかった。部屋を見わたしてみると、見ばえの悪い人はただのひとりもいなかった。なんとも心が浮きたつ光景だった。

「おかしいだろ」ハリーが唐突に話しかけてきた。わたしは彼に顔をむけた。「おれもあたりをながめてみた。部屋にいる連中みんなが若いときにこれほど美形だったなんて、絶対にありえないはずだ」

「きみといっしょにしないでくれ」とトマス。「わたしなんか、すこしばかり魅力がそこなわれているくらいだ。青二才だったころと比べると」

「いまは青野菜みたいな色をしているからな。それに、たとえこの〝疑い深いトマス〟を除外したとしても――」

「泣きながら鏡まで走っていくぞ」

「――全員が美形だなんてまずありえない。はっきりいって、二十歳のころのおれはここまで美形じゃなかった。なにしろふとっていたし。ニキビもひどかったし。もう髪の毛が薄くなりかけていたし」

「やめて」とスーザン。「なんだかムラムラしてくる」

「こっちは食事中なんだぞ」とトマス。

「いまじゃ笑い話さ。こんなになったんだから」ハリーは今年いちばんのモデルを紹介するように自分の体を手でしめしてみせた。「しかしなあ、新しいおれと古いおれとの共通点はごくわずかしかないんだよ」

「そのことが気にかかっているような口ぶりですね」アランがいった。

「すこしはな。べつに拒絶しようというわけじゃないが、ただでなにかがもらえるときは、どうしたって用心ぶかくなるさ。みんなどうしてこんなに美形なんだ？」

「遺伝子がいいからでしょう」とアラン。

「だろうな。だが、いったいだれの遺伝子だ？　おれたち自身のか？　それとも、研究室でどこかから切り取ってきたものか?」

「みんなのスタイルがすごくよくなってる」ジェシーがいった。「ジョンにも話したんだけど、ほんもののわたしはこんなにスタイルがよかったことはいちどもなかった」

マギーが急に口をひらいた。「やっぱり。〝もとの体〟といいたいときに、つい〝ほんものの体〟といってしまうのよね。なんだかこの体をリアルに感じられないみたい」

「充分にリアルよ」とスーザン。「やっぱりおしっこはしなくちゃいけないし」

「わたしに情報を公表しすぎるなといった女性の口から、そんな台詞が出るとは」トマスがいった。

「あたしがいいたいのはね」ジェシーがつづけた。「防衛軍があたしたちの体を改良したとき、ついでに見ばえの部分まで改良したということなの」

「そのとおり」とハリー。「ただ、そんなことをした理由がわからない」

「絆を強めるためよ」とマギー。

全員がマギーを見つめた。

「あらあら、やっとマギーが殻から出てきたわ」

「うるさいわよ、スーザン」マギーがいうと、スーザンはにやりと笑った。「あのね、ごくあたりまえな人間の心理として、わたしたちは魅力的だと感じる相手を好きになる傾向があるの。しかも、この部屋にいる人たちは、基本的にはみんな他人どうしだから、短期間ではなかなか心のつながりは生まれない。わたしたちの見ばえをよくしたのは、いまのうちに、あるいは訓練がはじまってから絆を強めるためだと思う」

「わからんなあ。兵士たちがせっせとおたがいに色目を使うことが、なんで戦闘に役立つんだ？」トマスがいった。

「そういうことじゃないの。性的魅力はただの副作用。重要なのは、信頼と献身の気持ちをてっとりばやく植えつけられるということ。人は、魅力的だと感じる相手を信頼し、協力したいと思うもの。性的欲望があるかどうかは関係ない。だからニュースキャスターはみんな魅力的なの。だから魅力的な人たちは学校でがんばって勉強する必要がないの」

「でも、いまじゃみんなが魅力的になっている」わたしはいった。「とてつもなく魅力的な人ばかりが住む世界では、ただ見ばえがいいというだけじゃ不利かもしれない」

「しかも、いまでもやっぱり見ばえのよさには差がある」トマスがいった。「わたしはマギーを見るたびに、部屋から酸素が吸いだされるような気がする。気を悪くしないでくれよ、マギー」

「気にしてないわ」とマギー。「それに、比較の基準となるのは、いまのおたがいの姿じゃなくて、以前のわたしたちの姿なの。短期的には、それがわたしたちの利用する基準になるでしょうし、防衛軍が狙っているのも短期的な効果だけでしかないのよ」

「つまり、あたしを見ても酸素を奪われるような感じはしないというのね」スーザンがトマスにいった。

「侮辱しているわけじゃないぞ」とトマス。

「あなたを絞め殺すときに思いだすでしょうね。酸素剥奪のことを」

「ふたりともじゃれあうのはやめてください」アランがそういってから、マギーに注意をもどした。「魅力の件についてはあなたのいうとおりだと思いますが、あなたはぼくたちがもっとも魅力を感じなければならない人物のことを忘れているようです――自分自身ですね。結局のところ、ぼくたちはまだこの体に慣れていません。つまり、ぼくの肌が緑色で頭のなかに〝マヌケ〟と名付けたコンピュータがあるという事実と――」アランは口をつぐみ、わたしたち全員に目をむけた。「みなさんはブレインパルにどんな名前をつけました？」

「クソッタレ」とわたし。

「アバズレ」とジェシー。

「トンマ」とトマス。

「バカタレ」とハリー。

「サタン」とマギー。

「ラブリー」とスーザン。「どうやら、自分のブレインパルを気に入っているのはあたしだけみたいね」

「というより、あなただけは頭のなかで突然声がしても気にならなかったんでしょう」アランがいった。「でも、ぼくがいいたいのもそこです。急に若返って筋肉もりもりになって機械的な変化があれば、人間の精神は大きな打撃を受けるものです。たとえ若返りをよろこんでいても――ぼくはそうですが――やはり新しい自分には違和感をおぼえるはずです。見ばえをよくしておけば、気持ちがおちつきやすくなるじゃないですか」

「おれたちが相手にしている連中はひどくずるがしこいんだよ」ハリーが不吉な断定口調でいった。

「ほら、元気だして」ジェシーがハリーを軽くこづいた。「あたしの知るかぎり、若返ってセクシーになることを陰謀とみなせるのはあなただけなんだから」

「おれをセクシーだと思うのか？」

「とってもすてきよ、あなた」ジェシーはおおげさに目をぱちぱちさせた。

ハリーは間の抜けた笑みを浮かべた。「そんなことをいわれたのは、今世紀にはいってはじめてだな。よし、落札だ」


新兵でぎっしり埋まったシアターの最前部に立つ男は、歴戦の古参兵だった。ブレインパルの情報によれば、コロニー防衛軍に入隊してからの十四年間に、何度となく戦闘に参加していた。戦闘の名称はわたしたちにはなんの意味もなさなかったが、いずれはわかるようになるはずだった。男はいくつもの新発見の世界へおもむき、いくつもの新発見の種族と出会い、即座にそいつらを皆殺しにした。見た目は二十三歳だった。

「こんばんは、新兵諸君」男は場内が静まるのを待って語りはじめた。「わたしはブライアン・ヒギー中佐。今回の旅の残りの期間は、わたしが諸君の指揮官になる。実務面からいえば、これにはほとんどなんの意味もない――一週間後にベータ・ピクシスⅢへ到着するまでのあいだ、諸君にあたえられる指揮目標はひとつしかないのだ。とはいえ、諸君が今後はコロニー防衛軍の規則と約束事に縛られるという事実を再認識する助けにはなるだろう。新しい体を手に入れたいま、諸君には新しい責任が生まれるのだ。

諸君はその新しい体についてあれこれ考えているかもしれない。どんなことができるのか、どれだけの圧力に耐えられるのか、コロニー防衛軍の軍務においてどのように活用できるのか。それらの疑問に対するこたえは、ベータ・ピクシスⅢで訓練を開始すればじきに得られるだろう。だが、目下のところ、われわれの主たる目標は、諸君をその新しい肉体になじませることにある。

というわけで、旅の残りの期間、諸君にはこの命令をあたえる――楽しみたまえ」

この発言に、ならんだ新兵のあいだからざわめきとまばらな笑い声があがった。命令によって楽しむという考えは、おもしろいほど直観に反していた。ヒギー中佐は陰気な笑みを浮かべた。

「妙な命令に聞こえるのはわかっている。とにかく、諸君が手に入れた新しい能力に慣れるには、新しい体でしっかりと楽しむのが最善の方法だ。訓練がはじまれば、しょっぱなから最高のパフォーマンスを要求される。徐々にペースをあげていくなどというゆとりはない。宇宙は危険なところだ。訓練は、短く、厳しいものとなるだろう。自分の体にとまどっている暇はないのだ。

新兵諸君、これからの一週間を、かつての人生と新しい人生とを橋渡しする期間と考えたまえ。最終的にはあまりにも短いと感じるだろうが、そのあいだに、軍隊むけの設計がなされた新しい体を使って、民間人として思う存分楽しむといい。ヘンリー・ハドスン号には、諸君が地球上で親しんでいたさまざまな娯楽施設が用意されている。それらを活用し、楽しみたまえ。新しい体の機能に慣れるために。その潜在能力を学び、その限界を見きわめられるかどうか試してみるのだ。

新兵諸君、つぎにわれわれが出会うのは、きみたちが訓練開始まえの最終説明を受けるときになる。それまでは、楽しみたまえ。おおげさにいうわけではないが、コロニー防衛軍での生活にはそれなりの見返りがあるとはいえ、諸君が新しい体でなんの気苦労もなくすごせるのはこれが最後になるかもしれない。この期間を賢く活用したまえ。しっかり楽しむことを勧める。わたしの話は以上だ。解散」

全員が正気をなくした。

最初はもちろんセックスだ。だれもが相手かまわずコトにおよび、船内のいささか非常識な場所まで使われたほどだった。初日がすぎるころには、それなりに隔離された場所は熱烈なカップルに占拠されてしまうことがあきらかになったので、どこかへ移動するときは大きな物音を立てて、自分がそこへはいろうとしていることを警告するのが礼儀となった。二日目になると、わたしがひとり部屋で暮らしていることがひろく知れ渡り、使わせてくれと懇願する人びとが押しかけてくるようになった。そうした依頼は即座にはねつけた。売春宿を運営した経験はなかったし、いまさらそんなものをはじめるつもりもなかった。わたしの船室でいちゃいちゃできるのは、わたし自身と招待客だけだ。

その招待客はひとりだけ。ジェシーではなく、マギーだった。このときはじめてわかったことだが、みんながまだしわくちゃだったときから、マギーはわたしのことを気に入っていたのだった。ヒギー中佐の説明会のあと、わたしはドアのところでマギーの待ち伏せ攻撃にあい、変身後の女性たちにとってはこういうのがふつうの手順なのだろうかとおどろかされた。それはともかく、マギーはとても楽しい女性で、少なくともプライベートの面では、まだまだ現役だった。かつてはオーバーリン・カレッジの教授で、東洋宗教の哲学を教えていたらしい。その方面で六冊の著作もあった。人には知られざる面がいろいろあるものだ。

ほかのオイボレ団の面々も、それぞれ相手を見つけていた。ジェシーは、わたしとの軽いロマンスのあとでハリーとくっつき、アラン、トム、スーザンは、トムを中心とする三角関係を確立した。トムが大食漢でよかった。さぞかし体力が必要だろう。

新兵たちが貪欲にセックスにいそしむさまは、端《はた》から見たらみっともなかったと思うが、わたしたちが置かれていた（あるいは、乗ったり乗られたりしていた）場を考えれば、完璧に理にかなったことだった。パートナーの不在や、体力や性欲の減退のせいで、ほとんどセックスをしていなかった人びとを集め、真新しい、若くて魅力的で高機能の体に詰めこみ、なじみのある世界や愛した人びとから遠く離れた宇宙へほうりだす。この三つを混ぜ合わせればセックスのできあがり。わたしたちがせっせと励んだのは、それが可能であり、そのおかげで孤独に打ち勝つことができたからだ。

もちろん、そればっかりやっていたわけではない。すばらしい新品の体をセックスにしか使わないのは、ひとつの音符だけで歌うようなものだ。わたしたちの体は新しくなって改良されているというふれこみだったが、それを実感したのは、単純かつおどろくべきごとのせいだった。ハリーとふたりでピンポンのゲームをしたとき、どちらも勝てそうにないので途中でやめてしまった。へたくそだったからではなく、反射神経や手と目の協調関係があまりにもすぐれていたため、スマッシュを決めるのがほぼ不可能だったからだ。途切れなく三十分ほど打ちあったのだが、とてつもないスピードで叩かれたピンポン球がひび割れたりしなければ、もっと長くつづけられただろう。なんともバカげていた。なんともおどろきだった。

ほかの新兵たちも、べつのかたちで同じことを実感していた。三日目に、わたしは人だかりのなかで、ふたりの新兵が、おそらくは史上もっともスリリングな格闘技の試合をくりひろげるのを見物した。彼らがその体を使ってやっていたことは、ふつうの人間の柔軟性と標準的な重力のもとではまず不可能なことだった。いちどなどは、ひとりがはなったキックで、もうひとりが部屋を半分ほどふっとばされてしまった。てっきり落下して砕けた骨の山になると思ったのに、その男はくるりと後方宙返りをして着地すると、ふたたび対戦相手にとびかかっていった。まるで特殊効果のようだった。ある意味ではそのとおりかもしれない。

試合が終わると、男たちは大きく息をついておじぎをかわした。それから、おたがいの体にもたれかかり、ゲラゲラ笑いながらヒステリックにむせび泣いた。自分がずっと望んでいたもの、さらにはそれ以上のものになるというのは、奇妙な、すばらしい、そのくせ心をかき乱す体験なのだった。

もちろん、やりすぎる人たちもいた。わたしがじかに見たのは、高い踊り場から身を投げた女性の新兵だった。空を飛べると思ったか、それはむりでも、少なくとも怪我をせずに着地できると思ったのだろう。聞いたかぎりでは、右脚と右腕と顎を骨折し、頭蓋骨にもひびがはいったらしい。それでも、あんなジャンプのあとで生きているというのは、地球ではありえなかったはずだ。さらにおどろいたことに、その女性は二日後にはもう動きまわっていた。これは、愚かな女性の回復力の高さではなく、コロニー連合の医療技術の高さを物語るものだろう。だれか、あの女性に二度とそんなバカなことはするなといってあげただろうか。

体を使って遊んでいないときには、頭を使って——あるいは、ほとんど同じ意味だが——ブレインパルで遊んだ。船内を歩くと、じっとすわりこんで、目を閉じ、ゆっくりとうなずいている新兵たちをあちこちで見かけた。音楽や映画といった、脳内に呼びだして自分だけが観賞できる作品を見たり聞いたりしていたのだ。わたしも例外ではなかった。船内システムをあさっていたとき、ルーニーチューンズのアニメ作品がそろっているのを見つけた。ワーナーが製作した古い時代の作品から、著作権が切れてキャラクターが自由に利用されるようになったあとの作品までぜんぶだ。ある晩わたしは、コヨーテのワイリーが叩きつぶされたり吹き飛ばされたりするのを何時間もえんえんとながめてすごした。ようやく見るのをやめたのは、マギーから自分とロードランナーのどちらを選ぶのかと詰問されたときだった。わたしはマギーを選んだ。どのみち、ロードランナーならいつでも見られる。すべての作品をクソッタレにダウンロードしてあるのだ。

わたしは〝友人を選ぶ〟ことには熱心だった。オイボレ団の面々は、このグループがよくて一時的なものだと承知していた。偶然集まっただけの七人には、そもそも永続する関係など望むべくもなかった。とはいえ、わたしたちは友人になった。出会ってからのわずかな期間で親友になった。おおげさではなく、トマス、スーザン、アラン、ハリー、ジェシー、マギーとの関係は、〝本来の〟人生の後半に出会った人たちと比べてもひけをとらないほど親密なものだった。わたしたちは団結し、家族となり、軽くこづきあったり口げんかをしたりするようにさえなった。みんなが、気にかける相手を得ることができた。それは、わたしたちの存在など知りもしなければ気にもかけない宇宙において、だれもが必要としていたものだった。

わたしたちは心でむすばれていた。コロニー連合の科学者たちによって生物学的にせきたてられる以前でさえそうだったのだ。ヘンリー・ハドスン号が最終目的地に近づくにつれて、彼らとの別れがさびしくなるはずだった。

「いま、この部屋には千二十二名の新兵がいる」ヒギー中佐がいった。「これからの二年間で、このうちの四百名が命を落とすだろう」

ヒギー中佐はふたたびシアターの最前部に立っていた。今回は背景つきだ。ベータ・ピクシスⅢが背後に浮かび、青と白と緑と茶の巨大な大理石模様を見せている。わたしたちはそれを無視して、ヒギー中佐に意識を集中していた。中佐があきらかにした統計値が全員の注目を集めていた。それは、時刻（０６００時）と、新兵の大半が前夜に謳歌した自由のおかげでへろへろになっていたことを考えれば、なかなかたいしたことだった。

「三年目には、さらに百名が死ぬだろう。四年目と五年目でさらに百五十名。十年後には──そう、諸君はまるまる十年の兵役を要求される可能性がきわめて高い──合計で七百五十名が軍務によって命を落としているだろう。諸君の四分の三はいなくなるわけだ。こうした生存率の統計値は、過去十年や二十年ではなく、コロニー防衛軍の二百年を超える活動期間が対象となっている」

場内はしんと静まりかえっていた。

「諸君がいまなにを考えているかはわかっている。わたしも諸君の立場にいたときは同じことを考えていた。すなわち──わたしはここでなにをしているんだ？　この男はわたしが十年以内に死ぬといっている！　だが、思いだしてほしい。故郷にいたとしても、諸君はかなりの確率で十年以内に死ぬだろう——年老い、衰えて、無意味に死ぬ。コロニー防衛軍にいると、諸君は死ぬかもしれない。たぶん死ぬだろう。だが、その死は無意味なものではない。人類が宇宙で生きのびるための犠牲となって死ぬのだ」

ヒギー中佐の背後のスクリーンがふっと暗くなり、三次元の星野がひろがった。

「われわれの立場を説明しておこう」中佐がそういうと、数十個の星がばらばらな位置で緑色に明るく輝いた。「人類はこれらの場所にコロニーを設置し、銀河に足がかりを得ている。そしてこちらが、同等のテクノロジーと生存要求をもつ既知のエイリアン種族のコロニーがある場所だ」こんどは数百個の星が赤く輝いた。人類の緑色の光点は完全にとりかこまれていた。シアター内のあちこちであえぎ声が聞こえた。

「人類はふたつの問題をかかえている。第一に、われわれは知能をもったほかのいくつもの種族とコロニー建設の競争をくりひろげている。これはわれわれ人類が生きのびるための鍵といえる。きわめて単純なことだ。ぐずぐずしていたら、ほかの種族に包囲され、封じこめられてしまう。この競争は厳しい。人類が同盟をむすんでいるエイリアン種族はごくわずかだ。そもそも同盟をむすぼうとする種族がきわめて少ない。こうした状況は人類が星の世界へ踏みだすずっとまえからつづいていた。

長期的視野に立った平和外交の可能性はないのかと思うかもしれないが、現実問題として、われわれは激烈な競争に巻きこまれている。コロニー拡大をひかえて平和的な解決を期待していたら、ほかのあらゆる種族のコロニー建設を許すことになる。それは人類に死刑を宣告するのと同じことだ。だからわれわれは戦ってコロニー建設を進めている。

第二の問題は、われわれがコロニー建設に適した惑星を見つけると、そこにしばしば知的生命体が生息しているということだ。できるかぎり、先住民と共存し、仲良く暮らせるよう努力をしなければならない。だが、多くの場合、われわれは歓迎されない。そうなってしまうと残念ではあるが、われわれは人類のことを最優先に考えなければならない。そこで、コロニー防衛軍は侵略軍となる」

背景がベータ・ピクシスⅢにもどった。

「宇宙が完璧なものなら、コロニー防衛軍は必要ないだろう。だが、これは完璧な宇宙ではない。そこで、コロニー防衛軍には三つの使命がある。第一に、既存の人類のコロニーを守り、あらゆる攻撃や侵略をふせぐこと。第二に、コロニー建設に適した新たな惑星を見つけだし、競合する種族による略奪や植民や侵略をふせぐこと。第三に、先住民がいる惑星に人類のコロニーを建設するための準備をすること。

コロニー防衛軍の兵士として、諸君はこの三つの使命を果たすことを要求される。多くの面で、簡単な仕事ではなく、単純な仕事でもなく、きれいな仕事でもない。だが、やらなければならないのだ。人類の存続のために、われわれは諸君にそれを要求する。

諸君の四分の三はこれからの十年で死ぬだろう。兵士の体や、兵器や、テクノロジーが進歩しているにもかかわらず、この生存率は変わらない。だが、諸君が道を切りひらいた宇宙では、諸君の子孫だけでなく、人類の子孫すべてが育ち、栄えることができる。大きな代償だが、支払うだけの価値はある。

諸君のなかには、軍務によって自分自身はなにを手に入れるのだろうと考えている者もいるかもしれない。兵役を終えたあとで諸君が手に入れるのは新しい人生だ。新たな世界で植民者として再出発することができる。コロニー防衛軍は諸君を全面的に支援し、必要なものはすべて提供する。新たな人生での成功を約束することはできない——それは本人次第だ。それでも、諸君は最高のスタートをきれるし、仲間の植民者たちからは、彼らのために兵役についたことで感謝してもらえるだろう。あるいは、わたしと同じように再入隊することもできる。おどろくほど大勢の人びとがそうしているのだ」

ベータ・ピクシスⅢが一瞬ゆらめいて消え、残されたヒギー中佐に注目が集まった。

「この一週間、わたしの助言に従って楽しんでもらえたことと思う。ここから先は仕事だ。一時間後に、諸君はヘンリー・ハドスン号から移送されて訓練を開始する。ここにはいくつかの訓練基地があり、各自の配置はブレインパルに送信される。自室にもどり、私物をまとめたまえ。服は基地で支給されるから気にしなくていい。移送のための集合場所については、ブレインパルから通知がある。

新兵諸君、幸運を祈る。神のご加護がありますように。手柄を立て、誇りをもって人類のために尽くしたまえ」

ここで、ヒギー中佐はわたしたちにむかって敬礼した。わたしはどうすればいいのかわからなかった。ほかのみんなも同じだった。

「命令は以上だ」ヒギー中佐はいった。「解散」

わたしたち七人は、いままですわっていた座席をかこむようにして立っていた。

「お別れをいう時間はあまりもらえないのね」とジェシー。

「コンピュータを確認してみよう」ハリーがいった。「何人かは同じ基地へ行くかもしれないぞ」

わたしたちは確認した。ハリーとスーザンはアルファ基地。ジェシーはベータ基地。マギーとトマスはガンマ基地。アランとわたしはデルタ基地だった。

「オイボレ団も解散だな」トマスがいった。

「湿っぽくならないで」とスーザン。「このときが来るのはわかっていたんだから」

「なりたけりゃ湿っぽくなるさ。ほかに知り合いはいないんだ。いまはきみとの別れさえつらいよ、ばあさん」

「みんな忘れているようだが」ハリーがいった。「いっしょにすごすことはできないとしても、連絡を取り合うことはできるんだぞ。ブレインパルがあるからな。仲間うちで使えるメールボックスを設置すればいい。オイボレ団のクラブハウスだな」

「ここではできるけど」とジェシー。「配属後はどうなるかわからない。銀河の端と端へ送られるかもしれないでしょ」

「宇宙船はフェニックスを経由して連絡を取り合っています」アランがいった。「それぞれの宇宙船に装備されているドローンが、フェニックスへスキップして、指令を受けたり船の状態を報告したりしているんです。メールもはこんでいます。すこし時間はかかるかもしれませんが、ぼくたちも連絡を取り合うことはできるはずです」

「ガラス瓶で手紙を送るようなものね」とマギー。「すごい火力をそなえたガラス瓶」

「やろうじゃないか」ハリーがいった。「おれたちは小さな家族になるんだ。どこにいようと、つねにおたがいに気をくばって」

「こんどはあなたが湿っぽくなってる」とスーザン。

「きみと会えなくなることは心配していないよ、スーザン。同じ基地へ送られるんだからな。おれがさびしく思っているのは、きみ以外の仲間と会えなくなることだ」

「じゃあ誓約だ」わたしはいった。「いついかなるときも、心はオイボレ団とともに。見てろよ、宇宙」

わたしが手を差しだすと、ひとりまたひとりと、オイボレ団の面々がその上に手をかさねていった。

「やれやれ」スーザンが手をかさねた。「あたしまで湿っぽくなっちゃった」

「感染するんですよ」アランがいった。スーザンはあいているほうの手でぴしゃりとアランを叩いた。

わたしたちはいつまでもそうやって手をかさねていた。

第二部

7

ベータ・ピクシスⅢのはるかな平原で、恒星ベータ・ピクシスが、東へむかって空をのぼりはじめていた。大気の組成により、空の色は地球のそれよりも緑がかっていたが、それでも青にはちがいなかった。ゆるやかに起伏する平原では、朝の風にゆれる草が紫色とオレンジ色に輝いていた。ふた組の翼をもつ鳥に似た生物が空を舞い、風の流れや渦を感じながら急旋回や急降下をくりかえしていた。新世界でむかえる最初の朝。わたしにしても、かつての同船者たちにしても、はじめての体験だ。じつに美しい。大柄でこわい顔をした曹長が耳もとで怒鳴ったりしていなければ、ほぼ完璧といえただろう。

現実は、そういうことだった。

「いやはやなんてこった」アントニオ・ルイス曹長が、わたしたち新兵六十名の小隊をにらみつけたあとでいった。そのわたしたちはというと、なんとなく気をつけをして、デルタ基地のシャトルポートにならんでいた。「もはやいまいましい宇宙での戦いには敗北したも同然だな。おまえたちを見ていると、〝どうしようもないクソ〟ということばが頭に浮かんでくる。地球が用意できる新兵がこんなものだとしたら、さっさと這いつくばってエイリアンの触手にケツを差しだしたほうがいい」

これを聞いて、何人かの新兵が思わずくすっと笑った。ルイス曹長の姿は、まるでエキストラの俳優みたいに、こちらが頭で思い描く教練指導官そのものだった。大柄で、こわい顔をして、しょっぱなから多彩な罵声をあびせてくる。もうすこししたら、笑った新兵の目のまえに顔を突きつけ、きたないことばを吐いてから、腕立て伏せ百回を命じるにちがいない。戦争ドラマを七十五年も見ていればわかることだ。

「はっはっはっ」アントニオ・ルイス曹長はわたしたちに顔をもどした。「おまえたちが考えていることなんかお見通しだぞ、このボンクラども。いまはおれの演技を楽しんでいるんだろう。うれしいじゃないか！　おまえたちが映画で見た教練指導官そっくりというわけだ！　みごとにクソな役柄を演じているというわけだ！」

くすくす笑いが消えた。脚本にはない展開だった。

「おまえたちはなにもわかっていない」アントニオ・ルイス曹長はつづけた。「おれがこんなふうにしゃべっているのも、教練指導官はそういうものだと決まっているからだと思っているんだろう。訓練がはじまって何週間かたてば、うわべの乱暴な態度はだんだんと消えて、おまえたちの力に感心している様子をちらちら見せるようになり、訓練が終わるころには、しぶしぶながらおまえたちに敬意をはらうようになると。おまえたちが宇宙を人類にとって安全な場所にするために出発したあとは、すこしはマシな兵士にしてやったという自負を胸に、おまえたちのことをなつかしく思いだすんだと。だが、そんな考えは、全面的かつ決定的にクソだ」

アントニオ・ルイス曹長は足を踏みだし、列に沿って歩きだした。「そういう考えがなぜクソかというと、おまえたちとはちがって、おれがじっさいにこの宇宙ですごしてきたからだ。おれはどんなものが待っているかこの目で見てきた。よく知っていた男や女が熱い肉のかたまりになって、なおも悲鳴をあげているのをこの目で見たんだ。配属後の最初の勤務では、指揮官がいまいましいエイリアンの昼メシにされてしまった。おれの見ているまえで、エイリアンは指揮官をつかまえ、地面に押さえつけ、内臓をえぐりだして、ガツガツとむさぼり食い——そして、地面の下へするりともどっていった。おれたちにはどうすることもできなかった」

わたしの背後でだれかが忍び笑いをもらした。アントニオ・ルイス曹長は足を止め、首をかしげた。「ほう。ジョークだと思っているやつがいるようだな。いつだってそういうマヌケ野郎はいる。だから、おれはこいつを持ち歩いているんだ。起動」

ルイスがそう命じたとたん、新兵たちひとりひとりの目のまえにスクリーンがあらわれた。わたしは一瞬とまどった。ルイスが遠隔操作でわたしのブレインパルを起動して、ビデオ映像を流しはじめたのだ。どうやらヘルメットの小型カメラで撮影されたビデオらしい。数名の兵士が塹壕のなかでしゃがみこみ、翌日の行程について話しあっている場面だった。ひとりの兵士がちょっと口をつぐみ、手のひらを地面に押しつけた。彼が怯えた目をあげて「来るぞ」といったとたん、足もとの地面が勢いよく盛りあがった。

そのあとの展開はあまりにも速かったので、あわてた撮影者が本能的にカメラをふっても、すべてを見ずにすますことはできなかった。気持ちのいい光景ではなかった。現実世界ではだれかが嘔吐しており、皮肉なことに、撮影者も同じことをしていた。幸い、ビデオ映像はそのすぐあとに消えた。

「笑う気にはなれなくなったんじゃないか？」アントニオ・ルイス曹長があざけるようにいった。「おれのことだって、もう気楽なステレオタイプの教練指導官とは思えないだろう？　軍隊コメディに出演しているような気分は消えたか？　いまいましい宇宙へようこそ！　宇宙はとんでもないところだ。おれがこんなしゃべりかたをしているのは、ゆかいな教練指導官の役割を演じているからじゃない。あの細切れにされた男は、おれが光栄にも知り合う機会を得た最高の兵士のひとりだった。おまえたちなんか足もとにもおよばない。それほどの男があんなことになったんだ。おまえたちの身にどんなことが起こるか考えてみるがいい。おれがこんなしゃべりかたをしているのは、心の底から信じているからだ——人類にできるせいいっぱいのことがおまえたちだとしたら、われわれは完全におしまいだと。信じられるか？」

何人かが「イエス、サー」とかなんとかつぶやいた。残りの新兵たちは、ブレインパルの助けもなしに、まださっきの内臓摘出シーンを頭のなかで再生していた。

「サー？　サーだと？　おれは曹長だ、このクズども。こっちは生活がかかっているんだ。これからは、肯定の返事をするときは〝はい、曹長どの〟、否定の返事をするときは〝いいえ、曹長どの〟というんだ。わかったか？」

「はい、曹長どの！」わたしたちはこたえた。

「もっと声を出せるはずだ！　もういちど！」

「はい、曹長どの！」わたしたちは叫んだ。何人かは、その怒鳴り声にあやうく泣きだしそうになっていた。

「これからの十二週間、おれは訓練によっておまえたちを兵士に仕立てあげる。神かけて、かならずやりとげるからな。たとえ、おまえたちクズどものだれひとりとしてその試練に耐えられないとわかっていてもだ。おれがいま話していることを、各自じっくりと考えてみろ。これはなつかしの地球の軍隊じゃない。教練指導官は、デブを痩せさせたり、ひよわなやつを鍛えたり、頭の悪いやつを教育したりはしない。おまえたちはそれぞれ一生ぶんの経験を積んできているし、新しい肉体は最高のコンディションにある。だったらおれの仕事も楽になると思うだろうが、そんなことはない。

おまえたちが七十五年かけて身につけた悪い習慣と権利意識を、おれはたった三ヵ月で一掃しなければならない。しかも、おまえたちは自分の新しい体をきれいなおもちゃかなにかだと思っている。ああ、おまえたちがこの一週間なにをしていたかは知っている。サルみたいにやりまくっていたんだろう。わかるか？　遊びの時間は終わったんだ。これからの十二週間は、シャワー室でマスをかく余裕があったら幸運だと思え。おまえたちのきれいな新しいおもちゃにはきっちりと働いてもらう。おれはおまえたちを兵士に仕立てあげなければならない。遊んでいる暇はどこにもないんだ」

ルイスはふたたび新兵たちのまえで歩きだした。「ひとつはっきりさせておきたい。おれはおまえたちのだれも好きじゃないし、これからも好きになることはない。なぜだかわかるか？　おれをはじめとするスタッフがどれだけ立派な仕事をしても、おまえたちはかならずわれわれを無能に見せることになる。まったくうんざりする。おれがどれだけしっかり訓練しようが、おまえたちは敵との戦いでしくじるに決まっているんだ。おれとしては、おまえたちが戦場へ出たときに、小隊ぜんぶを巻き添えにしたりしないようにするのがせいいっぱいだ。そのとおり——おまえたちがひ、と、りで殺されてくれたら、おれはそれを成功とみなすだろう！

おまえたちは、おれが一般論として新兵をきらいになると考えているかもしれない。はっきりいっておくが、それはちがう。おまえたちがしくじるときは、それぞれが独自のやりかたでしくじるから、おれもおまえたちひとりひとりを個別にきらうことになる。いまでさえ、おまえたちひとりひとりに死ぬほどいらついているんだ。信じられるか？」

「はい、曹長どの！」

「ほざけ！　まだ自分だけはきらわれないと思っているやつがいるはずだ」ルイスはさっと腕を突きだし、うねる平原とのぼる太陽のほうを指さした。「新しい目を使って、あそこの通信塔に焦点を合わせろ。かろうじて見えるはずだ。距離は十キロメートルある。これから先、おれはおまえたちのひとりひとりにいろいろと腹を立てるだろう。そうなったら、あのクソな通信塔まで全力で走ってもらう。一時間以内にもどらなかったら、この小隊のメンバー全員が、明日の朝ふたたび走ることになる。わかったか？」

「はい、曹長どの！」全員が頭のなかで計算しているのが目に見えるようだった。ルイスは、一マイル五分のペースではるばるあそこまで走り、またもどってこいといっているのだ。とてもではないが、あしたもういちど走れるとは思えなかった。

「地球で軍隊にいたやつはいるか？　一歩まえへ出ろ」ルイスがいうと、七名の新兵が進みでた。

「やれやれ。このクソな宇宙でなによりもムカつくのは退役軍人の新兵だ。おまえたちに故郷で学んだことをぜんぶ忘れさせるために、よけいな時間をかけなけりゃならん。おまえたちクズが学んだのは人間と戦う方法だけだ！　しかも、それすら満足にできていたわけじゃない！　ああ、おまえたちの亜大陸戦争は見物させてもらったよ。クソだな。ほとんど武器を持たない敵を六年かけてなんとか打ち負かし、いかさままで勝利をもぎとっただけじゃないか。核兵器は臆病者が使うものだ。臆病者が。もしもＣＤＦが合衆国の軍隊みたいな戦いをしていたら、人類はいまごろどうなっていたと思う？　ちっぽけな小惑星で、クソなトンネルの壁から藻をこそげとっていただろう。このなかで海兵隊に所属していたやつは？」

二名の新兵が進みでた。

「おまえたちは最低だ」ルイスはそのふたりのすぐまえに近づいた。「おまえたちうぬぼれ野郎は、どんなエイリアン種族よりも大勢のCDF兵士を殺してきた——やるべきことをやらずにクソな海兵隊方式にこだわるからだ。むかしの体のどこかに、例の〝常に忠実であれ〟という刺青を入れていたんじゃないか？　そうだろう？」

「はい、曹長どの！」ふたりはこたえた。

「さっさと捨ててきてよかったな。もしも残っていたら、おれがこの手で削りとっているところだ。おや、そんなことはしないと思っているのか？　おまえたちのクソな海兵隊や地球上のほかのどんな軍隊ともちがって、ここでは教練指導官は〝神〟なんだ。おれがおまえたちのクソな腸をソーセージパイに変えたところで、ほかの新兵に掃除をさせろといわれるだけだ」ルイスは一歩あとずさり、退役軍人の新兵全員をにらみつけた。「これはほんものの軍隊だ。陸軍でも海軍でも空軍でも海兵隊でもない。おまえたちはコロニー防衛軍の一員なんだ。それを忘れるやつがいたら、おれがそいつのクソな頭を踏んづけてやる。さあ走れ！」

七人は走りだした。

「ゲイはいるか？」ルイスがいった。四名の新兵がまえに進みでた。わたしのとなりにいたアランも、眉をひょいとあげて進みでた。

「史上最高の兵士たちの何人かはゲイだった。アレクサンダー大王しかり。リチャード獅子心王しかり。スパルタ軍にはゲイの恋人たちを集めた特別な部隊があった。守るべき仲間がただの兵士じゃなく恋人なら、男はより激しく戦うだろうという発想だった。おれが個人的に知っている最高の兵士たちのなかにもまぎれもないゲイがいた。みんなすばらしい兵士だった。

だが、おまえたちにはひとつ腹が立つところがある。いつもまちがった場面で告白をするんだ。おれはゲイの男といっしょに戦っていてひどく苦しい状況に追いこまれたことが三度あるが、三人とも、まさにその瞬間におれのことをずっと愛していたと告白した。じつに不適切としかいいようがない。どこかのエイリアンに脳みそをすすられそうになっているときに、隊の仲間からふたりの関係について話を持ちかけられるんだぞ！ ただでさえ大忙しだってのに！ 場をわきまえろ。だれかに熱をあげるなら、怪物に心臓を引き裂かれようとしているときじゃなく、休暇のときにするんだ。さあ走れ！」

四人は走り去った。

「マイノリティはいるか？」十名の新兵が進みでた。「バカなことを。まわりを見まわしてみろ、ボンクラども。ここじゃ全員が緑色だ。マイノリティなんかいない。どうしてもクソなマイノリティの仲間入りをしたいって？ いいだろう。宇宙には二百億の人間がいる。ほかの知的種族の数は四兆で、その全員がおまえたちを昼のおやつにしようと狙っている。しかも、それはすでに知られているぶんだけでしかない！ ここでマイノリティだなどと不平をもらすやつがいたら、おれの緑色をしたラテン系の足で、そのめめしいケツを蹴りあげてやるからな。行け！」

十人は平原をめざして走りだした。

こんな調子だった。ルイスがやり玉にあげたのは、キリスト教徒、ユダヤ教徒、イスラム教徒、無神論者、公務員、医者、弁護士、教師、ブルーカラーの作業員、ペットの飼い主、銃の所有者、格闘技の練習をしている者、レスリングのファン、そして、ふしぎなことに（ルイスがそれを気にしたことも、その分類に当てはまる者が小隊にいたこともふしぎだった）木靴ダンサー。新兵たちは、グループで、ペアで、ひとりで、集団から離れて走り去っていった。

ふと気がつくと、ルイスがわたしをまっすぐ見つめていた。わたしは直立不動の姿勢をたもった。

「なんてこった」ルイスがいった。「ボンクラがひとり残るとはな！」

「はい、曹長どの！」わたしはせいいっぱい声を張りあげた。

「おれが不満をぶつけた分類のどれにも当てはまらなかったなんて、とてもじゃないが信じられん！　楽しい朝のジョギングを逃れようとしているんじゃないのか！」

「いいえ、曹長どの！」わたしは怒鳴った。

「おれのきらいな要素がひとつもないなどということを認めるわけにはいかん。出身はどこだ？」

「オハイオ州です、曹長どの！」

ルイスは顔をしかめた。あそこにはなにもない。オハイオ州の害のなさで得をするなんて、生まれてはじめてのことだった。「仕事はなにをしていた、新兵？」

「自営業でした、曹長どの！」

「どんな？」

「ライターでした、曹長どの！」

ルイスの凶暴な笑みが復活した。物書きにはなにか恨みがあるらしい。「小説を書いていたんだな、新兵。小説家にはいいたいことがある」

「いいえ、曹長どの！」

「ちがうのか！　なにを書いていた？」

「広告のコピーです、曹長どの！」

「広告！　どんなバカげたものを宣伝していたんだ？」

「わたしの広告の仕事でいちばん有名なのはウィリー・ホィーリーです、曹長どの！」

ウィリー・ホィーリーというのは、特殊車両用のタイヤを製造しているニルヴァーナタイヤ社のマスコットだ。わたしが基本となるアイディアとキャッチフレーズを提案し、そのあとを会社のグラフィックデザイナーが引き継いだ。ウィリー・ホィーリーが登場したのは、ちょうどオートバイが復活した時期だった。この流行は数年つづき、ウィリーはニルヴァーナ社のためにかなりの額の金を稼いだ。広告のマスコットとして、あるいは、ぬいぐるみ、Tシャツ、ショットグラスなどのライセンス料で。こどもむけの娯楽ショーの計画もあったが、残念ながらそれは実現しなかった。ウィリーの成功のおかげで、わたしは二度と依頼人に不自由することはなくなった。すばらしい結末。この瞬間までは、たしかにそう思えていた。

ルイスが急に身を乗りだして、わたしの鼻先に顔を突きつけ、怒鳴った。「おまえがウィリー・ホィーリーの黒幕だったというのか、新兵！」

「はい、曹長どの！」数ミリしか離れていない他人の顔にむかって怒鳴ると、ひねくれたよろこびを感じた。

ルイスの顔はいっときそのままの位置にあった。両目でしげしげと見つめられて、わたしは思わずたじろいだ。低いうなり声まで聞こえていた。やがて、ルイスが一歩あとずさり、シャツのボタンをはずしはじめた。わたしはまだ気をつけをしていたが、急に、すごく、すごくおそろしくなってきた。ルイスはさっとシャツをぬぎ、右肩をわたしのほうへむけると、ふたたび近づいてきた。「新兵、おれの肩になにが見える！」

わたしはちらりと肩を見おろした。そんな、まさか。「ウィリー・ホィーリーの刺青です、曹長どの！」

「そのとおり」ルイスはぴしゃりといった。「ひとつ話をしてやろう、新兵。地球にいたころ、おれはひどく意地の悪い女と結婚していた。まさにマムシだ。そいつにあんまりがんじがらめにされていたせいか、紙の切り傷でゆっくりと死んでいくような結婚生活だったにもかかわらず、離婚を求められたときは自殺したくなった。気分が最低に落ちこんだとき、おれはバス停にたたずみ、つぎにとおりかかったバスのまえに身を投げようかと考えていた。そのとき、ふと目をあげると、ウィリー・ホィーリーの広告があった。そこになんと書いてあったかわかるか？」

「〝たまには旅に出よう〟です、曹長どの！」わずか十五秒で書きあげたキャッチフレーズだ。世間はせまい。

「そうだ。おれはその広告を見つめて、〝目からうろこが落ちる〟というやつを体験した。おれに必要なのは旅に出ることだとわかったんだ。そこで、意地の悪い妻と離婚し、感謝の歌をうたい、サドルバッグに荷物を詰めこんでさっさと退散した。あの恵みの日からというもの、ウィリー・ホィーリーはおれの化身となり、自由と表現をもとめる願望の象徴となった。おれはウィリーに命を救われたんだよ、新兵。この感謝の気持ちが消えることはないだろう」

「どういたしまして、曹長どの！」

「新兵、おまえと出会えたことを光栄に思う。しかも、この地位について以来、即座に文句をつける理由をひとつも見つけられなかった新兵はおまえがはじめてだ。おれがどれほど困惑し、うろたえているか、とてもわかるまい。だが、ほぼまちがいなくいえることがある。おまえはじきに――ことによると数時間以内に――おれを激怒させるなにかをやらかすはずだ。それをより確実にするために、おまえを小隊長に任命する。これは報われないクソな仕事で、いいことなんかひとつもない。なにしろ、おまえはあのトンマな新兵たちにおれの二倍は悩まされることになる。連中が山ほどのドジをやらかすたびに、おまえも責任をとらされるんだからな。連中はおまえを憎み、あざけり、おまえの失脚を画策し、それが成功したときには、おれがおまえにさらなる重荷を背負わせてやる。このことをどう思う、新兵？　正直にいってみろ！」

「かなりクソなことになるように聞こえます、曹長どの！」

「そのとおり。だが、おまえはおれの小隊にやってきた瞬間からクソなことになってるんだ。さあ走れ。隊長は部下といっしょに走るもんだ。行け！」

「お祝いをいうべきなのか、不安に思うべきなのか、よくわかりませんね」アランがいった。朝食をとるために、わたしといっしょに食堂へむかっているところだった。

「両方でもいいよ」わたしはいった。「ただ、不安に思うほうが理にかなっているかもしれないな。わたしがそうだから。ああ、あそこにいる」わたしは食堂のまえに集まっている五人の新兵を指さした。男が三人、女がふたり。

この日の朝、通信塔をめざして走っていたとき、ブレインパルがテキストメッセージをいきなり視界のなかで点滅させたために、わたしはあやうく木に衝突しかけた。なんとかかわして、肩をぶつけただけですんだものの、クソッタレには、命を落とすまえに音声ナビゲーションへ切り替えろと命じた。クソッタレは命令に従ってメッセージの読みあげをはじめた。

「アントニオ・ルイス曹長が、ジョン・ペリーを第六十三訓練小隊の隊長に任命しました。昇進おめでとうございます。これで、第六十三訓練小隊に所属する新兵たちの個人ファイルおよびブレインパル情報にアクセスできるようになります。これらの情報は公式な利用に限定されているので注意してください。非軍事的な利用が判明した場合、ただちに小隊長の地位を剝奪され、軍法会議にかけられて基地司令官の裁量にゆだねられることになります」

「ありがたいね」わたしはほそい溝をとびこした。

「小隊の朝食時間が終わるまでに、各分隊長を選んでルイス曹長のもとへ出頭しなければなりません。選抜のために小隊のファイルを参照したいですか？」

したかったので、そうした。クソッタレがそれぞれの新兵の情報を早口でならべたてるあいだも、わたしは走りつづけた。通信塔にたどり着いたときには、候補者を二十名までしぼりこんでいた。基地のそばまでもどるころには、小隊の新兵全員を各分隊にふりわけて、新任の五名の分隊長に食堂で合流してくれとメールを送っていた。ブレインパルはたしかに便利なしろものだった。

わたしはなんとか五十五分で基地へもどった。途中でほかの新兵を追い抜くことはなかった。クソッタレに問い合わせてみると、タイムがいちばん悪かった新兵でも（皮肉なことに、もと海兵隊員だった）、五十八分三十秒でゴールしていた。あしたは通信塔まで走ることはなさそうだ。とにかく、遅かったという理由では。とはいえ、ルイス曹長のほかの理由を見つけだす能力に疑いの余地はない。わたしとしては、その理由を提供する立場にだけはなりたくなかった。

五人の新兵は、わたしとアランが近づいていくのを見て、さっと気をつけらしきものをした。三人がただちに敬礼をすると、ほかのふたりもおずおずとあとにつづいた。わたしは敬礼を返してにっこり笑った。

「心配しないで」わたしは遅れたふたりにむかっていった。「わたしだって初体験なんだから。さあ、列にならんで、食事をしながら話をしよう」

「ぼくは席をはずしたほうがいいですか?」列にならんでいるとき、アランがわたしにたずねた。「あなたはこの人たちといろいろ話すことがあるでしょうから」

「いや」わたしはいった。「きみにはいてもらわないと。この五人について意見をききたいんだ。それに、まだいってなかったけど、きみにはわたしたちの分隊で副長をつとめてもらう。わたしは小隊全体のおもりをしなければならないから、分隊のほうはきみが責任をもつことになる。重荷でなければいいんだが」

「だいじょうぶ」アランはにっこりした。「あなたの分隊に入れてくれてありがとう」

「そりゃまあ、無意味なえこひいきぐらいできなかったら、責任者になる意味がないからな。あと、わたしが墜落するときは、きみにクッションになってもらわないと」

「なるほど。あなたの軍隊でのキャリアを守るエアバッグというわけですね」

食堂は混んでいたが、わたしたち七人はなんとかテーブルをひとつ確保した。

「自己紹介をしよう」わたしはいった。「おたがいの名前を知っておかないと。わたしはジョン・ペリー、とりあえず小隊長をつとめることになった。こちらは、わたしの分隊で副長をつとめるアラン・ローゼンタール」

「アンジェラ・マーチャント」わたしのすぐまえにすわっている女性がいった。「出身はニュージャージー州のトレントン」

「テリー・ダンカン」そのとなりの男がつづいた。「モンタナ州ミズーラ」

「マーク・ジャクスン。セントルイス」

「サラ・オコンネル。ボストン」

「マーティン・ガラベディアン。カリフォルニア州太陽さんさんのフレズノ」

「地理的にはバラバラだな」わたしがいうと、くすくす笑いがもれた。ありがたい。「話はてっとりばやくすませたい。あまり時間をかけすぎると、自分がなにをしているのかわからなくなってくる。要するに、きみたち五人を選んだのは、それぞれの履歴に分隊長をつとめられると思われる要素があったからだ。アンジェラを選んだのは、彼女が企業の社長だったから。テリーは大きな牧場を経営していた。マークは陸軍大佐だった。ルイス曹長はあんなふうにいっていたが、わたしはそれが利点になると考えている」

「そういってもらえてうれしいよ」マークがいった。

「マーティンはフレズノの市議会議員だった。サラは三十年にわたって幼稚園の先生をしていたから、必然的にわたしたち全員のなかでいちばんの適任者ということになる」また笑い声があがった。よしよし、ここまでは順調だ。

「正直いって、わたしは鬼軍曹になるつもりはない。ルイス曹長がそっちを担当しているから、二番煎じになるだけだ。わたしのスタイルではないしね。きみたちがどんな指揮官になるのかは知らないが、新兵たちの手本となってこれからの三ヵ月を乗り切るために必要なことをしてほしい。わたしは小隊長の地位にこだわりはないが、この小隊の新兵たちには、ぜひとも宇宙で確実に生きのびるための技量を身につけてほしい。ルイスに見せられたあのホームビデオには強く興味をひかれた。きみたちも同じだと思いたい」

「いや、まったく」テリーがいった。「やつらはあの気の毒な男を牛肉みたいに解体していたな」

「入隊の申し込みをするまえに見せてほしかったわ」アンジェラがいった。「老人のままでいたかもしれないのに」

「戦争だからな」マークがいった。「あれが現実なんだ」

「仲間たちがああいう状況を切り抜けられるように、できるだけのことをしよう」わたしはいった。「さて、小隊を十人ずつの六つの分隊に分けてみた。担当はわたしがA分隊で、アンジェラがB、テリーがC、マークがD、サラがE、マーティンがFだ。各自の配下の新兵たちのファイルをブレインパルで閲覧する許可を出してある。副長を選び、きょうの昼食のときまでに詳細を送ってもらいたい。副長と協力して、規律を守り、訓練がとどこおりなく進むようにしてくれ。きみたちを選んだのは、わたしがなにもしなくてすむようにするためなんだから」マーティンがいった。

「自分の分隊の指揮はしないと」とアラン。

「そのためにぼくがいるんですよ」わたしはいった。「そのほかの食事は各自の分隊の仲間ととる。

「毎日、昼食のときに会おう」わたしはいった。「そのほかの食事は各自の分隊の仲間ととる。わたしになにか用事があるときは、ただちに連絡してくれ。ただし、できるだけ問題は自力で解決してほしい。さっきもいったとおり、わたしは鬼軍曹になるつもりはないが、とにもかくにも小隊長にはちがいないんだから、指示には従ってもらう。だれかの能力が充分ではないと感じたときには、まず本人に伝えて、それでもうまくいかないときは分隊長をかえる。これは個人攻撃などではなく、宇宙で生き抜くために必要な訓練をしっかりとやりとげるためだ。こんなところでいいかな？」

全員がこくりとうなずいた。

「すばらしい」わたしはタンブラーを差しあげた。「じゃあ、第六十三訓練小隊に乾杯だ。みんなで苦難を乗り越えよう」

タンブラーをカチャンと打ちあわせてから、食事とおしゃべりにとりかかった。事態は好転しているようだな、とわたしは思った。

その考えをあらためるまで、さほど長くはかからなかった。

8

ベータ・ピクシスの一日は二十二時間十三分二十四秒。わたしたちが睡眠にあてられるのは、そのうちの二時間だった。

このすてきな事実に気づいたのは、最初の夜、クソッタレに耳をつんざくサイレンで叩き起こされ、あわてて動いて寝台から転落したときだった。もちろん、寝台は上段のほうだった。鼻が折れていないことをたしかめてから、わたしは脳内に浮かぶテキストに目をとおした。

［ペリー小隊長に連絡します。残り］――このとき表示されていた時間は一分四十八秒で、カウントダウンが進んでいた――［で、ルイス曹長とその補佐官たちが兵舎にやってきます。それまでに、あなたは小隊全員を起床させて気をつけをさせなければなりません。気をつけをしていない新兵は懲戒の対象となり、あなたの経歴の汚点となります］

すぐさま、前日に設置しておいた通信グループを経由してこのメッセージを分隊長たちへ転送し、小隊全員のブレインパルに非常警告信号を送り、兵舎の照明をつけた。新兵たちが本人にしか聞こえない激しい警報音で叩き起こされるのをながめるのは、なかなかおもしろかった。ほとんどの新兵はベッドから飛び起きたものの、ひどく混乱していた。わたしは分隊長たちと手分けをして、まだ横になっている連中を床へ引きずりだした。一分後には、なんとか全員を起こして気をつけをさせ、残りの数秒で、とりわけのみこみの悪い新兵たちに、いまは小便をしたり服を着たりしている場合ではなく、とにかく気をつけをして、もうじきやってくるルイスを怒らせるなといいきかせた。

そういう問題ではなかった。

「なんてこった」ルイスが怒鳴った。「ペリー！」

「はい、曹長どの！」

「連絡を受けてからの二分間におまえはなにをしていた？　マスでもかいてたか？　おまえの小隊は準備ができていない！　これからあたえられる任務をこなすための服装をしていないじゃないか！　どう言い訳するつもりだ？」

「曹長どの、メッセージでわれわれの小隊に要求されたのは、あなたがたが到着するときに全員で気をつけをしていることでした。服を着ている必要があるとはいわれなかったのです！」

「ペリー！　気をつけをするなら服を着るのは当然だと推測しなかったのか？」

「わたしは拙速な推測はしません、曹長どの！」

「〝拙速な推測〟だと？　うまいことをいったつもりか、ペリー？」

「いいえ、曹長どの！」

「ふん、拙速でいいから小隊を閲兵場へ連れていけ。四十五秒以内だぞ。急げ！」

「A分隊！」わたしは怒鳴りながら走りだし、分隊がすぐあとをついてきていることを祈った。ドアを抜けたとき、アンジェラがB分隊についてこいと叫ぶのが聞こえた。彼女を選んだのは正解だったようだ。閲兵場に到着すると、わたしのすぐうしろにA分隊の新兵たちが一列にならんだ。アンジェラの分隊がその右側に列をつくり、残りの分隊も順番にならんでいった。F分隊の最後のひとりが整列したのは四十四秒後のことだった。すばらしい。閲兵場ではほかの訓練小隊が同じように整列していたが、第六十三小隊と同じように部屋着のままだった。わたしはすこしだけほっとした。

すぐにルイスがのしのしとあらわれた。補佐官をふたり連れている。「ペリー！　現在時刻は！」

わたしはブレインパルを参照した。「0100地方時です、曹長どの！」

「たいしたもんだ、ペリー。時計が読めるんだな。消灯は何時だった？」

「2100時です、曹長どの！」

「これまた正解だ！　さて、二時間しか寝ていないのになぜ走らされるのか疑問に思う者がいるかもしれない。われわれは残酷なのか？　サディストなのか？　おまえたちを打ちのめそうとしているのか？　ああ、そのとおりだ。しかし、そのためにおまえたちを起こしたわけではない。理由は簡単——おまえたちにはこれ以上の睡眠は必要ない。このすてきな新しい体のおかげで、おまえたちは二時間で充分な睡眠をとれるのだ！　いままで八時間眠っていたのは、それが習慣になっていたからだ。もうそんな必要はない。八時間もの睡眠はおれの時間を浪費する。必要なのは二時間なんだから、これからは、二時間ですませてもらう。ところで、きのうおまえたちを一時間で二十キロメートル走らせた理由がわかるやつはいるか？」

ひとりの新兵が手をあげた。

「よし、トンプスン」ルイスがいった。小隊の新兵の名前をすべて暗記しているのか、それともブレインパルで情報を得ているのか。わたしはあえて推測はしなかった。

「曹長どのがわれわれを走らせたのは、新兵のひとりひとりをきらっているからです！」

「すばらしい回答だ、トンプスン。だが、理由はそれだけではない。おまえたちを一時間で二十キロメートル走らせたのは、それが可能だからだ。いちばん遅かったやつでも、制限時間より二分速くゴールした。つまり、訓練をしなくても、それほど必死にならなくても、おまえたちは地球のオリンピックの金メダリストたちにひけをとらないのだ。

どうしてそうなるかわかるか？　なぜなら、おまえたちはもはや人間ではない。よりすぐれた存在になっている。いまはまだわからないだけだ。宇宙船の壁のなかでゼンマイ仕掛けのおもちゃみたいにジタバタと一週間をすごしても、自分が何者になったかは理解できまい。だが、そんな状況もすぐに変わる。訓練開始からの一週間は、おまえたちに信じさせることが目的となる。かならず信じることになるだろう。ほかに選択肢はないからな」

そのあと、わたしたちは下着姿で二十五キロメートル走った。二十五キロメートルのランニング。七秒での百メートル走。六フィートの垂直跳び。地面にあいた十メートルの穴を越える幅跳び。二百キロの重量挙げ。何百回もの腹筋、懸垂、腕立て伏せ。ルイスのいったとおり、むずかしいのは、それをやることではなかった——それができると信じることだった。新兵たちは何度も墜落したり失敗したりしたが、いちばんの原因は弱気になってしまうことだった。ルイスとその補佐官たちは、失敗した新兵たちを脅すようにして訓練をつづけさせた（それから、わたしに腕立て伏せを命じた。わたしや分隊長が新兵たちを充分に脅さなかったという理由で）。

新兵たちは——ひとりの例外もなく——かならず惑いの瞬間をむかえた。わたしの場合は、四日目に、第六十三小隊が基地の水泳用プールのまわりに整列したときのことだった。全員が二十五キロの砂袋をかかえていた。

「人間の体の弱点はなんだと思う？」ルイスが新兵たちのまわりをめぐりながら問いかけた。「心臓でもなく、脳でもなく、足でもなく、おまえたちが考えるどこでもない。おれが教えてやろう。それは血だ。まずいことに、血はおまえたちの全身のいたるところにある。血は酸素をはこぶが、病気もはこぶ。怪我をしたときは、血は凝固するが、まにあわなくて失血死にいたることもある。もっとも、それをいうなら、人間が死ぬほんとうの原因は血が届かなくなって酸素が欠乏するからだ——地面に流れ落ちてしまった血は、人間にとってはクソの役にも立たない。

コロニー防衛軍は、その非凡な知恵により、人間の血を捨ててスマートブラッドに交換した。スマートブラッドは何十億ものナノサイズのロボットから成り、ふつうの血と同等以上の機能をもっている。有機物ではないから、生物学的な攻撃にさらされる心配はない。ブレインパルと連動して一瞬のうちに凝固するから、クソな脚を一本なくしたって出血はしない。いまのおまえたちにとってもっとも重要なのは、スマートブラッドのひとつひとつの〝細胞〟に、ふつうの赤血球の四倍もの酸素をはこぶ能力があることだ」

ルイスは足を止めた。「なぜそれが重要かというと、おまえたちがこれから砂袋をかかえてプールにとびこむからだ。底まで沈んだら、最低でも六分間はそのままでいろ。六分もたったら、ふつうの人間は死ぬが、おまえたちなら脳細胞を一個たりとも失うことはない。沈んでいるための動機づけとして、最初に浮上してきた新兵には一週間トイレ掃除をさせることにする。さらに、その時点で六分が経過していなかったら、おまえたちひとりひとりが、この基地のどこかのクソ穴と間近で親しい関係をきずくことになるだろう。わかったか？　だったらとびこめ！」

新兵たちはプールにとびこみ、いわれたとおり、三メートル下の底までまっすぐ沈んだ。わたしはほとんど即座にパニックを起こした。こどものとき、カバーをしてあるプールに転落して、そのカバーを突き破ってしまい、混乱したまま水面へ出ようとしておそろしい数分をすごしたことがある。溺れ死ぬほどの時間ではなかったものの、生涯ずっと、頭を完全に水に沈めるのがだいきらいになってしまったのだ。三十秒もたつと、空気を思いきり吸いこまずにはいられなくなってきた。六分どころか、一分だって耐えられそうになかった。

なにかにぐいと引っぱられた。さっとふりむくと、わたしのとなりでとびこんだアランが手をのばしていた。よどんだ水をとおして、アランがまず自分の頭を叩き、ついでわたしの頭を指さすのが見えた。そのとき、クソッタレから、アランがリンクをもとめているという通知があった。わたしは声をださずにそれを受け入れた。頭のなかで、アランの声が感情をもたない幻のように響きはじめた。

〝具合が悪いんですか〟アランがたずねた。

〝恐怖症だ〟わたしはこたえた。

〝パニックを起こさないで。ここが水中だということを忘れるんです〟

〝とてもむりだ〟

〝だったら気をまぎらわして。各分隊の状況を確認して、なにか問題がありそうな人がいたら助けてあげるんです〟

異様におちついたアランのシミュレートされた声が救いになった。わたしは回線をひらいて、分隊長たちに状況を確認し、それぞれの分隊のメンバーの様子をたしかめるよう命じた。どの分隊でもひとりかふたりはパニック寸前になっていたので、分隊長がそれをなだめにかかった。わたしのとなりでは、アランがわたしたちの分隊のメンバーから報告を受けていた。

三分、そして四分。マーティンのグループで、ひとりの新兵が暴れだした。手にした砂袋を錨のようにして、体を前後へばたつかせている。マーティンが自分の砂袋を捨ててそちらへ近づき、両肩を荒っぽくつかんで新兵の顔をのぞきこんだ。わたしがマーティンのブレインパルに接続すると、彼が新兵にむかって——〝おれの目を見ろ〟——と語りかけているのが聞こえた。それが助けになったらしく、新兵はじたばた暴れるのをやめておとなしくなった。

五分たつと、酸素供給量が増やされているにもかかわらず、だれもが苦しさを感じはじめた。足をそわそわ動かしたり、とびはねたり、砂袋をふったりしている。隅のほうでは、女の新兵が頭を砂袋にぶつけていた。笑いたくなる気持ちもあったが、自分も同じようにしようかという気持ちもあった。

五分四十三秒で、マークの分隊に所属するひとりの新兵が、砂袋を捨て、水面へとのぼりはじめた。マークは、自分の砂袋を捨てて音もなく突進し、むんずと新兵の足首をつかむと、自分の体の重みを使ってそいつを引きもどした。わたしは、マークの副長が協力するべきだと思ったが、ブレインパルですばやく確認したところ、浮上しようとした新兵がその副長だった。

六分経過。四十名の新兵が砂袋を捨ててじたばたと浮上しはじめた。マークは副長の足首を放し、下からぐいと体を押してそいつをいちばん早く水面へ浮上させた。望みどおり、小隊全体のためにトイレ掃除をさせてやろうというのだ。わたしも砂袋を捨てようとしたら、アランが首を横にふっているのが目にはいった。

〝小隊長は最後までがんばらないと〟アランのことばが届いた。

〝クソくらえ〟わたしはこたえた。

〝ごめんなさい、そんな趣味はないです〟

七分三十一秒までこらえたところで、肺が爆発しそうになったので浮上した。だが、わたしは惑いの瞬間を乗り切った。とうとう信じたのだ。自分が人間以上のなにかになっていることを。

二週目には、各自に武器が支給された。

「これがCDF標準仕様のMP‐35歩兵用ライフルだ」といって、ルイスが自分のライフルを差しあげた。新兵たちのライフルは閲兵場の地面に置かれたままで、保護カバーにおさまっていた。「MPは〝多目的《マルチ・パーパス》〟の略だ。必要に応じて、その場で六種類の発射体またはビームを選ぶことができる。炸裂性または非炸裂性のライフル弾は、半自動あるいは全自動で発射できる。小型の擲弾、小型の誘導ロケット、高圧の可燃性燃料、マイクロ波エネルギービーム。こんなことが可能になったのは、使用している高密度ナノロボット弾が」ルイスは、金属のように見える、にぶく輝くブロックを差しあげた。同じようなブロックが、わたしの足もとのライフルのわきにも置いてあった。

「発射の直前に自動的に

目的の弾になるからだ。おかげで、このライフルは最小の訓練で最大の柔軟性をもつことになった。おまえたち歩く肉のかたまりにとっては、まちがいなく朗報だろう。

軍隊にいた経験がある者なら、自分の武器の分解と組み立てをひんぱんにおこなわなければならなかったことをおぼえているはずだ。MP-35ではそんなことはするな。きわめて複雑なマシンだから、新兵などにいじらせるわけにはいかないのだ！　このライフルには、自己診断・修理機能が搭載されている。さらに、各自のブレインパルと接続して、なにか問題が起きたときには警報を発することもできる。もっとも、そんなことはありえないだろう。CDFで採用されてからの三十年、MP-35が故障したことはいちどもないのだ。地球のボンクラ軍事科学者たちとはちがって、われわれにはちゃんと使える武器をつくる能力があるからな！　おまえたちの仕事は武器をいじることじゃない。武器を撃つことだ。自分の武器を信頼しろ——ほぼまちがいなく、こいつはおまえたちよりも頭が切れる。そのことを忘れなければ、生きのびられるかもしれん。

これからMP-35を起動する。保護カバーから取り出して、ブレインパルでアクセスするんだ。それが終わったら、MP-35は真の意味でおまえたちのものになる。この基地にいるあいだは、各自のMP-35を発射できるのはその持ち主だけだし、それも、小隊長または分隊長から許可が出たときだけだ。しかも、隊長たちもかならず教練指導官の許可を得なければならない。じっさいの戦闘では、CDFから支給されたブレインパルをもつCDFの兵士だけが、MP-35を発射できるようになる。自分の分隊の仲間を怒らせたりしないかぎり、武器を奪われて敵に使われることを心配する必要はない。

これから先は、どこへ行くときでもMP‐35を持っていけ。クソをするときも持っていけ。シャワーをあびるときも持っていけ。ぬれることは心配しなくていい——このライフルは異質なものをすべて排除するから。食事のときも持っていけ。眠るときも持っていけ。なんとか時間を見つけてファックするときも、MP‐35はよく見えるところに置いておくことだ。

おまえたちはこれからMP‐35の使い方を学ぶことになる。これはおまえたちの命を救ってくれる。合衆国の海兵隊はクソのかたまりだが、〝海兵隊ライフル信条〟だけはまともだ。一部を紹介してやろう。『これは我がライフル。似た銃は数多くあれど、このライフルは我がもの。我がライフルは我が親友。我が命。人生を我がものとするように、このライフルを我がものとすべし。ライフルは、我なしでは役に立たず。我がライフルなしでは、我も役に立たず。ライフルは正確に撃つべし。我を殺さんとする敵よりもまっすぐに撃つべし。敵に撃たれるより先に撃つべし。かならずや』

新兵諸君、この信条を心にきざむがいい。これはおまえのライフルだ。手にとって起動しろ」

わたしは膝をつき、ビニール製の包みからライフルを取り出した。ルイスからあれこれ説明されたにもかかわらず、MP‐35の外見はさほど印象深いものではなかった。ずっしりしているが重すぎることはなく、適度なバランスと大きさであつかいやすい。銃床の側面にはステッカーが貼ってあった。〈**ブレインパルでの起動方法：**ブレインパルを初期化して、以下の文章を読みあげてください——MP‐35起動、シリアルナンバーASD‐324‐DDD‐4E3C1〉

「おい、クソッタレ」わたしはいった。「MP‐35起動、シリアルナンバーASD‐324‐DDD‐4E3C1」

〔MP‐35、ASD‐324‐DDD‐4E3C1が、防衛軍新兵ジョン・ペリー用に起動されました〕クソッタレがこたえた。〔弾薬を装塡してください〕

視界の隅に小さな画像があらわれて、ライフルの装塡方法を図で見せてくれた。わたしはもういちど地面に手をのばし、弾薬となる長方形のブロックを取りあげて——あやうく体勢を崩しかけた。ブロックはおどろくほど重かった。〝高密度〟といっていたのは冗談ではなかったらしい。それをライフルの指示された場所へ押しこむと、装塡方法をしめす画像が消えて、かわりにカウンターが表示された。

発射オプションごとの残量
（注意——あるタイプの弾薬を使うと、ほかのタイプの弾薬の残量が減少します）
ライフル弾　二〇〇
ショット弾　八〇
擲弾　四〇

ミサイル弾　三五
火炎放射　十分間
マイクロ波　十分間
現在選択されているのはライフル弾

「ショット弾を選択」わたしはいった。

〔ショット弾が選択されました〕クソッタレがこたえた。

「ミサイル弾を選択」

〔ミサイル弾が選択されました。標的を選択してください〕

突然、小隊のメンバー全員が、標的用の緑色の輪郭につつまれた。だれかに目をむけると、そこだけがぱっと明るく輝く。まあいいか、と思いながら、わたしはひとりを選択してみた。マーティンの分隊に所属するトーシマという新兵だ。

〔標的が選択されました。発射、キャンセル、第二の標的の選択ができます〕

「うわ」わたしは標的をキャンセルし、手のなかのMP－35を見おろした。となりでライフルをかかえているアランに目をむける。「自分の武器がおっかないよ」

「まったくです。二秒まえにあなたを擲弾で吹き飛ばしかけました」

このショッキングな告白に対して返事をしようとしたとき、小隊の反対側のほうで、ルイスが勢いよくひとりの新兵に詰め寄るのが目にはいった。

「いまなんといった、新兵?」ルイスが問いただした。全員が黙りこみ、いったいだれがルイスの怒りを招いたんだろうと、声のしたほうへ顔をむけた。

問題の新兵はサム・マケインだった。そういえば、いつもの昼食時の集まりで、サラ・オコンネルがこの男は頭より先に口が出るといっていた。生涯の大半を営業マンとしてすごしたことを考えれば、べつにおどろくことではない。ルイスが鼻先一ミリメートルのところにいるのに、マケインはすました態度を消していなかった。ちょっとおどろきがまじってはいたものの、すました態度であることに変わりはない。ルイスが興奮している理由はわかっていないようだが、それがなんであれ、この窮地から無傷で脱出できると思っているようだった。

「この武器に感心していただけです、曹長どの」マケインはそういって、手にしたライフルを差しあげた。「それで、ここにいる新兵フローレスに、これから戦うやつらが気の毒になるくらいだと――」

マケインは最後までいい終えることはできなかった。ルイスがマケインのライフルをもぎとり、このうえなく優雅な身のこなしで、おどろいている新兵のこめかみに床尾のたいらな側面を叩きつけた。マケインは洗濯物のようにくしゃっと倒れた。ルイスはそっと脚をのばしてブーツをマケインの喉に押し当て、ライフルをくるりと持ち替えた。マケインは怯えた目で、自分のライフルの銃身を見あげた。

「あまりすました態度ではなくなったようだな、このクソチビ」ルイスがいった。「おれがおまえの敵だと想像してみろ。それでもおれを気の毒に思うのか？　おれは息をするより速くおまえの武器を取りあげた。戦場では、おまえのいう気の毒なやつらは、とても信じられないほどの速さで動く。おまえが銃の狙いをつけているあいだに、やつらはおまえのクソな肝臓をクラッカーに塗ってむしゃむしゃ食うだろう。だから、やつらを気の毒に思ったりはするな。やつらにはおまえの哀れみなんか必要ない。このことをおぼえていられるか、新兵？」

「はい、曹長どの！」マケインはブーツで踏まれたままかすれ声でいった。いまにも泣きだしそうだ。

「たしかめてみよう」ルイスは銃身をマケインの眉間に押し当て、引き金をひいた。カチリという乾いた音がした。小隊のメンバーがいっせいにたじろいだ。マケインは小便をちびってしまった。

「バカが」ルイスが声をかけたのは、マケインが自分は死んでいないと気づいたあとのことだった。「さっきの話を聞いていなかったのか。基地にいるあいだは、MP－35を発射できるのはその持ち主だけだ。つまりおまえだよ」ルイスは上体を起こし、あざけるようにライフルをマケインに投げつけてから、小隊の面々に顔をむけた。

「おまえたち新兵は、おれが考えていた以上に愚かだな。よく聞くがいい。人類の歴史上、いかなる軍隊も、戦場へおもむくときには敵を敗走させるために必要な最小限のそなえしかしていなかった。戦争は高くつく。金も命も失われるが、それらを無限に有している文明はどこにもない。だから、戦うときには節約することになる。おまえたちにあたえられるのは必要最小限の装備だけだ」

ルイスは厳しい顔でわたしたちを見つめた。「すこしはわかってきたか？　おれがいおうとしていることを理解した者はいるか？　こんな真新しい体としゃれた武器を用意するのは、おまえたちを不当に有利な立場に置くためじゃない。その体も武器も、おまえたちが戦場で戦って生きのびるために必要な、ぎりぎり最小限の装備なんだ。べつに好きこのんで用意しているわけじゃない。そうしないと人類がとっくに絶滅しているからだ。これで理解できたか？　おまえたちがどんな敵を相手にしているか、ようやくわかってきたか？　どうなんだ？」

だが、屋外でトレーニングをしたり、人類のために殺しの技術を学んだりすることがすべてではなかった。ときには、教室で授業も受けた。

「身体トレーニングにより、きみたちは、新しい体の能力にまつわる思いこみや心理的抵抗を克服するすべを学んできた」オグルソープ中尉が、第六十から第六十三までの訓練小隊が詰めかけた講堂で語りはじめた。「こんどは、同じことをきみたちの精神でおこなわなければならない。心の奥深くの、自分でも存在に気づいていないことすらある先入観や偏見を追いだそうというわけだ」

オグルソープ中尉が演壇についているボタンを押すと、その背後で二枚のディスプレイボードがぱっと点灯した。聴衆から見て左側のディスプレイには悪夢があらわれた。ロブスターのようなギザギザの鉤爪をもつ、なにか黒くてねじ曲がったものが、じっとりしていまにも異臭がただよってきそうな穴のなかに卑猥におさまっていた。グニャグニャした体の上に、三本の眼柄だか触角だかが突きだしている。そこからしたたり落ちる黄土色のもの。H・P・ラヴクラフトも悲鳴をあげて逃げだしそうだ。

右側のディスプレイには鹿のような生き物が表示されていた。人間とよく似た器用な手をもち、問いかけるような顔は、いまにも平和と叡知について語りだしそうに見える。ペットにするのはむりでも、宇宙の本質についていろいろ教えてもらえそうだ。

オグルソープ中尉はポインターをふって、悪夢のほうをしめした。「こいつはバサンガ族だ。彼らは根っからの平和主義者で、文明は数十万年の歴史をもち、とりわけ数学への造詣の深さについては、人類のそれが単純な足し算に思えるほどだ。海に住んで、プランクトンを食料とし、人類とはいくつかの世界で積極的に共存している。とても友好的な連中で、こいつは」――と、ボードを叩き――「種族のなかではハンサムなほうだ」

中尉は、親しげな鹿男が表示されている第二のボードをぴしゃりと叩いた。「さて、このクソ野郎はサロング族。われわれがはじめてこの種族と公式に遭遇したのは、人類のあるはぐれコロニーの所在を突き止めたときのことだった。勝手なコロニー建設は許されていないのだが、これはその理由をしめす好例となった。その植民者たちが着陸した惑星は、サロング族もコロニー建設を狙っていた。サロング族は、なにかの拍子に、人間は食用にするとうまいということを知り、人間を襲撃して人肉牧場を設置した。成人男性のほとんどが殺され、ほんのひと握りが精子をしぼり取るために生かしておかれた。女たちは人工授精によって出産し、赤ん坊は囲いのなかで子牛のように肥育された。

数年まえにそこが発見された。CDFの部隊は、サロング族のコロニーを徹底的に破壊し、そのリーダーをこんがりと焼きあげた。いうまでもなく、それ以来ずっと、われわれはこの赤ん坊食いのクソ野郎どもと戦いをつづけている。

なにをいいたいかはわかるだろう。善玉と悪玉を見分けられると思っていたら命を落とすことになる。もっとも人間に似ているエイリアンが、人間との友好よりも人間をハンバーガーにすることを望むような世界では、神人同形論なんてものは通用しないんだ」

べつの授業で、オグルソープ中尉はわたしたちにむかって、地球の兵士がCDFの兵士よりも有利な点はなにかと問いかけた。

「身体的コンディションや兵器類でないのはたしかだ。どちらの面でも、われわれのほうがあきらかに先んじているからな。地球の兵士が有利なのは、自分たちの敵がだれなのか知っているということだ。しかも、戦闘がどのようにおこなわれるかについても、あるていどはわかっている――どんな部隊で、どんな武器があって、なにを目標にするのか。おかげで、どこかの戦争や紛争で得た経験は、ほかのときにもそのまま応用できる。たとえ、戦争の原因や戦闘の目的がまったくちがっているとしても。だが、CDFにはそんな優位はない。たとえば、最近のエフグ族との戦闘を見てみよう」

オグルソープが片方のディスプレイをつつくと、鯨に似た生き物が表示された。わき腹の巨大な触手が、枝分かれして原始的な手になっている。

「こいつらは全長が最大四十メートルで、水を重合させるテクノロジーを有している。われわれは船舶を何隻も失った。船のまわりの水が流砂のような泥に変わり、乗組員もろとも引きずりこまれてしまったのだ。こういう戦闘の経験が蓄積されたとしても、たとえばフィンウィ族のような」——もうひとつのディスプレイが点灯し、爬虫類使いが表示された——「砂漠に住む小さな種族で、遠距離から生物を使って攻撃をしかけてくるような連中が相手では、いったいどうやって応用すればいい？

結局は、応用なんかできるはずがない。それでも、CDFの兵士たちは、つぎからつぎへと種類のことなる戦闘へ出かけていく。CDFにおける死亡率がとても高いのはこのせいでもある。あらゆる戦闘が目新しいものであり、あらゆる戦況が、少なくとも個々の兵士にとっては、未知の体験なのだ。われわれのささやかな授業からひとつ学べることがあるとすれば、それはこれだ——戦争はこういうものだという思いこみは、さっさと窓から投げ捨てたほうがいい。ここでの訓練は、これから宇宙で遭遇するできごとに対して、きみたちにすこしばかり準備をしてもらうことを目的としている。だが、これだけはおぼえておきたまえ。歩兵であるきみたちは、往々にして、敵意をもつ新たな種族と真っ先に遭遇することになる。そういう連中はどんな目的でどんなことを仕掛けてくるかまだ知られていないし、そもそも知ることができない場合すらある。つねにすばやく頭をはたらかせ、以前にうまくいったことがそのつぎもうまくいくとは思わないことだ。そういう考えは死に直結する」

あるとき、ひとりの女の新兵が、オグルソープにむかって、そもそもなぜCDFの兵士は植民者やコロニーのことを気にかける必要があるのかとたずねた。「あたしたちは、自分がもはや人間ですらないという事実を頭に叩きこんできました。だとしたら、どうして植民者たちに愛着をおぼえなければいけないんです？　彼らはしょせん人間です。CDFの兵士を人類の進化型とみなして子孫を増やし、自分たちの手助けをしたらいいのではありませんか？」

「きみがはじめてその質問をしたとは思わないでくれ」オグルソープがいうと、くすくす笑いがひろがった。「てっとりばやくこたえるなら、われわれには子孫を残すことができないのだ。さまざまな遺伝的および機械的改良をほどこされているために、CDF兵士は生殖能力を失っている。各人のテンプレートに使用されている共通遺伝物質のせいで、致命的な劣性形質があまりにも多いため、受精プロセスが最後まで完了しないんだ。しかも、人間以外の遺伝物質が多用されているから、ふつうの人間との異種交配もできない。CDF兵士はおどくべき工学技術の産物だが、進化の面からいえば袋小路にいる。これもまた、うぬぼれを捨てろという理由のひとつだ。きみたちは、一マイルを三分で走れても、赤ん坊をつくることはできない。

だが、より大局的に見るなら、そもそもそんな必要はないんだ。進化のつぎの段階はすでにはじまっている。地球と同じように、たいていのコロニーはおたがいから隔離されている。コロニーで生まれる人びとは、ほぼ全員がそこで生涯をすごす。人間は新しい故郷に順応しているんだ。文化の面ではすでに変化が生じている。最初期のいくつかのコロニー惑星では、言語および文化が地球時代とのそれとは変化してきている。一万年もしたら遺伝子も変化するだろう。充分な時間があれば、コロニー惑星の数だけ別種の人類が生まれるはずだ。多様性こそが生存の鍵なんだ。

抽象的にいうなら、きみたちがコロニーに愛着をおぼえるべき理由とは、身体面で変化したいま、きみたちは人類が宇宙で生きのびる可能性を秘めていることを正しく認識しているからだ。もっと直接的にいうなら、コロニーが人類の未来を象徴していて、変化していようといまいと、きみたちはやはり宇宙のどんな知的種族もおよびもつかないほど人類に近いからだ。

だが、結局のところ、きみたちがコロニーに愛着をおぼえるべき理由とは、そうするべきだとわかるだけの年齢に達しているからだ。CDFが老人を兵士にする理由のひとつはそこにある——きみたちが隠居して経済面で社会の足かせになっていることだけが理由ではない。さらにいえば、充分に長く生きてきたきみたちは、人生には自分の命よりもたいせつなものがあると知っているからだ。きみたちの多くは家庭を持ち、子や孫を育ててきたから、みずからの利己的な目的を超越した行為にどれほどの価値があるかを理解している。たとえ自分がコロニーで暮らすことはなくても、人類にとってコロニーがたいせつなものであり、戦って守るだけの価値があることはわかっている。こうした考えを十九歳の頭に叩きこむのはむずかしい。だが、きみたちは経験からそれを知っている。この宇宙では、経験がものをいうのだ」

教練はつづいた。射撃練習もつづいた。授業もつづいた。わたしたちはひたすら前進した。あまり睡眠はとらなかった。

六週目に、サラ・オコンネルを分隊長からはずした。E分隊がつねにチーム練習でおくれをとるために、第六十三小隊は小隊対抗競技会で不利を強いられていた。ほかの小隊がトロフィーを手に入れるたびに、ルイスは歯ぎしりをしてわたしに八つ当たりをした。サラはこの決定を冷静に受け入れた。「残念だけど、幼稚園児を引率するのとはちょっとちがっていたわ」とのことだった。アランがあとを引き継ぎ、分隊を叩き直した。七週目に、第六十三小隊は、第五十八小隊を破ってトロフィーを獲得した。皮肉なことに、わたしたちをトップへ導いたのは、とてつもない射撃の腕前を見せたサラだった。

八週目に、わたしはブレインパルと話をするのをやめた。クソッタレはしっかりとわたしの観察をつづけて、脳パターンを理解し、こちらのもとめるものを予想できるようになっていた。はじめてそのことに気づいたのは、シミュレート版の実弾射撃訓練をおこなっていたときのことだった。わたしのMP‐35が、勝手に弾薬をライフル弾から切り替えて、遠方にあるふたつの標的に誘導ミサイル弾を命中させてから、ふたたび弾薬を切り替えて、ちかくの岩陰からとびだしてきた気色悪い体長六フィートの昆虫を火炎放射で焼き払ったのだ。自分が命令を口に出さなかったことに気づいたときは、ひどく不気味な感じがしたものだ。それから数日たつと、クソッタレに口頭で指示を出す必要に迫られるたびに、自分がイライラしていることに気づいた。どんなに不気味なことでも、人はあっというまに慣れてしまうものらしい。

九週目には、わたしとアランとマーティン・ガラベディアンで、マーティンの分隊にいるひとりの新兵にちょっとした指導をおこなわなければならなかった。その新兵は、マーティンのかわりに分隊長になりたがっていて、そのためには妨害工作さえ辞さないつもりだった。かつての人生ではそこそこ有名なポップスターだったらしく、必要とあらば手段を問わずに道を切りひらくことに慣れているのだった。ただ、同じ分隊の新兵を何人か仲間に引き入れるくらいの悪知恵ははたらくものの、本人にとっては残念なことに、分隊長であるマーティンなら部下の送るメモにアクセスできるという事実に気づくだけの頭はなかった。わたしはマーティンから相談を受けて、自分たちで簡単に解決できる問題にルイスやほかの指導官を巻きこむ理由はないとこたえた。

その日の夜、基地のホバークラフトが短時間だけ無許可離隊するのを目撃した者がいたとしても、だれもなにもいわなかった。同様に、左右の足首をつかまれて機体からさかさまに吊された新兵が木々のそばをあぶなっかしく通過していくのを目撃した者がいたとしても、だれもなにもいわなかった。その新兵が必死に叫んでいたとか、マーティンがもとポップスターのいちばん有名なアルバムについてあまり好意的でない意見を述べていたとかいう者もいなかった。ルイス曹長は、翌日の朝食の席で、わたしの髪がすこし乱れていると指摘した。わたしは、食事のまえに曹長から命じられた、気持ちのいい三十キロメートルのジョギングのせいでしょうとこたえた。

十一週目には、第六十三小隊を含むいくつかの小隊が、基地の北方にある山地へと降下した。目的は単純——四日以内に、ほかの小隊を残らず発見、殲滅し、生存者は基地へ帰還するというものだ。ことをおもしろくするために、新兵たちは敵に撃たれたときに反応する装置を着けさせられた。スイッチがはいると、その新兵はしびれるような苦痛とともに卒倒する(その後、近くで監視している教練指導官によって意識をとりもどす)。わたしは、基地でルイスが実演をおこなったときに、身をもってこれを体験していた。そこで、自分の小隊の面々には、絶対にあんな思いはしないほうがいいと力説した。

地上におりるとすぐに、最初の攻撃を受けた。小隊の仲間が四人倒れたところで、わたしはようやく射手を発見し、そちらへ全員の注意を喚起した。ふたりは倒したが、ふたりにはわかれてほかの分隊をさがしていることがわかってきた。それから数時間の散発的な攻撃により、ほかの小隊が三つか四つの分隊には逃げられた。

わたしにはべつの考えがあった。新兵たちは、ブレインパルのおかげで、仲間が近くにいようがいまいが、つねに音をたてずに連絡を取り合うことができた。ほかの小隊はこの事実が意味するものを見落としていたらしく、こちらにとってはじつに有利な展開といえた。わたしはまず、小隊のメンバー全員に、ほかのすべてのメンバーに対して通信回線をひらくよう命じた。それから、各自に単独行動をさせて、地形図の作成と、発見した敵の分隊の位置の記録をおこなうよう指示した。こうすれば、わたしたち全員が、地形と敵の位置をしめす、どんどん大きくなる地図を手に入れることになる。たとえだれかが倒されたとしても、そのとき送られる情報は、小隊のほかのメンバーが殺された仲間の仇《かたき》を討つ（あるいは、すぐに殺されるのをふせぐ）のに役立つ。ひとりの兵士が、音もなくすみやかに移動してほかの小隊を悩ませながら、同時に、チャンスがきたら仲間の兵士たちと協力してはたらけるというわけだ。

これはうまくいった。わたしの小隊の新兵たちは、可能なときには敵を撃ち、それがむりなら身をひそめて情報を送り、チャンスがあれば協力し合って活動した。二日目に、わたしはライリーという名の新兵と組んで、敵対するふたつの分隊を狙い撃ちした。どちらの分隊もおたがいを攻撃するのに忙しすぎて、ライリーとわたしが遠くから狙撃していることに気づかなかったのだ。ライリーがふたり、わたしが三人を倒し、あとの三人はおたがいの撃ち合いで倒れた。じつに爽快な気分だった。仕事がすむと、わたしたちはことばをかわすこともなく、ただひっそりと森のなかへもどり、敵の捜索と地形情報の報告をつづけた。

やがて、ほかの小隊もわたしたちの作戦に気づいて同じことをしようとしたが、そのころには、第六十三小隊は人数でほかの小隊を圧倒するようになっていた。わたしたちは敵を一掃し、正午までに最後のひとりを倒すと、およそ八十キロメートル離れた基地まで駆け足でもどった。最後のひとりが到着したのは1800時ごろだった。最終的に、わたしの小隊は、最初の四名を含めて十九名を失った。だが、わたしたちは、ほかの七つの小隊の総死者の半数以上を倒していた。そのいっぽうで、自分の部下たちは三分の一も失わなかった。ルイス曹長さえ、このことでは文句をいわなかった。基地司令官から対抗演習トロフィーを授与されたときには、かすかに笑みを浮かべさえした。あんなことをしたらどれくらい痛みがあるのか、わたしには見当もつかなかった。

「ぼくたちの幸運は永遠に尽きないみたいですね」晴れて二等兵となったアラン・ローゼンタールが、シャトルの搭乗エリアでわたしのそばへ近づいてきた。「また同じ宇宙船に乗ることになるなんて」

たしかにそのとおりだった。兵員輸送船フランシス・ドレイク号でひらりとフェニックスへもどり、CDFSモデスト号の到着を待つ。それから、第二百三十三CDF歩兵大隊のD中隊の第二小隊と合流する。一隻にひとつの大隊——兵士の数はおよそ千名。迷子になるのは簡単だ。あらためて、アランがいてくれてよかったと思った。

ちらりとアランに目をやり、コロニー防衛軍の真新しい青い礼装をほれぼれとながめた。自分も同じ服を着ていることが少なからず影響していたにちがいない。

「なあ、アラン」わたしはいった。「おたがいほんとにいかして見えるな」

「ぼくはむかしから制服姿の男性が大好きでした」とアラン。「こうして自分が制服姿の男性になってみると、ますますその思いがつのります」

「おやおや。ルイス曹長のおでましだ」

ルイスが、シャトルへの搭乗を待つわたしの姿を見つけた。近づいてきたので、わたしはダッフルバッグをおろした。そこには、日常用の制服と、残ったいくつかの私物とがおさまっていた。わたしはきびきびとルイスに敬礼した。

「休め、二等兵」ルイスも敬礼を返した。「おまえはどこへ行くんだ?」

「モデスト号です、曹長どの。ローゼンタール二等兵もいっしょです」

「なんと。第二百三十三歩兵大隊か? どの中隊だ?」

「D中隊です、曹長どの。所属は第二小隊です」

「そいつはすごいな、二等兵。アーサー・キーズ中尉の小隊に加わるという光栄に浴するわけだ。まあ、あんちくしょうがどこかのエイリアンにまだケツをかじられていなければの話だがな。キーズに会ったら、おれがよろしくいっていたと伝えてくれ。ついでに、アントニオ・ルイス曹長がおまえのことを、たいていの新兵ほどひどいボンクラではないといっていたと付け加えてもかまわんぞ」

「ありがとうございます、曹長どの」

「いい気になるなよ、二等兵。おまえはそれでもボンクラなんだ。さほどひどくないというだけで」

「もちろんです、曹長どの」

「よし。では、これで失礼させてもらう。たまには旅に出よう」ルイス曹長が敬礼し、わたしとアランも敬礼を返した。ルイスはわたしたちをちらりと見て、かたい、かたい笑みを浮かべると、いちどもふりかえらずに歩み去った。

「あの人がいると死ぬほどびびりますね」アランがいった。

「そうかな。わたしはわりと好きだけど」

「それはそうでしょう。ルイスはあなたのことをほとんどボンクラではないと考えているんですよ。あの人にとって、それはほめことばじゃないですか」

「わかってるさ。こうなったら期待にこたえるしかないな」

「どうにかなりますよ。なにしろ、あなたはまだボンクラになれるんですから」

「励まされるなあ。とりあえず連れもいることだし」

アランはにやりと笑った。シャトルのドアがひらいた。わたしたちは荷物をつかみ、船内へ足を踏み入れた。

9

「ここからでも撃てる」ワトスンが大きな岩越しに狙いをつけながらいった。「やつらに風穴をあけさせてくれ」

「だめ」ビベロス伍長がいった。「まだシールドが生きている。弾薬のむだよ」

「こんなのバカげてる。もう何時間もここにいるんだぞ。おれたちがこっちですわりこんで、やつらがむこうですわりこんで。シールドが消えたあとは？　そばまで歩いていってバンバン撃つのか？　いまは騎士道精神あふれる十四世紀とはちがうんだ。敵を殺そうってときに予約をとる必要はないだろう」

ビベロスはいらだっているようだった。「ワトスン、あなたの仕事は考えることじゃないの。黙って準備をして。どのみち、もうそんなに長くはかからない。あたしたちが攻撃をはじめるのは、あいつらが儀式でもうひとつだけやることをやってから」

「へえ？　なんだいそりゃ？」

「あいつらは歌うのよ」

ワトスンはうすら笑いを浮かべた。「なにを歌うんだ？　テーマソングか？」

「ちがうわ。あいつらはあたしたちの死を歌うの」

それが合図になったかのように、コンスー族の野営地を取り囲んでいる巨大な半球形のシールドの基部がゆらめきはじめた。わたしが視覚を調節して数百メートル前方へ焦点を合わせると、一体のコンスー族が野営地から踏みだしてきた。シールドもその大きな甲羅にふわりとまとわりついていたが、あるていどの距離まで離れると、静電フィラメントが崩壊してシールドはもとのかたちにもどった。

戦闘がはじまるまえに外へ出てきた、三体目の、そして最後のコンスー族だった。最初のやつがあらわれたのは十二時間近くまえ。階級の低い兵士だったが、激しい怒鳴り声でコンスー族の戦いの意思を正式にしめした。伝令の階級が低いのは、コンスー族がわたしたちの部隊に最小限の関心しか持っていないことを意味する。こちらを重視しているなら、もっと階級の高いやつを送りこんでくるはずだ。わたしたちは気分を害したりはしなかった。相手がだれであれ、伝令というのは階級が低いものだし、どのみち、コンスー族のフェロモンに異常に敏感でないかぎり、やつらはみんな同じように見えるのだ。

それから数時間後、二体目のコンスー族がシールドのむこうからあらわれ、脱穀機に巻きこまれた牛の群れのような声で吠えたかと思うと、いきなり爆発した。ピンク色の血と臓器や甲羅のかけらがシールドに飛び散り、シュウシュウと地面にしたたり落ちた。どうやら、コンスー族は、兵士が儀式にのっとって事前にそなえをしていれば、魂がどこだか知らないが連中の天国へ出かけるまえに、一定の時間は敵の偵察をおこなうことができると信じているらしい。まあ、おおむねそんなところだろう。これはたいへんな名誉で、軽軽しくあたえられるものではない。わたしには自軍の最高の兵士をあわてて失うだけの行為に思えるが、いまは彼らの敵という立場にあるだけに、現実問題としてマイナス面を見つけるのはむずかしかった。

今回あらわれた三体目のコンスー族は、上級カーストのメンバーで、その役割は、わたしたちがなぜ、どのようなかたちで死ななければならないかを告げることだった。これがすむとようやく、じっさいの殺したり殺されたりがはじまる。事態の進展を速めようとしてシールドを攻撃してもむだだ。恒星の核にでもほうりこまないかぎり、コンスー族のシールドを傷つけることはできない。伝令を殺したところで、開戦の儀式がまた最初からはじまることになるので、戦いと殺しあいがさらに遅れるだけだ。

それに、コンスー族はシールドの奥に隠れているわけではない。戦いのまえにやってこなければならない儀式がたくさんあるので、迷惑な銃弾や粒子ビームや爆薬によってじゃまされたくないだけなのだ。元来、コンスー族はなによりもいい戦いを好む。なんの良心の呵責もおぼえずに、よその惑星へ勝手に押しかけて、わざわざ先住民を戦いへ引きずりこむのだ。

ここで起きているのもまさにそういうことだった。コンスー族はこの惑星にコロニーを建設することにはまったく興味がない。人類のコロニーを粉砕するのは、自分たちが近所にいて戦いをもとめているということをＣＤＦに知らせるためでしかない。コンスー族を無視するという選択肢はなかった。やつらは、だれかが正式に戦いを挑んでくるまで植民者を殺しつづける。おまけに、なにをもって正式な挑戦とみなすのかもわからない。こちらとしては、ひたすら部隊の増強をつづけて、コンスー族の伝令が戦闘開始を宣言するのを待つしかない。

難攻不落のシールドをのぞけば、コンスー族の戦闘用テクノロジーはCDFのそれと同レベルにある。これはさほど励みになる事実ではない。というのも、コンスー族と他種族との戦いにまつわる報告を見るかぎり、コンスー族の兵器類やテクノロジーはつねにその敵と似たようなレベルにあるのだ。こうした点から考えても、コンスー族がおこなっているのは戦争ではなくスポーツなのだろう。観客席にいる植民者が皆殺しにされることをべつにすれば、フットボールの試合と似ていなくもない。

コンスー族に先制攻撃をしかけることはできない。彼らの母星の内星系はそっくりシールドでおおわれている。それだけのシールドを生成するエネルギーの源は、コンスー族の故郷の太陽と一対になっている白色矮星だ。この星は、なんらかのエネルギー採取機構をそなえたカバーでおおわれており、放射されるすべてのエネルギーがシールドの燃料となる。現実的に考えて、それだけの技術をもつ連中にちょっかいを出すべきではない。だが、コンスー族にはいっぷう変わった名誉のシステムがある。ある惑星からコンスー族が一掃された場合、二度と彼らがそこへもどることはない。戦闘がワクチン注射で、われわれが抗ウイルス薬というわけだ。

こうした情報はすべてCDFのミッション・データーベースにおさめられており、わたしたちは指揮官のキーズ中尉から、戦闘のまえにアクセスして読んでおけと指示されていた。ワトスンがこうした情報をまったく把握していないように見えるのは、彼が報告書に目をとおさなかったということを意味する。べつにおどろくことではない。はじめて会ったときから、ワトスンが無知で頑固なうぬぼれ屋で、いずれ自分か分隊の仲間の命を危険にさらすのは明白だった。問題は、わたしが彼と同じ分隊にいるということだ。

コンスー族が〝剣腕〟——進化のどこかの段階で、故郷の世界の想像を絶するほどおそろしい生物と戦うために特殊化した可能性が高い——をひろげると、その下で、もうすこし人間の腕に似た前肢が空を指ししめした。

「はじまるわ」ビベロスがいった。

「あんなやつ一発で倒せるのに」とワトスン。

「そんなことをしたら、あたしがあなたを射殺する」

神がライフルを撃ったような轟音が空に響きわたり、そのあとに、チェーンソーがトタン屋根を切り裂くような音がつづいた。コンスー族が歌っているのだ。わたしはクソッタレにアクセスし、最初から翻訳させた。

見よ、栄《は》えある敵対者たち、

われらはおまえたちのよろこびに満ちた死の道具。

われらはおまえたちをわれわれのやりかたで祝福した
われらのもっとも優秀なる者がわれらの戦いを聖別した。
われらはおまえたちのもとへ出向いておまえたちを讃える
そして歌うのだ、おまえたちの魂が救われ、報いを得んことを。
おまえたちが〝人びと〟として生まれたのは幸運ではない
ゆえに、われらがおまえたちを贖罪へと通じる道へ送りだす。
勇気をもって激しく戦うがよい
ふたたび生まれるときにはわれらの腕のなかにいるだろう。
この聖なる戦いは大地を清めてくれる
これより先、ここで死ぬ者も生まれる者もみな解放されるのだ。

「ええい、やかましい」ワトスンが指を左耳につっこんでひねった。歌の内容を知りたいとは思っていないようだ。

「これは戦争でもフットボールの試合でもない」わたしはビベロスにいった。「これは洗礼式だ」

ビベロスは肩をすくめた。「CDFはそうは思っていないわ。コンスー族はどんな戦いでもこうやってはじめるの。国歌みたいなものなんでしょ。ただの儀式よ。ほら、シールドが消えていく」ビベロスはシールドのほうを身ぶりでしめした。全体がゆらめいて薄れはじめていた。

「やっとかよ」ワトスンがいった。「あやうく居眠りするところだぜ」

「聞いて、ふたりとも」とビベロス。「あわてず、集中して、ケツを動かさないで。ここは有利な位置だし、キーズ中尉からは、あいつらが接近してきたら狙撃しろといわれている。派手なことはせず、ただあいつらの胸部を撃ち抜けばいい。脳はそこにあるから。あたしたちがひとり敵を倒せば、仲間の心配の種がひとつ減るのよ。弾薬はライフル弾だけ。ほかのだと敵に見つかりやすい。おしゃべりはせずに、これから先はブレインパルでやりとりすること。わかった？」

「了解」わたしはこたえた。

「あいよ」とワトスン。

「けっこう」とビベロス。

ようやくシールドが消えると、たちまち、人間とコンスーを隔てていた野原に、何時間もまえから照準を合わせて発射準備がととのえられていたロケット弾が飛びかいはじめた。脳震盪を起こしそうな爆発音が立て続けに響き、そのあとに人間の悲鳴とコンスーの金属的なさえずりとがつづいた。数秒間、そこにあるのは煙と沈黙だけだった。それから、ノコギリをひくような長い叫びとともに、コンスー族がどっと押し寄せてきた。人間たちは持ち場にとどまり、双方の前線が衝突するまえにできるだけ多くのコンスーを撃ち倒そうとしていた。

「さあ行くわよ」ビベロスがMPを持ちあげて、はるか彼方のコンスーに狙いをつけ、発砲をはじめた。わたしたちもすぐにそれにならった。

戦闘にそなえての準備。

第一に、MP‐35歩兵用ライフルのシステムチェック。これは簡単。MP‐35には自己診断・修理機能が搭載されているので、突発事態が起きても、弾薬用のブロックを原料にして故障箇所を直してくれる。完全に破壊するには、姿勢制御ロケットの炎にでもあてるしかない。そのときは自分のMPに接続している可能性が高いわけだが、そうなるともっとべつのことを心配しなければならない。

第二に、戦闘用スーツの着用。標準的な自動密着式のユニタードで、顔以外の全身がすっぽり包まれる。これを着ていると戦闘中は自分の体のことを気にしなくていい。有機ナノロボットの〝生地〟が、光を取り入れて光合成と熱調節をおこなってくれる。極地で浮氷の上にいても、サハラ砂漠の砂丘にいても、体が認識するちがいは風景の変化だけ。たとえ汗をかくことがあっても、ユニタードはそれを外へ逃がし、濾過して得られた水分を保管して、あとで水筒へ移せるようにしてくれる。小便についても同じことができる。通常、ユニタードのなかでの排便は推奨されない。

腹部（それ以外のどこでも）を撃たれると、ユニタードは弾着点を硬化させ、エネルギーをスーツの表面へ逃がして、銃弾の貫通を阻止する。痛みは強烈だが、銃弾が腸のなかでにぎやかに跳ねまわるよりはましだ。悲しいかな、この機能にも限界はあるので、やはり敵の銃撃は避けるほうがいい。

腰に巻くベルトには、コンバットナイフ、スイス製アーミーナイフを進化させたような万能ツール、もののみごとに小さく折りたためる個人用シェルター、水筒、一週間分のエネルギーウエハース、そして弾薬ブロックをおさめるスロットが三本。顔には、ユニタードと連動して環境情報を共有するナノロボット混入クリームを塗る。カモフラージュを作動させれば、鏡を見ても自分がどこにいるかわからない。

第三に、ブレインパルの回線をひらいて分隊の仲間と連絡を取れるようにし、宇宙船にもどるか死ぬまではずっとそのままにしておく。訓練キャンプでこれを考えついたときは自分のことを切れ者だと思ったが、交戦中はそうすることが重要な非公式のルールとみなされていた。ブレインパルでやりとりすれば、命令や合図があいまいになることもないし、声をだして敵に自分の位置を知られることもない。交戦中に声をあげるCDFの兵士がいるとしたら、ただの愚か者か、撃たれて悲鳴をあげているかのどちらかだ。

ブレインパルによる通話の唯一の欠点は、気をつけないと自分の感情まで送ってしまうところだ。戦闘中に恐怖でちびりそうになったと思ったら、膀胱がゆるんでいたのは自分ではなく分隊の仲間だった――などということがあると、気が散ってしかたがない。しかも、仲間たちはそれをけっして忘れてくれないのだ。

リンクするのは分隊の仲間だけにとどめておく。小隊全体に回線をひらくと、頭のなかでいきなり六十人が悪態をついたり戦ったり死んだりすることになる。そんなものは必要ない。

あとは、命令に従うこと以外はすべて忘れて、人間ではないものはなんでも殺し、生きのびるだけだ。CDFではものごとが単純になる。兵役の最初の二年間は全員が歩兵あつかいになり、かつての地位が守衛だろうと外科医だろうと上院議員だろうとホームレスだろうと関係はない。最初の二年間を生きのびれば、専門をしぼるチャンスがあたえられる。戦場から戦場へとさまよい歩くかわりに恒久的な兵士用宿舎を手に入れ、どんな軍隊にもあるすきま仕事や支援的な仕事を担当できる可能性もある。だが、とにかく二年間は、いわれたところへ行って、ライフルをかまえ、敵を殺し、自分は殺されないようにするしかない。単純だが、単純だからといって簡単というわけではない。

コンスー族の兵士を倒すには一体ごとに二発の銃弾が必要だった。これはいままでになかったことだ。コンスー族に関するどんな資料にも個体のシールドに言及したものはなかった。だが、なにかが最初の一発を阻止しているらしく、撃たれたやつは尻に見えるところを下にしてばったりと倒れはするのだが、ほんの数秒でまた起きあがってくるのだった。で、二発が必要になる。一発で倒し、もう一発で倒れたままにする。

同じ動く標的に二発つづけて撃ちこむのは、とてもにぎやかな戦場で数百メートルの距離がある場合には、そう簡単なことではない。それがわかったので、わたしはクソッタレに命じて、いちど引き金をひくだけで二発の銃弾を発射する特別な射撃ルーチンを設定した。一発目はホローポイント弾で、二発目には炸薬が詰まっている。この設定は銃撃の合間にＭＰに伝えられる。引き金をひくたびに、通常のライフル弾を発射させたり、コンスー族を殺す特別な連続弾を発射させたりすることができる。

たいしたライフルだ。

わたしはこの射撃設定をワトスンとビベロスに転送し、ビベロスはそれをさらに上官へと転送した。およそ一分後には、戦場のあちこちで二連発の射撃音が響き、甲羅の内部で炸薬が破裂した数十体のコンスーがぽんとふくれあがった。まるでポップコーンがはじけるような音だった。わたしはちらりとビベロスを見た。顔色ひとつ変えずに狙いをつけては発砲している。ワトスンは発砲するたびに、射的場で動物のぬいぐるみを手に入れた少年のような笑みを浮かべていた。

〝あ、まずい〟――ビベロスが送信してきた――〝見つかった〟

「なんだ？」ワトスンがひょいと頭をあげた。わたしがワトスンをつかんで引き倒したとたん、身を隠すのに利用していた大岩にロケット弾が命中した。できたばかりの岩のかけらがばらばらとふりそそいでくる。顔をあげると、ボウリングのボールくらいの岩が激しく回転しながら頭にむかって落下してくるのが目にはいった。わたしはなにも考えずにそれをぴしゃりと叩いた。腕全体でスーツが硬化し、岩はソフトボールのようにゆっくりとはじけ飛んだ。腕の痛みはきつかった。これが以前のわたしなら、短くて、たぶんひどくならびの悪い、三本の新しい腕骨を手に入れていただろう。二度とやらないほうがよさそうだ。

「うひゃあ、近かったな」ワトスンがいった。

「黙れ」わたしはそういってから、ビベロスに送信した。〝どうする？〟

〝待って〟ビベロスは万能ツールをベルトからはずした。指示を送ってそれを鏡に変形させ、大岩越しに前方をのぞき見る。〝六体、いえ七体がこっちへむかっている〟

すぐ近くでドンと爆発音があがった。

〝五体に訂正〟ビベロスはツールをしまった。〝弾薬を擲弾にセットして、追尾攻撃をおこなってから、移動する〟

わたしはうなずき、ワトスンはにやりと笑い、ビベロスの〝ゴー〟の合図で、三人がいっせいに大岩越しに擲弾を撃ちこんだ。それぞれ三発ずつで、合計九度の爆発のあと、わたしは大きく息をつき、神に祈ってから、ひょいと頭をあげてみた。コンスーは一体が死体になり、もう一体はふらふらとわたしたちのそばから遠ざかり、二体はおおあわてで身を隠そうとしていた。ビベロスが傷ついた一体をしとめた。ワトスンとわたしが、ほかの二体にそれぞれ銃弾を撃ちこんだ。

「パーティへようこそ、このクズども！」ワトスンが歓声をあげ、大岩の上で得意げに身をゆすったとたん、五体目のコンスーがその眼前に立ちはだかった。擲弾をうまくかわして、仲間が殺されているあいだじっと身をふせていたのだ。そのコンスーはワトスンの鼻先で銃をかまえ、発砲した。ワトスンの顔が内側へくぼみ、ついで外へふくらむと、かつてワトスンの頭だったスマートブラッドと体組織が噴きだして、コンスーの上にふりそそいだ。衝撃を受けて硬化するユニタードが、銃弾がフードのうしろに当たったときにその威力を発揮したために、圧力を受けた銃弾、スマートブラッド、頭蓋骨のかけら、脳、ブレインパルが、すぐそばにある唯一の開口部からあふれだしたのだった。

ワトスンにはなにが起きたのかわからなかったはずだ。最後にブレインパルの回線で送られてきた感情の奔流は、強いてことばにするなら混乱した当惑だった。予想外のものを目にしているのに、それがなんなのかわからずにいる人の、おだやかなおどろき。やがて、データ供給がふいに途絶えたかのように、ワトスンとの接続は切れた。

ワトスンを襲ったコンスーは、彼の顔をばらばらに吹き飛ばしながら歌っていた。わたした翻訳回路をひらいたままにしてあったので、ワトスンの死を字幕つきで見ることになった。〝贖《あがな》い〟という単語が何度もくりかえされるあいだ、ワトスンの頭のかけらは涙のようなしずくとなってコンスーの胸部を流れ落ちていた。わたしは大声で叫びながら発砲した。コンスーはあおむけに倒れ、その胸板の下へ撃ちこまれた銃弾がたてつづけに破裂した。死んだコンスーを相手に三十発ほどの銃弾をむだにしたところで、ようやくわたしは撃つのをやめた。

「ペリー」ビベロスが音声での通話に切り替えて、わたしを現実へ引きもどした。「敵はまだまだいるのよ。もう移動しないと。さあ」

「ワトスンは？」わたしはたずねた。

「そのままにしておいて。ワトスンは死んだけどあなたは生きている。どのみち、ここには彼を弔う人はいない。死体はあとで回収に来ればいい。さあ。生きのびるのよ」

わたしたちは勝った。コンスー族は、例のライフル二連発方式によって群れの仲間を相当数失ったところで、賢明にも戦術を変更し、正面から攻撃するかわりに退却してロケット弾で攻撃をはじめた。これを数時間つづけたあと、コンスー族は完全に野営地まで撤退してシールドを作動させ、取り残された分隊が儀式どおりに自決することで、敗北を受け入れることを伝えた。彼らが儀式用のナイフを脳のある体腔へ突き刺したあとは、戦場に置き去りにされたCDFの死者や負傷者を回収するだけだった。

この日にかぎっていえば、第二小隊はなかなかうまくやってのけた。ワトスンを含めて死者は二名。負傷者は四名で、そのうち重傷者は一名だけだった。その女性は腸の下半分を再生するのに一カ月ほどかかったが、ほかの三名はほんの数日で軍務に復帰した。あれこれ考え合わせると、もっと悲惨なことになってもおかしくなかった。コンスー族の装甲ホバークラフトが、C中隊第四小隊の持ち場へ突入して爆発し、小隊長と分隊長二名を含む十六名の命を奪い、残りの多くの兵士たちを負傷させた。もしも第四小隊の副長が生き残っていたら、果たしてこんな惨憺たる小隊を引き継ぎたいと思ったかどうか。

キーズ中尉から戦闘終了の連絡を受けたあと、わたしはワトスンを回収するために現場へもどった。八本脚の腐食生物の群れがすでに集まっていた。わたしがそのうちの一匹を射殺すると、残りはちりぢりに逃げていった。そいつらはわずかな時間できっちり作業を進めていた。わたしは、頭と軟組織の大半を失うと人間はずいぶん軽くなるんだなと、暗いおどろきをおぼえた。ワトスンの残骸を肩へかつぎあげ、二キロメートル先にある臨時の遺体安置所へと歩きだした。いちどだけ立ち止まって嘔吐した。

途中でアランがわたしの姿を見つけた。「手を貸しましょうか？」といって、彼はわたしのとなりを歩きだした。

「だいじょうぶ」わたしはこたえた。「もうそんなに重くないから」

「だれです？」

「ワトスン」

「ああ、彼ですか」アランは顔をしかめた。「まあ、だれかがどこかで寂しい思いをするんでしょうね」

「湿っぽい話はやめてくれ。そっちはどうだった？」

「まあまあですね。ほとんどの時間は頭をさげたままで、ときどきライフルを突きだしては敵のいるほうをめがけて何発か撃っていました。なにかに命中したかもしれません。わかりませんけど」

「戦闘のまえの死の詠唱を聞いたか？」

「もちろん。二両の貨物列車が交尾しているような音でした。あれじゃいやでも耳にはいりますよ」

「そうじゃなくて、翻訳した内容は？　やつらがなにをいっていたのか聞いたか？」

「ええ。でも、ぼくたちを改宗させようという計画にはあまり賛成できませんね。死んだりいろいろしなくちゃいけないので」

「ＣＤＦはあれをただの儀式だと思っているらしい。コンスー族があんなふうに祈りをささげるのは、いつもやっているからにすぎないと」

「あなたはどう思うんです？」

　わたしは頭をワトスンのほうへふった。「彼を殺したコンスー族は、声をかぎりに〝贖い、贖い〟と叫んでいた。わたしが相手でも同じようにしていたにちがいない。ＣＤＦはここで起きていることを軽視しすぎているような気がする。コンスー族がこういう戦いのあとでもどってこないのは、負けたと考えているからじゃない。この戦いは勝つとか負けるとかいうことじゃないんだ。コンスー族から見れば、この惑星はいまや血によって聖別されている。やつらはここを自分たちのものだと考えているんだと思う」

「じゃあ、どうして占領しないんでしょう？」

「まだ時がきていないのかもしれない。ハルマゲドンみたいなものを待たなければならないのかもしれない。とにかく、コンスー族がここを自分たちの所有地と考えているのかどうか、ＣＤＦにわかっているとは思えないんだ。いずれどこかの時点で、ひどくおどろかされることになるんじゃないかな」

「なるほど、それはわかります。ぼくの知るかぎり、どんな軍隊にもうぬぼれはつきものですから。ただ、それについてあなたはどうするつもりです？」

「じつはな、アラン、見当もつかないんだよ。それが現実になるときには、さっさと死んでいるほうがいいかもしれない」

「ぜんぜんちがう明るい話になりますけど、あの戦いでうまい射撃の方法を思いついたのはみごとでしたね。いくら撃ち倒してもやつらが起きあがってくるので、小隊のなかにはほんとにうんざりしている人もいました。これから数週間は、みんなに飲み物をおごってもらえるはずですよ」

「そもそも飲み物を買う必要がないだろう。これは代金無料の地獄旅行なんだから」

「でも、ほかの人が同じことをしたら、あなたはおごったでしょう」

「そんなにたいしたことじゃないさ」といったとき、アランが足を止めて直立不動の姿勢をとっているのに気づいた。目をあげると、ビベロスと、キーズ中尉と、見たことのない数名の士官が、こちらへむかって近づいてくるのが見えた。わたしは立ち止まり、一行がそばへ来るまで待った。

「ペリー」キーズ中尉が呼びかけてきた。

「中尉どの」わたしはいった。「敬礼できないことをお許しください。死体を安置所へはこんでいるものですから」

「適切な処置だな」キーズは死体を身ぶりでしめした。「だれなんだ？」

「ワトスンです」

「ああ、彼か。あまり長くはかからなかったな」

「激しやすい男でした」

「そうだろうな。まあ、それはともかく、こちらは第二百三十三歩兵大隊の指揮官、リビッキー中佐だ」

「中佐どの、敬礼できずに申し訳ありません」

「ああ、死体のせいだな。わかってる」リビッキーはいった。「若いの、きょうのおまえの射撃のアイディアはみごとなものだった。おめでとうといわせてくれ。おかげで多くの時間と命を節約できた。コンスードもはつねに対応を変化させてくる。あの個体用シールドもいままでになかった戦法で、われわれをひどく悩ませていた。いまおまえの表彰を申請しているところだ。おまえはそのことをどう思う？」

「ありがとうございます。しかし、いずれはだれかが思いついたはずです」

「そうかもしれん。だが、最初に思いつくというのは、それだけで価値があるんだ」

「はい、中佐どの」

「モデスト号にもどったら、古株の歩兵たちに飲み物をおごらせてやるんだぞ」

「よろこんでそうします」わたしはいった。アランがうしろのほうでニヤニヤしているのが見えた。

「では、もういちどおめでとうといわせてくれ、若いの」リビッキーはワトスンを身ぶりでしめした。「それと、友人のことは気の毒だった」

「ありがとうございます」

アランがわたしのぶんまで敬礼をしてくれた。リビッキーは敬礼を返すと、くるりとむきを変えて、キーズのあとを追った。ビベロスがわたしとアランに顔をもどした。

「なにがおかしいの?」ビベロスがいった。

「〝若いの〟なんて呼ばれたのは五十年ぶりだなと考えていたんだ」

ビベロスはにっこり笑い、ワトスンを指さした。「どこへはこぶかわかってる?」

「遺体安置所はあの尾根のむこうだろ。ワトスンをそこでおろしたら、つぎの輸送船でモデスト号へもどりたいんだけど。もしもかまわなければ」

「ちょっと、ペリー。あなたはきょうのヒーロー。なんでも好きことをしていいのよ」ビベロスはむきを変えて立ち去ろうとした。

「なあ、ビベロス」わたしは呼びかけた。「いつもこんなふうなのか?」

ビベロスはふりかえった。「こんなふうって、なにが?」

「これだよ。戦争。交戦。戦い」

「はあ?」ビベロスはふんと鼻を鳴らした。「とんでもない。きょうみたいなのは例外よ。これ以上はないというくらい楽だったもの」そして、妙に楽しげな足どりで、小走りに去っていった。

初体験の戦闘はこんな調子だった。いよいよ戦いの日々がはじまったのだ。

10

オイボレ団で最初に死んだのはマギーだった。

場所は、テンペランスと名付けられたコロニーの大気圏上層部。〝節制〟という呼び名からすると皮肉なことではあるが、鉱業が盛んなコロニーの多くがそうであるように、テンペランスにも酒場や売春宿がどっさり用意されていた。地殻に金属がたっぷり含まれているため、競争が激しく、人類が確保しつづけるのもなかなかむずかしい。CDFの常駐兵力は通常の三倍で、しかも支援部隊がひんぱんに送りこまれていた。マギーが搭乗するデイトン号がこうした支援任務についていたとき、オフー族の軍隊がテンペランスの宙域へ突入して、ドローン戦士の大部隊を惑星の地表へばらまいた。

マギーの小隊は、テンペランスの主要宇宙港であるマーフィから百キロメートル離れたアルミニウム鉱山を奪還する作戦に加わることになっていた。小隊が地上に立つことはなかった。降下中の兵員輸送船にオフー族のミサイルが命中したのだ。裂けた船体からは数名の兵士が宇宙へ吸いだされ、そのなかにマギーも含まれていた。彼らの大半は、着弾の衝撃や、体をつらぬいた船体の破片によって即死した。

マギーはそうはいかなかった。完全に意識のあるままテンペランス上空の宇宙空間へ吸いだされると、戦闘用ユニタードが自動的に顔面をおおって、肺から空気があふれだすのをふせいだ。マギーはただちに分隊長と小隊長にメッセージを送った。分隊長の死体は降下用ハーネスのなかでぱたぱたとゆれていた。小隊長も助けにはならなかったが、そのことを責めるわけにはいかなかった。兵員輸送船には宇宙空間で救難活動をおこなうための装備はなかったし、どのみち被害がひどすぎた。船内の生存者を救うために、炎を噴きながら、よたよたと最寄りのCDFの宇宙船をめざすしかなかったのだ。

デイトン号へ送ったメッセージも同じように実りはなかった。デイトン号はオフー族の宇宙船と交戦中で救助隊を派遣する余裕がなかったし、ほかの宇宙船も状況に変わりはなかった。たとえ交戦中でなくても、マギーは標的としてあまりにも小さく、あまりにもテンペランスの重力井戸へ深く落ちこんで、あまりにも大気圏に接近しすぎていたので、救助活動はきわめて危険な試みとなるはずだった。それが激しい交戦中となれば、マギーはもはや死んだも同然だった。

スマートブラッドによる酸素供給も限界に近づき、体が酸素をもとめて悲鳴をあげはじめたころ、マギーはMPを手にとり、手近のオフー族の宇宙船に狙いをつけると、弾道を計算し、たてつづけにロケット弾を発射した。ロケット弾を撃ちだすたびに逆方向の推進力を得た体は、速度を増してテンペランスの暗い夜空へと落下した。戦闘データからのちに判明したところによれば、マギーのはなったロケット弾は、推進剤をとっくに使い果たしながらも、オフー族の宇宙船に命中し、ささやかな損傷をあたえていた。

マギーは体をまわし、これから自分の命を奪う惑星に顔をむけると、東洋宗教の優秀な教師だったころの自分にもどり、ジセイの句を俳句の形式で詠みあげた。

なげかずに　流れ星こそ　新たな生

その俳句と自分の人生の最後の瞬間をわたしたちに送信してから、マギーは絶命し、輝く星となってテンペランスの夜空を横切った。

マギーはわたしの友人だった。いっときは恋人でもあった。死を目前にしても、わたしではとてもありえないほど勇敢だった。きっと美しい流れ星だったにちがいない。


「コロニー防衛軍の問題点は、戦闘部隊として無能だということではなく、あまりにも簡単に利用できてしまうことなんです」

こう語ったのは、サディアス・ベンダー。彼はマサチューセッツ州で民主党上院議員を二期つとめ、フランス大使、日本大使、国連大使（それぞれの回数はまちまち）を歴任し、さまざまな面で壊滅的だったクロウ政権では国務長官をつとめた。作家でもあり、講師でもあり、最後にはD中隊のいちばん新しい補充兵となった。わたしたちにもっとも関連が深いのはこの最後のところだったので、ベンダー二等兵・上院議員・大使・国務長官については、ひどい妄想野郎というのが全員の共通見解となった。

人はおどろくほど急速に新人から古株へと変わる。モデスト号にはじめて乗りこんだとき、アランとわたしは宿舎をあてがわれ、キーズ中尉によるおざなりだが心からの出迎えを受け（ルイス曹長のことばを伝えると、中尉は片方の眉をひょいとあげた）、小隊のほかのメンバーからはとりあえず無視された。分隊長は、必要があればわたしたちに話しかけたし、分隊の仲間たちは、わたしたちが知るべき情報を伝えてくれた。だが、それ以外では、わたしたちは蚊帳《かや》の外に置かれていた。

個人攻撃というわけではなかった。ほかの三名の新人、ワトスン、ゲイマン、マッキーンも、まったく同じあつかいを受けたのだ。これにはふたつの理由がある。ひとつは、新人がはいってくるのは、古株のだれかがいなくなったからであり、通常、この場合の〝いなくなった〟は〝死んだ〟ということを意味する。軍全体では、兵士は歯車のように取り替えがきく。だが、小隊や分隊レベルでは、新人があとを継ぐのは、ほかの兵士たちの友人であり、同僚であり、いっしょに戦って勝利をおさめて死んだ仲間なのだ。だれであろうと、一介の新入りが死んだ友人や仲間の身代わりになるなどというのは、故人を知る人びとにとってはいささか不愉快な考えでしかない。

もうひとつは、いうまでもなく、新人がまだ実戦を経験していないということだ。それを体験するまでは、彼らの仲間にはなれない。どうやってもむりなのだ。本人には責任のないことだし、どのみち、そんな状況はすぐに改善される。それでも、戦場に出るまでのあいだ、新人はもっと優秀な男や女がいた場所を埋めているだれかさんでしかない。

わたし自身、コンスー族との戦闘のあとで、すぐにちがいに気づいた。名前であいさつされ、食堂ではテーブルに呼ばれ、ビリヤードに誘われたり会話に引っぱりこまれたりした。分隊長のビベロスは、なになにをしろと押しつけるかわりに、わたしの意見をもとめるようになった。キーズ中尉は、ルイス曹長について、ホバークラフトとある植民者の娘がからむ、信じられないような話をしてくれた。要するに、わたしは彼らの一員になったのだ――軍隊の一員に。コンスー族を倒した射撃の一件と、それによる表彰が助けになったのはたしかだが、アラン、ゲイマン、マッキーンも、同じように仲間としてむかえられた。この三人は戦って殺されなかったという以外はなにもしていなかったけれど、それで充分なのだった。

三カ月たったいま、わたしたちはすでに何度か小隊に新人をむかえており、その新人たちが、親しくしていた人たちの後任となるのを目にしていた。自分たちがだれかの後任になったときに小隊の面々がどんなふうに感じたかを、身をもって知ったわけだ。わたしたちも同じ反応をした。実戦を経験するまでは、新人はただの場所ふさぎにすぎない。たいていの新人は、説明を受け、理解し、最初の戦闘に加わるまでの数日をなんとか耐え抜くのだった。

ところが、ベンダー二等兵・上院議員・大使・国務長官は、まったくそういうことがなかった。姿を見せたその瞬間から、小隊の仲間に取り入ろうとし、個別に先輩たちを訪問しては親密な人間関係をきずこうとした。じつに迷惑なやつだった。「選挙運動でもやっているみたいですね」アランは不平をもらしたが、それはおおむね正解だった。あちこちの選挙に立候補をして生涯をすごすと、人はそんなふうになってしまう。いつそれをやめればいいのかわからなくなるのだ。

しかも、ベンダー二等兵・上院議員・大使・国務長官は、まわりの人は自分が語ることに強い興味をしめしてくれると思いこんで生涯をすごしてきたので、だれも聞いていないときでさえ、いっときも口をつぐむことがなかった。というわけで、ベンダーが食堂でCDFの問題点について熱心に語りはじめたとき、それは基本的にはひとりごとだった。いずれにせよ、ベンダーの意見は充分に刺激的だったので、わたしといっしょに昼食をとっていたビベロスは思わず声を荒らげてしまった。

「なんですって?」ビベロスはいった。「最後のところをもういちどいってくれない?」

「ですから、CDFの問題点は、戦闘部隊として無能だということではなく、あまりにも簡単に利用できてしまうことだと思うんです」ベンダーはこたえた。

「へえ。これは聞かせてもらわないと」

「単純なことですよ」ベンダーが体を動かしてポーズをとると、わたしはすぐに地球で見た彼の写真を思いだした——説明しようとしている概念をしっかりつかんで手渡そうとするかのように、両手を差しだしてかすかに内側へ曲げている。こうして面とむかってやられると、ひどく恩着せがましい身ぶりだということがよくわかった。「コロニー防衛軍がきわめて有能な戦闘部隊だということに疑いの余地はありません。しかし、現実問題として、それは重要ではありません。重要なのは、CDFの利用を避けるために、われわれがなにをしているかということです。以前は、徹底した外交努力が実を結ばなかった場合にだけ、CDFが配備されていたのではありませんか?」

「きみはわたしが聞いた演説を聞き逃したようだな」わたしはいった。「ほら、これは完璧な宇宙ではないし、不動産をめぐる競争は熾烈をきわめているというやつ」

「ああ、それなら聞きました。ただ、信じていいものかどうか。この銀河にある恒星の数は? 一千億くらいですか? その大半にはなんらかの惑星系があります。不動産なら事実上無限にあるわけです。わたしが思うに、ほんとうの問題は、ほかの知的種族との交渉で、いちばん簡単だからという理由で武力をもちいている点にあるのかもしれません。武力は、てっとりばやく、単刀直入で、外交努力のややこしさと比べたら単純です。ある土地を確保できるかできないかのどちらかしかありません。対照的に、外交努力というやつは、頭を使うという意味ではずっと困難な事業といえます」

ビベロスはちらりとわたしを見てから、ベンダーに目をもどした。「あたしたちのやっていることが単純だと?」

「いえいえ」ベンダーは笑みを浮かべ、なだめるように片手をあげた。「外交努力と比べたら単純だといったんです。銃をあたえて先住民からあの丘を奪えと命じるのは、比較的単純な状況といえます。しかし、先住民と交渉してその丘を手に入れろと命じたら、いろいろな問題が生じます。住民の転居先をどうするか、どんな補償をするか、その丘について今後どのような権利をあたえるか、などなど」

「こっちが外交文書を手に立ち寄ったときに、その丘の住民がいきなり発砲してこないことが前提だな」わたしはいった。

ベンダーはにっこり笑って、勢いよくわたしを指さした。「そう、まさにそれです。われわれは相手がこちらと同じ好戦的な姿勢をとることを前提にしています。しかし、もしも外交のドアがひらいているとしたら？ たとえほんのわずかだとしても？ 知性をもつ種族なら、そのドアを歩いてとおろうとするのではありませんか？ たとえば、ホエイド族のことです。われわれは彼らと戦争をしているんですよね？」

そのとおりだった。ホエイド族と人間は、どちらの種族も居住可能な三つの惑星をもつアーンハルト星系をめぐって、十年以上にわたるにらみあいをつづけていた。居住可能な複数の惑星をもつ星系はめったにない。ホエイドは頑固だが比較的弱い種族だ。惑星ネットワークは小規模だし、産業基盤もいまだに母星に集中している。ホエイド族は空気を読んでアーンハルト星系を避けたりはしてくれないので、こちらとしては、ホエイド族の惑星系へスキップし、宇宙港とおもだった工業地帯を破壊して、彼らの宇宙への進出能力を二十年ほどあともどりさせるしかない。第二百三十三歩兵大隊が参加する機動部隊は、ホエイド族の首都へ着陸して、その一部を破壊することになっていた。一般市民を殺すことはできるだけ避けながら、議事堂や宗教施設などにいくつか風穴をあけるのだ。そんなことをしても産業面におよぼす影響はないが、その気になればいつでも叩きのめせるのだという メッセージを伝えることになる。敵はふるえあがるはずだ。

「ホエイド族がどうかした?」ビベロスがたずねた。

「じつは、あの種族についてすこし調べてみました」ベンダーがいった。「彼らの文化はじつにおどろくべきものです。もっともすぐれた芸術は、グレゴリアン聖歌とよく似た集団詠唱で、ホエイド族は都市を埋めつくしてからこれを歌いはじめます。数十キロメートル離れた場所でも聞こえるといわれていて、それが何時間もつづくんです」

「だから?」

「だから、われわれにとっては、称賛し、研究すべき文化であり、じゃまだからというだけの理由でひとつの惑星に押しこめるべきものではないんです。コロニー連合はホエイド族と和平をむすぶ努力をしましたか? そんな記録は見たことがありません。少なくとも努力はするべきでしょう。その努力をするのは、わたしたちになるかもしれません」

ビベロスは鼻を鳴らした。「平和条約の交渉はあたしたちの役目じゃないわ」

「上院議員として最初の任期をつとめていたとき、わたしは貿易視察団の一員として北アイルランドへ飛び、カトリック系とプロテスタント系との和平合意にこぎつけました。わたしにはそんな権限はなかったので、合衆国にもどってからたいへんな物議をかもしました。しかし、和平をむすぶチャンスがあるなら、それを逃してはいけないんです」

「おぼえてるよ」わたしはいった。「あの直後に、オレンジ党員の行進で、過去二百年で最悪の流血騒ぎが起きた。あまり成功した和平合意とはいえなかったな」

「和平合意自体に問題があったわけではありません」ベンダーはすこし言い訳がましくいった。「ヤク中のカトリック系の若者が行進に手榴弾を投げこんだせいで、なにもかもだめになってしまったんです」

「いまいましい現実の人びとが、きみの平和な理想の実現をじゃましたわけだ」

「いいですか、わたしは外交努力は簡単ではないといってるんです。しかし、長い目で見れば、ホエイド族を一掃するよりも共存の努力をするほうが、得られるものは多いんです。その選択肢について、せめて検討だけでもするべきでしょう」

「講義をありがとう、ベンダー」ビベロスがいった。「それで話が終わりなら、ふたつほどいっておきたいことがあるわ。第一に、あなたが実戦を経験するまでは、あなたが知っていることも、知っていると思っていることも、あたしやほかのみんなにとってはなんの意味も持たないの。ここは北アイルランドじゃないし、ワシントンDCでもないし、惑星地球でもない。あなたは兵士として軍隊にはいったんだから、そのことを忘れないようにして。第二に、あなたがどう考えようとね、二等兵さん、あなたがいま責任を負っているのは、宇宙や人類全体に対してじゃないの——あたしや、分隊の仲間や、小隊や、CDFに対してなの。命令されたら、それに従うしかない。命令の範囲を越えるような行動をとったら、ただではおかないから。わかった？」

ベンダーはひややかな目でビベロスを見た。「多くの悪事は、〝命令に従っただけ〟という口実のもとに実行されました。自分たちがそんな口実を使うはめにはなりたくないですね」

ビベロスはすっと目をほそめた。「もう食事はすんだから」といって、トレイを手に立ちあがった。

ベンダーは眉をあげてビベロスを見送った。「怒らせるつもりはなかったのに」

わたしはベンダーを見つめた。「〝ビベロス〟という名前に聞きおぼえはないか？」

ベンダーはちょっと眉をひそめた。「ありませんね」

「ずっとまえのことだ。わたしたちはまだ五歳か六歳だった」

ベンダーの頭のなかでぱっと明かりがともった。「ペルーにビベロスという名前の大統領がいましたね。たしか、暗殺された」

「そう、ペドロ・ビベロスだ。本人だけでなく、妻や、弟や、弟の妻をはじめとして、一族の大半が軍事クーデターで殺された。ペドロの娘のひとりだけが生きのびたんだ。兵士たちが大統領宮殿の捜索をおこなっていたとき、子守りにランドリーシュートへ押しこまれて。ちなみに、その子守りはレイプされて喉を切り裂かれた」

ベンダーの顔は緑がかった灰色になっていた。「まさかその娘じゃないですよね」

「そうなんだよ。しかも、クーデターが鎮圧されて、彼女の家族を殺した兵士たちが裁判にかけられたとき、その兵士たちは命令に従っただけだと弁明した。つまり、きみの主張がご立派なものであるかどうかはさておき、いままでここにいた女性は、この宇宙でだれ

より も〝悪の陳腐さ〟にまつわる講義を必要としていない人物だったわけだ。ビベロスはそんなことは百も承知だ。それによって家族を虐殺されているあいだ、地下の洗濯物置き場で、血まみれになって泣き声をあげるまいとこらえていたんだから」

「いやあ、申し訳ないことをしました。あんなことをいってしまって。でも、知らなかったんですよ」

「知らなかったのは当然だ。ただ、ビベロスがいいたいのはまさにそこだ。ここでは、きみはなにも知らない。なにひとつ知っちゃいないんだ」


「よく聞いて」地表へ降下しているときにビベロスがいった。「今回の任務は、一撃を加えて脱出すること。着陸地点は政府機能の中枢部の近く——ビルや建造物は撃破するけど、こっちの兵士が先に標的にされないかぎり、生身の標的を撃つのは避けること。CDFはすでにやつらのタマを思いきり蹴飛ばしたから、あたしたちはおちこんでいる敵をさらに叩きのめすだけ。迅速に行動し、ダメージをあたえて帰還する。わかった?」

この時点まで作戦はきわめて順調に進んでいた。ホエイド族は、母星のそばにいきなり出現したCDFの二ダースの戦艦に対して、なんのそなえもしていなかった。CDFが数日まえにアーンハルト星系で陽動作戦を展開して、ホエイド族の宇宙船をそちらへ引きつけていたので、母星の砦を守る者はほとんどいなかったし、残っていた連中も、あっというまに空から吹き飛ばされてしまった。

CDFの駆逐艦は、ホエイド族の主要宇宙港もすばやく攻撃した。全長数キロメートルにおよぶ建造物の重要な接続部分を粉砕すると、宇宙港はみずからの中心へむかう力によって自然に崩壊した（必要以上に弾薬を浪費することはない）。母星への攻撃を伝えるスキップポッドが打ちだされることもなかったので、アーンハルト星系にいるホエイド軍は、手遅れになるまで一杯くわされたことに気づかないだろう。むこうでの戦闘を生きのびる部隊があったとしても、故郷にもどったら、ドッキングや修理のための施設はなくなっている。そのころには、CDFの奇襲部隊はとっくに引きあげているという寸法だ。

近くの宇宙空間から敵を一掃したあと、CDFはゆっくりと、産業の中心地や、軍事基地や、鉱山や、精錬所や、海水淡水化工場や、ダムや、太陽電池や、港や、宇宙船の打ち上げ場や、主要ハイウェイなどに狙いをつけていった。いずれも、ホエイド族が恒星間飛行を再開するまえに、まず再建しなければならない施設だった。六時間におよぶ根気強い攻撃により、ホエイド族は内燃機関が発明された時代まで逆戻りさせられ、しばらくはそのままでいるはずだった。

一般市民を無惨に殺すことが目的ではなかったので、主要都市への大規模な無差別爆撃はおこなわれなかった。諜報部隊の推測によれば、破壊されたダムの下流で大勢の死傷者が出たはずだったが、それはどうしようもないことだった。CDFが主要都市を穴だらけにしてもホエイド族には阻止できなかっただろうが、産業および技術の基盤を足もとから引き抜かれたことによって必然的におとずれる、病気や、飢饉や、政治的社会的不安により、ホエイド族はたっぷりと問題をかかえることになるはずだった。従って、一般市民を積極的に狙うのは、非人道的で、しかも（CDF上層部にとっては同じくらい重要なこと）資源のむだ遣いであるとみなされた。心理戦の演習としてきっちり標的にされた首都をべつにすると、地上攻撃は検討すらされなかった。

首都のホエイド族はこのことに感謝しているわけではなさそうだった。わたしたちを乗せた兵員輸送船は、着陸するときから銃弾やビームの標的になっていた。雹がぶつかっているような、目玉焼きをつくっているような音だった。

「ふたりひと組で」ビベロスが分隊の兵士たちにいった。「単独行動はしないこと。地図を参照して、行き場を失わないように。ペリー、あなたはベンダーと組んで。彼が平和条約にサインしたりしないよう見張って。ボーナスとして、あなたたちふたりが最初に外へ出ていいわ。上へあがって狙撃手を片付けて」

「ベンダー」わたしは身ぶりで彼を呼び寄せた。「MPをロケット弾にセットしてついてこい。カモフラージュを作動。通話はブレインパルのみだ」

輸送船のタラップがおりて、ベンダーとわたしは全速力で外へ駆けだした。前方四十メートルの位置に、なにか説明書きのついた抽象彫刻があった。わたしはベンダーといっしょに走りながらそれを撃った。むかしから抽象芸術はあまり好きじゃない。

着陸点の北西にある大きなビルをめざした。ガラスのむこうのロビーに、長い物体を手にした数体のホエイドが見えた。そちらをめがけて二発のミサイル弾を発射し、ガラスを粉砕した。むこう側のホエイドを殺すことはできなかっただろうが、ベンダーとわたしが姿を隠すまでのあいだ注意をそらすことはできた。ベンダーにメッセージを送り、ビルの二階の窓を吹き飛ばすよう命じた。ガラスの消えた窓からビルへとびこむと、そこは小さく仕切られたオフィスのようになっていた。エイリアンでも働かなければならないらしい。ただ、生きたホエイド族は見当たらなかった。ほとんどの連中が、きょうは仕事を休んで自宅にとどまっているのだろう。むりもない。

上へのびる螺旋形の斜路を見つけた。ロビーから追ってくるホエイドはいない。ほかのCDF兵士との交戦で忙しすぎて、わたしたちのことは忘れてしまったのだろう。斜路の突き当たりは屋根だった。こちらの姿が敵の視界にはいる直前にベンダーを制し、そろそろと顔を出してみると、三体のホエイドがビルの下にいる敵を狙撃していた。わたしが二体を、ベンダーが一体を撃ち倒した。

〝つぎはどうします〟ベンダーが送信してきた。

〝いっしょにこい〟わたしはこたえた。

平均的なホエイドは、クロクマと怒れる大きなムササビを足して二で割ったような姿をしている。わたしたちが撃ったホエイドは、ライフルを手にした怒れる大きなクマムササビのようで、後頭部は吹き飛んでいた。わたしたちはカニ歩きでせいいっぱい急いで屋根のへりまで行った。わたしはベンダーに、死んだ狙撃手のところへ行けと身ぶりで合図した。そして、自分はそのとなりの一体に近づいた。

〝下へもぐれ〟わたしは命じた。

〝え？〟ベンダーが聞き返してきた。

わたしは周囲のビルの屋根をしめした。〝ほかの屋根にもホエイドがいる。わたしがそいつらを片付けるまで身を隠すんだ〟

〝わたしはなにをすれば？〟

〝屋根の入口を見張って、わたしたちがやったような奇襲をふせいでくれ〟

ベンダーは顔をしかめてホエイドの死体の下にもぐりこんだ。わたしも同じようにして、たちまち後悔した。生きているホエイドのにおいは知らないが、死んだやつはとてつもない悪臭をはなっていた。ベンダーはもぞもぞと動いてドアにライフルの狙いをつけた。わたしはビベロスを呼びだし、ブレインパル経由で上から見た光景を送ってから、ほかの屋根にいる狙撃手たちの始末にとりかかった。

四カ所の屋根にいる六体のホエイドを倒したところで、やつらもなにが起きているかに気づきはじめた。やがて、一体がこちらの屋根に武器をむけた。わたしはライフルでそいつの脳をぽんと吹き飛ばしてから、ベンダーに死体を捨てて退却しろと命じた。わたしたちが逃げだしたすぐあとに、数発のロケット弾が屋根に命中した。

下へおりる途中、のぼってきたらしいホエイドたちとばったり出くわした。こっちとむこうのどちらがよりおどろいたかについては、ベンダーとわたしが先に発砲してビルの最寄りの階へとって返したことでわかるはずだ。わたしは数発の擲弾を斜路の下へむけて発射し、ホエイドたちに仕事をあたえてから、ベンダーとともに逃げた。

「これからどうするんです?」ベンダーがビルのなかを走りながら叫んだ。

〝ブレインパルを使え、バカ野郎〟わたしは送信し、角を曲がった。〝こっちの居場所がばれる〟ガラスの壁に近づき、外をのぞき見た。高さは少なくとも三十メートルあり、改良された体でもとびおりるのはむりだった。

〝やつらが来ます〟ベンダーが送信してきた。わたしたちの背後から、ひどく怒っているらしいホエイドたちのたてる物音が聞こえてきた。

〝隠れろ〟わたしはベンダーに命じ、MPを手近のガラス壁にむけて発砲した。ガラスは砕け散ったが壁は壊れなかった。ホエイド族の椅子らしきものをつかみ、それを外へ投げだしてから、ベンダーのとなりでオフィスの間仕切りのなかへ身をひそめた。

〝なんでこんな〟ベンダーが送信してきた。〝やつらがすぐそばまで来てるのに〟

〝待つんだ。頭をあげずに。合図をしたらすぐに発砲できるようにしておけ。全自動で〟

四体のホエイドが角を曲がり、ガラスが砕け散った壁にそろそろと近づいてきた。ガラガラ声でなにやらことばをかわしている。わたしは翻訳回路を作動させた。

「――そこの穴から出ていったんだ」一体が壁に近づきながらしゃべっていた。

「ありえない」べつのホエイドがこたえた。「ここは高すぎる。命取りだ」

「やつらがものすごい跳躍をするのを見た。生きのびられるのかもしれない」

「あの(翻訳不能)でさえ、百三十デッグ(測定単位)落下して生きてはいられない」三体目のホエイドが、最初の二体に近づきながらいった。「（翻訳不能）の（翻訳不能）食いどもは、まだこのあたりにいるはずだ」

「斜路で（翻訳不能――おそらくは個人名）を見たか？　あの（翻訳不能）どもが、手榴弾でバラバラにしたんだ」

「おまえと同じ斜路をあがってきたんだ。見たに決まっているだろう。さあ、口をつぐんでこの付近を捜索しろ。やつらがここにいるなら、（翻訳不能）できっちり復讐をして祝おうじゃないか」

四体目のホエイドが三体目に近づき、慰めるように大きな前足をのばした。好都合なことに、四体すべてが壁にぽっかりあいた穴のまえに立っていた。

〝いまだ〟わたしはベンダーに合図して、発砲をはじめた。ホエイドたちはあやつり人形のように体を激しくふるわせてから、銃弾の衝撃でもはやそこにはない壁へと押しやられて墜落した。ベンダーとわたしは数秒待ってからそろそろと斜路へ引き返した。そこにいたのは（翻訳不能――おそらくは個人名）の残骸だけで、屋根の上で死んだ狙撃手たちよりもさらにひどい悪臭をただよわせていた。これまでのところ、ホエイド族の母星での体験は鼻に厳しいものばかりだといわざるをえなかった。わたしたちは二階へおりて、はいってきたときと逆のルートでビルを出た。途中で、わたしたちが手を貸して窓の外へ出してやった四体のホエイドのわきをとおりすぎた。

「予想していたのとはおおちがいです」ベンダーが、ホエイドたちの死体をぼんやりながめながらいった。

「どんなことを予想していたんだ？」

「よくわかりません」

「だったら、どうして予想とちがうといえるんだ？」わたしはブレインパルの回線を切り替えて、ビベロスに連絡を取った。〝下へおりたぞ〟

〝こっちへ来て〟ビベロスはそういいながら位置情報を送ってきた。〝ベンダーも連れてくるのよ。とても信じられないと思う〟ビベロスの声が途切れると、散発的な銃声と手榴弾の爆発音のむこうから、それが聞こえてきた。低い、ガラガラ声の詠唱が、政府中枢のビルのなかに響きわたっていた。

「まさにこのことをいっていたんですよ」ベンダーがうれしそうな声でいった。

わたしたちは、最後の角を曲がり、天然の円形劇場をめざしてくだりはじめたところだった。劇場には数百体のホエイドが集まっていて、歌い、体をゆらし、棍棒をふりかざしていた。そのまわりでは、数十名のCDF兵士が配置についていた。いまならやすやすと狙い撃ちできる。わたしはふたたび翻訳回路を作動させたが、なにも聞こえなかった。詠唱になんの意味もないか、さもなければ、コロニー連合の言語学者たちがまだ把握していないホエイド族の方言が使われているのだろう。

わたしはビベロスの姿を見つけて、そちらへ近づいた。「どうなってるんだ？」喧噪に負けじと声をはりあげた。

「わからない」ビベロスも叫び返してきた。「あたしはただの見物人だから」そして左のほうへ顎をしゃくった。キーズ中尉がほかの士官たちと話しあっていた。「あっちでどうするべきか検討しているところ」

「どうしてだれも発砲していないんです？」ベンダーがたずねた。

「むこうが発砲してこないからよ」ビベロスがこたえた。「必要なとき以外は一般市民を撃つなと命じられているの。あいつらは一般市民に見える。みんな棍棒を手にしているけど、こっちを威嚇したりはしていない。歌いながらふりまわしているだけ。だから、殺す必要はないわけ。あなたにとってはうれしい展開でしょ、ベンダー」

「すごくうれしいです」ベンダーはうっとりしたように指を突きだした。「ほら、信徒たちを先導しているのがいるでしょう。あれがフェウイ、宗教指導者です。すごく信望の高いホエイドですよ。いま歌われている聖歌も、おそらく彼が書いたんでしょう。だれか翻訳している人はいませんか？」

「いいえ」とビベロス。「あたしたちの知らない言語だから。なにをいっているのか見当もつかない」

ベンダーは一歩進みでた。「平和の祈りですよ。そうに決まってます。彼らはわれわれがこの惑星になにをしたか知っているんです。都市が破壊されるのを見たんですから。こんなことをされたら、だれだってやめてくれと泣き叫ぶでしょう」

いってているのかまったくわからないのよ。敵の頭をもぎとって血の雨をふらそうと

「ちょっと、妄想はそのへんにして」ビベロスがぴしゃりといった。「あいつらがどんなことを歌っているのかまったくわからないのよ。敵の頭をもぎとって血の雨をふらそうといっているのかもしれない。仲間の死を悼んでいるのかもしれない。買い物リストについて歌っているのかもしれない。だれにもわからない。あなたにもわからない」

「あなたはまちがっています。五十年のあいだ、わたしは地球で平和をもとめる戦いの最前線にいました。人びとが平和をもとめていればわかるんです。手を差しのべていればわかるんです」ベンダーは歌うホエイドたちを指さした。「彼らは平和をもとめている。はっきりとそれを感じます。いまからそれを証明してあげましょう」そして、MPを下に置くと、円形劇場へむかって歩きだした。

「なにをバカなことを、ベンダー！」ビベロスが怒鳴った。「すぐにもどりなさい！　これは命令よ！」

「もう〝ただ命令に従う〟のはいやなんですよ、伍長！」ベンダーは怒鳴り返し、いきなり走りだした。

「くそっ！」ビベロスは叫び、あとを追いはじめた。わたしはビベロスをつかまえようとしたが、まにあわなかった。

このとき、キーズ中尉とほかの士官たちが顔をあげて、ホエイド族にむかって走っていくベンダーと、そのあとを追うビベロスの姿を目にとめた。キーズがなにか叫ぶと、ビベロスがふいに足を止めた。キーズはブレインパル経由でも同時に命令を送ったにちがいな

い。ベンダーにも止まれと命じたのかもしれないが、こちらは命令を無視してホエイド族のもとへ走りつづけた。

ベンダーは円形劇場のへりでようやく足を止め、無言でそこにたたずんだ。やがて、詠唱を先導していたフェウィが、自分の信徒たちの端にひとりだけ人間がいることに気づいて、歌うのをやめた。信徒たちはとまどって詠唱をやめ、しばらくぼそぼそとことばをかわしていたが、やはりベンダーがいることに気づいて、そちらに顔をむけた。

これこそベンダーが待望していた瞬間だった。おそらく、ホエイド族が自分に気づくまでのわずかな時間を利用して、これからなにを語るかを考え、それを翻訳していたのだろう。というのも、いざ口をひらいたとき、ベンダーはホエイド族のことばでしゃべろうとしていて、だれが聞いても、それはなかなか立派な仕事ぶりだった。

「友よ、平和をもとめるわが同胞よ」ベンダーはそういって、わずかに内側へ曲げた両手をホエイド族にむかって差しのべた。

取捨選択されたデータからのちに判明したところによれば、ホエイド族がアヴドグルと呼ぶちっぽけな針に似た射出体が、最低でも四万本、ものの一秒とかからずにベンダーの体に命中していた。それを射ちだした棍棒は、そもそも棍棒ではなく、ホエイド族が神聖視する木の枝のかたちをした伝統的な飛び道具だった。ベンダーは文字どおり溶けてしまった。無数のアヴドグルの針がユニタードと肉体を貫通し、全身の固体性を削ぎとられてしまったのだ。だれもが認めたとおり、それはわたしたちがじかに目にしたもっとも興味深い死にざまのひとつといえた。

ベンダーの肉体がこまかなしぶきとなって崩壊すると、CDFの兵士たちは円形劇場へむかって発砲をはじめた。たしかにやすやすと狙い撃ちできた。ホエイドは一体たりとも、円形劇場から脱出することも、ベンダー以外のCDF兵士を殺したり傷つけたりすることもできなかった。すべては一分とかからずに終わった。

ビベロスは、撃ち方やめの命令を待って、ベンダーのいたところに残った液体に近づくと、怒りにまかせてそれを踏みにじりはじめた。「大好きな平和の味はどう？　この大バカ野郎！」

ベンダーの液化した臓器がはねて、ビベロスの両脚にしみをつけていた。

「ベンダーはやっぱり正しかったのよ」モデスト号への帰還の途上、ビベロスがわたしにいった。

「どのあたりが？」わたしはたずねた。

「CDFはあまりにもてっとりばやく、あまりにもひんぱんに利用されている。交渉するより戦うほうが簡単になっている」ビベロスは、背後で遠ざかるホエイド族の母星のほうへ手をふった。「あんなことをする必要はないのよ。気の毒なエイリアンを宇宙から叩きだして、これからの二十年間、飢えて死んで殺し合ってすごすしかなくさせるなんて。きょうは一般市民は殺さなかった――まあ、ベンダーを殺した連中は例外ね。でも、彼らはこれから長い時間をかけて、病気や殺し合いで死んでいくことになる。ほかになにもすることがなくなるから。こんなの大量虐殺と変わりない。あたしたちがいやな思いをせずにいられるのは、単にそれが起こるときに現場にいないから」

「まえはベンダーの意見に賛成じゃなかったのに」

「そんなことないわ。ベンダーはなにも知らないし、あたしたちに対して責任があるとはいった。でも、彼がまちがっているとはいわなかった。ベンダーはあたしのいうことを聞くべきだった。クソな命令にちゃんと従っていれば、いまも生きていたはず。なのに、あたしはいま、靴の底からあいつをこそげ落としている」

「本人は信じるもののために死んだというんじゃないかな」

ビベロスは鼻を鳴らした。「かんべんして。ベンダーはベンダーのために死んだの。故郷を破壊されたばかりの群衆に近づいて、自分は友だちだというふりをするなんて。どうしようもないバカよ。あたしがホエイドだったら、やっぱりあいつを撃ったはず」

「いまいましい現実の人びとが、平和な理想の実現をじゃましたと」

ビベロスは笑みを浮かべた。「ベンダーが、自分のエゴじゃなくて、ほんとうに平和に関心を持っていたのなら、あたしがやっているとおりにしていたはず。あなただって同じよ、ペリー。命令には従いなさい。そして生きのびるの。歩兵としてすごすこの期間を乗り切ったら、士官養成訓練に参加して、上をめざしなさい。ただ命令に従うんじゃなくて、命令を出すほうになるの。そうすれば、可能なときには平和を実現できる。あたしはそうやって〝ただ命令に従う〟自分と折り合いをつけている。いつの日か、自分でその命令を変えてやるつもりだから」ビベロスは座席に背をもたせかけ、目を閉じて、モデスト号に帰還するまでずっと眠りつづけた。

ルイサ・ビベロスは二カ月後に死んだ。ディープ・ウォーターと呼ばれるクソな泥玉で、わたしたちの分隊はハンニ族のコロニーの掃討を命じられていた。そして、天然の地下トンネルに仕掛けられた罠に踏みこんでしまった。戦闘中、わたしたちは敵に追いたてられるままトンネルを抜けて、ひろい洞窟に出た。そこにはべつの四本のトンネルがつながっていて、ハンニ族の歩兵がぎっしりと集まっていた。ビベロスは、わたしたちにいま来たトンネルを引き返せと命じてから、その入口へ銃弾を撃ちこみ、崩落を引き起こしてトンネルを洞窟から切り離した。ブレインパルのデータによれば、そのあと、ビベロスはハンニ族にむきなおって銃撃をはじめた。長くはもたなかった。残りの分隊の面々は、敵と戦いながら地上までもどった。そもそも追いつめられていただけに、けっして楽なことではなかったが、待ち伏せされて殺されるよりはましだった。

ビベロスはその勇敢な行為によって死後勲章を授与された。わたしは昇進して伍長になり、分隊の指揮をまかされた。ビベロスの寝台とロッカーは、ウィットフォードという新入りが引き継いだ。とりあえずはまともな人材だった。

組織は歯車を交換した。とりあえずビベロスにもう会えないのはさびしかった。

11

トマスは食べたもので命を落とした。

彼が摂取したものは新しすぎて、CDFもまだ名前をつけていなかった。場所は、新しすぎてやはり呼び名がついていないコロニーで、おおぐま座47、コロニー622という公式名があるだけだった。（CDFがあいかわらず地球を基準とした呼称を使っているのは、二十四時間制の時計や三百六十五日の一年を使っているのと同じ理由だった——要するに、そうするのがいちばん簡単なのだ）通常の運営手順として、新しいコロニーは、日日のあらゆるデータを集めてスキップドローンにおさめ、フェニックスへ送りだしていた。コロニー連合政府が各コロニーの状況をきちんと把握できるようにするためだ。

コロニー622も、六カ月まえの着陸以来、ドローンを送りつづけていた。新しいコロニーの建設時にはよくある、議論や、混乱や、こぜりあいをべつにすれば、特に注目すべきことは報告されていなかった。例外は、現地の粘菌がほとんどあらゆるものをべたつかせていて、機械装置、コンピュータ、家畜の囲いから、コロニーの居住空間までもが被害を受けているという事実だった。この粘菌の遺伝子分析の結果は、フェニックスへ送りもどされ、植民者に粘菌を寄せ付けないための殺菌剤を開発してほしいとの依頼が添付されていた。その直後から、コロニーの情報がいっさいアップロードされていない、からっぽのスキップドローンが届きはじめた。

トマスとスーザンが搭乗していたトゥーソン号が、調査のために現地へ急行した。軌道上からの呼びかけにも応答はなかった。映像で見るかぎり、コロニーの建物のあいだを行き来するものはなかった――人も、動物も、なにひとつ。ただ、建物自体が損傷を受けている様子はなかった。トマスの小隊は偵察を命じられた。

コロニーはぬるぬるしたものでおおわれていた。粘菌の皮膜は、厚いところでは数センチメートルに達していた。それは送電線からしたたり、通信設備をすっかりおおいつくしていた。これはいい知らせといえた――粘菌の力が設備の送信能力を凌駕しただけという可能性がでてきたのだ。この一時的にわきあがった楽観論が急に勢いをなくしたのは、トマスの分隊が家畜の囲いにたどり着いて、動物たちがすべて死に、勤勉な粘菌の働きでひどく腐敗しているのが発見されたときだった。それからすこしたって、似たような状態にある植民者たちが発見された。ほとんどの植民者（というか、その残骸）が、ベッドのなかか近くにいた。例外は、こどもの寝室やそこへ通じる廊下で発見された家族や、深夜勤務で職場やその近くにいた人びとだけだった。なにがコロニーを襲ったにせよ、夜遅くで、しかも急だったため、植民者たちには反応する時間さえなかったらしい。

トマスは、死体のどれかをコロニーの医療施設へはこぶことを提案した。手短に検死解剖をおこなって、植民者たちの死因についてなにか手がかりが得られるかもしれないと考えたのだ。分隊長の同意を得て、トマスは分隊の仲間とともに、なるべくしっかりした死体の上にかがみこんだ。トマスがわきの下をつかみ、相棒が両脚をつかんだ。トマスは相棒にむかって、いちにのさんで持ちあげるぞといった。二までかぞえたとき、粘菌が死体からにゅっとのびて、トマスの顔をぴしゃりと叩いた。トマスがびっくりして思わずあえぐと、粘菌は彼の口のなかへすべりこみ、喉をくだりはじめた。分隊の仲間たちはすぐさまスーツに命じてフェイスプレートを閉じたが、あわてすぎとはいえなかった。というのも、ほんの数秒後には、ありとあらゆる割れ目やすきまから粘菌がとびだして襲いかかってきたのだ。コロニーの全域で、こうした攻撃がほぼ同時に発生した。小隊全体でほかに六名が、同じように粘菌をほおばることになった。

トマスは粘菌を口から引きずりだそうとしたが、そいつはどんどん喉をくだり、気道をふさいで肺へ侵入し、食道から胃のなかまで達した。トマスは、ブレインパル経由で分隊の仲間に連絡を取り、医療施設へはこんでくれと頼んだ。そこで粘菌をあるていど吸引すれば、呼吸ができるようになるかもしれない。スマートブラッドのおかげで、脳が深刻な損傷を受けるまで十五分近くあるはずだった。すばらしいアイディアだったし、おそらくはうまくいくはずだったが、粘菌はトマスの肺のなかへ消化力のある濃酸を分泌して、生きたまま獲物を内側から食らいはじめた。肺はたちまち溶けて、数分後に、トマスはショックと窒息で死んだ。小隊のほかの六名も同じ運命をたどった。のちにだれもが認めたとおり、まさにそれこそが、植民者たちの身にふりかかった悲運だった。

小隊長は、トマスやほかの犠牲者を置き去りにするよう命じた。小隊は兵員輸送船へ退却し、トゥーソン号へ引き返した。輸送船はドッキングを拒否された。小隊の面々は、ひとりずつ真空中を移動してスーツにへばりついている粘菌を殺してから、体の外面および内面について徹底した汚染除去処理を受けた。それは、ことばの響きにふさわしい、苦痛に満ちた処理だった。

その後の無人探査機による調査により、コロニー622には生存者がいないことが確認された。粘菌については、べつべつの場所で連動した攻撃をおこなうだけの知能をそなえており、通常兵器ではまったく傷つけられないことが判明した。銃弾、擲弾、ロケット弾は、ごく一部に損傷をあたえるものの、ほかの部分は無傷のままだった。火炎放射は粘菌の表面を焼き焦がすが、その下の層にはなんの影響もなかった。ビーム兵器は粘菌を切り裂くが、全体としてはほとんど損傷がなかった。植民者たちが要求していた殺菌剤の開発は、いったんは開始されたものの、粘菌が惑星全土に蔓延していることが確認された時点で中止された。べつの居住可能な惑星をさがすほうが、惑星規模にひろがった粘菌を根絶するよりもずっと安上がりだとみなされたのだ。

トマスの死が思いださせてくれたことがある。わたしたちは、この宇宙で自分たちがどんなものに直面しているかを知らないだけではなく、ときには、どんなものに直面しているか想像すらできないのだ。トマスは、敵を人間に似た存在だと仮定するミスをおかした。

それはまちがいだった。彼はそのせいで死んだのだ。

わたしは宇宙を征服することにいらだちをおぼえはじめた。

もやもやした気持ちをはじめて感じたのは、ジンダルにいたときのことだった。わたしたちは、高い巣へもどろうとしているジンダル族の兵士たちを待ち伏せし、ビームとロケット弾でその大きな翼を切り裂いた。彼らは悲鳴をあげて高さ二千メートルの絶壁をくるくると落下していった。ほんとうにおかしくなりはじめたのは、ウダースプリの軌道上にいたときだった。わたしたちは、制御能力を高めるための慣性抑制パワーパックを着用して、ウダースプリのリングをかたちづくる岩片から岩片へと跳躍し、蜘蛛に似たヴィンディ族を相手にかくれんぼをしていた。ヴィンディ族は、リングのかけらを眼下の惑星へ押しやり、計算された微妙な減衰軌道により、ハルフォードという人類のコロニーへ落下させたのだった。部隊がコヴァ・バンダに到着したとき、わたしはぷつんと切れる寸前になっていた。

それは、多くの点で人類とそっくりなコヴァンドゥ族のせいだったのかもしれない。二足歩行で、哺乳類で、芸術方面——とりわけ詩と演劇——では並はずれた才能をもち、繁殖スピードが速く、宇宙やそこにある自分たちの領土のこととなると異様に攻撃的になる。人類とコヴァンドゥ族は、未開発の不動産をめぐってひんぱんに争いをつづけてきた。じつをいえば、コヴァ・バンダは、コヴァンドゥ族のものになるまえは人類のコロニーだった。だが、在来のウイルスによって、植民者の体に醜い余分な手足が生えたり、殺人を好む余分な人格が出現したりしたために、人類はやむなくコロニーを放棄した。コヴァンドゥ族はそのウイルスでなんの影響も受けなかったので、すぐに移住してきたのだった。六十三年後、コロニー連合はようやくワクチンを開発して、この惑星をとりもどそうとした。残念ながら、あまりにも人類とよく似たコヴァンドゥ族には、コロニーを共有するという感覚が皆無に近かった。そこで、わたしたちコロニー防衛軍が介入し、コヴァンドゥ族との戦闘に突入した。

もっとも背の高いコヴァンドゥでも、身長は一インチを超えない。

当然、コヴァンドゥ族は、そのちっぽけな軍隊を、自分たちの七十倍の大きさがある人類に正面からぶつけたりはしない。まずはじめに、航空機や長距離迫撃砲や戦車など、いくらかでもダメージをあたえる可能性がある装備で攻撃をしてくる——それはじっさいに効果があった。時速数百キロメートルで飛ぶ全長二十センチメートルの航空機を撃墜するのは容易なことではない。とはいえ、こうした選択肢を使うのを困難にさせることはできるし（わたしたちの場合は、コヴァ・バンダの中心都市の公園に着陸して、狙いのはずれた砲弾がコヴァンドゥ族の同胞に命中するようにした）、時間をかければ、やっかいな連中でも大半を始末することができる。CDFの兵士たちは、コヴァンドゥ族を攻撃するにあたり、ふだんよりも細心の注意をはらっていた。敵が小さくて射撃に集中力が必要とされたせいだけではない。だれだって体長一インチの敵に殺されたくはないのだ。

すべての航空機を撃墜し、すべての戦車を破壊したあとは、個々のコヴァンドゥを相手にすることになる。では、どうやって戦うのか。踏みつぶすのだ。足をおろし、ぐっと力をこめればそれでおしまい。このとき、コヴァンドゥは銃を撃ちまくり、ちっぽけな肺をせいいっぱい働かせて、こちらの耳にかろうじて届くくらいの叫び声をあげる。だが、それはなんの役にも立たない。CDFのスーツは、人間用の強力な銃弾を阻止できる設計になっているので、コヴァンドゥが射ちだすちっぽけな物体がつま先に当たったところでなにも感じない。踏みつぶされた小さな生き物がたてるグシャッという音もほとんど聞こえない。べつのやつを見つけたら、同じことをくりかえせばいい。

わたしたちはコヴァ・バンダの中心都市を歩きながら何時間もこれをつづけ、ときおり足を止めては、高さ五、六メートルの高層ビルに狙いをつけ、一撃でそれを破壊した。小隊のなかには散弾でビルを撃ったやつもいた。コヴァンドゥの頭をきれいに吹き飛ばすだけの大きさがある個々の弾が、正気をなくしたパチンコ玉のように、ビルのなかをバラバラと突き抜けた。だが、基本はやはり足で踏みつぶすことだった。わたしが地球を離れたときに、もう何度目かわからないリバイバル上映がされていた有名な日本の怪獣、ゴジラなら、こういう状況には慣れているはずだった。

最初に叫び声をあげて高層ビルを蹴飛ばしたのがいつだったかはおぼえていないが、あまりいつまでもガンガンやっていたものだから、とうとうアランが呼ばれてわたしを都市から連れだした。クソッタレの情報では、足の指が三本折れているとのことだった。アランは、輸送船が着陸した公園まで引き返し、そこでわたしにすわれといった。いわれたとおりにすると、大岩のうしろからコヴァンドゥがあらわれて、手にした武器をわたしの顔にむけた。ちっぽけな砂粒がパラパラと頬にぶつかる感触があった。

「ちくしょう」わたしは、コヴァンドゥをボールベアリングみたいにつかまえ、怒りにまかせて手近の高層ビルへ投げつけた。そのコヴァンドゥはくるくると宙を飛び、ビルにペチャッとぶつかると、二メートル下の地面まで墜落した。付近にいるほかのコヴァンドゥたちは、それ以上暗殺を試みるのはやめることにしたようだった。

わたしはアランに顔をむけた。「自分の分隊の面倒を見なくていいのか?」アランは昇進して、怒れるジンダル族に顔を剝ぎ取られた分隊長のあとを継いでいた。

「同じ質問を返したいところですけどね」そういって、アランは肩をすくめた。「分隊のほうはだいじょうぶ。命令は伝えましたし、もう激しい抵抗はないでしょう。敵は一掃したので、あとはティプトンでも分隊の面倒は見られます。キーズから、あなたをなだめて、なにがまずいのか調べろといわれたんです。で、いったいなにがまずいんです?」

「いいか、アラン。わたしは三時間ものあいだずっと、知的生物をクソな虫みたいに踏みつぶしてきたんだ。まずいのはそこさ。このクソな両足で都市の住民を踏んで殺しているんだ。こんなのは」――と、腕を大きくふり――「どうしようもなくバカげてる。こいつらは身長が一インチしかない。ガリヴァーがこびとたちを蹴散らすようなものだ」

「戦いを選ぶことはできないんですよ、ジョン」

「きみはこの戦いでどんな気分になる?」

「べつに気になりません。そもそも戦いとはいえませんからね。ぼくたちはこの連中を地獄へ送りこんでいるだけです。そのいっぽうで、こちらの分隊の人的被害は、最悪でも鼓膜の破裂だけ。まさに奇跡みたいなものです。だから、全体としてはとてもいい気分です。それに、コヴァンドゥ族はまったく無力というわけじゃありません。両者の総得点はほぼ互角でしょう」

おどろくべきことにそれは事実だった。コヴァンドゥ族のサイズは、宇宙空間における戦闘では強みとなる。彼らの宇宙船は発見されにくいし、ちっぽけな戦闘機は、単独では小さな損傷しかあたえられなくても、数が集まれば大きな力となる。わたしたちが圧倒的に有利なのは、地上戦のときだけでしかない。コヴァ・バンダを守っている船団はわりあいに小規模で、だからこそCDFもここを奪還しようと決めたのだ。

「総得点でどちらが勝っていようが関係ない。わたしがいいたいのは、敵が一インチしかないってことなんだ。このまえは蜘蛛と戦った。そのまえはなんと翼竜だった。おかげで大きさの感覚が混乱する。自分の感覚が混乱する。もう人間じゃないような感じがするんだよ、アラン」

「厳密にいえば、あなたはもう人間じゃないんですが」アランはいった。わたしの気分をほぐそうとしているのだ。

効果はなかった。「だったら、もう人間というのがどんなものだったのかに関心が持てないというべきか。わたしたちの仕事は、新しい奇妙な種族や文化に立ち向かい、できるだけ早くそれを抹殺することだ。その種族についてわかっているのは、戦うために必要な情報だけ。わたしたちの知るかぎり、彼らは単に敵という存在でしかない。相手が巧みに反撃してくることをのぞけば、動物と戦っているのと変わりがないんだ」

「たいていの人にとっては、それで戦いやすくなっているんです。蜘蛛に親しみをいだいたりしなければ、たとえそいつが大きくて賢いやつでも、殺すことに罪悪感をおぼえたりはしません。むしろ、大きくて賢いやつほどそれがいえるのかも」

「たぶん、まさにそのことが気になっているんだろうな。自分の行為がおよぼす影響がわからなくなっている。きょうは思考力のある生物をつかんでビルに叩きつけた。そんなことをしてもぜんぜん気にならなかった。ほんとは気にするべきなのに。わたしたちの行動はさまざまな影響をおよぼしている。どんなにちゃんとした理由があろうと、少なくともそうした行為のおそろしさは自覚しないと。わたしは自分の行為をおそろしいと感じない。そのことがこわい。それが意味するものがこわい。わたしは怪物みたいに都市を踏みつぶしてまわった。そして、自分がそういう存在だと思いはじめている。いつのまにかそうなってしまったのだと。わたしは怪物だ。きみだって怪物だ。だれもが非人間的な怪物になっているのに、それのどこがいけないのかわからなくなっている」

アランには返すことばがなかった。そこで、わたしといっしょに、仲間の兵士たちがコヴァンドゥ族を踏みつぶして殺すのをながめた。とうとう踏みつぶすものがなくなってしまうまで。

「で、いったいなにがまずかったんだ？」キーズ中尉が、わたしについてアランにたずねた。ほかの分隊長も顔をそろえた戦闘終了後の状況報告会が、もうじき終わろうとしているときだった。

「ペリーはわれわれみんなが非人間的な怪物だと思っています」アランはこたえた。

「ああ、そういうことか」キーズ中尉はわたしに顔をむけた。「入隊してどれくらいたった、ペリー？」

「ほぼ一年です」わたしはこたえた。

キーズ中尉はうなずいた。「それならスケジュールどおりだ。一年くらいたつと、たいていの兵士が、自分は良心や道徳心を失った冷酷な殺戮マシンに成り下がってしまったと考える。早いやつもいれば、遅いやつもいるが。ここにいるジェンセンは」——と、ひとりの分隊長をしめし——「十五カ月たったところでおかしくなった。なにをしたか話してやれ、ジェンセン」

「キーズ中尉を撃ちました」ロン・ジェンセンがいった。「わたしを殺戮マシンに変えた邪悪なシステムの象徴とみなして」

「あやうく頭を吹き飛ばされるところだった」とキーズ。

「運がよかっただけです」

「ああ、はずれて幸運だった。さもなければ、わたしは死んでいたし、おまえは脳だけでタンクのなかに入れられ、外部からの刺激のない世界で発狂していただろう。いいか、ペリー、それはだれにでもあることなんだ。いずれ、自分はほんとうは非人間的な怪物などではなく、脳がとてつもなくクソな状況に直面しているだけだと気づいて、正気にもどることができる。七十五年間、いちばんの刺激がおりおりのセックスという人生を送ったあとで、宇宙タコを相手にMPでやるかやられるかの戦いをしているんだ。いやはや。どこかでおかしくなるやつのほうが、むしろ信用できるくらいだ」

「アランはおかしくなっていません」わたしはいった。「いっしょに入隊したのに」

「そうだな。おまえはどう考える、アラン？」

「ぼくは支離滅裂な怒りをたたえた煮えたぎる大釜です、中尉」

「ああ、抑圧だな。すばらしい。爆発するときには、たのむからわたしに銃を乱射しないでくれよ」

「なにも約束はできません」

「あたしはこんなふうにして解消したわ」またべつの分隊長、エイミー・ウェバーがいった。「地球にあったなつかしいもののリストを作ったの。すこし気が重いけど、自分がそれを完全には失っていないことを再認識できる。なつかしいと思えるのは、まだつながりがあるということだから」

「どんなものがなつかしかった？」わたしはたずねた。

「たとえば、セントラルパークでひらかれるシェイクスピアの公演。地球ですごした最後の夜に、ほぼ完璧な〈マクベス〉を見たの。ああ、ほんとにすごかった。こっちでは、できのいい芝居なんか見られそうにないから」

「娘がつくってくれたチョコレートチップ入りクッキーかな」とジェンセン。

「チョコレートチップ入りクッキーならモデスト号で手にはいる」キーズがいった。「すごくうまいぞ」

「娘のやつにはかないません。秘訣は糖蜜なんです」

「なんだかまずそうだな。糖蜜はきらいだ」

「あなたを撃ったときにそのことを知らなくてよかった。きっとはずさなかったので」

「おれは水泳だな」グレッグ・リドリーがいった。「よくテネシーのうちのそばにあった川で泳いだもんだ。たいていは死ぬほど寒かったけど、あれは楽しかった」

「ジェットコースターだな」とキーズ。「はらわたがこぼれそうになる強烈なやつ」

「本ですね」とアラン。「日曜日の午前中に読む分厚いハードカバー」

「で、ペリーは？」ウェバーがいった。「いまなつかしく思うものはないの？」

わたしは肩をすくめた。「ひとつだけある」

「ジェットコースターよりバカげたものであるはずはないな」キーズがいった。「白状しろ。これは命令だ」

「わたしがほんとになつかしく思うのは結婚生活だな。妻とのんびりくつろいで、話をしたりいっしょに本を読んだりすること」

沈黙がおりた。

「そんなのはじめて聞いたよ」リドリーがいった。

「ぜんぜんなつかしくない」とジェンセン。「結婚生活の最後の二十年は、とりたててどうこういうようなものじゃなかった」

わたしは一同を見まわした。「配偶者が入隊した人はいないのかな？　いまも連絡を取り合っていないのか？」

「夫はあたしより先に入隊したわ」ウェバーがいった。「あたしが配属されたときにはもう死んでたけど」

「わたしの妻はボイシにいる」キーズがいった。「ときどき手紙を送ってくるよ。とくにわたしをなつかしがっている様子はないな。三十八年付き合えば充分なんだろう」

「ここへやってきた人たちは、もうむかしの人生にかかわりたくないんだ」ジェンセンがいった。「もちろん、ちょっとしたものをなつかしむことはある。エイミーがいってたように、正気をたもつためのひとつの手段になるから。しかし、それは時間をさかのぼって、自分の人生を決定するさまざまな選択をする直前にもどるようなものだ。もしも過去へもどれたら、きみはまったく同じ選択をするか？　その人生はいちど生きたのに。さっきはああいったが、わたしは自分がした選択を悔やんではいない。しかし、あわててもういちど同じ選択をしようとは思わない。わたしの妻はたしかに入隊している。しかし、いまはわたし抜きで幸せな人生を送っているんだ。正直なところ、急いで結婚生活をやりなおしたいという気にはなれないな」

「あまり元気のでる話にならないなあ」わたしはいった。

「結婚生活のどんなことがなつかしいんです？」アランがたずねた。

「そうだな。もちろん妻のことはなつかしい。でも、なんというか、あのくつろいだ感じがなつかしいんだ。自分がいるべき場所にいて、いるべき人がそばにいるという感じ。こっちではそんなのむりに決まってる。出かける先は戦場ばかりだし、仲間たちはつぎの日かそのつぎの日には死ぬかもしれない。気を悪くしないでほしいけど」

「かまわんさ」とキーズ。

「ここには安定した基盤がない。ほんとに安心できるものはなにもない。わたしの結婚生活だってもちろん浮き沈みがあったけど、根っこのところはしっかりしているのがわかっていた。ああいう安心感が、ああいうだれかとつながっている感じがなつかしい。わたしたちを人間たらしめているひとつの要素は、自分がほかの人にとってどんな意味をもっていて、ほかの人が自分にとってどんな意味をもっているかということだ。だれかにとって意味をもつ存在だったときが、そういう人間としての要素をもっていたときがなつかしい。わたしが結婚生活がなつかしいというのはそういうことなんだ」

また沈黙がおりた。

「なんだかなあ、ペリー」ようやくリドリーが口をひらいた。「そういうふうにいわれると、おれも結婚生活がなつかしくなるよ」

ジェンセンが鼻を鳴らした。「わたしはちがうぞ。きみは結婚生活をなつかしく思っていればいいさ、ペリー。わたしは娘のクッキーをなつかしく思いつづけるから」

「糖蜜か」とキーズ。「まずそうだ」

「もうよしてください、中尉」とジェンセン。「MPを取りにいくことになりますよ」

スーザンの死は、トマスのそれとはきわめて対照的だった。惑星エリュシオンで起きた掘削作業員のストライキにより、精製された石油の貯蔵量が大幅に減少した。トゥーソン号は、スト破りのための掘削作業員を現地へ搬送し、閉鎖された掘削プラットフォームの一部が運用を再開するまで警備にあたることになった。スーザンがそうしたプラットフォームの上にいたとき、ストライキ中の掘削作業員たちが即席の大砲で攻撃をしかけてきた。爆発で、スーザンを含む三名の兵士がプラットフォームから数十メートル下の海へ転落した。ほかの二名の兵士は海面にぶつかったときにはすでに死んでいたが、スーザンは全身にやけどを負いながらも生きていて、かすかに意識があった。

攻撃をしかけてきた掘削作業員たちは、スーザンを海から引きあげると、その場で見せしめにすることを決定した。エリュシオンの海には、ゲイパーと呼ばれる大型の清掃動物がいて、そのヒンジのついた顎は人間をやすやすとひとのみにする。ゲイパーが掘削プラットフォームのそばによくいるのは、そこから海中へ投じられるゴミを餌にしているからだ。掘削作業員たちはスーザンをむりやり立たせて、平手打ちで意識を取りもどさせ、急いで用意した声明文を読みあげた。ブレインパルによってそのことばをCDFに伝えようとしたのだ。それから、敵に協力した罪でスーザンを有罪とし、死刑を宣告すると、あらためて海中へ突き落とした。プラットフォームのダストシュートの真下へ。

それほどたたずに、一匹のゲイパーがあらわれてスーザンをまるのみにした。この時点では、スーザンはまだ生きていたので、必死でもがいてゲイパーの口から外へ逃れようとした。だが、彼女が脱出するまえに、ひとりの掘削作業員が、ゲイパーの脳がある背びれの下のところを銃で撃った。ゲイパーは即死し、スーザンをのみこんだまま沈んでいった。スーザンが死んだのは、食われたからでもなく、溺れたからでもなく、自分をのみこんだ魚とともに深海へ沈んで水圧に押しつぶされたからだった。

掘削作業員たちは迫害者に対する一撃に沸き立ったが、長くはつづかなかった。トゥーソン号から送りこまれた新手の部隊は、掘削作業員のキャンプを破壊し、数十名の首謀者を駆り集めると、全員を射殺してゲイパーたちの餌にした。スーザンを殺した作業員だけは、途中の射殺のところをはぶいて、そのままゲイパーの餌にしてやった。ほどなくストライキは終わった。

スーザンの死でわたしは思いだした。人間はどんなエイリアン種族にもひけをとらないほど非人間的になれるのだということを。もしもわたしがトゥーソン号に乗りこんでいたら、彼女を殺したクズどもをゲイパーの餌にしたところで、これっぽちもいやな気分にはならなかっただろう。これによってわたしが、コヴァンドゥ族と戦ったときに自分がそうなるのではないかとおそれた存在と比べて、良いものになったのか悪いものになったのかはわからない。いずれにせよ、自分が人間らしさを失いつつあるのではないかと心配することはなくなった。

12

コーラルをめぐる戦いに加わった者ならだれでも、あの惑星が襲われたことを最初に耳にしたときに自分がどこにいたかをおぼえている。わたしの場合は、自分が知っていると思っていた宇宙がとっくに消えていることを、アランから説明されていた。

「はじめてスキップしたときに、ぼくたちはもとの宇宙を離れました。そしてとなりの宇宙へ移ったんです。スキップするというのはそういうことなんです」

これを聞いて、アランといっしょに大隊のラウンジ〈休め〉でくつろいでいたわたしとエド・マガイアは、しばし寡黙になってしまった。やがて、エイミー・ウェバーの分隊に吸収されたエドが口をひらいた。「話についていけないよ、アラン。スキップドライヴは、光速を超えておれたちをはこんでくれるとか、なにかそういうものじゃないのか」

「ちがいます」アランはいった。「アインシュタインはやはり正しいんです――光速を超えることはできません。それに、たとえ光速の数パーセントのスピードでも、宇宙を飛びまわるのは危険すぎます。秒速数十万キロメートルなら、ちっぽけな塵にぶつかっただけで宇宙船にきれいに穴があきます。てっとりばやく死ぬにはいいでしょうが」

エドは目をぱちくりさせ、手で頭をなでた。「ふう。さっぱりわからん」

「じゃあ説明しましょう。質問はスキップドライヴの仕組みでしたね。さっきもいったように、それは単純です。モデスト号のような物体を、ひとつの宇宙から取り出してべつの宇宙へ放りこむだけですから。問題はそれを〝ドライヴ〟と呼んでいることでしょう。じっさいには駆動装置《ドライヴ》ではないんです。加速が因子に含まれませんから。唯一の因子は多元宇宙における位置です」

「アラン」わたしはいった。「また話がすっとんでるぞ」

「すみません」アランはちょっと考えこんだ。「数学の知識はどれくらいあります？」

「微分積分はなんとなくおぼえてる」わたしはいった。エド・マガイアもうなずいた。

「なるほど。これからなるべくやさしいことばで話します。気を悪くしないでください」

「努力するよ」とエド。

「よろしく。第一に、みなさんのいる宇宙は――いま現在ぼくたちがいる宇宙は――量子物理学でその存在が認められている、無限にある可能性の宇宙のひとつでしかありません。たとえば、ぼくたちがどこかで電子を見るたびに、ぼくたちの宇宙はその電子の位置によって関数的に定義されますが、べつの宇宙では、その電子の位置はまったくちがっているんです。ここまではいいですか？」

「ぜんぜん」とエド。

「科学が苦手なんですね。とにかくぼくを信じてください。ポイントは多元宇宙《マルチヴァース》です。スキップドライヴは、たくさんある宇宙のひとつへ通じるドアをあけているんです」

「どうやって?」わたしはたずねた。

「説明してもあなたの数学力では理解できません」

「じゃあ魔法だな」

「あなたから見ればそうでしょう。でも、物理学でひろく認められているんですよ」

「わからんなあ」エドがいった。「たくさんの宇宙を通過してきたというが、おれたちがいたどの宇宙も、もとの宇宙とそっくり同じだった。SF小説で読んだ〝もうひとつの宇宙〟だと、どこかに大きなちがいがあった。だから自分がべつの宇宙にいることがわかるんだ」

「その質問についてはおもしろい回答があります。前提として、物体がある宇宙からべつの宇宙へ移るのはありそうもないできごとだとしましょう」

「それは納得できる」わたしはいった。

「物理学の世界では、それが許されています。もっとも基本的なレベルでは、これは量子物理学にのっとった宇宙であり、ほとんどあらゆることが起こりえるのですから。たとえ、現実問題としてはそうではないとしても。しかし、ほかのすべての要素が同等なら、それぞれの宇宙は、ありそうもないできごとは必要最小限におさえることを好みます。とりわけ、原子レベルより大きな世界では」

「宇宙がなにかを〝好む〟なんてことがあるのか?」とエド。

「あなたは数学が苦手なんでしょう」

「あたりまえだろ」エドはあきれたような顔をした。

「宇宙はたしかに選り好みをするんです。たとえば、あるエントロピー状態へむかうことを好みます。光速を一定にしておくことを好みます。こういうものごとは、あるていどは改変したりいじくったりできますが、かなり手間がかかります。この場合も同じことがいえます。物体がある宇宙からべつの宇宙へ移るのはとてもありそうもないことなので、あなたがその物体を動かす先の宇宙は、それ以外の点ではもとの宇宙とそっくり同じになります——〝ありそうもなさ保存則〟とでもいいますか」

「しかし、わたしたちがひとつの場所からべつの場所へ移るのはどう説明する？」わたしはたずねた。「ある宇宙空間のある地点から、どうしてべつの宇宙空間のまったくべつの地点へ移動できるんだ？」

「こう考えてみてください。宇宙船がまるごとべつの宇宙へ移動するというのは、途方もなくありそうもないできごとです。宇宙の視点から見れば、新しい宇宙のどこに出現するかは、ごくささいなことです。だから〝ドライヴ〟は誤称だといったんです。ぼくたちはどこへも出かけません。ただ到着するんです」

「じゃあ、おれたちがあとにした宇宙はどうなる？」エドがたずねた。

「べつの宇宙からちがうバージョンのモデスト号がやってきます——ちがうバージョンのぼくたちを乗せて。おそらくは。そうならない可能性もほんのすこしだけありますが、原則としては、そういうことになります」

「じゃあ、いつかはもどるのかな？」わたしはたずねた。

「もどるって、どこへ？」

「いちばん最初にいた宇宙へ」

「それはないです。いえ、まあ、理論上はありえることですが、その確率はきわめてわずかです。可能性が分岐するたびに宇宙はどんどん生まれていますし、ぼくたちが行く宇宙が生まれるのは、ふつうはそこへスキップする直前のことです――それもまた、ぼくたちがそこへスキップできる理由のひとつなんです。生まれたばかりですぐそばにあるわけですから。時間がたてばたつほど、ある特定の宇宙は離れていって、どんどん拡散してしまうので、そこへもどれる可能性は低くなります。一秒まえに離れた宇宙へもどるのでさえ、ほとんどありえないことなんです。一年まえに地球からフェニックスへ最初にスキップしたときに離れた宇宙へもどるなんて論外です」

「がっかりだな」エドがいった。「おれの宇宙が好きだったのに」

「いいですか、エド。あなたがもともといた宇宙は、ジョンやぼくがいた宇宙とはちがうんですよ。あなたの最初のスキップは、ぼくたちと同じときではなかったんですから。しかも、ぼくたちといっしょに最初のスキップをした人たちだって、いまも同じ宇宙にいるとはかぎりません。べつの宇宙船に乗りこんでいれば、その後にべつの宇宙へスキップしたはずです。旧友に出くわしても、それはべつのバージョンなんです。もちろん、見た目や態度は変わりません。ところどころ電子の位置がちがっている以外は、なにもかも同じなんですから。でも、おたがいがもともといた宇宙はまったくべつなんです」

「あの宇宙はいまも存在しているはずです。でも、あそこを出てこの宇宙に来ているのは、ぼくたちふたりだけですね」わたしはいった。

「それをどう考えればいいのかわからないな」

「あまり心配しないことですね。日々の暮らしという観点からいえば、宇宙から宇宙への跳躍など問題になりません。実用上は、どの宇宙にいようとほとんど似たようなものなんですから」

「だったら、そもそもなんで宇宙船が必要なんだ？」エドがたずねた。

「それはもちろん、新しい宇宙で目的地へ行くためでしょう」

「いや、そうじゃなくて、宇宙から宇宙へひょいと移れるなら、惑星から惑星へ移動してしまえば、そもそも宇宙船がいらないだろ？　人間が惑星の表面へじかにスキップすればいい。宇宙へ打ち上げられる手間がはぶけるじゃないか」

「宇宙がスキップのおこなわれる場所として好むのは、惑星とか恒星みたいな大きな重力井戸から離れたところなんです。とくに、べつの宇宙へスキップするときは。スキップで重力井戸のすぐそばへ到着するのはかまわないので、新しい宇宙では目的地の近くに行けるんですが、出発するときは重力井戸から離れているほうがずっと楽なので、どうしてもすこしだけ移動してからになるんです。なんなら指数関数的な相関をしめすこともできますが、あなたは――」

「ああ、わかってる。数学は苦手だよ」

アランがエドをなだめようとしたとき、三人のブレインパルが同時に起動した。モデスト号にコーラルの大虐殺の知らせが届いたのだ。どの宇宙にいようと、それは身の毛のよだつしろものだった。


コーラルは人類が移住した五番目の惑星で、地球そのものよりもあきらかに快適な環境だった。地質学的に安定していて、肥沃な大地には温暖な気候帯がひろがり、土着の植物や動物も地球のそれと遺伝学的に似かよっているので、栄養面でも見た目でも人間の必要を満たすことができる。初期には、このコロニーをエデンと名付けようという話もあったが、そういう名称は宿命的に災いをまねくとして却下された。

そのかわりにコーラルという名が選ばれたのは、珊瑚《サンゴ》に似た生物が、惑星の赤道付近の熱帯地方で、多種多様な美しい群島と海中の礁をつくりあげていたからだ。コーラルに移住した人類は、珍しく最小限の範囲にしかひろがらず、多くの人びとは、簡素な、ほとんど産業化以前ともいえる生活をしていた。人類が、惑星の既存の生態系を根こそぎにして穀物や畜牛を導入するのではなく、そこに順応しようとするのは、きわめて珍しいことだった。しかも、それはうまくいった。小人数の協調的な植民者たちは、コーラルの生物圏にぴったりとおさまり、おだやかに、ひかえめに発展した。

その結果、ララエィ族の侵略を受けたときにはなんのそなえもできていなかった。侵略軍の兵士の数は、植民者の数とほぼ同じだった。コーラルの軌道上および地表に配備されていたCDFの駐屯部隊は、雄々しく戦ったものの、短時間で制圧された。植民者たちも必死に抵抗したが、コロニーは早々に蹂躙され、生き残った植民者たちは食用として解体された。ララエィ族は、ずっとまえに手に入れた人間の肉のうまさを、しっかりとおぼえていたのだった。

ブレインパル経由で送られてきた断片的な映像のなかに、傍受された料理番組の一部があった。それは、ララエィ族の一流シェフたちが、いろいろな料理に使うための人体のさばきかたについて語りあっている場面で、首の骨がスープやコンソメの材料として高く評価されていた。その映像は、わたしたちをむかつかせただけでなく、コーラルの大虐殺が入念に計画されたものであり、その後の饗宴のためにララエィ族の二流のセレブさえ同行していたということを裏付ける証拠にもなった。あきらかに、ララエィ族は惑星上にとどまるつもりだった。

ララエィ族は時間をむだにすることなく、今回の侵略の第一の目的にむけて作業をはじめた。植民者を全員殺したあとで、惑星上にプラットフォームをはこびこみ、各群島で珊瑚の採取をはじめたのだ。ララエィ族は、ここの珊瑚の採取をもとめてコロニー連合政府と交渉をおこなったことがあった。ララエィ族の母星にも、かつては広大な珊瑚礁が存在していたのだが、産業公害と商業採取によって破壊されてしまったのだ。連合政府は採取の許可をあたえなかった。コーラルの植民者たちが惑星をそのままの姿で残したがっていたからでもあり、ララエィ族の食人の風習がよく知られていたからでもあった。だれだって、無防備な人間を見つけて干し肉にしようとする連中にコロニーの上空をうろうろしてほしくはない。

コロニー連合政府の失敗は、ララエィ族が珊瑚の採取にどれほどの優先順位をあたえていて――商業面だけではなく宗教的な問題がからんでいることを、コロニー連合の外交団は完全に見落としてしまった――目的を果たすためならどれほど遠方まで出向く意思があるのかを認識できなかったことだ。ララエィ族とコロニー連合とのあいだには何度か紛争があり、関係は良好とはいえなかった（自分たちのことを滋養ゆたかな朝食の一品とみなしている連中が相手では、なかなか気を許せるものではない）が、総じていえば、ララエィ族も人類もそれぞれの領分にとどまっていた。しかし、ララエィの母星の珊瑚礁が絶滅寸前になったいま、彼らのコーラルの資源に対する渇望が、わたしたち人類をまっこうから打ちのめした。コーラルはララエィ族のものとなり、それを奪還するためには、彼らの攻撃を上まわるほどの激しい攻撃をしかけるしかなかった。

「こいつはクソ厳しい状況だ」キーズ中尉が分隊長たちにむかって語りかけていた。「そして、われわれが現地に着くころにはもっと厳しくなるだろう」

わたしたちは小隊の待機室に集まり、だんだん冷めていくコーヒーを横に、残虐行為の調査報告と、コーラル星系から送られてきた偵察情報に目をとおしていた。敵による撃墜をまぬがれたスキップドローンが、ラライェィ族の宇宙船がつぎつぎと到着している様子を報告してきた。戦闘用と珊瑚の輸送用の両方だ。コーラルの大虐殺から二日とたたないうちに、ラライェィ族の千隻近い宇宙船が惑星周辺に集結し、略奪の開始をいまかいまかと待っていた。

「わかっていることを伝えておく」キーズがいうと、各自のブレインパルにコーラル星系の概要図がぱっと表示された。「コーラル星系にいるラライェィ族の宇宙船の大半は、商業活動および産業活動に従事しているものと思われる。船体の設計から見て、全体のおよそ四分の一にあたる三百隻ほどは、軍用レベルの攻撃防御能力を有しているが、その多くは兵員輸送船で、最小限のシールドおよび火力しかそなえていない。だが、戦艦クラスになると、わが軍のそれよりも大きくて頑丈だ。さらに、地上には最大十万名のラライェィ軍がおり、攻撃にそなえてすでに塹壕を掘りはじめている。

ラライェィ軍はわれわれのコーラルへの攻撃を予期しているだろうが、諜報部からの報告によれば、攻撃開始まで四日から六日の猶予があると考えているらしい。われわれが充分な数の大型船をスキップ可能な場所まで移動させるのに必要な時間だ。CDFが戦力で敵を圧倒することを好むのを知っていて、そのためにはしばらく時間がかかると踏んでいるわけだ」

ぎした。

「では、いつ攻撃をしかけるんですか？」アランがたずねた。

「いまから約十一時間後だ」キーズがこたえ、わたしたちは椅子の上でそわそわと身じろぎした。

「どうしてそんなことができるんです、中尉？」ロン・ジェンセンがいった。「われわれが使える宇宙船は、すでにスキップ可能な位置にいるか、あと数時間でその位置に到達するものだけでしょう。いったい何隻くらいあるんですか？」

「六十二隻だ。モデスト号を含めて」キーズがいうと、各自のブレインパルが、使用可能な宇宙船のリストを表示しはじめた。ハンプトンローズ号の名前がある。ハリーとジェシーが乗りこんでいる宇宙船だ。「さらに六隻の宇宙船がスピードをあげてスキップ可能な距離をとろうとしているが、攻撃開始にはまにあわないので除外してある」

「おいおい、キーズ」エド・マガイアがいった。「宇宙船で五対一、地上部隊で二対一の差があるぞ。それも全員おろせたとしての話だ。いつもどおり戦力で圧倒するほうがいいと思うが」

「大型船がそろうのを待ってから攻撃するのでは、敵は充分な準備ができてしまう。敵の準備がととのわないうちに、小規模でも部隊を送りこみ、できるだけ損害をあたえておくほうがいい。四日後には大部隊が到着する。火力を詰めこんだ二百隻の宇宙船だ。われわれがきちんと任務を果たせば、こちらの増援部隊はそれほど手間をかけずにララェィ族の残党を始末できるだろう」

エドは鼻を鳴らした。「おれたちはそれまで生きていないかもしれないがな」

キーズはかたい笑みを浮かべた。「ずいぶん信用がないんだな。いいか、諸君、これが楽しい月面ハイキングじゃないのはわかっている。しかし、われわれだってバカじゃない。まっこうから攻撃をしかけるつもりはない。それぞれに狙いがある。降下中の敵の兵員輸送船を攻撃して、地上部隊の増強を阻止する。地上へ着陸する部隊は、採取作業を妨害して、ララエィ族が自分たちの部隊や機材を巻き添えにせずにわれわれを攻撃することができないようにする。チャンスがあれば商業用および産業用の艦艇を攻撃して、うまく敵の戦艦をコーラルの軌道上から誘いだすことができれば、増援部隊が到着したときには、前後からはさみうちにすることができる」

「地上部隊のほうへ話をもどしたいんですが」アランがいった。「地上で部隊をおろしたあと、われわれの船はララエィ族の船を誘いだしに行くんですよね？　それはつまり、われわれ地上部隊が取り残されるということですか？」

キーズはうなずいた。「最低でも三日ないし四日は孤立無援だ」

「最高ですね」とジェンセン。

「これは戦争なんだ」キーズはぴしゃりといった。「残念ながら、おまえたちにとってはあまり快適なものにはならない」

「作戦がうまくいかなくて、こちらの宇宙船が撃墜されたらどうなるんです？」わたしはたずねた。

「まあ、そのときはおしまいだな。だが、そんなことを前提にするのはやめよう。われわれはプロであり、なすべき仕事がある。そのために訓練を積んできたんだ。この作戦にはリスクがあるが、バカげたリスクではないし、うまくいけば、惑星を奪還してラエィ族に大きな損害をあたえることができる。われわれはでかいことをやりとげるんだという前提でいかないか？　突拍子もないアイディアだとはいえ、成功するかもしれない。ぐずぐずしていたところで、さほど成功の確率があがるわけでもない。わかったか？」

またもや椅子の上での身じろぎ。納得したわけではなかったが、わたしたちにできることはほとんどない。どのみち出撃することになるのだ。

「パーティに参加しようとしている六隻の宇宙船ですが」ジェンセンがいった。「船名を教えてもらえますか？」

キーズはすぐにその情報にアクセスした。「リトルロック、モビール、ウェイコ、マンシー、バーリントン、スパロウホーク」

「スパロウホーク？　まさか」

「スパロウホークがどうかしたのか？」わたしはたずねた。珍しい名前だった。大隊クラスの宇宙船にはむかしから中規模の都市の名前がつけられているのだ。

「ゴースト部隊だよ、ペリー」ジェンセンはいった。「CDF特殊部隊。とてつもない力をもつ連中だ」

「そんなの聞いたことがないな」わたしはいった。それは事実ではなかったが、いつどこで聞いたのかは記憶から抜け落ちていた。

「特別な作戦のときしか出動しないんだ。あまり仲間付き合いがうまくない連中だからな。とはいえ、惑星へ乗りこむときにやつらがいっしょだったらありがたい。こっちが死なずにすむ」

「ありがたいが、おそらくそういうことにはなるまい」キーズがいった。「これはわれわれのショ!なんだ。どんな運命になろうと」

モデスト号は十時間後にコーラルの軌道上へスキップし、到着してからの数秒間に、ララエィ族の戦闘巡洋艦が至近距離から発射した六発のミサイルを撃ちこまれた。船尾右舷のエンジンを破壊されて、船体は勢いよく回転をはじめた。ミサイルが命中したとき、わたしの分隊とアランの分隊は兵員輸送シャトルに乗りこんでいた。爆発の衝撃による突然の慣性の変化で、数名の兵士が船体の側面に叩きつけられた。シャトルベイでは、機材や物資がふっとんで、ほかの一機のシャトルに激突したが、わたしたちのシャトルには当たらなかった。ありがたいことに、電磁石で固定された船体はびくともしなかった。

クソッタレを起動して船の状態をチェックした。モデスト号はかなりの損傷を受けており、ララエィ族の宇宙船によるアクティブスキャンは、この船がふたたびミサイルの群れの標的になっていることをしめしていた。

「発進しよう」わたしは操縦士のフィオーナ・イートンに叫んだ。

「まだ管制室から許可が出ていないわ」フィオーナがこたえた。

「あと十秒ほどでまたミサイルが山のように飛んでくる。許可ならそれで充分だ」わたしのことばに、フィオーナはうめいた。

やはりモデスト号のコンピュータに接続していたアランが、後方で叫んだ。「ミサイルが発射されました。二十六秒で命中します」

「それだけあれば発進できるか？」わたしはフィオーナにたずねた。

「やってみる」フィオーナはほかのシャトルへの回線をひらいた。「こちらは第六シャトルの操縦士、フィオーナ・イートン。三秒後にベイの扉を緊急開放する。幸運を」それからわたしに顔をむけ、「ストラップを締めて」といって、赤いボタンを押した。

シャトルベイの扉の輪郭に沿って強烈な閃光がほとばしった。扉の爆破されたバリバリッという音は、ベイから空気が抜けていく轟音によってかき消された。扉がくるくると遠ざかっていく。固定されていないものはすべて、その穴から吸いだされていった。ガラクタのむこうに見える星野は、モデスト号の回転に合わせてぐらぐらと気持ち悪くゆれていた。フィオーナはエンジンを点火し、シャトルベイの出口からガラクタが消えるまで待ってから、固定用の電磁石を切って、シャトルを発進させた。モデスト号の回転を計算に入れた操船だったが、それでもきわどかった。飛びだしたときに船体の屋根がガリッとこすれた。

わたしはシャトルベイの映像にアクセスした。ほかのシャトルも二、三機ずつかたまって船外へ飛びだしていた。なんとか五機が脱出したところで、第二波のミサイルが命中して、モデスト号の回転が急に変化し、すでに浮かびあがっていた数機のシャトルがシャトルベイのフロアに叩きつけられた。少なくとも一機が爆発した。なにかがカメラにぶつかって映像が途絶えた。

「各自のブレインパルからのモデスト号への送信を切って」フィオーナがいった。「敵にそれをたどられたらこっちが発見される。各分隊の兵士たちにも伝えて。口頭で」わたしはいわれたとおりにした。

アランがまえのほうへやってきた。「うしろに怪我人がふたりいます」といって、兵士たちを身ぶりでしめす。「でも重傷ではありません。これからどうします？」

「エンジンを切ったままコーラルをめざして降下するわ」とフィオーナ。「敵は、こっちの噴射炎とブレインパルの送信信号をさがして、ミサイルを追尾させようとしている。だから、死んだふりをしていれば、大気圏へ突入するまでのあいだほうっておいてもらえるかもしれない」

「かも？」アランがいった。

「もっといい計画があるなら聞かせて」とフィオーナ。

「なにがどうなっているのやら見当もつきません。よろこんでその計画に従います」

「ところで、さっきはいったいなにが起きたの？」フィオーナはつづけた。「スキップドライヴから抜けたとたんに攻撃された。あたしたちがどこへ出現するかを知る方法はないはずなのに」

「たまたま、まちがった時にまちがった場所にいたのかも」とアラン。

「そうは思えないな」わたしは窓の外を指さした。「ほら」

左舷に見えるラエィ族の戦闘巡洋艦から閃光がほとばしり、数発のミサイルが発射された。ずっと右舷のほうで、CDFの巡洋艦がぱっと出現した。数秒後に、さっきのミサイルがその巡洋艦に命中した。

「ありえない」フィオーナがいった。

「こっちの船がどこに出現するか正確にわかっているんです」アランがいった。「待ち伏せ攻撃ですよ」

「どうやってそんなことを?」とフィオーナ。「いったいなにが起きているの?」

「アラン?」わたしはいった。「きみは物理学者だろう」

アランは損傷を受けたCDFの巡洋艦を見つめた。かたむいた船体に、第二波のミサイルが襲いかかっていた。「わかりません。こんなのは聞いたこともありません」

「最低ね」とフィオーナ。

「おちつこう」わたしはいった。「厳しい状況だ。混乱してもしょうがない」

「もっといい計画があるなら聞かせて」フィオーナがまたいった。

「モデスト号と連絡を取らなければ、ブレインパルにアクセスしてもかまわないか?」わたしはたずねた。

「もちろん」とフィオーナ。「シャトルから送信しなければ問題はないわ」

わたしはクソッタレにアクセスして、惑星コーラルの地図を呼びだした。「よし。珊瑚の採取施設を攻撃するという作戦は、とりあえず中止されたものと考えていいと思う。モデスト号から発進できたシャトルの数を考えるとまともな攻撃はむりだし、すべてのシャトルが惑星表面までぶじにたどり着けるとも思えない。操縦士がみんなきみほどの腕をもっているわけじゃないからな、フィオーナ」

フィオーナはうなずき、ちょっと肩の力を抜いたようだった。ほめられるのはいつだってうれしいものだ。危機的状況においてはなおさらだろう。

「よし、新しい計画を説明する」わたしはコーラルの地図をフィオーナとアランに送信した。「ララエィの兵力が集中しているのは、珊瑚礁と、こっちの海岸にあるコロニー連合の各都市だ。そこで、われわれはこっちへ行く」わたしは惑星随一の大陸の、ぐっと盛りあがった中央部を指さした。「この山岳地帯に隠れて、増援部隊の到着を待つんだ」

「ほんとうに到着しますかね」とアラン。「スキップドローンはフェニックスへもどるはずです。ララエィ族が増援部隊の到来を知っていることがわかったら、そもそもここへは来ないかもしれません」

「いずれは来るさ。われわれが必要としているときには来ないかもしれないが。とにかく準備をして増援部隊を待つしかない。ありがたいことにコーラルは人間にやさしい。大地の恵みだけでいくらでも生きのびられる」

「入植する気分じゃないんですが」

「永住するわけじゃない。それに、ほかの選択肢よりはましだ」

「いえてますね」

わたしはフィオーナに顔をむけた。「シャトルをぶじに目的地へはこぶためにはどうすればいい？」

「祈るしかないわ」とフィオーナ。「このシャトルが攻撃されないのは、浮かぶガラクタに見えているから。でも、人間の体より大きなものが大気圏に突入すれば、すべて敵に追尾されるはず。操船をはじめたらすぐに気づかれてしまう」

「いつまでここにとどまれる？」

「それほど長くはないわ。食料もないし、水もない。この新しい改良された体があるとはいっても、船内には二十名いるからすぐに空気が尽きてしまう」

「大気圏に突入してどれくらいたったら操船をはじめる？」

「すぐよ。いったん船が回転をはじめたら、二度とコントロールできなくなる。墜落して死ぬだけ」

「できるだけのことをしてくれ」わたしがいうと、フィオーナはうなずいた。「よし、アラン。そろそろみんなに計画の変更を伝えよう」

「さあ行くわよ」フィオーナは制御ロケットを点火した。加速でわたしの体は副操縦士の座席に押しつけられた。いまや、シャトルはコーラルの地表へ落下するのではなく、そこをめざして飛行していた。

「突入」フィオーナが告げると同時に、シャトルは大気圏にとびこんだ。船体がマラカスのようにゆれた。

計器がポーンと鳴った。

「アクティブスキャンだ」わたしはいった。「追尾されている」

「了解」フィオーナは船体をかたむけた。「あと数秒で上層雲が迫ってくる。それで敵を混乱させられるかも」

「そういうものなのか？」

「いいえ」フィオーナはいったが、委細かまわず雲につっこんだ。

数キロメートル東で雲から出ると、ふたたび計器がポーンと鳴った。「まだ追尾されている」わたしはいった。「航空機との距離、三百五十キロメートルで接近中」

「追いつかれるまえにできるだけ地上に近づかないと」フィオーナがいった。「こっちはスピードでも火力でもかなわない。せいぜい、地表すれすれを飛んで、敵のミサイルがあたしたちじゃなく木の梢に命中することを祈るしかないわ」

「あまり励まされる話じゃないな」

「いまは人を励ましている場合じゃないの。つかまって」シャトルは胸の悪くなる急降下にはいった。

ラライエィの航空機が追いついてきた。「ミサイルだ」わたしがいうと、フィオーナは船体を左へかたむけて、まっしぐらに地表をめざした。一発目のミサイルはシャトルを追い抜いて飛び去った。もう一発はシャトルが飛び越えた丘の頂きに激突した。

「うまいぞ」わたしはそういって、あやうく舌の先をかみ切りそうになった。三発目のミサイルがすぐ後方で爆発し、衝撃でシャトルはコントロールを失った。四発目のミサイルが爆発し、その破片がシャトルの側面に突き刺さった。空気が抜ける轟音のなかで、だれかの悲鳴が聞こえた。

「墜落する」フィオーナは必死になって船体を立て直そうとしていた。シャトルはとてつもないスピードで小さな湖をめざして突進していく。「水面にぶつかってバラバラになるわ。ごめんなさい」

「きみはよくやったよ」わたしはいった。シャトルの船首が湖面に激突した。

金属がねじれ、裂ける音とともに、船首が下向きに折れて、操縦室が船体から引きちぎられた。一瞬、わたしの分隊とアランの分隊をのせた乗員室がくるくると飛んでいくのが見えた――だれもが口をあけたまま凍りつき、悲鳴を周囲の轟音にかき消されたまま、水面で回転してぼろぼろになった船首を飛び越えていく。船首から飛びだした金属片や器具類は、ありえないほどの勢いで回転していた。なにかがわたしの顔にぶつかり、鋭い痛みとともに顎をもぎとっていった。ゴボゴボと悲鳴をあげようとしたら、灰色のスマートブラッドが傷口から遠心力で噴きだした。無意識にフィオーナへ目をやると、その頭と右腕は後方のどこかへ消えていた。

ピシッという金属音がして、座席が操縦室からはずれ、わたしはあおむけのまま地表へほうりだされた。座席はゆっくりと反時計方向に回転し、背もたれでポンポンはずみながら、地面に突きだした岩へと接近していく。岩に右脚がぶつかったとたん、体が目のくらむほどの勢いでふりまわされ、大腿骨がプレッツェルのようにポキンと折れて、すさまじい痛みが襲いかかってきた。まっすぐふりあがった足が、もとは顎のあったところにぶつかり、わたしは歴史上はじめて自分の口蓋垂《のどちんこ》を蹴飛ばした人間となった。そのまま弧を描いて乾いた地面のどこかに落下すると、シャトルの乗員室が突進していった直後だったせいか、あたりにはまだ木々の枝がばらばらとふりそそいでいた。一本の大枝が胸に落ちてきて、肋骨が少なくとも三本は折れた。自分の口蓋垂を蹴飛ばしたあとだけに、妙にしりすぼみな結末だった。

見あげると（ほかにどうしようもなかった）、頭上でアランがさかさまにぶらさがっていた。折れた木の枝が肝臓のあたりから突きだして、その胴体を空中で支えていた。ひたいからしたたるスマートブラッドが、わたしの首すじへ落ちてきた。アランの目がぴくりと動いて、わたしを見た。すると、ブレインパルにメッセージが届いた。

〝ひどいありさまですね〟アランだった。

わたしは応答できなかった。ただ見あげるだけだった。

〝これから行く先の星座を見られたらいいんですが〟アランは送信してきた。もういちど。さらにもういちど。その後、送信は途絶えた。

さえずるような声。ざらついた前足がわたしの腕をつかんでいる。クソッタレがそのさえずりを認識し、わたしのために翻訳する。

〝こいつはまだ生きている〟

〝ほうっておけ。どうせすぐに死ぬ。それに、緑色のやつは味がよくない。まだ熟れていないからな〟

鼻を鳴らす音がした。クソッタレの翻訳によれば、それは〔笑い声〕だった。

「うわっ、見ろよ」だれかがいう。「こいつは生きてるぞ」

べつの声。聞きおぼえがある。「見せて」

沈黙。またもや聞きおぼえのある声。「この枝をどけて。連れて帰るから」

「そりゃないでしょう、ボス」最初の声がいう。「このありさまですよ。頭にクソな弾を撃ちこんでやるべきです。それが慈悲ってもんです」

「生存者は連れて帰れと命じられているの」聞きおぼえのある声がいう。「ほら、この人はそうでしょう。ただひとりの生存者」

「これで生きているといえればの話ですがね」

「いいたいことはそれだけ?」

「はい」

「けっこう。さあ、このいまいましい枝をどけて。すぐにラエィ族がやってくる」

目をあけるためには金属製のドアを持ちあげるほどの努力がいる。それを可能にしてくれるのは、胸にのった大枝がどけられるときの爆発するような痛みだ。両目がぱっとひらき、顎のない口から悲鳴のような音がもれる。

「おわっ！」最初の声がいう。そいつは男で、ブロンドで、ふとい枝をわきへほうり投げようとしている。「意識があるぞ！」

わたしの顔の残骸にあたたかな手がふれる。「さあ」聞きおぼえのある声がいう。「もうだいじょうぶよ。安心して。危険はないから。あたしたちが連れ帰ってあげる。だいじょうぶ。だいじょうぶだから」

女の顔が視界にはいってくる。わたしはその顔を知っている。結婚していた顔。

キャシーが来てくれたのだ。

わたしはすすり泣く。やっぱり死んだのか。かまうものか。

意識が遠のきはじめる。

「まえにこいつと会ったことがあるんですか？」ブロンドの男の声が聞こえる。

「バカいわないで」キャシーの声がいう。「あるわけないでしょ」

わたしは流れ去った。

べつの宇宙へ。

第三部

13

「ああ、目がさめましたね」目をあけると、だれかが話しかけてきた。「いいですか、しゃべろうとはしないで。あなたは溶液のなかに浸かっています。首には呼吸用のチューブがついています。それと、顎はありません」

あたりを見まわしてみた。わたしが浮かんでいるのは、濃厚な、あたたかい、半透明の液体がはいった浴槽のなかだった。浴槽のむこうにいろいろと見えるが、うまく目の焦点を合わせることができない。たしかに、浴槽の側面のパネルにつながれたチューブが、わたしの首へむかってのびている。体まで目で追おうとしたが、頭の下半分を取り巻く装置で視界がさえぎられていた。装置にふれようとしたら、腕がどちらも動かなかった。不安がわきあがってきた。

「ご心配なく」声がいった。「体を動かす能力を切ってあります。浴槽を出たら、またスイッチを入れますから。あと二日ですね。ブレインパルにはアクセスできますので、話をしたいときにはそれを使ってください。いまもそうやって話しているんです」

〝ここはどこだ。わたしの体はどうなったんだ〟

「フェニックスの軌道上にあるブレネマン医療センター。最高の医療施設ですよ。ここは集中治療室で、わたしはドクター・フィオリーナ。あなたがここへ搬送されてきたときから、ずっとお世話をしています。体がどうなったかという点については、ええっと。まず第一に、いまはよい状態にありますからご心配なく。とはいえ、あなたは顎と、舌と、右の頬と耳の大半を失いました。右脚は大腿骨のなかほどで折れています。左脚は複数の箇所で骨折していて、足の指三本とかかとがなくなっています――どうやらかみ切られたようですね。いい知らせはといいますと、脊髄が肋骨の下あたりで切断されているので、ほとんど痛みを感じないはずです。肋骨といえば、六本が折れていて、そのうちの一本が胆嚢に刺さったので、内出血が広範囲におよんでいます。いうまでもないことですが、何日も傷口がひらいたままだったので、敗血症をはじめとするさまざまな感染症の温床になっています」

〝死んだと思ったのに。少なくとも、死にかけてはいた〟

「もう生命の危険はほとんどありませんので、お話ししてもいいでしょう。本来なら死んでいるはずだったんです。改良されていない人間だったら死んでいたでしょう。あなたを生きのびさせてくれたのはスマートブラッドです。即座に凝固して出血を止め、感染を阻止したんです。それでもあぶないところでした。あとすこしでも発見が遅れていたら死んでいたでしょう。救助されたあと、あなたはスパロウホーク号へはこばれ、停滞チューブにおさめられました。船内ではたいしたことはできませんから。専門的な治療が必要だったんです」

〝妻を見たんだ。わたしを救出した人たちのなかにいた〟

「奥さんは兵士なんですか？」

〝何年もまえに死んだ〟

「ああ。なにしろ、かなり危険な状態でしたから。あの段階で幻覚を見るのは珍しいことではありません。明るいトンネルとか亡くなった親戚とかそういったやつです。いいですか、伍長、あなたの体にはまだたくさんの治療が必要ですし、そのためにはあなたが眠っているほうが都合がいいんです。そこでは浮かんでいる以外にできることはなにもありません。これからしばらくのあいだ、あなたを睡眠モードへもどします。こんど目がさめるときには、浴槽から出られますし、顎も生えもどるのでちゃんと会話ができます。わかりましたか？」

〝わたしの分隊はどうなった。墜落したんだが〟

「いまは眠りましょう。浴槽から出たらいくらでも話ができますから」

いらだちがはっきりわかる返事をしようと思ったが、そこで疲労がどっと押し寄せてきた。どれくらいで眠るんだろうと考える間もなく意識を失った。

「よう、お帰り」またべつの声がいった。「マヌケすぎて死にそこねたな」

こんどは、ねっとりした液体のなかに浮かんではいなかった。声のしたほうに目をやって、その出所を確認した。

「ハリーか」わたしは動かない顎でせいいっぱいの声をだした。

「あいもかわらず」ハリーはかすかに頭をさげた。

「体を起こせなくてすまない」わたしはもごもごといった。「ちょっと怪我をしたんだ」

「〝ちょっと怪我をした〟だって？」ハリーはあきれたような目をした。「なにをいってるんだか。おまえ、なくした部分より残った部分のほうが少なかったんだぞ。おれは見たんだ。連中がおまえの残骸をコーラルからはこびだすのを。まだ生きていると聞かされたときには、顎が床に落っこったよ」

「笑えるな」

「ああ、すまん。しゃれをいったわけじゃないんだ。とにかく、見てもおまえだとわからないくらいだった。あんまりめちゃめちゃで。悪くとらないでほしいんだが、死んだほうがいいのにと思ったよ。こんなふうにつなぎあわせられるとは想像すらしなかった」

「きみを失望させてうれしいよ」

「うれしい失望さ」ハリーがそういったとき、だれかが部屋にはいってきた。

「ジェシー」わたしはいった。

ジェシーはベッドをまわりこみ、わたしの頬に軽くキスした。「お帰りなさい、生者の世界へ」一歩あとずさる。「ほら見て。また三銃士がそろった」

「二・五銃士ってとこかな」とわたし。

「こわいこといわないで。ドクター・フィオリーナの話だと、すっかり修復できるそうよ。あしたには顎がちゃんとなるし、その二日後には脚ももとどおりだって。すぐに走りまわれるようになるわ」

手をのばして自分の右脚にふれてみた。ちゃんとある、というか、あるような感じがする。よく見てみようとベッドカバーをまくったら、ちゃんとそこにあった。わたしの脚だ。おおむね。膝のすぐ下に緑色のみみずばれがあった。みみずばれの上は自分の脚のように見えたが、その下は義足のように見えた。

どういう仕組みになっているのかはわかっていた。うちの分隊の女性兵士が戦闘で片脚を失ったときも、こうやって造りなおしたのだ。まず栄養素をたっぷり含んだ義足を取りつけてから、結合部にナノロボットを注入する。ナノロボットたちは、本人のDNAを手引きにして、義足の栄養素と素材を肉と骨に変換し、すでにある筋肉、神経、血管などへつなぐ。リング状のナノロボットたちは、ゆっくりと義足をくだりながらこの変換作業を進めていく。作業が完了したら、血管から腸へと移住し、便として排泄される。

あまり優美とはいえないが、いい解決策だ。手術はいらないし、クローンの部品ができるまで待つ必要もないし、不格好な人工の部品が体にくっつくこともない。しかも、どのていど失ったかによって多少のちがいがあるとはいえ、わずか数週間で四肢を取りもどすことができる。わたしの顎もそうやって修復されているし、すでにもとどおりになっている左足のかかとや指もそうだったのだろう。

「ここに来てどれくらいたつのかな？」わたしはたずねた。

「この病室に来てからは一日くらいね」とジェシー。「そのまえに一週間ほど浴槽ですごしているけど」

「ここへ搬送するまでの四日間、おまえはずっと停滞チューブのなかだった——そのことは知っているのか？」ハリーがたずねたので、わたしはうなずいた。「あと、コーラルで発見されるまで二日かかっている。だから、おおむね二週間ほど意識を失っていたことになるな」

わたしはふたりを見つめた。「会えてうれしいよ。気を悪くしないでほしいんだが、どうしてここにいるんだ？ハンプトンローズ号に乗っているはずだろう？」

「ハンプトンローズ号は撃墜されたわ」ジェシーがいった。「スキップから抜けたとたんに攻撃されて。あたしたちのシャトルはかろうじてベイを離れたんだけど、そのときにエンジンに損傷を受けちゃって。脱出できたのは一機だけ。一日半近く漂流して、やっとスパロウホーク号に発見してもらえたの。あやうく窒息死するところだった」

わたしは、ララエィ族の宇宙船が、出現したばかりの巡洋艦を攻撃するのを見たことを思いだした。あれがハンプトンローズ号だったのだろうか。「モデスト号はどうなったんだ？なにか知ってるか？」

ジェシーとハリーは顔を見合わせた。

「モデスト号も撃墜された」ハリーがようやく口をひらいた。「ジョン、宇宙船はすべて撃墜されたんだ。皆殺しだよ」

「ぜんぶ撃墜されるはずがない。きみたちをひろったのはスパロウホーク号だったといったじゃないか。わたしもあの船に救出されたんだし」

「スパロウホーク号が到着したのは第一波のあとだった。コーラルから遠く離れたところへスキップしたんだ。ララエィ族がどうやってこちらの宇宙船を探知したにせよ、スパロウホーク号はそれにひっかからなかった。もっとも、おまえたちの救助に行ったときには発見されたけどな。あやういところだった」

「生存者はどれくらい？」

「モデスト号に関してはあなただけよ」とジェシー。

「脱出したシャトルはほかにもあったのに」

「みんな撃墜されたわ。ララエィ族は、パン入れよりも大きなものはぜんぶ撃ち落としたの。あたしたちのシャトルが生きのびられたのは、単にエンジンが壊れていたからでしかない。ミサイルをむだにしたくなかったんでしょうね」

「全体の生存者は？　わたしときみたちのシャトルだけということはないだろう」

ジェシーとハリーは無言で立ちつくしていた。

「そんなバカな」わたしはいった。

「あれは待ち伏せだったんだ」ハリーがいった。「スキップした宇宙船はすべて、コーラル星域へ到着したとたんに攻撃された。ララエィ族がどうやったのかはわからないが、とにかくそうだったんだ。そのあと、やつらは見つけたシャトルを残らず撃ち落とした。だからこそ、スパロウホーク号は全員の命を危険にさらしてまでおまえたちをさがしに行ったんだ。おれたちをべつにすれば唯一の生存者だからな。惑星までたどり着けたのはおまえたちのシャトルだけだった。スパロウホーク号はシャトルのビーコンを追っておまえを見つけた。操縦士が墜落するまえにつけたらしい」

わたしはフィオーナのことを思いだした。それとアラン。「犠牲者の数は？」

「乗員を満載した大隊クラスの巡洋艦が六十二隻」ジェシーがいった。「九万五千人くらいね」

「胸が悪くなってきた」わたしはいった。

「まさに壊滅的な大敗北ってやつさ」ハリーがいった。「それだけはまちがいない。というわけで、おれたちはここにいる。ほかに行くところがないんだよ」

「それもだけど、尋問がまだつづいているの」とジェシー。「あたしたちがなにか知っているとでも思ってるのかしら。攻撃されたときにはもうシャトルのなかだったのに」

「上の連中はおまえが話せるようになるのを待ち焦がれていた」とハリー。「CDFの尋問官がすぐにやってくるはずだ」

「どんな連中だ？」わたしはたずねた。

「ユーモアが通じない」ハリーはこたえた。

「申し訳ないが、われわれはジョークに付き合う気分ではないのだ、ペリー伍長」ニューマン中佐がいった。「六十隻の宇宙船と十万人の兵士を失えば、どうしたって深刻な気分にならざるをえない」

ニューマンに調子はどうだときかれたので、「バラバラです」とだけこたえたあとの反応だった。自分の体の状態についてすこしばかり皮肉っぽい表現をしても、それほど不適当ではないと思ったのだ。どうやらまちがっていたらしい。

「すみません」わたしはいった。「ただ、ジョークというわけでもないんです。ご存じかもしれませんが、コーラルに体のかなりの部分を残してきたものですから」

「それはともかく、いったいどうやってコーラルにたどり着いたんだ？」ジャヴナ少佐がたずねた。もうひとりの尋問官だ。

「シャトルでおりたと記憶しています。ただ、最後は自力でした」

ジャヴナがちらりとニューマンを見た。〝またジョークだ〟といわんばかりの目つきだった。「伍長、事件に関するきみの報告書によると、シャトルの操縦士にモデスト号のシャトルベイの扉を爆破する許可をあたえたようだな」

「そうです」わたしは前日の夜、ハリーとジェシーの訪問を受けたすこしあとに、報告書を提出していた。

「だれの許可を得てそんな命令を出した？」

「自分の責任で許可しました。モデスト号はミサイル攻撃を受けていました。あのような状況では、ささやかな独断専行もさほど悪いことではないと考えたのです」

「艦隊全体でどれだけのシャトルが発進したか知っているのか？」

「いいえ。ずいぶん少なかったようですが」

「百機に満たないのだよ。モデスト号から発進した七機を含めても」とニューマン。

「どれだけのシャトルがコーラルの地表までたどり着けたか知っているか？」とジャヴナ。

「そこまで行けたのはわたしのシャトルだけだったと認識しています」

「そのとおりだ」とジャヴナ。

「それが？」

「つまり、かなりの幸運だったと思えるのだよ。きみが扉を爆破する命令を出してぎりぎりでシャトルを発進させ、ぎりぎりでぶじに地上へたどり着いたというのは」

わたしはぽかんとしてニューマンを見つめた。「わたしを疑っているのですか？」

「興味深い偶然の連続だということは認めざるをえないだろう」とジャヴナ。

「とんでもない。わたしが命令を出したのはモデスト号が攻撃を受けたあとです。冷静で有能な操縦士がシャトルをコーラルの地表近くまでおろしてくれたおかげで、わたしは生きのびることができたんです。しかも、お忘れかもしれませんが、わたしはかろうじて助かったにすぎません――ロードアイランドなみのひろさの土地で全身をこすられたんですから。ひとつだけ幸運だったのは、死ぬまえに発見されたことです。それ以外については、わたし自身とシャトルの操縦士の技能と知性のたまものです。充分に訓練を積んでいたことをあやまれというんですか」

ジャヴナとニューマンはちらりと視線をかわした。「われわれは規定どおりに質問をしているだけだよ」ニューマンがおだやかにいった。

「いやはや。考えてみてください。ほんとうにCDFを裏切って生きのびるつもりだったとしたら、自分のクソな顎をなくさずにすむようなやりかたを考えるはずでしょう」わたしは、こういう状況なら上官を怒鳴りつけてもおとがめはないだろうと踏んでいた。

当たりだったらしい。「先へ進もうか」ニューマンがいった。

「どうぞ進めてください」

「きみは、ララエィ族の戦闘巡洋艦が、コーラル星域にスキップしたCDFの巡洋艦を攻撃する場面を目撃したようだな」

「そのとおりです」

「そんなものを目撃できたというのも興味深い話だな」ジャヴナがいった。

わたしはため息をついた。「ずっとこんな調子で尋問をつづけるんですか？　いちいちスパイだと認めさせようとするのをやめれば、はるかに早く片付くでしょうに」

「伍長、そのミサイル攻撃のことなんだが」とニューマン。「ミサイルが発射されたのは、CDFの宇宙船がコーラル星域へ出現するまえだったのか？　それともあとか？」

「直前に発射されていたと思います。とにかく、わたしにはそう見えました。ララエィ族は、宇宙船がいつどこに出現するかを知っていたんです」

「どうしてそんなことが可能なんだと思う？」とジャヴナ。

「わかりません。スキップドライヴの仕組みを知ったのだって、攻撃の前日だったんですから。あのことを知っていると、宇宙船の到来を知る方法なんか絶対にないような気がしますね」

「どういう意味かな、〝あのことを知っている〟というのは？」とニューマン。

「アランという、もうひとつの分隊の隊長から」――友人だといわなかったのは、それもあらぬ疑いをまねくのではないかと思ったからだ――「スキップドライヴの働きは、船をべつの宇宙へ、それまでいたのとそっくりな宇宙へ転送することだと教わりました。そして、宇宙船が出現することも消失することも、途方もなくありそうもないできごとなんだと。それが事実なら、宇宙船がいつどこに出現するかを知ることはできないように思えます。ただそこにあらわれるんですから」

「じゃあ、いったいなにがあったんだと思う？」ジャヴナがたずねた。

「どういう意味ですか？」

「きみのいうとおり、宇宙船がスキップしているのを知るすべはない。今回のような待ち伏せが起こるとしたら、だれかがララエィ族に密告したとしか考えられない」

「またそれですか。たとえ裏切り者がいたとしても、いったいどうやったんです？　船団の襲来をなんらかの手段でララエィ族に伝えたところで、個々の宇宙船がコーラル星域のどこに出現するかを知ることはできません。あのとき、ララエィ族は待ちかまえていたんですよ。宇宙船がコーラル星域へスキップしたとたんに攻撃してきたんです」

「では、もういちどききこう」とジャヴナ。「いったいなにがあったんだと思う？」

わたしは肩をすくめた。「ひょっとすると、スキップはわたしたちが考えていたほどありそうもないことではないのかもしれません」

「尋問のことであまり神経をたかぶらせるなよ」ハリーは、医療センターの販売部で買ってきたフルーツジュースをわたしに差しだした。「おれたちも〝きみが生きのびたのはあやしい〟といわれたんだ」

「どう反応した？」わたしはたずねた。

「ああ、そのとおりだといってやったよ。マジであやしいってな。おかしいのは、連中がそのこたえをえらく気に入ったってことだ。まあ、あいつらを責めるわけにもいかないけどな。コロニー連合はいきなり足もとをすくわれたんだ。コーラルでなにが起きたのかを突き止めないとヤバイことになる」

「たしかに興味深い問題ではあるな。いったいなにが起きたんだと思う？」

「わからん。ひょっとすると、スキップはおれたちが考えていたほどありそうもないことじゃないのかもしれない」ハリーは自分のジュースをひと口飲んだ。

「わたしも同じことをいったよ」

「いや、本気でいってるんだ。おれはアランみたいに——神よ彼の魂にやすらぎを——理論物理学の素養があるわけじゃないが、スキップを理解するための理論モデルは、どこかまちがっているにちがいない。ラエィ族が、CDFの宇宙船がどこへスキップするかをかなり正確に予測しているのはあきらかだ。いったいどうやったんだろう？」

「できるはずがないと思うけど」

「そのとおり。だが、ララエィ族はやった。となると、スキップの仕組みについてのモデルがまちがっていたということになる。観察によってまちがいが証明されたら、その理論は窓から投げ捨てるしかない。いま問題なのは、じっさいになにが起きているのかということだ」

「なにか思いつくことは？」

「いくつかあるが、おれの専門分野ってわけじゃないからな。数学は苦手なんだよ」

わたしは声をあげて笑った。「なあ、すこしまえに、アランからそれとよく似たことをいわれたよ」

ハリーはにっこり笑い、カップを差しあげた。「アランに」

「アランに」わたしは応じた。「そして、もういないすべての友人たちに」

「アーメン」ハリーが唱え、わたしたちはジュースを飲んだ。

「ハリー、きみはわたしがスパロウホーク号へはこびこまれるのを見たといっていたな」

「ああ。おまえは惨憺たるありさまだった。気を悪くするなよ」

「しないよ。わたしを連れもどした分隊のことをなにかおぼえているか？」

「すこしはな。だが、それほど多くはない。旅のあいだ、おれたちはほとんど船内の隔離された場所にいた。おまえを見たのは、医療ベイへはこびこまれてきたときだった。ちょうどおれたちも検査を受けていたからな」

「救助隊に女がひとりいなかったか？」

「いたなあ。背が高くて。髪は茶色だった。おぼえているのはそれだけだな。正直なところ、おまえをはこんできた連中より、おまえのほうに注意がいっていた。おまえのことは知っている。やつらのことは知らない。なぜだ？」

「ハリー、救助にやってきた連中のひとりがわたしの妻だったんだ。誓ってもいい」

「奥さんは死んだんじゃなかったのか」

「たしかに死んだよ。でも、あれはたしかに妻だった。わたしと結婚していたころのキャシーとはちがっていたけどね。ＣＤＦの兵士で、肌も緑色とかいろいろ」

ハリーは疑いをあらわにした。「幻覚でも見たんだろう」

「ああ。しかし、あれが幻覚だったとしたら、どうしてキャシーはＣＤＦの兵士の姿をしていたんだ？　本来の姿で思いだすはずじゃないのか？」

「さあなあ。幻覚は、その名のとおり、現実じゃないんだ。ルールに従っているとは思えない。亡くなった奥さんがＣＤＦの兵士になっている幻覚を見ちゃいけないという理由はどこにもないだろう」

「ハリー、バカげて聞こえるのはわかるが、わたしは妻を見たんだ。体を切り刻まれたとしても、頭はちゃんとはたらいていた。自分がなにを見たかはわかっている」

ハリーはじっとすわっていた。「おれの分隊はスパロウホーク号で二日のあいだ缶詰になっていた。レクリエーション室に押しこめられて、どこへも行けず、なにもできなかった。艦内のエンタテインメントサーバーにアクセスするのさえ許されなかった。便所へ行くときまで護衛がつくんだ。それで、船の乗組員や特殊部隊の兵士たちについてあれこれ話をした。するとおもしろいことがわかった。だれひとり、通常部隊から特殊部隊にはいったやつのことを知らないんだ。それ自体はとくに意味はない。おれたちは入隊して二年以内の連中ばかりだからな。それでも、興味深いのはたしかだ」

「もっと長く軍務についている必要があるのかもしれないな」

「かもな。だが、もっとべつのことかもしれない。なにしろ、連中は〝ゴースト部隊〟と呼ばれているんだから」ハリーはまたジュースを飲み、それをベッドわきのテーブルに置いた。「この件はちょっと調べてみようと思う。もしもおれがもどらなかったら、仇討《かたきう》ちを頼む」

「状況が許す範囲でベストを尽くすよ」

「それでいい」ハリーはにやりとした。「あと、おまえのほうでも調べられることがあるかもしれない。少なくともあと二回は尋問があるはずだ。こっちからもちょいと探りを入れてやれよ」

「スパロウホーク号がなんだって？」ジャヴナ少佐がいった。二回目の尋問の席でのことだった。

「メッセージを送りたいんです」わたしはいった。「命を救ってもらったお礼に」

「そんな必要はないよ」ニューマン中佐がいった。

「わかっていますが、礼儀というものがあるでしょう。森の動物たちに足の指を一本ずつ食われているところを救ってもらったんですから、せめてちょっとした礼状くらいは送りたいですよね。できれば、わたしを発見してくれた人たちとじかに連絡を取りたいんです。どうすればわかりますか？」

「むりだな」とジャヴナ。

「なぜです？」わたしは無邪気にたずねた。

「スパロウホーク号は特殊部隊の船だからね」とニューマン。「彼らは潜伏行動を常とする。特殊部隊と通常の艦隊との連絡は制限されているんだ」

「それはなんだか不公平ですね。わたしは入隊して一年以上たちますが、ほかの船にいる友人たちとはなんの問題もなくメールをやりとりできています。特殊部隊の兵士たちだって、外の宇宙の友人たちからの便りはほしいでしょう」

ニューマンとジャヴナはちらりと視線をかわした。「話がそれたようだな」ニューマンがいった。

「ちょっとした礼状を送りたいだけなんですが」

「われわれのほうで調べておこう」ジャヴナの口ぶりは〝そんなことはするものか〟と語っていた。

わたしはため息をつき、モデスト号のシャトルベイの扉を爆破する許可をあたえた理由について、たぶん二十回目となる説明をはじめた。


「顎のぐあいはいかがです？」ドクター・フィオリーナがたずねた。

「すっかりよくなって、なんでもかめるよ」わたしはこたえた。「スープをストローで飲むのがいやというわけじゃないんだが、いつまでもそれじゃあきるから」

「そうでしょうね。さあ、脚のほうを見てみましょう」

ベッドカバーをまくって右脚を見せた。例のリングはふくらはぎまでおりていた。

「すばらしい。そろそろ歩行をはじめましょう。処置のすんでいない部分もちゃんと体重を支えてくれますし、脚はすこし運動させたほうがいいですから。杖を用意しておきますので、これから二日ほどはそれを使ってください。友人たちがお見舞いに来ているようですね。昼食かなにかに連れていってもらったらどうですか」

「うれしい知らせだな」わたしは新しい右脚を軽く曲げてみた。「新品同様だ」

「まえよりよくなっています。あなたが入隊したあとも、ＣＤＦ兵士の身体構造にはいくつか改良が加えられました。その脚に組みこまれていますから、いずれ全身でその恩恵を実感できるはずです」

「どうしてCDFはとことんまでやらないのかな。戦闘用に設計された体とそっくり置き換えればいいのに」

ドクター・フィオリーナはデータパッドから顔をあげた。「緑色の肌、猫の目、頭にはコンピュータ。もっと人間から離れたいというんですか？」

「いい指摘だ」

「ですよね。看護兵に杖をもってこさせますから」ドクターはデータパッドをついて指示を送った。

「ドクター、スパロウホーク号から来た兵士の治療も担当したのかい？」

「いいえ。あなたひとりで手一杯でした」

「じゃあ、スパロウホーク号の乗組員はひとりもいない？」

ドクターはうっすらと笑みを浮かべた。「もちろん。彼らは特殊部隊ですから」

「それが？」

「彼らには特別なあつかいが必要だということです」ドクターがいったとき、看護兵が杖を手にやってきた。

「ゴースト部隊についてどれくらいのことが調べられると思う？　公式にってことだが」

ハリーがいった。

「さほど多くはないんだろうな」わたしはいった。

「それじゃひかえめすぎる。なにひとつ調べようがないんだ」

わたしは、ハリーとジェシーといっしょに、フェニックス・ステーションの販売部で昼食をとっていた。はじめての散歩にあたり、わたしはブレネマン医療センターからできるだけ遠くへ行こうと提案した。この販売部はステーションの反対側に位置している。ながめのほうは小さな艦船修理所が見えるだけでどうということはないが、ハンバーガーのことはステーション全体に知れ渡っていて、その名声はたしかに正当なものだった。コックが、もとの人生でハンバーガーレストランのチェーン店を経営していたのだ。意外な穴場ということで、この販売部はいつも混みあっていた。だが、わたしとハリーのハンバーガーは、ゴースト部隊について話しているうちに冷めてしまっていた。

「ジャヴナとニューマンに、スパロウホーク号へ礼状を出したいといってみたが、まるで相手にされなかったよ」わたしはいった。

「おどろくことじゃないな」とハリー。「公式には、スパロウホーク号はたしかに存在しているが、調べがつくのはそこまでだ。乗組員や、大きさや、武装や、居場所についてはなにひとつわからない。情報がまったくないんだ。CDFのデータベースで特殊部隊や〝ゴースト部隊〟について検索をかけてみても、やっぱりなにも出てこない」

「じゃあ、なにもわからなかったのね」ジェシーがいった。

「いや、そうはいってない」ハリーはにやりと笑った。「公式にはなにも調べがつかないが、非公式にはいろいろとわかることがある」

「いったいどうやって非公式に情報を見つけるわけ？」

「そりゃまあ、おれのきらめく個性が奇跡を起こすんだよ」

「よして。あたしは食事中なの。こっちのほうがあなたたちの話よりずっと雄弁だわ」

「で、なにがわかったんだ？」わたしはハンバーガーをひと口かじった。うまい。

「いっておくが、これはみんな噂やゴシップのたぐいでしかない」

「つまり、まずまちがいなく、公式な情報よりずっと正確だということか」

「たぶんな。でかいニュースは、〝ゴースト部隊〟という呼び名にちゃんと意味があるということだ。もちろん正式な名称じゃない。ニックネームだ。複数の場所で聞きつけた噂によると、特殊部隊のメンバーは死人らしい」

「なんだって？」わたしはいった。ジェシーがハンバーガーから顔をあげた。

「ほんとの死人というわけじゃない。ゾンビとはちがう。だが、CDFへの入隊を申し込みながら、七十五歳の誕生日をむかえるまえに死んだ連中は大勢いる。そういう場合、CDFは各自のDNAを破棄しないらしい。それを使って特殊部隊のメンバーをつくっているんだ」

わたしには思い当たることがあった。「ジェシー、レオン・ディークが死んだときのことをおぼえているか？　医療スタッフがいったことを？　〝どたんばでゴースト部隊の志願者が出た〟――あのときは胸くそ悪いジョークだと思ったんだが」

「どうしてそんなことができるわけ？」とジェシー。「倫理的に許されないわ」

「そうかな？」ハリーがいった。「入隊の申し込みをするときに、戦闘即応性の向上のために必要なあらゆる処置を受け入れるという契約をするじゃないか。死んだら戦闘即応性は失われるからな。契約にある以上、倫理的にはともかく、法律的には問題がない」

「それはそうだけど、あたしのＤＮＡを使ってあたしが使うための新しい体をつくるのと、あたし抜きでその新しい体を利用するのとはちがうでしょ」

「ささいなことさ」

「自分の体が勝手に走りまわっているなんて気に入らない。ＣＤＦがそんなことをするのは正しいこととは思えないわ」

「それだけじゃないぞ。承知のとおり、おれたちの新しい体には大幅な遺伝子改造がほどこされている。だが、特殊部隊の兵士たちの体はさらに改造されているらしい。新しく機能を強化したり能力を追加したりするときは、一般の兵士たちの体に導入するまえに、特殊部隊をモルモットにするわけだ。噂によると、そういう改造のなかにはとんでもなく過激なものがある――もはや人間とは思えなくなるほどの大改造だ」

「ここのドクターも、特殊部隊の兵士には特別なあつかいが必要だといっていた」わたしはいった。「ただ、幻覚がまじっていたということを考えても、わたしを救出した兵士たちはちゃんと人間に見えたんだが」

「スパロウホーク号でもミュータントや怪物は見かけなかったわ」とジェシー。

「だが、船内を隅々まで歩けたわけじゃない」ハリーは指摘した。「おれたちは一カ所に押しこめられて、ほかのエリアとは隔離されていた。医療ベイを見て、レクリエーション室を見た。ただそれだけだ」

「戦闘中でもふだんでも、特殊部隊の兵士ならよく目撃されているじゃない」

「たしかにな。だが、全員が目撃されているとはかぎらない」

「また妄想が暴走しているわよ、あなた」ジェシーはそういって、ハリーにフライドポテトを差しだした。

「ありがとう、いとしい人」ハリーはポテトを受け取った。「とにかく、超改造版の特殊部隊という噂は置いておくとしても、ジョンが自分の女房を見たという一件を説明できるだけの情報はあるんだ。ただし、そいつはほんもののキャシーじゃない。だれかがその体を使っているだけだ」

「だれが？」わたしはいった。

「まあ、そこが問題なんだよな。おまえの女房は死んだわけだから、本人の人格をその体に入れることはできない。考えられるのは、標準様式の人格みたいなものがあって、それを特殊部隊の兵士の体に入れたか」

「――あるいは、だれかが古い体からキャシーの新しい体へ移ったか」

ジェシーがぶるっと身をふるわせた。「ごめんなさい、ジョン。でも、なんだか気味が悪くて」

「ジョン？　だいじょうぶか？」ハリーがいった。

「え？　ああ、だいじょうぶ。ただ、いっぺんにあれこれ考えなくちゃいけなかったから。妻が、ほんとじゃないにせよ、生きているかもしれないということ。だれかが妻の体にはいってそこらを歩きまわっているということ。むしろ、妻の幻覚を見たという可能性があったころのほうがよかったかもしれないな」

わたしはハリーとジェシーに顔をむけた。ふたりとも目をまるくして凍りついていた。

「どうした？」わたしはいった。

「噂をすればなんとやら」とハリー。

「え？」

「ジョン」とジェシー。「あの人がハンバーガーの列にならんでる」

わたしはさっと体をまわして、その拍子に皿をひっくりかえした。氷のタンクに飛びこんだような寒けが襲いかかってきた。

「なんてこった」

それはキャシーだった。疑いようもなく。

14

思わず立ちあがろうとしたら、ハリーに手をつかまれた。

「なにをするつもりだ？」ハリーがいった。

「話をしようと思って」

「ほんとにそうしたいのか？」

「なにをいってるんだ？ あたりまえだろう」

「だから、まずジェシーかおれが会ってみるのはどうだといってるんだ。むこうがおまえに会いたがるかどうかをたしかめるために」

「よしてくれ、ハリー。小学生じゃあるまいし。あれはわたしの妻なんだ」

「いや、そうじゃない。あれはまったくべつのだれかだ。むこうがおまえと話をしたがるかどうかさえわからないんだぞ」

「ジョン、たとえ彼女が話をしてくれるとしても、あなたたちは見ず知らずのふたりなのよ」ジェシーがいった。「あなたがこの出会いでなにを期待しているにせよ、それはけっして実現しないわ」

「なにも期待なんかしてない」

「あなたに傷ついてほしくないの」

「平気だって」わたしはふたりに顔をむけた。「たのむ。行かせてくれ、ハリー。わたしはだいじょうぶだから」

ハリーとジェシーは顔を見合わせた。ハリーがわたしの手を放した。

「ありがとう」

「なにをいうつもりだ?」ハリーがたずねた。

「命を救ってくれてありがとうと」わたしは立ちあがった。

そのころには、女性とそのふたりの連れは、注文した品を受け取って、販売部のもっと奥のほうにある小さなテーブルに移っていた。わたしはテーブルのあいだを抜けてそちらへむかった。三人は話をしていたが、わたしが近づくと口を閉じた。女性はこちらに背をむけていたが、連れのふたりがわたしを見あげたので、ふりかえった。わたしは足を止めて、女性の顔をじっと見つめた。

もちろん、ちがいはあった。肌の色や目といった明確なちがいだけでなく、そもそもキャシーよりはるかに若かった――半世紀まえのキャシーの顔だ。それを考えても、やはりちがいはあった。かつてのキャシーよりほっそりしているのは、CDFが遺伝子に組みこんだ健康促進素因のせいだろう。キャシーの髪は、いつも自由奔放なたてがみのようだった――年をとって、同年代の女性たちがもっとおちついた髪型に切り替えたあとも。わたしのまえにいる女性は、髪を頭にぴったりつけて襟まで届かない長さにしていた。なにより違和感があるのはその髪型だった。最後に緑色ではない肌を見てからずいぶんたっているので、そのことはもう気にならなかった。だが、そんな髪型はわたしの記憶のどこにもなかった。

「じろじろ見るのは失礼よ」その女性がキャシーの声でいった。「きかれるまえにいっておくけど、あなたはタイプじゃないから」

そんなことはない——と、頭のなかで声がした。

「すまない、じゃまをするつもりはないんだ」わたしはいった。「ただ、わたしの顔に見覚えがないかと思って」

女性はわたしを上から下までながめた。「ないわね。まじめな話、基礎訓練をいっしょに受けたことすらないはず」

「わたしはきみに助けられたんだ。コーラルで」

これには女性も居ずまいを正した。「まさか。わからなかったのもむりないわ。このまえ見たとき、あなたは頭の下半分をなくしていたんだから。気を悪くしないでね。もうひとつ気を悪くしないでほしいんだけど、あなたが生きていることが信じられないの。とても助かるとは思えなかったから」

「生きる目的があったんだ」

「そうみたいね」

「ジョン・ペリーだ」わたしは手を差しだした。「きみの名前を教えてもらえるかな」

「ジェーン・セーガン」

女性はわたしの手をとった。わたしはすこしだけ必要以上に長く握手をつづけた。女性のけげんそうな顔を見て、やむなく手を放した。

「ペリー伍長」連れの男性が口をひらいた。「われわれは急いで食事をすませたいんだ。三十分後に船へもどらなければならないのでね。できれば――」

「どこかよそで会ったおぼえはないかな？」わたしは男性のことばをさえぎって、ジェーンに話しかけた。

「ないわ」口調がすこし冷淡になってきた。「会いに来てくれたのはうれしいけど、ほんとに食事をすませないといけないから」

「ひとつ送りたいものがある。写真だ。ブレインパル経由で」

「そんな必要はないわ」

「写真が一枚だけだ。そうしたら行くから。たのむ」

「わかった。でも急いで」

地球を離れたときに持参した数少ない手荷物のなかに、家族や、友人や、好きな場所のデジタル写真をおさめたアルバムがあった。ブレインパルが起動したときに、わたしはそれらの写真を内蔵メモリにアップロードしておいた。いまにして思うと賢明な行動だった。

そのアルバムを含めた地球時代の持ち物は、ひとつをのぞいてすべて、モデスト号といっしょに失われてしまったのだ。わたしはアルバムのなかの一枚の写真にアクセスし、それを送信した。ジェーンは自分のブレインパルにアクセスすると、ふたたび体をまわしてわたしを見た。

「これでだれなのかわかった?」わたしはたずねた。

ジェーンは、通常のCDF兵士よりもさらに速い身のこなしでわたしをつかみ、そのまま手近の隔壁に叩きつけた。修復された肋骨の一本が折れたような感触があった。販売部のむこう側からハリーとジェシーがすっとんでくるのが見えた。ジェーンの連れがそれをさえぎろうと立ちあがる。わたしはなんとか息をしようとした。

「あなたいったい何者?」ジェーンが吐きだすようにいった。

「ジョン・ペリーだ」わたしはぜいぜいといった。「目的なんかない」「なにが目的なの?」

「嘘よ。どこでこの写真を手に入れたの?」ジェーンは身を寄せて、声をひそめた。「だれに合成させたの?」

「だれも合成なんかしていない」わたしも声をひそめた。「結婚したときに撮影したんだ。それは……わたしの結婚式の写真だ」あやうく〝わたしたちの〟といいかけたが、かろうじてこらえた。「写真の女性はわたしの妻、キャシーだ。入隊するまえに死んだ。CDFは妻のDNAを使ってきみをつくった。妻の一部はきみのなかにいるし、きみの一部はその写真のなかにいる。そして、きみのなかにいる一部がこれをわたしにくれた」わたしは左手をあげて結婚指輪を見せた——ただひとつ残った地球時代の持ち物。

ジェーンはひと声うなると、わたしをつかみあげて、部屋のむこうへ思いきりほうり投げた。わたしはテーブルをいくつか飛び越え、ハンバーガーと香辛料の容器とナプキン立てをなぎ倒して床に落下した。途中で金属の角に頭をぶつけて、こめかみに血がにじんだ。ハリーとジェシーは、ジェーンの友人たちとの油断のないダンスから逃れて、わたしのところへやってこようとしていた。ジェーンはわたしに近づきかけたが、途中で友人たちに制止された。

「よく聞いて、ペリー」ジェーンはいった。「二度とあたしに近づかないで。こんど会ったときにそんなそぶりを見せたら、命をもらうことになるから」そして、憤然として歩み去った。連れのひとりがあとを追い、さっきわたしと話したもうひとりの男が、わたしたちのところへやってきた。ジェシーとハリーが立ちあがって身がまえたが、男は休戦のしるしに両手をあげた。

「ペリー」男はいった。「いったいどういうことだ？　彼女になにを送った？」

「自分できくんだな、相棒」わたしはいった。

「きみにとってはタゴール中尉どのなんだがね、伍長」男はハリーとジェシーに顔をむけた。「そっちのふたりは見覚えがある。たしかハンプトンローズ号に乗っていたな」

「はい、中尉どの」ハリーがいった。

「聞いてくれ。どういう事情なのかは知らないが、これだけはいっておきたい。それがなんであれ、われわれには関係がない。きみたちがどんな話をしようとかまわないが、そこに〝特殊部隊〟ということばが含まれていたら、わたし自身が責任をもって、CDFにおけるきみたちのキャリアを短くて苦痛に満ちたものにしてやる。これは冗談ではない。かならずきみたちをぶちのめすからな。わかったか？」

「はい、中尉どの」ジェシーがいった。ハリーはうなずいた。わたしはあえいだ。

「友だちの手当てをしてやれ」タゴールはジェシーにいった。「こてんぱんに殴られたような顔をしているぞ」そして歩み去った。

「ちょっと、ジョン」ジェシーがナプキンを取ってわたしの頭の傷口をぬぐった。「いったいなにをしたわけ？」

「結婚式の写真を送った」わたしはいった。

「そいつはなんとも」ハリーはあたりを見まわした。「杖はどうした？」

「さっき叩きつけられた壁のそばにあると思うけど」わたしがいうと、ハリーはそれを回収しにいった。

「だいじょうぶ？」とジェシー。

「肋骨が折れたみたいだ」

「そんなことをいいたいんじゃないわ」

「いいたいことはわかってるよ。たしかに、なにかほかのものも折れたみたいだ」

ジェシーはわたしの顔にそっと手をあてた。ハリーが杖を手にもどってきた。わたししたちはよたよたと病院へもどった。ドクター・フィオリーナはとても不機嫌になった。

だれかにつつかれて目がさめた。相手がだれなのかを見て、わたしは思わず話しかけようとした。そのとたん、手で口をふさがれた。

「静かに」ジェーンがいった。「あたしはここにいちゃまずいの」

わたしはうなずいた。ジェーンは手をどけた。「声は小さく」

「ブレインパルを使えばいいのに」

「だめ。あなたの声を聞きたいの。とにかく小さな声で」

「わかった」

「きょうのことはごめんなさい。あんまり突然だったから。どういう反応をすればいいのかわからなくて」

「いいんだ。あんなふうにきみに伝えるべきじゃなかった」

「怪我をした？」

「肋骨が折れた」

「ほんとにごめんなさい」

「もう治ったよ」

ジェーンは目をきょろきょろと動かして、わたしの顔をじっくりながめた。「ねえ、あたしはあなたの妻じゃないの」急に口をひらいた。「あたしをだれだと思っているのか知らないけど、あたしはあなたの妻だったことはいちどもないの。きょう写真を見せられるまで、そんな人が存在していたことさえ知らなかった」

「きみは自分がどこから来たか知るべきだ」

「なんで？」ジェーンはかっとなった。「あたしたちは自分がだれかの遺伝子でつくられたことは知ってるけど、それがだれなのかは教わってない。そんなことを知ってどうなるの？　その人はあたしじゃないのに。あたしたちはクローンですらない——ＤＮＡに組みこまれているもののなかには地球外のものさえあるのよ。あたしたちはＣＤＦのモルモット。聞いたことないの？」

「あるよ」

「だから、あたしはあなたの妻じゃないの。ここへ来たのはそれをいうため。申し訳ないとは思うけど、ちがうのよ」

「わかった」

「そう。よかった。じゃあ帰るわね。部屋のむこうへ投げたりしてごめんなさい」

「きみはいくつなの？」

「え？　なんで？」

「ただの好奇心だよ。それに、まだ帰ってほしくないから」

「あたしの歳に意味があるとは思えないんだけど」

「キャシーが死んで九年になる。連中が、彼女の遺伝子をきみに組みこむまで、どれくらいの時間をおいたのかを知りたいんだ」

「六歳よ」

「気を悪くしないでほしいんだが、とても六歳には見えないな」

「歳のわりには進んでるの」ジェーンはちょっと口をつぐんだ。「いまのはジョーク」

「わかってる」

「ときどきわかってくれない人がいるから。まあ、ほとんどの知り合いが同じくらいの歳だから」

「どういうぐあいになってるんだろう？　つまり、どんな感じなのかな？　六歳で。過去がないというのは」

ジェーンは肩をすくめた。「目がさめたときは、自分がどこにいてなにが起きているのかわからなかった。でも、もうこの体のなかにいたし、いろいろなことを知っていた。しゃべりかた。体の動かしかた。考えたり戦ったりするやりかた。あたしは特殊部隊の一員で、これから訓練がはじまるんだといわれた。名前はジェーン・セーガンだって」

「すてきな名前だ」

「ランダムに選ばれたのよ。ファーストネームは一般的な名前で、ラストネームはたいてい科学者とか哲学者からとってるの。同じ分隊にテッド・アインシュタインやジュリー・パスツールがいたわ。もちろん、はじめはそんなこと知らない。名前のことなんか。もっとあとで、自分が何者かということを考えられるようになってから、どんなふうにしてつくられたかをちょっとだけ教わるの。みんなあまりたくさんの記憶は持ってない。真生人《リアルボーン》に会ってはじめて、自分にすごくちがうところがあるのがわかるわけ。だけど、そんなにしょっちゅう真生人と会うわけじゃないし。いっしょに行動しないから」

「真生人？」

「あなたたちのことをそう呼んでるの」

「いっしょに行動しないのなら、販売部でなにをしていたんだ？」

「ハンバーガーがほしくて。できないというわけじゃないから。しないだけで」

「自分がだれからつくられたか気になったことは？」

「ときどきね。でも、知ることはできない。原本のことは——つまり、あたしたちのもとになった人たちのことは、だれも教えてくれないの。もとになった人が複数いる場合もあるわ。まあ、みんな死んでるんだけど。あたしたちをつくるときは、死んだ人しか使わないから。その人たちの知り合いがだれなのかもわからないし、たとえ知り合いが入隊してきたとしても、あたしたちを見つけることはめったにない。それに、あなたたち真生人は、こっちではすごく早く死んじゃうし。いままで原本の親族に会ったなんて話は聞いたこともない。夫だってそう」

「中尉にあの写真を見せたのか？」

「いいえ。きかれたけどね。あなたが自分の写真を送ってきたけど、もう捨てたとこたえた。ほんとに捨てたから、記録を調べられてもだいじょうぶ。あたしたちが話したことはだれにも教えてないわ。もういちどもらえる？　あの写真を？」

「もちろん。ほしければべつの写真もあるよ。キャシーのことを知りたいのなら、話もしてあげよう」

ジェーンは薄暗い部屋のなかでわたしを見つめた。光が弱いと、ますますキャシーに似ている。見ているとほんのすこし胸が痛んだ。「どうしようかな。自分がなにを知りたいかよくわからないの。考えさせて。いまはあの写真だけでいい。おねがい」

「いま送ったよ」

「もう行かないと。ねえ、あたしはここに来ていないことにして。どこかよそであたしに会っても、ふたりで会ったことは伏せておいて」

「どうして？」

「いまのところそれが重要なの」

「わかった」

「結婚指輪を見せて」

「ああ」わたしは指輪を抜いて、ジェーンにそれを見せた。ジェーンはおそるおそる指輪をつまみ、その内側をのぞきこんだ。

「なにか書いてある」

「〝我が愛は永遠――キャシー〟だ。妻が彫らせたんだ。わたしにくれるまえに」

「どれくらい結婚していたの？」

「四十二年」

「どれくらい愛してた？　あなたの妻を。キャシーを。長いあいだ結婚していると、惰性でいっしょにいるようになるのかな」

「そういうこともある。でも、わたしはキャシーをとても愛していた。結婚していたあいだずっと。いまでも愛している」

ジェーンは立ちあがり、もういちどわたしを見てから、指輪を差しだすと、別れも告げずに去っていった。

「タキオン！」ハリーが、朝食のテーブルについているわたしとジェシーに近づいてきていった。

「お大事に」とジェシー。

「おもしろいジョークだが、くしゃみじゃないよ」ハリーは椅子に腰をおろした。「ララエィ族がどうやっておれたちの到着を知ったのかという謎のこたえは、タキオンかもしれない」

「そいつはすごい」わたしはいった。「ジェシーもわたしも、タキオンがなんなのかを知っていたら、もっと興奮できるんだけどね」

「エキゾチック素粒子だ。光より速く動いて時間をさかのぼる。ただ、いまのところは仮説でしかない。光よりも速くて、しかも時間をさかのぼるものを追跡するのはむずかしいからな。しかし、スキップドライヴ理論の物理学は、スキップ時のタキオンの存在を容認する——物質とエネルギーがべつの宇宙へ移動したとたん、目的地の宇宙からやってきたタキオンが出発地の宇宙へもどるんだ。移動時にスキップドライヴによって生じるタキオンには特定のパターンがある。タキオンがそのパターンをつくるのを探知できれば、スキップドライヴをそなえた宇宙船がやってくるのがわかる——それがいつなのかも」

「どこでそんな話を聞いたんだ?」わたしはいった。

「きみたちふたりとはちがって、ぶらぶらと日々をすごしているわけじゃないからな。いろいろとおもしろい場所で友人ができたよ」

「このタキオン・パターンだかなんだかのことがわかっていたのなら、事前になんとかできなかったわけ?」ジェシーがいった。「要するに、あたしたちはずっとあぶない橋をわたっていて、とりあえず運がよかっただけってことでしょ」

「いまいったように、タキオンについては現時点では仮説でしかない。それでもひかえめすぎるかな。タキオンは現実じゃない——よくいって数学的な抽象概念だ。おれたちが活動している現実の宇宙とはなんの関連もない。既知の知的種族でタキオンをなにかに活用したものはいない。実用化はされていないんだ」

「とにかく、されていないと考えられていた」わたしはいった。「この推測が正しいとすれば、ララエィ族は、人類が自力ではとうていつくりだせないようなテクノロジーを有していることにな

ハリーはそのとおりというように手をあげた。

る。おれたちはテクノロジー競争で遅れをとっているわけだ」

「どうやって追いつくの？」とジェシー。

ハリーはにやりとした。「おいおい、だれが追いつくなんていった？　おれたちがビーンストークではじめて会ったとき、コロニー連合の超絶テクノロジーについて話したことをおぼえているか？　どうやってそれを手に入れたかという話をしただろう？」

「エイリアンとの遭遇によって」

「そのとおり。物々交換をしたり、戦いで奪いとったりしたんだ。タキオンが宇宙と宇宙のあいだを移動するのを探知する方法がほんとうにあるのなら、おれたちだってそれを実現するためのテクノロジーを自力で開発できるかもしれない。だが、それには時間も資源もぜんぜん足りない。ラエィ族から奪うほうがずっと現実的だ」

「CDFがコーラルの奪還をもくろんでいるというのか」わたしはいった。

「もちろん。だが、目的は惑星の奪還だけじゃない。それは主たる目的ですらなくなっている。いちばんの狙いは、ララエィ族のタキオン探知テクノロジーを手に入れて、それを打ち破る方法か、逆に利用する方法を見つけることだ」

「このままコーラルへ行ったときはさんざんな目にあったけど」とジェシー。

「選択の余地はないんだよ、ジェシー」ハリーはおだやかにいった。「おれたちはこのテクノロジーを手に入れるしかない。もしもこんなものがひろまったら、すべての種族がコロニー防衛軍の動きを追えるようになる。きわめて現実的な意味合いで、こちらの動きを事前に察知されてしまうんだ」

「また大虐殺になるわね」

「今回は特殊部隊がさらに大活躍することになりそうだ」

「特殊部隊といえば」わたしはハリーに、前夜のジェーンとの出会いについて話した。そのことをジェシーに説明していたときにハリーがあらわれたのだ。

「結局、その女にはおまえを殺すつもりはなさそうだな」話が終わったところで、ハリーがいった。

「その人と話すのはすごくふしぎな感じでしょうね」とジェシー。「たとえ、ほんとは自分の奥さんじゃないとわかっていても」

「おまけにたった六歳だしな。やれやれ、妙な話だ」とハリー。

「たしかにそうだった」わたしはいった。「その六歳の件だけど。ジェーンは感情面であまり成熟していない。手に入れた感情というものをどうあつかえばいいのかわからないみたいだ。わたしを部屋のむこうへ投げつけたのも、ほかに自分の気持ちをぶつける方法を知らなかったせいだろう」

「まあ、知っているのは戦うことと殺すことだけだからな」とハリー。「おれたちは一生分の記憶と経験で自分をコントロールしている。ふつうの軍隊の若い兵士だって二十年分の経験はあるんだ。要するに、特殊部隊の兵士たちはこども戦士なんだな。倫理的にはかなりきわどい存在だ」

「古傷をつきたくはないけど」ジェシーがいった。「すこしでもキャシーらしいところはあった？」

わたしはちょっと考えこんだ。「もちろん、見た目はキャシーそっくりだ。あと、すこしだけユーモアのセンスや気性の激しさを引き継いでいると思う。キャシーも一時の感情に駆られることがあったから」

「キャシーはおまえを部屋のむこうへ投げつけたことがあるのか？」ハリーがニヤニヤしながらいった。

わたしも笑みを返した。「可能ならそうしていただろうという場面が二度ほどあった」

「遺伝子の力ってわけか」

ふいにクソッタレが起動して、メッセージが流れだした。［ペリー伍長、1000時にキーガン大将との打ちあわせに出席せよとの要請がありました。場所はフェニックス・ステーションのアイゼンハワー・モジュールにある作戦本部。迅速に行動してください］

わたしはメッセージの内容をハリーとジェシーに伝えた。

「おれよりよっぽどおもしろい友人をつくってたんだな」ハリーがいった。「さてはなにか隠しごとがあるんだろう、ジョン」

「どういうことなのか見当もつかないよ。キーガンなんて会ったこともない」

「相手はたかがCDF第二軍の司令官だ。たいしたことじゃないに決まってる」

「笑えるな」

「もう0915時よ」とジェシー。「急いだほうがいいわ。あたしたちもついていくほうがいい？」

「いや、ふたりは朝食をすませてくれ。すこし足慣らしをしておくほうがいいだろう。アイゼンハワー・モジュールまでは、ステーションをぐるりと二キロメートルほど歩くだけだから。時間までには着けるさ」わたしは立ちあがり、道々食べるためにドーナッツをひとつつまんでから、ジェシーの頬に軽くキスをして歩きだした。

じっさいには、アイゼンハワー・モジュールまでは二キロメートル以上あったが、右脚がようやく復活したので運動をしたかった。ドクター・フィオリーナのいうとおりだ――新しい右脚は新品以上のできばえで、全身にエネルギーがあふれている気がする。もちろん、わたしは生きているのが奇跡といえるひどい怪我から回復したばかりだ。そんなときなら、だれだって体にエネルギーがあふれている気がするだろう。

「ふりむかないで」ジェーンが背後からわたしの耳もとにささやきかけた。

あやうくドーナッツを喉に詰めそうになった。「できればこっそり忍び寄るのはやめてほしいんだが」ふりむかずに、やっとのことで声をだした。

「ごめんなさい。おどろかせるつもりはなかったの。ただ、あなたとこんなふうに話すべきじゃないから。聞いて、あなたがこれから行く打ちあわせのこと」

「どうしてそのことを知っているんだ？」

「それはどうでもいいの。だいじなのは、あなたが彼らの依頼に応じること。拒まないで。

そうすれば、これからおとずれる状況であなたは安全でいられる。それなりに」

「なにがおとずれるんだ？」

「すぐにわかるわ」

「友人たちはどうなる。ハリーとジェシーは。やっぱりまずいことになるのか？」

「みんなまずいことになるのよ。そのふたりについては、あたしにできることはない。あなたのために動いただけだから。いうとおりにして。たいせつなことなの」

腕に手がすばやくふれたかと思うと、ジェシーはふたたび姿を消した。


「ペリー伍長」キーガン大将が、わたしの敬礼にこたえていった。「休め」

案内された会議室には、十八世紀の帆船の真鍮《ブラス》飾りよりもたくさんのお偉方《ブラス》がそろっていた。部屋にいるなかでは、わたしが断トツで階級が低かった。わかるかぎりで二番目に低いのが、わが敬愛する尋問官、ニューマン中佐だ。すこし気分が悪くなってきた。

「いささか途方に暮れているようだな、若いの」キーガン大将がいった。部屋にいるほかの人たちや、ＣＤＦのすべての兵士がそうであるように、せいぜい二十代後半くらいにしか見えなかった。

「いささか途方に暮れております」わたしはいった。

「まあ、むりもないな。すわりたまえ」キーガンはテーブルのあいている椅子を身ぶりでしめした。わたしはそこへ行って腰をおろした。「きみのことはいろいろと聞いているのだよ、ペリー」

「はい」わたしはニューマンに目をむけないよう努力した。

「あまりうれしくないようだな、伍長」

「わたしは注目されようとしているわけではありません。自分のつとめを果たそうとしているだけです」

「いずれにせよ、きみは注目されているのだ。百機のシャトルがコーラルの上空で発進したが、地上までたどり着いたのはきみのシャトルだけだった。その大きな要因は、きみがシャトルベイの扉を吹き飛ばし、すばやく船外へ離脱したことだった」キーガンはニューマンのほうへ親指をふった。「ここにいるニューマンがなにもかも話してくれた。彼はきみに勲章を授与するべきだと考えている」

キーガンが、〝ニューマンはきみが軍の年次公演で〈白鳥の湖〉の主役を演じるべきだと考えている〟といったとしても、わたしはこれほど仰天しなかっただろう。キーガンはわたしの表情を見てにやりと笑った。「ああ。きみがなにを考えているかはわかる。ニューマンは尋問官のなかでも表情を隠すのが最高にうまい。だからこそいまの仕事についたのだ。で、どうなんだ、伍長？　きみは勲章を受けるに値すると思うか？」

「それはないと思います。シャトルは墜落し、わたし以外に生存者はいませんでした。とても立派な成果とはいえません。それに、シャトルをコーラルの地表までたどり着かせたのは、操縦士だったフィオーナ・イートンの功績です」

「イートン操縦士はすでに死後勲章を授与されているのだ、伍長。死んだ本人にとってはささやかな慰めだが、そうした行為が見すごされないというのはCDFにとって重要なことだ。謙遜しているがな、伍長、きみも勲章を授与されることになるのだ。コーラルの戦いで生きのびた者はほかにもいるが、それは運がよかっただけだ。きみは逆境のなかで指導力を発揮し部下を統率した。それに、きみは以前にも決断力のあるところを見せた。コンスー族を倒した射撃方法の一件だ。訓練小隊でもリーダーシップをしめした。ルイス曹長が、最終訓練の演習におけるきみのブレインパルの活用法について、特別に言及していた。あいつとはともに戦った仲なんだよ、伍長。ルイスは自分を産んでくれた母親すらほめない男だ。意味はわかるかな」

「わかると思います」

「だと思ったよ。というわけで、きみに青銅勲章を授ける。おめでとう」

「はい、ありがとうございます」

「しかし、きみをここへ呼んだのはそのためではない」キーガン大将はそういって、テーブルのほうを身ぶりでしめした。「シラード大将とは初対面だな。彼は特殊部隊の指揮をとっている。いや、敬礼は必要ない」

「大将どの」わたしはその男にむかって頭をさげた。

「伍長」シラードがいった。「教えてほしいのだが、きみはコーラルをめぐる状況についてどんなことを聞いている？」

「多くはありません。友人と話をしているだけです」

「そうかな」シラードの口調はそっけなかった。「きみの友人であるウィルスン二等兵が、すでに全般的な説明をすませたはずなのだが」

もともとたいしたものではなかったわたしのポーカーフェイスは、ここ数日でさらに悲惨なものになっているようだった。

「ああ、もちろんウィルスン二等兵のことは知っている」シラードはつづけた。「きみのほうから、彼の探偵ぶりは自分で思っているほど巧妙ではないと伝えておくといい」

「ハリーが聞いたらおどろくでしょう」

「だろうな。さらにいうなら、ハリーは特殊部隊の兵士たちの素性についてもきみに解説をしているはずだ。べつに国家機密というわけではないのだが、特殊部隊に関する情報は一般のデータベースには入れていない。われわれの任務の大半は厳重な機密保持を要求されるものばかりなのだ。きみたちと付き合う機会はほとんどない。そうしたいとも思わないしな」

「シラード大将と特殊部隊が、コーラルのララエィ族に対する反攻作戦を主導する」キーガンがいった。「われわれの目的は惑星の奪還だが、差し迫った課題は、ララエィ族のタキオン探知装置を発見し、可能ならそれを破壊することなく無効化し、やむをえなければ破壊することだ。ここにいるゴールデン大佐は」──と、ニューマンのとなりの陰気な男を身ぶりでしめし──「そのありかがわかっていると考えている。大佐」

「手短に話そう、伍長」ゴールデンはいった。「われわれがコーラルへの第一次攻撃に先だっておこなった調査によれば、ララエィ族はコーラルをめぐる軌道上に一連の小型衛星を配置している。当初は、ララエィ族が惑星上にいるコロニー連合の植民者や部隊の動きを把握するためのスパイ衛星だと思われていたが、いまは、タキオン・パターンを発見するために用意されたものと考えられている。各衛星からのデータを集約する探知ステーションは惑星上にある可能性が高い。ララエィ族が最初に攻撃をしかけたときに地表へおろしたのだ」

「なぜ惑星上にある可能性が高いかというと、そこがいちばん安全だからだ」シラード大将がいった。「宇宙船に搭載されていたら、CDFの宇宙船の攻撃によって、たとえ偶然でも被弾する可能性がある。しかし、きみもよく知っているとおり、きみのシャトル以外はどの船もコーラルの地表に近づくことすらできなかった。探知ステーションは地上にあると考えるのが理にかなっている」

わたしはキーガンに顔をむけた。「質問をしてもよろしいでしょうか」

「いってみろ」とキーガン。

「なぜこんなことをわたしに話すんですか？　わたしは一介の伍長で、所属する分隊も小隊も大隊もありません。なぜこんなことを知る必要があるのでしょう？」

「それは、きみがコーラルの戦いの数少ない生存者のひとりで、偶然以外の要素で生きのびた唯一の兵士だからだ。シラード大将とその部下たちは、わたしと同様に、第一次攻撃のときに現場にいた者に第二次攻撃について助言をしてもらえれば、反攻作戦が成功する可能性が高まると考えている。それがすなわちきみなのだ」

「お説ごもっともですが、わたしの関与は最小限で、しかも悲惨なものでした」

「それでも、ほかの大半の連中ほど悲惨ではなかった。伍長、正直にいおう――この役目はできればほかのだれかにやらせたい。だが、現状ではそれは不可能だ。たとえ、きみにできる助言がほんのわずかだとしても、まったくないよりはましだ。それに、きみは戦闘中に即興で迅速に行動する能力をすでに証明している。かならず役に立つはずだ」

「いったいなにをするのですか？」わたしがたずねると、キーガンはちらりとシラードに目をむけた。

「きみにはスパロウホーク号に乗りこんでもらう」シラードがいった。「特殊部隊のなかでも、こうした状況にもっとも経験豊富な兵士たちがそろっている。きみの仕事は、コーラルでの経験をもとに、スパロウホーク号の上級スタッフに助言をおこない、状況を観察し、必要に応じてCDFの通常軍と特殊部隊との橋渡し役をつとめることだ」

「戦闘には加わるのですか？」

「きみは定員外人員だ。じっさいの戦闘に加わることをもとめられる可能性は低い」

「わかってもらいたいのだが、こうした人員配置はきわめて異例なものだ」キーガンがいった。「現実問題として、任務や人員のちがいが大きすぎるため、通常軍と特殊部隊が合同で活動することはほとんどない。両部隊が同一の敵を相手にする戦闘のときでさえ、それぞれが独立して行動し、おたがいに相手とはかかわりのない役割を果たしている」

「わかりました」わたしは、彼らが思っている以上によく理解していた。スパロウホーク号にはジェーンが乗っているのだ。

そんな思いを読みとったかのように、シラードが口をひらいた。「伍長、きみがわたしの部下のひとりともめごとを起こしたのは知っている——スパロウホーク号に乗り組んでいる兵士だ。あのようなことは二度とあっては困る」

「はい。あのできごとは誤解から生じたものでした。人違いだったのです。二度とあんなことはありません」

シラードはキーガンにうなずきかけた。

「いいだろう」とキーガン。「伍長、きみの新しい役割を考えると、現在の階級では不足がある。ただいまより、きみは中尉に昇進する。1500時に、スパロウホーク号の指揮官であるクリック少佐のもとへ出頭したまえ。それだけ猶予があれば、身辺整理をして知人に別れを告げられるだろう。なにか質問は？」

「ありません。ただ、ひとつおねがいがあります」

「異例のことだな」わたしの話を聞いたあとで、キーガンはいった。「このような状況でなければ、どちらの要求についてもノーとこたえるところだ」

「よくわかります」

「だが、手配するとしよう。なにかよい影響もあるかもしれない。よろしい、中尉、退出したまえ」

ハリーとジェシーは、わたしのメッセージを受けとるとすぐにやってきた。わたしはふたりに任務と昇進のことを説明した。

「ジェーンが手をまわしたと考えているのか」ハリーがいった。

「まちがいない」わたしはいった。「本人がそういってた。ひょっとしたら、わたしでもなにか役に立つかもしれないさ。でも、ジェーンがだれかの耳になにか吹きこんだのは確実だ。あと数時間で出発しなければならない」

「また解散なのね」とジェシー。「ハリーとあたしの小隊の生き残りもバラバラになっちゃったし。みんなはべつの宇宙船へ配属されることになったの。あたしたちは配属先の通達を待っているところ」

「わからないぞ、ジョン」とハリー。「おれたちもおまえといっしょにコーラルへもどるのかもしれない」

「いや、それはないよ」わたしはいった。「キーガン大将に、きみたちふたりの歩兵としての兵役期間を繰り上げてくれるようたのんだ。きみたちの軍務の第一期はこれで終了だ。ふたりとも転属になるんだよ」

「なにをいってるんだ？」

「きみはCDFの軍事研究部門へ転属になる。ハリー、上の連中はきみがいろいろ嗅ぎまわっているのを知っていた。その能力は身内じゃなくて外にむかって使わせるほうが害は少ないといって説得したんだ。これからは、わたしたちがコーラルから持ち帰ったものを研究することになる」

「おれにはむりだ。数学は苦手なんだよ」

「そのくらいのことでへこたれたりはしないだろ。ジェシー、きみの転属先も軍事研究部門だが、身分は支援スタッフになる。時間がなかったからこれがせいいっぱいだった。おもしろい仕事とはいえないけど、そこにいるあいだに、ほかの役割につくための訓練はできる。それに、ふたりとも敵の攻撃にさらされることはなくなるんだ」

「こんなのまちがってるわ、ジョン」ジェシーがいった。「あたしたちは二年間の兵役を終えていない。小隊の仲間たちが戦場へもどっていくというのに、あたしたちだけのんきにすわって経験もない仕事につくなんて。あなただって戦場へもどるのに。あたしはこんなことは望まない。ちゃんと兵役をつとめたいの」

ハリーもうなずいた。

「ジェシー、ハリー、おねがいだ」わたしはいった。「いいかい。アランは死んだ。スーザンとトマスも死んだ。マギーも死んだ。わたしの分隊も小隊もぜんぶ消え失せた。わたしがこの世界でたいせつに思うものはみんななくなって、残ったのはきみたちふたりだけなんだ。きみたちを生かしておくチャンスを逃すわけにはいかなかった。ほかの人たちのためにはなにもできない。でも、きみたちのためにはできることがある。なんとしても生きていてほしい。もうわたしにはきみたちしかいないんだ」

「ジェーンがいるじゃない」とジェシー。

「まだわたしにとってジェーンがどういう存在なのかはわからない。でも、きみたちがどういう存在かはわかっている。きみたちは家族だ。ジェシー、ハリー。きみたちはわたしの家族なんだ。きみたちを生かしておきたいと思ったことを怒らないでくれ。とにかくぶじでいてほしい。わたしのために。たのむから」

15

スパロウホーク号は静かな船だった。ふつうの兵員輸送船は、兵士たちの話し声や、笑い声や、叫び声や、生活するうえで必要な声でにぎわうものだ。特殊部隊の兵士たちはそういうくだらないことはしない。

この船に乗りこんだときに指揮官から説明されたとおりだ。「みんなが話しかけてくれるとは思わないことだ」クリック少佐は、出頭したわたしにむかっていった。

「はい？」

「特殊部隊の兵士たちだよ。きみに含むところがあるわけではなく、単にあまりしゃべらないのだ。われわれだけのときは、もっぱらブレインパル経由で会話をする。そのほうが速いし、きみたちとちがって、しゃべることにこだわったりもしない。生まれたときからブレインパルといっしょだからな。はじめてだれかに話しかけられたときも、ブレインパルをとおしてだった。だから、たいていはそうやって会話をする。気を悪くしないでくれ。とにかく、なにか用事があるときは口頭で伝えるよう、兵士たちには命じてある」

「そんな必要はありません。わたしだってブレインパルは使えます」

「とても追いつけないだろう。きみの脳に設定されている会話のスピードと、われわれの脳に設定されているスピードはちがう。真生人と話すのは、半分のスピードで話すようなものだ。もしもわれわれのだれかと長時間話したことがあるなら、相手の態度がぶっきらぼうに見えることに気づいたかもしれない。それは、のろまなこどもと話しているような気がするせいなんだ。悪気はないんだよ」

「だいじょうぶです。あなたとはちゃんと会話になっています」

「まあ、指揮官として、特殊部隊以外の人びととも多くの時間をすごしているからな。それに、わたしはこの部隊の大半の兵士よりも歳をくっている。すこしばかり社交術を身につけているわけだ」

「あなたはいくつなんですか？」

「来週で十四歳になる。さて、あすの０６００時にスタッフ会議がある。それまでは、身のまわりのことを片付けて、食事でもして、すこし休むといい。朝にはゆっくり話ができるから」クリック少佐は敬礼をし、わたしは退出した。

ジェーンがわたしの船室で待っていた。

「またきみか」わたしは笑顔でいった。

「またあたし」ジェーンはさらりといった。「どんな調子か知りたかったの」

「元気だよ。乗船して十五分しかたっていないわりには」

「みんながあなたの話をしているわ」

「わかるよ、ずっとおしゃべりがつづいているからな」ジェーンがなにかいいかけたので、わたしはさっと手をあげた。「いまのはジョークだ。クリック少佐からブレインパルの件は教えてもらった」

「だからあなたとこういうふうに話すのが好きなの。ほかの人たちと話すのとはぜんぜんちがう」

「わたしを救助したときも、きみは口でしゃべっていたね」

「あのときは探知されるのが心配だったから。口で話すほうが安全なの。あと、ふつうの人たちのまえに出るときも口で話すわ。よけいな注意を引きたくないから」

「なぜこんなことをしたんだ？　わたしをスパロウホーク号に乗せたりして」

「あなたが役に立つから。あなたは役に立つかもしれない経験をしているでしょ。コーラルのことでも、それ以外の準備作業のことでも」

「どういう意味？」

「クリック少佐があすの会議のときに教えてくれるわ。あたしも出席するのよ。小隊をひとつ指揮して諜報活動をしているの」

「理由はそれだけ？　わたしが役に立つから？」

「いいえ。でも、あなたがこの船に乗れた理由はそういうこと。あたしはあまり多くの時間をあなたとすごすつもりはないの。任務のための準備でやるべきことがたくさんあるから。でも、彼女のことを知りたい。キャシーのことを。何者だったのか。どんな人だったのか。あなたにそれを教えてほしい」

「教えてあげるよ。でも、ひとつ条件がある」

「なに？」

「きみのことも話してくれ」

「なぜ？」

「なぜなら、この九年間、わたしは妻は死んだという事実とともに生きてきた。それなのに、きみがこうしてあらわれて、わたしの心は千々に乱れている。きみのことを知れば知るほど、きみがわたしの妻じゃないという考えになじめるんだ」

「そんなにおもしろい人間じゃないわ。まだ六歳だし。なにかを成し遂げる時間はほとんどなかった」

「わたしは過去一年に、それまでのすべての歳月を合わせたよりもたくさんの経験をした。信じてくれ。六歳なら充分だ」

「連れはいりませんか？」まだ若い（たぶん四歳）すてきな特殊部隊の兵士が声をかけてきた。四名の友人とともに、金属製のトレイを手に気をつけをしている。

「テーブルはあいてるよ」わたしはいった。

「ひとりで食べるのが好きな人もいますから」

「わたしはちがうな。どうぞすわって、みんなも」

「ありがとうございます」兵士は自分のトレイをテーブルに置いた。「ぼくはサム・メンデル伍長。こちらはジョージ・リンネ、ウィル・ヘーゲル、ジム・ボーア、ジャン・フェルミ。みんな二等兵です」

「ジョン・ペリー中尉だ」

「あなたはスパロウホーク号のことをどう思いますか?」メンデルがたずねた。

「静かですてきな船だ」

「そうですね。ついさっきもリンネに、この一カ月で十語以上のことばを口にしたおぼえがないといっていたんです」

「じゃあ、新記録達成だ」

「ぼくたちの賭けに協力してくれませんか」

「わたしがなにかで奮闘しなければいけないのかな?」

「いいえ。あなたが何歳なのか知りたいだけです。ここにいるヘーゲルが、あなたの年齢は分隊全員の年齢の合計を二倍したよりも上だというほうに賭けたので」

「きみたちの合計は何歳?」

「分隊にはぼくを含めて十名の兵士がいます。ぼくがいちばん年上で、五歳半。ほかの連中は二歳から五歳のあいだです。全員を合計すると三十七歳と二カ月になります」

「わたしは七十六歳。つまり、ヘーゲルの勝ちだ。もっとも、CDFの新兵を対象にするならヘーゲルはかならず賭けに勝てる。入隊するのは七十五歳になってからだからな。正直なところ、きみたちの分隊全員の年齢を合わせたより二倍以上歳をくっていると思うと、なんだかものすごく動揺してしまうよ」

「そうですね。もっとも、この人生をはじめてからの年月なら、ぼくたちはみんなあなたの二倍以上になります。ですから、おたがいさまということで」

「そのようだな」

「おもしろいですよね」テーブルのすこし離れたところでボーアがいった。「この人生のまえに、まるごとひとつの人生があったんでしょう。どんなふうだったんですか？」

「どうなふうだったって、なにが？　わたしの人生かな？　それとも、この人生のまえにもうひとつ人生があったことかな？」

「両方です」

そのとき突然、同じテーブルについた五人がフォークを手にとってさえいないことに気づいた。食堂のなかも、トレイに食器がぶつかる電信機を叩くような音でにぎわっていたはずなのに、全体がしんと静まりかえっていた。そういえばジェーンが、みんながわたしに興味をもっているといっていた。たしかにそのとおりらしい。

「もとの人生は気に入っていた」わたしはしゃべりはじめた。「他人にとって刺激やおもしろみがあったかどうかはわからない。だが、わたしにとっては、よい人生だった。この人生のまえにもうひとつ人生があるなんてことは、あのころは真剣に考えたりはしなかった。この人生がどんなものになるか、じっさいにはじめてみるまでは真剣に考えたことはなかったからな」

「じゃあ、どうしてこの道を選んだんです？　どんなふうになるか、すこしはイメージがあったんじゃないですか？」

「いや、なかった。みんな同じだったと思う。ほとんどの連中は、戦場に行ったことも軍隊にはいったこともなかった。だれひとり、軍がわたしたちの中身を取りだして、以前の自分との共通点がわずかしかない新しい体に入れるなんて知らなかった」

「そんなのバカみたいですよ」ボーアがいった。二歳かそこらでは、気配りに欠けるのもむりはない。「自分がどうなるかよくわかっていないのに入隊するなんて」

「まあ、きみは老人になった経験がないだろう。改良されていない七十五歳の人間は、きみたちとはちがい、根拠のないやみくもな行動をとりがちなんだ」

「そんなにちがうものですか？」

「相手は永遠に歳をとらない二歳児だからな」

「おれは三歳です」ボーアはすこし身がまえるようにいった。

わたしは手をあげた。「いいかい。ちょっと見方を変えてみてくれ。わたしはいま七十六歳で、ＣＤＦに入隊したときは根拠のないやみくもな行動をとった。とはいえ、それはわたし自身の選択でもある。むりじいされたわけじゃない。それがわたしにとってどういうものなのか想像しにくいのなら、わたしの立場になって考えてみるといい」わたしはメンデルを指さした。「わたしが五歳のときには、靴ひもの結び方さえ知らなかった。わたしの年齢になって入隊を決意するのをきみたちが想像できないというのなら、五歳で戦争以外のことをなにも知らないおとなになるのをわたしが想像するのがどれほどむずかしいかを想像してみてくれ。少なくとも、わたしはCDF以外の生活を知っている。きみたちはどんなふうに感じているんだ？」

メンデルは仲間たちと顔を見合わせた。「ふだんはそんなことは考えないんです。はじめは、自分たちの生活がふつうじゃないなんてわかりません。知っている人はみんな同じように〝生まれ〟たんですから。ぼくたちから見れば、あなたのほうがふつうじゃないんです。こども時代があって、まるごとひとつの人生をすごしたあとで、この世界にはいってくるなんて。そんなのすごく効率が悪いような気がします」

「特殊部隊じゃなかったらどんなふうだろうと考えたことはないのか？」

「想像もつきません」ボーアがいうと、ほかの兵士たちもうなずいた。「おれたちはみんな兵士です。それがおれたちのつとめです。それこそがおれたちなんです」

「そこがあなたの興味深いところなんですよ」とメンデル。「この人生が選択できるものだという考え。もっとべつの生き方があるという考え。まったく異質です」

「あなたはなにをしていたんですか？」とボーア。「まえの人生では」

「ライターだった」わたしがいうと、全員が顔を見合わせた。「どうかしたか？」

「ふしぎな生き方ですよね」とメンデル。「単語をならべて収入を得るというのは」

「もっとひどい仕事もあるさ」

「気を悪くさせたのならすみません」とボーア。

「そんなことはないさ。ものの見方がちがうというだけのことだ。しかし、わたしにはなぜきみたちがやっているのかがふしぎだ」

「やっているって?」とボーア。

「戦いだよ。CDFにいるのはほとんどがわたしのような人びとだ。そして、コロニーで暮らす人びとは、わたしなんかよりもっときみたちとはちがう。どうしてそんな人びとのために戦うんだ? しかも、わたしたちといっしょに」

「ぼくたちは人間です」メンデルがいった。「あなたとなにも変わりません」

「いまのわたしのDNAの状態を考えると、そうはいえないと思うが」

「あなたは自分が人間だと自覚しています。それはぼくたちも同じです。あなたとぼくたちは、あなたが考えている以上に近いんですよ。CDFがどうやって新兵を採用しているかは知っています。あなたは会ったこともない植民者のために戦っている――一時期はあなたの祖国の敵だった植民者のために。なぜそんな人たちのために戦うんですか?」

「彼らが人間で、わたしはそのために戦うと誓ったからだ。少なくとも、はじめはそうだった。いまは植民者のために戦ってはいない。いや、そうではあるんだが、現実問題としては、自分の小隊や分隊のために戦っている――というか、戦っていた。わたしは仲間のために戦い、仲間はわたしのために戦った。わたしが戦ったのは、しっかりやらないと仲間が傷つくことになるからだ」

メンデルはうなずいた。「ぼくたちが戦うのも同じ理由ですよ。そういう点では、ぼくたちみんなが同じ人間なんです。そのことがわかってよかった」

「そうだな」わたしはうなずいた。メンデルはにやりと笑い、フォークを取りあげて食事にとりかかった。同時に、あたりに食器の鳴るにぎやかな音がもどってきた。わたしがそのざわめきに顔をあげると、食堂の遠い片隅でジェーンがこちらを見つめていた。

クリック少佐は、朝の会議でただちに本題にはいった。「CDF諜報部は、ララエィ族がペテン師ではないかと考えている。そこで、われわれの任務の第一段階はそれが事実かどうかを確認することになる。コンスー族のところへ行くのだ」

これを聞いて、わたしはぎょっとした。それはわたしひとりではなかった。

「コンスー族がなんの関係があるんだ？」わたしのすぐ左でタゴール中尉がいった。

少佐は、近くにすわっているジェーンにうなずきかけた。

「クリック少佐ほかの要請により、これまでのCDFとララエィ族との衝突について調査をおこない、テクノロジーの進歩をしめす証拠があるかどうかを確認しました」ジェーンは語りはじめた。「この百年間に、われわれとララエィ族とのあいだには十二回の大規模な交戦と数十回のより小規模な衝突があり、過去五年間にかぎれば、いちどの大規模な交戦と六度の小規模な衝突がありました。この間ずっと、ララエィ族のテクノロジーの発達はわれわれよりもかなり遅れていました。これには多くの要因がありますが、文化的傾向として系統だったテクノロジーの進歩をきらっていることや、より先進的なテクノロジーを有する種族と積極的なかかわりを持たなかったことが大きいようです」

「ことばを変えると、消極的で偏屈なんだ」クリック少佐がいった。

「スキップドライヴのテクノロジーに関しては、とりわけその傾向が顕著です」ジェーンはつづけた。「コーラルの戦いまで、ララエィ族のこの方面のテクノロジーは人類に大きく遅れをとっていました。それどころか、現在でもララエィ族のスキップ物理学に対する理解は、一世紀以上まえの人類とララエィ族との失敗に終わった貿易交渉のおりにCDFが提供した情報をもとにしているのです」

「なぜ交渉は失敗したんだろう?」ユング大尉がテーブルのむこうからたずねた。

「ララエィ族が貿易派遣団の三分の一を食べてしまったからです」とジェーン。

「うーむ」

「ここで重要なのは、ララエィ族の性格とその技術レベルを考えた場合、一足飛びにわれわれのはるか先まで進歩するのはありえないということだ」クリック少佐がいった。「となれば、スキップドライヴを予測する技術は自力で開発したのではなく、ほかの種族から手に入れた可能性が高い。ララエィ族と付き合いのある種族はすべて把握している。そのなかでも、これほどの技術力を有する種族はひとつしかない」

「コンスー族か」タゴール中尉がいった。

「そのとおり。なにしろ白色矮星をこき使うほどの連中だ。やつらがスキップドライヴの予測を試みていたと考えるのは、さほど不合理なことではあるまい」

「しかし、どうしてコンスー族がラエィ族とかかわったりするんだろう？」ドールトン中尉がテーブルの端のほうで声をあげた。「コンスー族がわれわれとかかわりを持とうとするのは、すこしばかり戦闘訓練をおこないたいときだけだ。ラエィ族はわれわれよりもはるかにテクノロジーの面で劣っているのに」

「コンスー族にとって、テクノロジーは動機とならないのでしょう」とジェーン。「コロニー連合のテクノロジーは、コンスー族にはなんの価値もありません。われわれにとって蒸気機関の秘密がなんの価値もないのと同じことです。コンスー族を動かすのはもっとべつの要因であると思われます」

「宗教だ」わたしはいった。全員の視線が集まり、わたしは突然、教会の礼拝でおならをした少年聖歌隊員になったような気がした。「つまり、わたしの小隊がコンスー族と戦ったとき、彼らはまず戦闘を聖別する祈りからはじめたんです。あのとき、わたしはひとりの友人に、コンスー族は戦闘によって惑星に洗礼をほどこしているのだといいました」全員の凝視はつづいた。「もちろん、まちがっているかもしれませんが」

「まちがってはいない」クリックがいった。「CDFの内部でも、コンスー族がそもそもなぜ戦うのかについてはあれこれ議論されてきた。あれほどのテクノロジーを有しているなら、深く考えなくても、宇宙に進出している近隣の種族を一掃できるはずだ。現時点では、コンスー族は戦いを楽しんでいるという意見が多数を占めている。ちょうど、われわれが野球やフットボールを楽しむように」

「われわれは野球もフットボールもしたことがないぞ」とタゴール。

「ほかの人間たちはするんだ、バカ野郎」クリックはにやりとして、すぐに真顔にもどった。「しかし、CDF諜報部のごく一部には、ペリー中尉がいったように、コンスー族の戦いを宗教的儀式とみなしている者がいる。ララエィ族は、たとえテクノロジーの取り引きはできなくても、それ以外でコンスー族がほしがるものをなにか持っているのかもしれない。自分たちの魂ならあたえられるのかもしれない」

「しかし、ララエィ族自体が狂信者の集団だ」ドールトンがいった。「それでコーラルを攻撃したんだからな」

「ララエィ族には複数のコロニーがあり、その一部は他のものより価値が劣ります」ジェーンがいった。「狂信者かどうかはともかく、あまり成功していないコロニーのひとつをコーラルと交換するのはいい取り引きだと考えたのかもしれません」

「ララエィ族にとってはあまりいい取り引きではないだろう」とドールトン。

「たしかにそうだが、やつらのことを心配してもしかたがあるまい」とクリック。

「コンスー族が提供したテクノロジーによって、ララエィ族はこのあたりの宇宙ではほかの種族よりはるかに優位に立つことになる」ユングがいった。「強大なコンスー族とはいえ、近隣の力のバランスを崩したら悪影響を受けるはずだ」

「コンスー族が釣り銭をごまかしたのなら話はべつです」わたしはいった。

「どういう意味だ？」とユング。

「わたしたちは、コンスー族がラライィ族に、スキップドライヴ探知システムを開発するための技術を提供したと考えています。しかし、じっさいには一台のマシンをあたえただけかもしれません。操作マニュアルかなにかをくっつけて。それなら、ラライィ族はコーラルをわたしたちから守るという目的を果たせますし、コンスー族は近隣の力のバランスを大きく崩す心配をせずにすみます」

「ラライィ族がそのマシンの仕組みを解き明かすまでだがな」とユング。

「本来の技術力を考えれば、それには何年もかかるでしょう。そのあいだに、わたしたちはラライィ族を叩きのめして、問題のテクノロジーを取りあげることができます。もしもコンスー族がラライィ族にそのテクノロジーを提供しているなら。もしもコンスー族が一台のマシンだけをあたえているなら。もしもコンスー族が近隣の力のバランスに気をつかっているなら。〝もしも〟がたくさんありますね」

「そうした〝もしも〟のこたえを知るために、われわれはコンスー族を訪問するのだ」クリックがいった。「すでにスキップドローンを送って、われわれが出向くことは伝えてある。果たしてどんなことがわかるかな」

「やつらにどのコロニーをあたえるんだ？」ドールトンがいった。それがジョークなのかどうかはよくわからなかった。

「コロニーはなしだ」とクリック。「だが、こちらには、コンスー族に謁見を許可させるための餌がある」

「なんだそれは？」とドールトン。

「彼だ」クリックはそういって、わたしを指さした。

「彼？」とドールトン。

「わたし？」とわたし。

「あなたよ」とジェーン。

「急に混乱してこわくなってきました」わたしはいった。

「あなたが考案した二連発方式によって、CDFは数千名のコンスー族をすばやく倒すことができた」ジェーンがいった。「以前、コンスー族は、コロニー連合からの外交使節団を受け入れたことがあるの――その使節団に、戦闘で大勢のコンスー族を殺したCDF兵士が加わっていたから。あなたの考案した射撃方式でコンスー族の戦士たちが即座に倒されたんだから、彼らに死をもたらしたのはあなたということになる」

「きみの両手は八千四百三十三名のコンスー族の血でぬれているんだよ」とクリック。

「最高ですね」とわたし。

「たしかに最高だ。きみがいるおかげで、われわれはドアをとおりぬけることができる」

「ドアをとおりぬけたあと、わたしはどうなるんですか？　わたしたちの同胞を八千人殺したコンスー族がいたら、わたしたちがなにをするか想像してみてください」

「それについては、コンスー族はわれわれのような考え方はしないわ」とジェーン。「あなたの身は安全なはずよ」

「はず」とわたし。

「そうでなければ、コンスー族の星域にはいりこんだとたん、われわれは空から吹き飛ばされるだろうな」クリックがいった。

「わかりました。ただ、もうすこし心の準備をする時間があればよかったんですが」

「状況は急激に変化しているのよ」ジェーンがさらりといった。

すると突然、ブレインパル経由でメッセージが届いた――〝あたしを信じて〟と。わたしが目をむけると、ジェーンはおだやかにこちらを見返してきた。わたしはうなずき、ジェーンのことばにこたえるふりをしながら、頭のなかのメッセージにこたえた。

「コンスー族がペリー中尉を称賛し終えたあと、われわれはどうするんだ？」タゴールがいった。

「すべてが過去の面会と同じように進むとしたら、コンスー族について最大五つまで質問することを許されるはずです」ジェーンがいった。「質問の数を決めるために、こちらの五名とコンスー族の五名とが戦う競技がおこなわれます。戦いは一対一です。コンスー族は武器を使いませんが、鋭い剣腕があるので、その埋め合わせのために、わたしたちの戦士はナイフを持つことを許されます。ひとつだけおぼえておきたいのは、われわれが以前にこの儀式で戦った相手は不祥事を起こした兵士か犯罪者で、戦いで名誉回復のチャンスをあたえられていたということです。従って、彼らは死にものぐるいです。わたしたちはこの競技で勝った数だけ質問をすることができます」

「どうやって勝敗を決するんだ？」タゴールがたずねた。

「コンスー族を殺すか、逆に殺されるかです」

「それはそれは」

「こまかい説明をもうひとつ。コンスー族は、わたしたちが連れていく兵士のなかから戦う者を選びますので、礼儀として、選ばれる人数の最低でも三倍は用意しておく必要があります。使節団で戦いを免除されるのはリーダーだけです。これは、礼儀として、コンスー族の犯罪者や失敗者と戦うような身分ではないとみなされるからです」

「ペリー、きみが使節団のリーダーになるんだ」クリックがいった。「なにしろ八千名のコンスー族を殺したんだから、彼らから見ればリーダーになるのは当然だ。それに、きみだけは特殊部隊の兵士ではないから、スピードや力の面でわれわれより劣っている。もしもきみが選ばれたら、ほんとうに殺されるかもしれない」

「お気遣いに心打たれます」わたしはいった。

「そうじゃない。こちらの一番人気の兵士がいやしい犯罪者に殺されたりしたら、コンスー族の協力をとりつけるチャンスがだいなしになる可能性があるからな」

「なるほど。一瞬、あなたがやさしくなったのかと思いました」

「それはありえないな。さて、スキップ可能な距離に到達するまで四十三時間ある。使節団は四十名で、小隊長と分隊長は全員含まれるものとする。残りはわたしが階級をもとに決定する。すなわち、諸君はこれから部下の兵士たちに肉弾戦の技術を叩きこむことになる。ペリー、使節団の礼儀作法をきみのところへダウンロードしておく。じっくり目をとおしてヘマをしないようにしろ。わたしはスキップの直後にきみと会って、コンスー族への五つの質問を、知りたい順番も含めて伝える。しっかり戦えば質問は五つになるが、もっと少なくなる場合のことも考えておかないとな。さあ、みんな仕事にかかれ。さがってよし」

その四十三時間に、ジェーンはキャシーについていろいろと学んだ。わたしのいるところにひょいとあらわれて質問し、こたえを聞くと、姿を消して本来の職務にもどる。なんとも妙な付き合いだった。

「彼女のことを話して」ジェーンは、前部ラウンジで礼儀作法について調べているわたしにたずねた。

「はじめて会ったのは、キャシーが小学一年生だったときだ」わたしはそういって、まず小学一年生がなんなのかを説明しなければならなかった。それから、キャシーとの最初の思い出を話した。一年生と二年生が受ける美術の授業で切り抜き細工をしたときに、糊をいっしょに使ったのだ。わたしが糊をすこし食べてしまって、キャシーに気持ち悪いといわれたこと。それでわたしがキャシーを叩き、逆に目もとにパンチをくらったこと。キャシーはその日は授業を受けさせてもらえなかった。わたしたちは中学生になるまで口をきかなかった。

「一年生のとき、あなたは何歳だったの?」ジェーンはいった。

「六歳だ。いまのきみと同じだよ」

「彼女のことを話して」数時間後、またべつの場所でジェーンがたずねた。

「キャシーとはいちど離婚しかけたことがある。結婚して十年たっていて、わたしがべつの女性と浮気したんだ。それがバレて、キャシーは激怒した」

「あなたがほかのだれかとセックスしたことを、なぜ彼女が気にするの?」

「ほんとはセックスが問題じゃなかった。わたしはそのことで嘘をついたんだ。ほかのだれかとセックスしてしまうのは、キャシーから見ればホルモンのもたらす弱さにすぎない。でも、嘘をつくのは相手を軽視した行為だ。キャシーは自分に敬意をはらわない男と結婚生活をつづけるのはいやだったんだ」

「なぜ離婚しなかったの?」

「浮気をしたとはいえ、わたしはキャシーを愛していたし、キャシーもわたしを愛していたからだ。ふたりともいっしょにいたかったから、なんとか乗り切れたんだ。それに、数年後にキャシーも浮気をしたから、おあいこといえなくもない。その後はもっと仲良く暮らしたよ」

「彼女のことを話して」またあとになって、ジェーンがたずねた。

「キャシーの焼くパイは信じられないほどうまかった。あのストロベリー・ルバーブパイを食べると、天にものぼる心地になったものだ。ある年、キャシーは州の品評会のコンテストにパイを出品した。審査員はオハイオ州知事で、一等の賞品はシアーズの新型オーブンだった」

「勝ったの？」

「いや、二等だった。商品は寝具とバス用品の店の百ドル分のギフト券。ところが、一週間後に、州知事のオフィスから電話があった。スタッフの説明によれば、知事は政治的な理由で一等をある重要な寄付者の親友の妻にあたえたらしい。ところが、キャシーのパイを食べてからというもの、知事はそれがどんなにすばらしかったかという話ばかりしているので、どうかもうひとつパイを焼いて、パイの話をするのをいっときだけでも止めてくれないかとのことだった」

「彼女のことを話して」ジェーンがたずねた。

「はじめてキャシーに恋していることに気づいたのは、高校二年生のときだった。うちの学校で〈ロミオとジュリエット〉の公演があって、キャシーがジュリエットを演じることになった。わたしは助監督で、その役割の大半は、セットを作ったり、監督をつとめる教師のミセス・エイモスのためにコーヒーをいれたりすることだった。ところが、キャシーが台詞をなかなかおぼえられないので、ミセス・エイモスはわたしを練習相手に任命した。それで、リハーサルがはじまってからの二週間、わたしはキャシーの家に出かけて台詞のけいこを手伝ったんだが、ほとんどの時間は、十代の若者らしくべつのことを話してすごした。あのころはほんとに純真だった。やがて舞台げいこがはじまって、わたしはキャシーがロミオ役のジェフ・グリーンを相手にその台詞を口にするのを聞くはめになった。わたしは嫉妬した。キャシーがその台詞を口にするべき相手はわたしだったのに」

「あなたはどうしたの？」

「金曜日の夜から日曜日の午後まで四度公演がつづくあいだ、ずっとふさぎこみ、できるだけキャシーを避けてすごした。日曜日の夜の打ち上げパーティのとき、ジュリエットの乳母を演じたジュディ・ジョーンズが、わたしを見つけて、キャシーがカフェテリアの荷下ろし場ですわりこんで激しく泣きじゃくっていると教えてくれた。この四日間わたしがキャシーを避けていたものだから、きらわれたのだと思って、その理由を知りたがっているとのことだった。ジュディはさらに、わたしがそこへ行ってキャシーに愛していると伝えなかったら、彼女はシャベルを見つけてあなたを殴り殺すだろうと付け加えた」

「その人はどうしてあなたが恋をしているとわかったの？」

「十代のころに恋をすると、本人とその相手以外のみんなにはちゃんとわかるんだ。理由はきかないで。とにかくそういうものだから。それで、わたしが荷下ろし場へ行ってみると、キャシーはひとりでそこにすわりこみ、両足をぶらぶらさせていた。その夜は満月で、月明かりが顔にふりそそいでいた。あんなにきれいなキャシーは、それ以降も見たことがない気がする。わたしの心臓は破裂しそうだった。なぜって、わかったんだ。ほんとうにわかったんだ。自分がキャシーをすごく愛していて、とてもことばにはできないほど彼女をもとめていることが」

「あなたはどうしたの？」

「ずるをした。ほら、たまたま〈ロミオとジュリエット〉の台詞をたっぷり仕込んでいただろ。それで、荷下ろし場にいるキャシーに近づいて、第二幕第二場のほとんどの台詞を暗誦したんだ。〝おや、あそこの窓からもれてくる美しい光はなんだろう？　あちらが東で、ジュリエットが太陽なのだ。のぼれ、美しい太陽よ……〟とかそんなやつさ。台詞自体はまえから知っていた。でも、本気で口にしたのはそのときがはじめてだった。わたしは台詞をいいおえると、キャシーに近づき、はじめてのキスをした。キャシーは十五歳で、わたしは十六歳だったけど、いずれは結婚して人生をともにするとわかったんだ」

「彼女がどんなふうに死んだのか話して」コンスー族の星域へスキップする直前に、ジェーンがたずねた。

「日曜日の朝で、キャシーはワッフルをつくっていた。バニラエッセンスをさがしていたときに脳卒中に襲われたんだ。そのときわたしは居間にいた。キャシーがバニラエッセンスはどこに置いたっけと自問しているのが聞こえて、その数秒後に、ガシャンという音とドサッという音がした。わたしがキッチンに駆けこむと、キャシーは床に倒れて、ぶるぶるとふるえて、カウンターのへりにぶつけた頭から血を流していた。わたしはキャシーを抱いたまま救急車を呼んだ。傷口の出血を止めようとしながら、きみを愛していると何度もくりかえした。救急隊員たちが到着するとキャシーとは引き離されてしまったけれど、病院へ搬送されるあいだは手を握っていることができた。救急車のなかでキャシーが死んだときもわたしは手を握っていた。キャシーの目から光が消えるのを見たあとも、病院に着いて処置室へはこばれるまでずっと、きみを愛していると伝えつづけた」

「なぜそんなことを？」

「最後にキャシーが耳にするのが、わたしが彼女をとても愛していたということばであってほしかったんだ」

「愛している人を失うというのはどんな感じ？」

「自分だっていつかは死ぬ。だから、自分の体が追いつくのをひたすら待つんだ」

「いまでもそうなの？　つまり、体が追いつくのを待っているの？」

「いや、もうちがう。結局はまた生きはじめるんだ。ちがう人生を生きるだけだが」

「じゃあ、あなたにとってこれは三度目の人生になるのね」

「そういうことだな」

「この人生は気に入ってる？」

「ああ。ここで生きる人びとが気に入ってるよ」

窓の外で、星のならびかたが変わった。コンスー族の星域に到着したのだ。わたしたちは黙ってすわったまま、船内の沈黙のなかへ溶けこんでいった。

16

「おまえはわれを大使と呼ぶかもしれぬが、われはその肩書きにはふさわしくない」そのコンスーはいった。「われは犯罪者で、パーンシューの戦いで恥ずべきおこないをしたために、おまえたちのことばを口にできるよう改造された。この屈辱ゆえ、われは死と、再生のまえの一定期間の正当な処罰を切望する。われの望みは、これからのできごとにより、いくらかでも名誉をとりもどし、死へと解放されることだ。だからこそ、みずからを汚しておまえと話をしているのだ」

「こっちも会えてうれしいよ」わたしはいった。

わたしたちが立っているのは、コンスー族が一時間とかからずにつくりあげた、フットボールの競技場なみのひろさがあるドームだった。もちろん、わたしたち人間は、コンスーの大地や、コンスーがいずれ足をおろす可能性がある場所にはふれることさえ許されなかった。わたしたちが到着すると、自動マシンが、コンスー星域でこうしたありがたくない訪問者をむかえるためにずっとまえから用意されている隔離エリアにドームを建設した。交渉が終わると、ドームはつぶされ、その原子が二度とこの宇宙を汚染することがないように、手近のブラックホールめがけて打ちだされる。わたしは、最後のところはやりすぎだと思った。

「おまえたちがラエィ族に関する質問をしたがっているのはわかっている」大使はいった。「そして、われらにその質問をする名誉を得るために、われらに儀式をもとめていることも」

「そのとおりだ」わたしはいった。十五メートル後方では、特殊部隊の三十九名の兵士が気をつけをしていた。全員が戦いにそなえた服装をしている。情報によれば、コンスー族はこれを対等な会見とみなしていないので、外交官としての礼儀に気をつかう必要はほとんどなかった。それに、だれでも戦いの相手として選ばれる可能性があるので、全員が戦いにそなえておかなければならない。わたしはすこしだけドレスアップしていたが、それは自分で決めたことだった。このささやかな使節団のリーダーであるというふりをするなら、せめてそれらしい格好をしていたかった。

コンスーの大使のやはり十五メートル後方には、五体のコンスー族がいて、それぞれが長くて不気味なナイフを手にしていた。彼らの役割については、わざわざたずねるまでもなかった。

「わが偉大なる民は、おまえたちがわれらの儀式を正しく要求し、われらの要求どおりにこの場へやってきたものと認める」コンスーの大使がいった。「とはいえ、われらの戦士たちをみごとに再生のサイクルへと送りだした者がこの場に来ていなければ、われらはいまでもおまえたちの要求を取るに足らぬものとしてしりぞけるだろう。その者がおまえなのか?」

「そうだ」わたしはいった。

コンスーは口をつぐみ、わたしを値踏みしているようだった。「偉大な戦士がそのような姿をしているのは奇妙だな」

「わたしもそう思うよ」情報によれば、いったん要求が受け入れられたら、わたしたちが交渉の場でどのようにふるまおうと、きちんとしたかたちで戦うかぎりは、コンスー族から儀式を拒絶されることはない。そのため、わたしは安心して多少ふまじめな態度をとることができた。考えてみると、コンスー族だってそのほうがうれしいかもしれない。むこうにしてみれば、自分たちが上位にいるという思いがいっそう強まるはずだ。どんな効果があるにせよ。

「おまえたちの兵士と競うために五名の犯罪者が選ばれた」大使はつづけた。「人間にはコンスー族にある身体的特質が欠けているので、ここにナイフを持参した。おまえたちの兵士が望むなら、戦いで使うがよい。われらの同胞がそのナイフを持っており、おまえたちの兵士のひとりにそれを渡すことで、戦う相手を選ぶことになる」

「わかった」

「おまえたちの兵士が生きのびたら、勝利の記念にナイフをとるがよい」

「ありがとう」

「われらはナイフを取りもどしたいとは思わぬ。不浄だからな」

「了解」

「競技のあとで、おまえたちのいかなる質問にもこたえよう。さて、対戦相手を選ぶとしようか」大使が道路の舗装を剝がしそうな鋭い叫び声をあげると、背後にいた五名のコンスーが進みでて、大使とわたしのかたわらをとおりすぎ、ナイフを手にしたまま特殊部隊の兵士たちのもとへむかった。兵士たちはだれひとりたじろがなかった。規律がよくとれている。

コンスー族は相手を選ぶのに時間をかけなかった。そのまま一直線に進んで、目のまえにいる兵士に二本のナイフを差しだした。だれでも変わりないのだろう。ナイフを渡されたのは、わたしといっしょに昼食をとったメンデル伍長、二等兵のジョー・グッドールとジェニファー・アクイナス、フレッド・ホーキング曹長、そしてジェーン・セーガン中尉。五人は無言のままナイフを受けとった。コンスー族は大使の背後へもどり、特殊部隊のほかの兵士たちも、選ばれた五人から数メートルうしろへさがった。

「では、各自競技をはじめたまえ」大使はそういって、コンスー族の戦士たちの背後へさがった。残るは、わたしと、両方向に十五メートルずつ離れてならび、相手を殺すときをしんぼう強く待っているふた組の戦士たちだけ。わたしはふたつの列のあいだにとどまったまま片側へ寄り、いちばん近くにいる兵士とコンスーをそれぞれ指さした。

「はじめ」わたしはいった。

コンスーは甲羅が変形した二本の剣腕をひろげて、そのカミソリのように鋭い刃をひらめかせ、同時に、もっと小さな、人間のそれにも似た補助腕をひろげた。そいつはドームをつんざく金切り声をあげて前進をはじめた。メンデル伍長は一本のナイフをほうりだし、もう一本を左手に持ち替えると、まっすぐコンスーへと歩きだした。おたがいの距離が三メートルまで迫ったとたん、すべての動きがかすんだ。十秒後、メンデル伍長は胸郭の上下いっぱいにのびる骨まで達する傷を負い、コンスーは頭と甲羅の付け根のやわらかい部分にナイフを深々と突き立てられていた。メンデルは、つかみかかってくる敵のふところにとびこみ、剣腕で切られて傷を負いながらも、コンスー族のもっとも明確な弱点にきれいな一撃を叩きこんだのだった。コンスーはピクピクと体をふるわせていた。メンデルはナイフの刃をひねって、数本のふとい血管もろとも神経索を切断し、頭部にある補助神経束と胸部におさまった第一脳とを切り離した。コンスーはくずおれた。メンデルはナイフを引き抜くと、右腕でわき腹をかかえるようにしながら、特殊部隊の仲間のもとへ歩いてもどった。

わたしはグッドールとつぎのコンスーに合図した。グッドールはにやりと笑って踊るようにとびだし、両手で持った二本のナイフを、自分の体の後方で低くかまえた。相手のコンスーはひと声吠えると、二本の剣腕を前方へのばして頭から突進した。グッドールも同じように突進したが、ぶつかる寸前に野球のランナーのようにスライディングをした。コンスーは自分の下へすべりこんできた敵にむかって剣腕をふりおろし、グッドールの頭の左側の皮膚と耳をそぎ落とした。グッドールは、上向きにさっとナイフを突きだして、コンスーのキチン質の脚を一本切り取った。ロブスターのはさみが割れるような音とともに、脚はグッドールが動く方向とは直角にすべり落ちた。コンスーはぐらりとかしいで倒れこんだ。

グッドールは尻をついたまま体をまわし、二本のナイフをひょいと上へ投げると、くるりとバク転をして両足で着地し、ナイフを下に落ちるまえにキャッチした。頭の左側は大きな灰色の血塊と化していたが、グッドールは笑みを浮かべたまま、必死になって起きあがろうとしているコンスーめがけて突進した。コンスーは腕をふりまわしたが、その動きは遅かった。グッドールはひらりと身をかわすと、逆手に持った一本目のナイフを背中の甲羅に大釘のように打ちこみ、手をうしろへまわして、やはり逆手に持ったナイフをコンスーの胸の甲羅に突き立てた。グッドールは反転してコンスーにむきなおり、両手で二本のナイフの柄をつかむと、クランクをまわすように激しく動かした。コンスーは、そぎ取られた体の中身を前後にまき散らしながら、がくっとつっぷして動かなくなった。グッドールはニヤニヤ笑いながら踊るような足どりで仲間のところへもどった。あきらかに楽しんでいた。

アクイナス二等兵は踊らなかったし、すこしも楽しんでいるようには見えなかった。彼女と敵のコンスーは、油断なくむきあってぐるぐるとまわりだした。二十秒ほどたったとき、とうとうコンスーがとびだして、敵の腹に釣り針でもとおそうとするように、剣腕をさっと突きだした。アクィナスはあとずさりしてバランスを崩し、あおむけに倒れた。コンスーはその上にとびかかると、左の剣腕をアクィナスの左腕の橈骨《とうこつ》と尺骨のすきまに突き刺して動かせないようにしてから、もう一本の剣腕を彼女の首に当てた。後肢を動かして敵の頭を切り落としやすい姿勢をとってから、勢いをつけるために右の剣腕をわずかに左へ動かした。

コンスーが頭を切り落とそうと右の剣腕をふりおろした瞬間、アクィナスは大きなうなり声とともに自分の体をその方向へ持ちあげた。左腕の軟組織と腱が彼女の力に負けてずたずたになった。コンスーは勢いあまってアクィナスもろともころがった。コンスーにかかえこまれたまま、アクィナスは体をまわして右手とナイフをコンスーの甲羅に思いきり突き刺した。コンスーはアクィナスを押しのけようとしたが、彼女は両脚を敵の胴体に巻きつけてしがみついた。コンスーは、息絶えるまでに何度かアクィナスの背中を刺したが、相手が自分の体にくっついているのであまり効果はなかった。アクィナスはコンスーの死体から起きあがり、仲間の兵士たちのところへ歩いてもどろうとしたが、途中で倒れ、そのままかつぎだされた。

わたしはようやく自分がこの戦いを免除されたわけを理解した。特殊部隊の兵士はたしかにスピードや力の面でわたしをしのいでいるが、問題はそれだけではない。彼らの戦術は、どんな損失なら受け入れられるかという部分でまったくことなっている。ふつうの兵士は、いまアクィナスがやったように手足を犠牲にすることはない。七十年にわたって身についた、四肢は取り替えがきかず、一本でも失えば死に到ることがあるという知識がじゃまをするのだ。特殊部隊の兵士にはそんな問題はない。生まれたときから四肢は再生可能なものだし、自分の体の損傷に対する耐性が通常の兵士のそれよりはるかに高いと知っているからだ。特殊部隊の兵士に恐怖心がないというわけではない。なかなかそういう感情が芽生えるところまでいかないというだけだ。

わたしはホーキング曹長と相手のコンスーに合図をした。今回はじめて、コンスーは剣腕をひろげなかった。ただドームの中央へ進みでて、敵が近づくのを待った。ホーキングのほうは、上体をかがめて一歩ずつ慎重に前進し、攻撃のタイミングをはかっていた。進んで、止まり、横へステップを踏み、止まり、進んで、止まり、そしてまた進む。その慎重に考えぬかれた小刻みなステップのどこかで、コンスーがすさまじい勢いで攻撃をしかけ、左右の剣腕でホーキングの体をつらぬくと、ひょいと空中へ投げあげた。ホーキングが弧を描いて落下してくると、コンスーは剣腕をさっとふるってその頭を切り落とし、胴体のなかほどに切りつけた。胴体と両脚はべつべつの方向へ飛んでいった。頭はコンスーのすぐまえに落下した。コンスーはちょっと考えてから、剣腕の先端でその頭を刺し、人間たちのほうへ思いきり投げつけた。それはドームの床でべちゃっとはねてから、兵士たちの頭上をくるくると越えて、脳髄とスマートブラッドをまき散らしていった。

ここまでの四組の戦いのあいだ、ジェーンは列でいらいらとたたずみ、手にした二本のナイフをひらひらさせていた。そしていま、ジェーンは戦いにそなえて前方へ踏みだした。

最後のコンスーが同じように進みでてくる。わたしはふたりに開始の合図をした。コンスーは勢いよくまえに踏みだし、左右の剣腕を大きくひろげると、顎をぱっくりひらいて強烈なときの声をあげた。いまにもドームが裂けて、わたしたち全員が宇宙空間へ吸いだされそうだ。三十メートル離れたところでは、ジェーンが目をパチパチさせてから、渾身の力をこめて一本のナイフをコンスーのひらいた顎のなかへ投げつけた。充分に勢いのついたナイフは、コンスーの頭をうしろまで突き抜け、柄が頭蓋骨の奥の側にくいこんだ。ドームを砕かんばかりだったときの声は、突然、大きなふとった昆虫が血と頭に刺さった金属で窒息しようとしている音に変わった。コンスーは手をのばしてナイフを抜こうとしたが、動作を終えるまえにこときれて、まえのめりに倒れ、最後にもういちどごぼっと喉を鳴らした。

わたしはジェーンのそばに近づいた。「まさかナイフをそんなふうに使うとはな」

ジェーンは肩をすくめ、手のなかの残ったナイフをひらひらさせた。「だれにもやっちゃいけないとはいわれなかったから」

コンスーの大使が、倒れたコンスーをよけて、するすると近づいてきた。「おまえは四つの質問をする権利を勝ちとった。すぐにたずねるがいい」

質問が四つというのは予想よりも多かった。希望していたのが三つで、ふたつのときの計画も練ってあった。コンスー族はもっときつい相手だと思っていたのだ。兵士がひとり死んで、いくつか体の部品を切り取られただけなら、どう考えても全面的な勝利だ。とはいえ、手にはいるものは手に入れなければ。質問が四つならそれはそれでいい。

「コンスー族はラライェィ族に、スキップドライヴを探知するためのテクノロジーを提供したのか?」わたしはたずねた。

「そうだ」大使はこたえ、それ以上はなにもいおうとしなかった。いいだろう。こちらだって、コンスー族が義務づけられた以上に話をしてくれるとは思っていなかった。それでも、大使の返答は、ほかの多くの質問について情報をあたえてくれた。ラライェィ族がコンスー族から問題のテクノロジーを手に入れたのなら、それがどうやって作動するかを基礎レベルで理解している可能性はきわめて低い。ラライェィ族がそのテクノロジーの応用範囲をひろげたり、ほかの種族に売ったりすることを心配する必要はないのだ。

「ラライェィ族はスキップドライヴ探知装置をいくつ所有している?」はじめは、コンスー族がいくつの装置をラライェィ族に提供したのかとたずねるつもりだったが、ラライェィ族が自力でそれを増産する可能性がほぼなくなったので、より一般的な質問にしておいた。

「一台だ」大使はこたえた。

「人類が知っている種族のなかに、スキップドライヴを探知する能力をもつ種族はほかにいくつある?」これが三つめの質問だ。コンスー族はわたしたちよりも多くの種族のことを知っていると予想されるので、そのテクノロジーを持っている種族がいくつある、という一般的な質問では、わたしたちにはなんの役にも立たない。ほかのどの種族にこのテクノロジーをあたえたかとたずねるのも同じことだ——ほかにも自力でこのテクノロジーを開発した種族があるかもしれない。この宇宙に存在するテクノロジーは、すべてがより進歩した種族からのおさがりというわけではない。ときには、自力でこれらを思いつく連中がいるのだ。

「ゼロだ」大使はいった。これまた、わたしたちにとっては幸運だ。少なくとも、それをどうやって回避するかを考える時間はあるわけだ。

「まだひとつ質問ができるわ」ジェーンにいわれて、わたしは大使に注意をもどした。大使はじっと最後の質問を待っていた。まあ、どうとでもなれ。

「コンスー族なら付近の宇宙の大半の種族を一掃できるはずだ。なぜそうしない？」

「われらがおまえたちを愛しているからだ」大使はいった。

「なんだって？」厳密にいえば、これは五つ目の質問とみなされかねないので、コンスーにはこたえる義務はない。それでも大使はこたえてくれた。

「われらは、アンガット」――ここの発音は車のフェンダーがレンガ壁にこすれるような音だった――「の可能性をもつあらゆる生き物をたいせつに思う。すなわち、偉大なる再生のサイクルに加わる生き物だ。われらが手を貸すことで、おまえたちが、おまえたち劣等種族すべてがみずからの惑星を聖別すれば、そこに住む者はみな再生してこのサイクルに加われるかもしれぬ。おまえたちの成長にかかわるのはわれらの義務だ。ララエィ族は、おまえたちのたずねたテクノロジーをわれらがあたえのは、彼らが手持ちの惑星のひとつを差しだしたからだと信じているが、それはちがう。われらは、おまえたち両種族に完璧な存在に近づく可能性があるとみなし、よろこんでその手伝いをしてきただけだ」

　大使は剣腕をひろげた。補助腕のほうは、懇願するように手をひらいていた。「おまえたちの民がわれらの仲間入りをするにふさわしい存在となるときは、これでずっと近くなった。きょう、おまえたちは不浄であり、愛されてはいても、やはりあしざまにいわれなければならぬ。だが、いずれ解放のときがおとずれると知れば、おまえたちも心やすらぐだろう。われはおまえたちのことばを口にして不浄となったので、これより死へと旅立つが、おまえたちの民を偉大なる車輪の正しい場所へむかって導いたので、サイクルに加わることができるはずだ。われはおまえたちを蔑み、愛する。おまえたちはわれの天罰であり救済でもある。さあ行くがよい。われらはこの場を破壊し、おまえたちの進歩を祝福するだろう。さらばだ」


「気に入らないな」タゴール中尉がいった。つぎの会議の席で、わたしを含めた出席者たちがそれぞれの体験について語ったあとのことだった。「まったく気に入らない。コンスー族があのテクノロジーを渡したのは、ララエィ族がわれわれを叩きのめせるようにするためだったんだ。あの虫野郎が自分でそういっていた。コンスー族はわれわれを人形のようにあやつっている。こうしているいまも、われわれがむかっていることをララエィ族に知らせているかもしれないぞ」

「そんな必要はないさ」ユング大尉がいった。「スキップドライヴを探知するテクノロジーがあるんだから」

「いいたいことはわかるだろう。コンスー族はわれわれにいっさい協力するつもりはないんだ。どうやら、われわれとララエィ族とが戦って、なんだか知らないがべつの宇宙レベルへ〝進歩〟することを望んでいるらしい」

「コンスー族はどのみちわれわれに協力などしないんだから、彼らのことはもういいだろう」クリック少佐がいった。「われわれはコンスー族の計画どおりに行動しているかもしれないが、その計画というのは、あるていどまではこちらの計画と合致している。それに、コンスー族はわれわれとララエィ族のどちらが勝利をおさめようが興味はないはずだ。となれば、コンスー族がやっていることではなく、われわれがいまやっていることに集中するべきだろう」

わたしのブレインパルが起動した。クリックが送ってきたのは、惑星コーラルとララエィ族の母星の画像だった。

「ララエィ族が借り物のテクノロジーを使っているという事実は、われわれにもコーラルとやつらの母星との両方を急襲するチャンスがあることを意味している」クリックはいった。「われわれがコンスー族とじゃれあっていたあいだに、CDFは船団をスキップ可能な距離まで移動させた。全軍の三分の一近くにあたる六百隻の宇宙船が、すでにスキップの準備をととのえている。われわれからの合図で、CDFはコーラルとララエィ族の母星を同時に攻撃する作戦を開始する。目的は、コーラルを奪還し、ララエィ族の増援部隊を足止めすることだ。母星を攻撃してそこにある宇宙船を無力化すれば、ララエィ族は自軍の船団をべつの星域へ送らなければならず、コーラルの防衛と母星の防衛との二者択一を迫られるだろう。

どちらの攻撃にもひとつ条件がある――敵からわれわれの襲撃を事前に知る能力を奪うことだ。つまり、やつらの探知ステーションを襲撃して機能を停止させるわけだが、それを破壊してはならない。探知ステーションで使われているテクノロジーは、CDFも利用できるものだ。ララエィ族にはその仕組みを解明できないかもしれないが、われわれはテクノロジー曲線ではるかに先へ進んでいる。探知ステーションを破壊するのは、ほかに選択肢がないときだけだ。われわれは探知ステーションを制圧し、増援部隊が到着して地上へおりられるときまでそこを確保する」

「どれくらいかかるんだ？」ユングがたずねた。

「両惑星への同時攻撃は、われわれがコーラル星域へ進入してから四時間後にはじまることになっている。戦艦どうしの戦いがどれだけ熾烈なものとなるかにもよるが、数時間後には増援部隊がわれわれの支援に到着するはずだ」

「われわれがコーラル星域へ進入してから四時間後？　探知ステーションを制圧してからじゃなくて？」

「そうだ。というわけで、なんとしてもステーションを制圧しないとな」

「失礼ですが」わたしはいった。「ちょっと気になることがあります」

「なんだ、ペリー中尉」とクリック。

「今回の攻撃を成功させるには、コロニー防衛軍の船団の到来を監視している探知ステーションをわれわれが制圧することが前提になります」

「そうだ」

「その探知ステーションは、われわれがコーラル星域へスキップするときも、やはりわれわれを探知するでしょう」

「そうだ」

「おぼえているかもしれませんが、わたしが以前乗りこんでいた宇宙船も、コーラル星域へ進入したときに敵に探知されていました。宇宙船は撃破され、乗組員はわたしをのぞいて全員死亡しました。今回のわれわれの船にもまったく同じことが起こるという心配はないのですか？」

「われわれは前回も探知されることなくコーラル星域へ忍びこんだ」とタゴール。

「それはわかっています。わたしはスパロウホーク号に救助されたんですから。そのことには心から感謝しています。しかし、それはいちどトリックがうまくいっただけではないでしょうか。それに、探知を逃れるためにコーラルから遠く離れた地点へスキップするとしても、惑星へたどり着くまでには数時間かかります。それではタイミングが大幅にずれてしまいます。この作戦を成功させるには、スパロウホーク号が惑星のそばへスキップしなければならないんです。それで、わたしが知りたいのは、どうやってそれをやりとげながら、しかも宇宙船を破壊されずにすませるかということなんです」

「その質問に対するこたえはいたってシンプルだ」クリック少佐がいった。「われわれは宇宙船を破壊されずにすませるつもりはない。それどころか、破壊されるのを前提としている」

「なんですって?」わたしはテーブルの面々を見まわして、わたしと同じように困惑している顔をさがした。ところが、全員がなにやら考えこんでいる様子だった。わたしはひどく不安になってきた。

「じゃあ、高軌道投入ですか?」ドールトン中尉がいった。

「そうだ」クリック少佐がこたえた。「もちろん、改良はされている」

わたしは息をのんだ。「まえにもやったことがあるんですか?」

「今回とまったく同じではないわ、ペリー中尉」ジェーンが口をひらいてわたしの注意を引いた。「でも、こたえはイエスよ。特殊部隊を宇宙船からじかに送りこむことはある──たいていは、今回のようにシャトルを使えない場合だけど。大気圏突入時の熱を遮断する特製の降下用スーツがあるの。それ以外は通常の空中投下と変わらない」

「ただし、今回は、宇宙船がすぐうしろで撃破されてしまうと」

「そこがいままでにない趣向ということになるわね」

「とても正気とは思えない」

「じつにみごとな戦術だよ」クリック少佐がいった。「宇宙船が撃破されれば、兵士たちは残骸の一部とみなされる。CDFからは、探知ステーションのありかに関する最新情報を搭載したスキップドローンが送られてきたばかりだから、われわれは兵士たちを降下させるのに都合のいい位置へスキップできる。ララエィ族は、われわれの攻撃を事前に阻止したと考えるだろう。襲撃を受けてはじめて、われわれの存在を知ることになるが、そのときにはもう手遅れだ」

「ひとりでも最初の攻撃を生きのびられればの話でしょう」

クリック少佐はジェーンに顔をむけてうなずいた。

「CDFがわれわれの脱出する時間を稼いでくれています」ジェーンはグループの面々にむかっていった。「シールド付きのミサイル群を、スキップドライヴでコーラル星域へ投入しているんです。敵の攻撃がシールドに命中すると、ミサイルが発射されるようになっていて、これはララエィ族もなかなか撃ち落とすことができません。この二日間に、この方法で敵の宇宙船を何隻かしとめました。いままでは、ララエィ族は攻撃するまえに数秒待って、なにが投げこまれたのかを確認するようになっています。スパロウホーク号が撃破されるまで十秒から三十秒はあるでしょう。攻撃を予想していない船ならどうしようもないでしょうが、わたしたちなら兵士を船外へ出す時間は充分にあります。ひょっとしたら、操縦クルーが目くらましの攻撃をおこなう時間さえあるかもしれません」

「クルーはそのために船内にとどまるんですか？」わたしはたずねた。

「全員が降下用スーツを着るし、操船はブレインパル経由でおこなう」クリック少佐がいった。「だが、少なくとも最初のミサイルが発射されるまでは、全員が船内にとどまることになる。いったん船を離れたら、コーラルの大気圏へ深くはいりこむまでは、ブレインパルを使いたくない。われわれが生きていることが、監視しているララェィ族にばれるかもしれないからな。多少のリスクはあるが、この船に乗っていればだれにだってリスクはある。で、きみの話になるわけなんだが、ペリー中尉」

「はい」

「いうまでもなく、きみはこの船が攻撃されるときに船内にいたくはないだろう。しかも、きみはこういう任務のための訓練を受けていないし、そもそも助言役としてここにいてもらうという約束だった。きみに参加してくれとたのむのは、やはり気がとがめる。きみのためにシャトルを用意する。そのあと、スキップドローンをフェニックスへ送って、シャトルの座標と回収依頼を伝える。フェニックスはつねにスキップ可能な位置に回収船を用意しているから、一日とかからずにひろってもらえるはずだ。念のため、一カ月分の補給品を残していく。いざというときには、シャトルに非常用のスキップドローンも搭載されているから」

「わたしを捨てるんですね」

「これは総合的な判断だ。キーガン大将は、現在の状況やコンスー族との交渉に関する報告をもとめるだろう。通常軍との橋渡し役としては、きみが最適なのだ」

「少佐のお許しがあれば、船に残りたいのですが」

「ここにきみの居場所はないのだ、中尉。きみがフェニックスへもどるほうが、今回の作戦にとっても有益だ」

「おことばを返すようですが、部隊には少なくとも一名の欠員が出ています。ホーキング曹長はコンスー族との交渉のおりに死にました。アクイナス二等兵は片腕を半分なくしています。作戦開始までに兵を補充することはできません。わたしは特殊部隊の一員ではありませんが、経験を積んだ兵士です。だれもいないよりはマシなはずです」

「さっきは、わたしたちのことをとても正気とは思えないといっていたじゃないか」ユング大尉がいった。

「あなたがたはまちがいなく正気ではありません。ですから、この作戦を成功させるためには、ありったけの助けが必要になるはずです。それに」わたしはクリック少佐に顔をむけた。「わたしはコーラルで仲間を失いました。この戦闘からはずれるのが正しいこととは思えません」

クリックはドールトンのほうへ目をやった。「アクイナスの状態は？」

ドールトンは肩をすくめた。「急速治療をおこなっているところだ。こんなに急いで腕を再生すると痛みがきついんだが、スキップをおこなうときには準備ができているだろう。ペリーは必要ないな」

クリックは、わたしを見つめているジェーンに顔をむけた。「きみが決めろ、セーガン。ホーキングはきみの部下だった。ペリーがほしいなら、そうしてもかまわないぞ」

「ほしくはありません」ジェーンはまっすぐわたしを見つめたままいった。「しかし、彼のいうとおりです。部下に欠員が出ています」

「よし。では、必要なことを教えてやれ」クリックはわたしに顔をむけた。「セーガン中尉がやはり役に立たないと判断したら、きみはシャトルに押しこまれることになる。それでいいな？」

「わかりました、少佐」わたしはジェーンを見つめ返していた。

「よろしい。特殊部隊へようこそ、ペリー。わたしが知るかぎり、きみはこの部隊に加わる最初の真生人だ。ヘマをするなよ。もしなにかあったら、わたしがきみに、ララエィ族などちっぽけな問題だと思わせてやるからな」


ジェーンが許可も得ずにわたしの船室にはいってきた。正式に上官となったので、そういうことができるのだ。

「いったいどういうつもりなの？」

「きみのところにひとり欠員が出ている。わたしはあまっている。算数の問題だよ」

「あなたをこの船に乗せたのは、シャトルで脱出するとわかっていたからなのよ。あのま歩兵隊にもどったら、あなたは攻撃に加わる船に乗ることになったはず。もしもあたしたちが探知ステーションを制圧できなかったら、そういう船と乗組員がどうなるかはわかってるでしょ。あなたの身を守る方法はこれしかなかったのに、自分からそれを放棄するなんて」

「クリック少佐にわたしなんかいらないといえばよかったじゃないか。少佐がちゃんといってただろ。よろこんでわたしをシャトルに蹴りこんで、コンスー族の星域でだれかにひろわれるまで漂流させてくれるさ。きみがそうしなかったのは、このささやかな作戦がどれほどいかれたものか承知しているからだ。ありったけの助けが必要になるとわかっているからだ。わたしはきみの部下になるとは知らなかった。アクイナスの腕が治らないようなら、この作戦ではドールトンの配下にまわされたかもしれない。クリックにいわれるまで、ホーキングがきみの部下だったということさえ知らなかったんだ。わかっていたのは、作戦を成功させるためには、いくらでも人手が必要になるということだけだ」

「なぜそんなことを気にするの？　これはあなたの任務じゃないわ。あなたは特殊部隊じゃないんだから」

「いまはきみたちの仲間だろう？　わたしはこの船に乗っている。きみのおかげで、ここにいる。ほかに居場所もないしね。部隊はそっくり吹き飛ばされたし、ほかの友人もほとんど死んでしまった。それに、きみの仲間がいったとおり、わたしたちはみんな同じ人間だ。わたしだって、きみと同じように実験室で育てられたんだから。とにかく、この体は。きみたちの仲間みたいなものさ。いまはそうなったし」

ジェーンは気色《けしき》ばんだ。「あたしたちのようになるのがどんなものか、あなたなんかにわかるわけがない。あたしのことを知りたいといったわね。どの部分を知りたいの？　ある日目がさめたら、頭のなかに、豚を解体する方法から宇宙船の操縦のしかたまで、あらゆる情報がぎっしり詰まっていたときの気分？　それなのに自分の名前さえ知らない、というか、そもそも名前なんかないのよ。こども時代がないどころか、こどもを見たことすらなかった──どこかの燃えつきたコロニーへおりて、小さな死体がころがっているのを目にするまでは。ひょっとして、はじめてあたしたちが真生人と話したときのことでも聞きたい？　あなたたちは、しゃべりかたものろいし、動きものろいし、考えるのもバカみたいにのろいから、殴りたくなるのをこらえなくちゃいけなかった。どうして入隊を認められたのかさっぱりわからなかった。

それとも、こういうことを知りたいのかしら？　特殊部隊の兵士はだれひとりとして自分の過去を思いだすことがないの。あたしたちは自分がフランケンシュタインの怪物だと知っている。死者の部品を寄せ集めてつくられたものだと知っている。鏡を見ても、そこにいるのは他人だし、あたしたちが存在する唯一の理由は、その人たちがいないから──その人たちが永遠に失われてしまったからにすぎない。だから、あたしたちはその人たちがなったかもしれない人物を想像する。彼らの人生を、彼らのこどもたちを、彼らの夫や妻を想像して、それがけっして自分のものにはならないと悟るの」

ジェーンは近づいてきてわたしのまえに顔を突きだした。「自分のもとになった女性の夫に会う気分がどんなものか知りたい？　その人はこちらに気づいているのに、あたしはどんなにがんばってもなにも感じない。その人が必死になって呼ぼうとする名前は、あたしの名前とはちがっている。その人がこちらを見るときは何十年もの人生を思い浮かべているのに、あたしにはそんな人生はありはしない。その人は、かつてはあたしといっしょにいて、あたしとひとつになって、あたしが死んだときにはずっと手を握っていて、あたしを愛しているといってくれた。その人はあたしを真生人にはできないけど、過去とのつながりをあたえてくれるし、あたしが何者だったかを教えることで、あたしが自分が何者であるかを知る手助けをしてくれる。そういうことを望む気持ちがどんなものか想像できる？　どんな犠牲を払ってでもそれを守りたいと思う気持ちが？」

顔が近づいた。唇がもうすこしでふれそうになったが、そこにキスの気配はまったくなかった。

「あなたがあたしとすごした期間は、あたしがあたしとすごした期間より十倍も長いのよ。あなたはあたしの番人。それがあたしにとってどういうものか、あなたに想像できるはずがない。だって、あなたはあたしたちの仲間じゃないから」ジェーンは身を引いた。

わたしは、あとずさるジェーンを見つめた。「きみはキャシーじゃない。自分でそういったじゃないか」

「ああ、もうっ」ジェーンはかみつくようにいった。「そんなの嘘よ。あたしは彼女だし、あなたもそれはわかってる。もしも彼女が生きていたら、ＣＤＦに入隊して、あたしのと同じＤＮＡからつくった新しい体を手に入れていた。あたしの遺伝子には高性能なエイリアンのクソがまじってるけど、あなただってもう完全な人間とはいえないし、それは彼女だって同じこと。あたしの人間の部分と、彼女の人間の部分は変わりなかったはず。あたしにないのは記憶だけ。あたしにないのはもうひとつの人生だけ」

ジェーンはそばへもどってきて、わたしの顔を手でそっとつつみこんだ。「あたしはジェーン・セーガン。それはわかってる。この六年はあたしのものだし、それはたしかに現実なの。これはあたしの人生。でも、あたしはキャサリン・ペリーでもある。なんとかその人生を取りもどしたい。そのためにはあなたの助けがいる。あなたに生きていてもらわなくちゃいけないのよ、ジョン。あなたがいなくなったら、あたしはまた自分を失ってしまう」

わたしはジェーンの手にふれた。「わたしが生き抜く手助けをしてくれ。この任務をやりとげるために知っておくべきことをぜんぶ教えてほしい。きみたちの小隊を助けるために必要なことを。きみを助けるために必要なことを。たしかに、わたしはきみになることが、きみたちの仲間になることがどういうものかわからない。でも、きみたちが攻撃を受けているときにシャトルなんかで漂流していたくないことだけはわかっている。わたしだってきみに生きていてほしいんだ。これでおあいこかな?」

「おあいこよ」ジェーンはいった。わたしは彼女の手をとり、そこにキスした。

17

〝これはまだ楽な部分よ〟ジェーンが送信してきた。〝そのまま身をまかせて〟

貨物ベイの扉がはじけ飛び、前回のコーラル訪問のときと同じように、急激に気圧がさがった。いちどくらいは船外へほうりだされずにこの惑星へおりてみたいものだ。もっとも、今回のスパロウホーク号の貨物ベイには、固定されていない危険な物体はいっさいなかった。そこにあるのは、気密性のかさばるジャンプスーツに身をかためたクルーと兵士たちだけ。両足は電磁タブで床にはりついていたが、貨物ベイの扉が吹き飛んで危険のない距離まで離れると、タブの磁力は消え、わたしたちは扉からころがりだして、抜けていく空気とともに外へ吸いだされる。貨物ベイはずっと強制加圧されているので揚力が失われることはない。

さあきた。つま先のマグネットが切れたあとは、巨人に引っぱられて大きなネズミ穴を抜けていくようだった。ジェーンからいわれたとおりに身をまかせていたら、いきなり宇宙へくるくると飛びだした。これはありがたい。もしもラエィ族が監視していた場合でも、突然、思いがけなく虚空へほうりだされたように見えるだろう。特殊部隊の仲間とともに貨物ベイから吐きだされると、胸の悪くなる一瞬のめまいとともに、〝飛びだす〟という感覚が〝落ちる〟という感覚に切り替わった。その〝落ちる〟先は、二百キロメートル下にあるコーラルの暗い地表だった。わたしたちの降下地点の東方に、昼間の最後の光がわずかに残っていた。

体が回転してスパロウホーク号のほうをむいたちょうどそのとき、船体の四カ所で爆発が起きるのが見えた。火の玉はわたしから見て船体のむこう側から噴きだし、スパロウホーク号を炎のなかのシルエットに変えた。わたしと船とのあいだにひろがる真空のおかげで音も熱も伝わってはこなかったが、不吉なオレンジ色と黄色の火の玉は、失われたほかの感覚を視覚によって十二分におぎなっていた。まわるわたしの見守るまえで、おどろいたことに、スパロウホーク号がこちらからは見えない位置にいる敵にむかってミサイルを発射した。被弾した船内にだれかが残っているのだ。ふたたび体が一回転したちょうどそのとき、スパロウホーク号がまたミサイルをたてつづけにくらってふたつに分解するのが見えた。船内に残っただれかは助からないだろう。せめて発射したミサイルが標的をとらえてくれればいいのだが。

わたしはひとりでコーラルへと落下していた。ほかの兵士たちも近くにいるのかもしれないが、確認はできなかった。スーツの表面は光を反射しないし、大気圏上層部を通過するまではブレインパルの使用も禁じられていた。だれかの体が星をさえぎっているのが見えないかぎり、所在を確認することはできない。惑星を襲撃しようというときには目立たないことが肝心だ。とりわけ、上にいる連中がまだ監視の目を光らせているときは。わたしはそのまま落下して、着実に大きさを増す惑星の外周部が星をのみこんでいくのをながめた。

ブレインパルがポーンと鳴った。そろそろシールドを装着しなければならない。承認の合図をすると、背中のパックから無数のナノロボットが流れだした。ナノロボットがつくりだす電磁ネットが周囲にひろがり、わたしの体をつやのない黒い球でつつんで、光を遮断した。これから先は真っ暗闇を落下することになる。閉所恐怖症でなくてほんとうによかった。さもなければ、この瞬間にパニックを起こしたかもしれない。

このシールドは高軌道投入の最重要ポイントだ。内部にいる兵士を、大気圏突入によって生じる体を焼き焦がす熱から、ふたつの手段によって保護する。第一に、シールド球ができあがれば、兵士はそのまま真空中を落下することになるため、熱伝導はぐっと軽減される。ただし、大気と接触しているシールドそのものにふれるとまずいので、これをふせぐために、ナノロボットがシールドの土台にしているのと同じ電磁気の足場が、兵士の体を球の中心に固定し、身動きとれないようにする。快適とはいいがたいが、高速で体に突き刺さる空気分子で焼かれるのも快適とはいえないだろう。

ナノロボットは熱を吸収し、そのエネルギーの一部を利用して兵士の体をつつむ電磁ネットを強化してから、残りの熱を可能なかぎり受け流す。ナノロボットはいずれ燃えつきてしまうが、すぐにべつのナノロボットがネットの表面に出てあとがまにすわる。理想としては、シールドが尽きるまえにシールドの必要がなくなればいい。ナノロボットの割り当てはコーラルの大気に合わせて計算され、いくらかの余裕が見込まれている。だが、どうしてもヒヤヒヤせずにはいられない。

振動とともにシールドがコーラルの大気圏に突入した。クソッタレがあまり役に立たない警報音を鳴らした。わたしは小さな球のなかで激しくゆさぶられた。体を固定する電磁フィールドはしっかりしていたが、ゆれの許容範囲が大きくてつらかった。球の内壁が数千度の熱を放散しているだけに、ほんのすこしでもそちらに近づくと不安になった。

コーラルの地表で夜空を見あげたら、ふいに何百もの流星がそこを横切るのが見えただろう。流星の中身について疑いをいだいたとしても、ラヲエィ軍が撃墜した人間の宇宙船の残骸である可能性が高いと知れば気にならなくなるはずだ。何十万フィートも上空にあったら、落下する兵士も落下する船体の破片も同じように見える。

濃さを増す大気の抵抗により、球の速度が落ちはじめた。熱による輝きが消えた数秒後、シールド全体が崩壊して、わたしはパチンコで殻から打ちだされたひな鳥のように外へ飛びだした。いまや、目のまえにあるのはナノロボットの真っ黒な壁ではなく、暗くなった世界だった。光が見える場所はごくわずかで、発光性の藻類が珊瑚礁の輪郭をぼんやりと浮かびあがらせているほかは、ララエィ族の野営地やかつての人類の居留地がはなつもうすこしきつい光があるだけだった。わたしたちがめざしているのは後者の光だ。

〝ブレインパル禁止令を解除〟クリック少佐が送信してきた。わたしはおどろいた。スパロウホーク号といっしょに撃墜されたと思っていたのだ。〝各小隊長の所在を確認。兵士たちは各自の小隊長のもとへ集結〟

わたしより数百メートル上空、西へ一キロメートルほど離れたところで、ふいにジェーンの姿が明るく輝いた。じっさいにネオンを身にまとっているわけではない。そんなことをしたら地上軍にあっさりと殺されてしまう。わたしのブレインパルがそうやってジェーンの居場所を教えているのだ。周囲の近いところや遠いところで、ほかの兵士たちも輝きはじめた。新しい小隊の仲間たちが同じように居場所をしめしているのだ。わたしたちは空中で体をひねって、するすると集合をはじめた。移動するうちに、コーラルの地表に地形をしめすグリッドが表示され、そこで密集した五、六個の光点が輝きはじめた。探知ステーションとその隣接地域だ。

ジェーンが部下の兵士たちに情報の伝達をはじめた。わたしがこの小隊に加わってからというもの、特殊部隊の兵士たちは口でわたしに話しかけるのをやめて、ふだんどおりのブレインパルによる対話にもどっていた。いっしょに戦うのなら、彼らのやりかたに従えということだ。この三日間は、意思疎通がぼやけっぱなしだった。ジェーンは真生人の意思疎通のスピードが遅いといっていたが、それはひかえめすぎる表現だ。特殊部隊の兵士は、わたしがまばたきするよりも速くメッセージをやりとりする。会話や議論は、わたしが最初のメッセージを理解するころにはもう終わっている。なによりも困惑させられたのは、特殊部隊の兵士たちが送信するのがテキストや音声のメッセージにかぎられないことだった。彼らはブレインパルが感情を送信する能力を利用して、はじけるような感情を送りつけてくるのだ。ちょうど、作家が強調したい単語に傍点を打つように。だれかがジョークをいって、それを聞いた全員がブレインパルで笑ったりすると、おもちゃのBB弾がバラバラと頭のなかをとおりぬけていくような感じがする。わたしにとっては頭痛の種だった。

とはいえ、それはたしかに効率のよい〝会話〟だった。ジェーンは小隊の任務と目的と戦略について概略を説明したが、通常のCDFの指揮官なら十倍の時間がかかりそうだった。これは、兵士たちとともに惑星の表面にむかって終端速度で落下しながら状況説明をするときには非常にありがたい。おどろいたことに、わたしはジェーンがすらすらとならべたてる説明にさほど遅れることなくついていけた。秘訣は、音声で情報のかたまりを受けとっていたときにやっていたような、情報を整理しようとする努力を放棄すること。消防ホースから水を飲むように、ただ口を大きくあいていればいい。そうすれば、あまりことばを返す必要もなくなる。

探知ステーションが設置されている高台は、ララエィ族に占領された小規模な人類居留地のそばにあった。周囲は浅い谷で、その奥まった突き当たりにステーションがある。ここはもともと居留地の司令センターとその周辺施設があったところで、ララエィ族が探知ステーションを設置したのも、送電線をそのまま利用したり、計算や送信などの設備を流用したりすることができたからだった。司令センターの周辺には防衛陣地がいくつか築かれていたが、現地のリアルタイム画像（提供したのはクリック少佐の司令チームのメンバーで、胸にスパイ衛星をくりつけているような女性だった）を見るかぎりでは、それらの陣地は武装も要員もごくひかえめだった。自分たちのテクノロジーと宇宙船だけですべての脅威を排除できると過信しているのだ。

ほかの小隊が司令センターを制圧し、各衛星からの探知情報を統括して上空のララエィ族の宇宙船へアップロードする準備をおこなうマシンを見つけて、それを確保する。わたしたちの小隊の任務は、地上からの信号を宇宙船へ送っている送信タワーを制圧することだった。もしも送信設備がコンスー族から提供された高度なものなら、タワーの機能を停止させたあとで、避けようのないララエィ族の反撃からそれを保護する。ただのララエィ族の設備なら、即座に爆破する。

どちらにしろ、探知ステーションは機能を停止する。ララエィ族の宇宙船は、ただやみくもに飛びまわるだけで、コロニー防衛軍の宇宙船がいつどこへ出現するかを知ることはできなくなる。送信タワーは司令センターから離れた場所にあり、ほかのエリアよりもかなり厳重に守られていたが、わたしたちの計画では、地上へおりないうちにその防御を弱体化させることになっていた。

〝標的を選択〟ジェーンが送信すると、各自のブレインパルに標的エリアのオーバーレイ画像が拡大表示された。ララエィ族の兵士とそのマシンは赤外線で明るく輝いていた。敵の脅威がないため、放熱規制をまったくおこなっていないのだ。分隊別、チーム別、さらには個人別に標的が選択され、準備がととのった。可能なかぎり、ララエィ族だけを選択するようにした。装備のほうは、ララエィ族を片付けたあとで再利用ができる。人を殺すのは銃ではなく、その背後にいるエイリアンなのだ。標的の選択がすむと、わたしたちは空中を降下しながら、おたがいにすこし距離をとった。あとは一キロメートルの合図を待つだけだ。

〝一キロメートル〟高度千メートルで、各自のパックに残っていたナノロボットが展開して機動性の高いパラセールになった。降下速度が急激に落ちて、はらわたがねじれるような勢いで体が引っぱられる。それでも、降下しながら前後左右へすばやく動くことはできたので、味方とぶつかったりすることはなかった。このパラセールは、戦闘服と同じように、光と熱をまったく発散しない。そうと知ってさがさないかぎり、わたしたちが近づくのを見つけることはできないだろう。

〝標的を始末しろ〟というクリック少佐の送信で、静かな降下は終わりを告げ、雨あられと金属をばらまくMPの耳をつんざく射撃音が響きわたった。地上では、ララエィ族の兵士や作業員が、不意打ちをくらって頭や手足を胴体から吹き飛ばされていた。その同僚たちは、なにが起きたのかに気づいたつぎの瞬間には、同じ運命に襲われた。わたし自身の標的は、送信タワーのそばで配置についていた三体のララエィ族だった。最初の二体は声もあげずに倒れた。三体目は暗闇へむかって武器をかまえ、発砲しようとした。敵が上にいるのではなく前にいると思っているようだった。わたしはそいつに判断をあらためる暇をあたえずに銃弾を叩きこんだ。およそ五秒で、屋外にいてこちらから見えるラエィは全員倒れて死んだ。そのとき、わたしたちはまだ数百メートル上空にいた。

投光器が点灯したが、即座に銃弾で破壊された。わたしたちはロケット弾を塹壕や蛸壺に撃ちこみ、そこにもぐりこんでいるララエィを吹き飛ばした。司令センターと野営地からぞろぞろと出てきたララエィ族の兵士たちが、ロケット弾の飛跡を逆にたどって攻撃してきた。こちらの兵士たちはとっくに位置を変えていて、遮蔽物のないところで発砲するララエィ族をつぎつぎと片付けはじめた。

わたしは降下地点を送信タワーの近くに定め、クソッタレに指示をだして、敵の攻撃を回避しながらそこへおりるためのルートを計算させた。そのとき、タワーのとなりの掘っ立て小屋から二体のララエィ族が飛びだしてきて、司令センターめざして走りながらわたしのいる方角へ発砲してきた。わたしが一体の脚を撃ち抜くと、そいつは金切り声をあげて倒れた。もう一体は発砲をやめて走りつづけ、ララエィ族の鳥に似たたくましい両脚でぐんぐん距離をひろげていった。わたしはクソッタレに合図してパラセールを切り放した。全体をまとめていた静電フィラメントが崩壊して、パラセールは雲散し、ナノロボットは不活性の塵に変わった。わたしは地面までの数メートルを落下し、ごろりところがってから立ちあがると、急速に遠ざかるララエィに銃の照準を合わせた。そいつは、狙いをつけにくくするためにジグザグに走ったりはせず、全力で一直線に走っていた。胴体の中央に一発撃ちこむと、そいつはばったり倒れた。背後では、もう一体のララエィがまだ金切り声をあげていたが、ふいにゴボッという音がして悲鳴が途絶えた。ふりむくと、ジェーンがそこにいて、MPをララエィの死骸にむけていた。

〝いっしょに来て〟ジェーンは身ぶりで小屋のほうをしめした。わたしたちが近づいていくと、さらに二体のララエィがドアから駆けだし、三体目が小屋のなかから発砲してきた。ジェーンは地面に伏せて反撃し、わたしは逃走したララエィを追った。こんどの二体はジグザグに走っていた。一体は倒したが、堤防のむこうへころがりこんだ一体には逃げられた。ジェーンのほうは、隠れているララエィとの撃ち合いにうんざりして、小屋へ擲弾を撃ちこんだ。こもった叫び声のあと、大きな爆発音が響き、ララエィの大きなかたまりが爆風でドアから投げだされてきた。

前進して小屋にはいると、いまのララエィの残りの部分が散らばり、電子機器が山積みになっていた。ブレインパルによるスキャンで、それらはララエィ族の通信設備だと確認がとれた。ここで送信タワーを操作していたのだ。ジェーンとわたしは外へもどり、小屋にロケット弾と擲弾を撃ちこんだ。小屋はあっさりと吹き飛んだ。これで送信タワーは機能を停止したが、まだタワーのてっぺんにあるじっさいの送信装置の始末が残っていた。

ジェーンは各分隊長から状況報告を受けた。送信タワーとその周辺エリアの制圧は完了した。最初の攻撃のあと、ララエィ族から組織だった反撃はなかった。こちらの負傷者はわずかで、小隊に死者が出たという報告はなかった。ほかのエリアへの攻撃も順調に進んでいた。もっとも激しい戦闘になったのは司令センターで、兵士たちは部屋から部屋へと移動してはララエィ族を撃ち殺していた。ジェーンは、二分隊を司令センターへ増援として送りこみ、べつの分隊に送信タワー付近のララエィ族の死体と装備を片付けさせ、さらにべつの二分隊に防衛線を敷かせた。

〝あなたは〟ジェーンはわたしに顔をむけてタワーを指さした。〝あそこへのぼってなにがあるか報告して〟

　わたしはちらりとタワーを見あげた。ごくありきたりな無線塔だ。高さはおよそ百五十メートルで、てっぺんにあるなにかを支えている金属製の骨格以外はなにもないにひとしい。これまでのところ、ララエィ族のつくりあげたもっとも印象的な建造物といえる。ララエィ族がここへやってきたとき、タワーは存在していなかったので、ほとんどあっというまに建てたことになる。ただの無線塔だと思うなら、試しに一日ぽっきりで無線塔を建ててみるがいい。タワーには梯子がわりの大釘がならび、それがてっぺんまでつづいていた。ララエィ族の生理機能や身長は人間とほぼ同じなので利用できるだろう。わたしはのぼりはじめた。

　てっぺんに着くと、強烈な風が吹きすさぶなかに、車ほどの大きさのアンテナと装置類があった。クソッタレでスキャンをして、ララエィ族のテクノロジーを網羅したライブラリと画像を比較チェックさせてみた。どれもこれもララエィ族のものだった。衛星からどのような情報が送られているにせよ、それはすべて司令センターで処理される。仲間たちが、あやまって装置類を破壊することなく司令センターを制圧できればいいのだが。

わたしはその情報をジェーンに伝えた。タワーから早くおりれば、それだけ瓦礫で押しつぶされる可能性が低くなるといわれた。それ以上の説得は必要なかった。わたしがおりているとき、頭上へロケット弾が飛来して、タワーのてっぺんの装置類を直撃した。爆発の衝撃で、タワーを安定させているケーブルがピシッという金属音とともに切れた。あの音からすると、ケーブルがぶつかったらだれでも頭を切り落とされてしまうにちがいない。タワー全体がぐらついた。ジェーンが土台の爆破を命じた。ロケット弾が金属製の梁を引き裂いた。タワーはギシギシときしみながらねじれるように倒壊した。

司令センターのあるエリアで、戦闘の音がやみ、まばらな歓声がわきあがった。そこにいたララエィ族はもういなくなったようだ。クソッタレに命じてクロノメーターを呼びだした。スパロウホーク号から身を投げてから九十分が経過していた。

「わたしたちの襲撃をまったく予期していなかったんだ」わたしはジェーンに話しかけて、自分の声にびっくりした。

ジェーンはわたしに目をむけて、こくりとうなずき、タワーをながめた。「そうね。それはいい知らせ。悪い知らせは、これであたしたちの存在を知られてしまったということ。ここまでは楽な部分だった。きつい部分はこれからはじまるのよ」

ジェーンは顔をもどし、小隊の面々に命令を飛ばしはじめた。逆襲があるはずだ。それも大規模なやつが。

「あなたはまた人間になりたい？」ジェーンがたずねた。攻撃の前夜のことだった。わたしたちは食堂で食べ物をつまんでいた。

「また？」わたしはにっこりした。

「いいたいことはわかるでしょ。ほんとうの人間の体にもどるってこと。人工添加物のいっさいない」

「もちろん。わたしの兵役はあと八年とすこししかない。そのときまで生きていたら、退役してコロニーへ行く」

「また弱くてのろまな体にもどるということね」ジェーンはいった。いかにも特殊部隊らしい台詞だった。

「そんなに悪くもないさ。それに、埋め合わせになるものはほかにもある。たとえば、こどもたちだ。ほかの人たちに会っても、相手がコロニーの敵のエイリアンだから殺さなければならないということはないし」

「また歳をとって死ぬのよ」

「そうだろうな。人間というのはそういうものだから。これは」――わたしは緑色の腕をあげて――「ふつうじゃないんだよ。それに、死ぬということだけど、CDFですごすどの一年をとっても、植民者になった場合と比べてはるかに死ぬ確率は高いんだ。保険屋から見たら、改良されていない人間の植民者というのはいいお客といえる」

「あなたはまだ死んでいない」

「みんなが気をくばってくれているみたいだからな。きみはどうなんだ？　退役してコロニーへ行く予定は？」

「特殊部隊は退役なんかしない」

「許されないということ？」

「いいえ、許されてはいる。兵役はあなたたちと同じ十年だけど、あたしたちの場合、それより短くなる可能性はないわ。あたしたちはただ退役しないの」

「どうして？」

「いまの自分以外のなにかになるための経験がまったくないもの。生まれて、戦って、ただそれだけ。その方面については優秀だから」

「戦いをやめたくなったことはないのか？」

「なぜ？」

「まず第一に、暴力によって命を落とす可能性が劇的に低くなる。それに、きみたちが夢見ている人生を生きるチャンスが手にはいる。ほら、自分のために過去をつくりあげるんだよ。わたしたち通常軍の兵士は、入隊するまえにその人生を手に入れている。きみたちは退役後に手に入れるわけだ」

「いったいなにをすればいいのかわからない」

「それこそ人間だよ。で、特殊部隊の兵士はだれも退役しないのか？　永久に？」

「ひとりかふたりは知ってる。でも、たったそれだけ」

「その人たちはどうなったんだ？　どこへ行った？」

「よくわからないわ」ジェーンはあいまいにいった。それから、「あしたはずっとそばにいて」

「わかった」

「ありがたいことで」

「あなたはまだのろますぎる。ほかの兵士たちのじゃまをされると困るから」

「ごめんなさい。思いやりに欠けるのはわかってる。でも、あなただって部下を率いていたんでしょ。こういう不安はわかるはず。あたしには、あなたをそばに置くというリスクを引き受ける覚悟がある。ほかの人たちにそんなことはさせられない」

「わかるよ。気を悪くしたわけじゃない。でも心配しないで。自分の役割くらいは果たすから。わたしには退役後の計画がある。そのためにはもうすこし生きのびないと」

「生きる動機があっていいわね」

「そうだな。きみも退役後のことを考えてみるべきだ。いま自分でいったように、生きる動機があるというのはいいもんだよ」

「あたしは死にたくない。動機はそれで充分」

「とにかく、もしも気が変わることがあったら、わたしが退役後にどこにいてもポストカードを送るから。そこへおいでよ。いっしょに農場で暮らせばいい。ニワトリを植えたり。トウモロコシを飼育したり」

ジェーンは鼻を鳴らした。「本気じゃないくせに」

「じつをいうと、本気だ」いったとたん、自分が本気だと気づいた。

ジェーンはちょっと黙りこんだ。「農作業は好きじゃない」

「どうしてわかるんだ？　やったこともないのに」

「キャシーは農作業が好きだった？」

「ぜんぜん。花を育てるだけの忍耐力もなかった」

「じゃあ、あたしにはあるかな。なんでも前例とは逆になるみたいだから」

「とにかく考えてみてくれ」

「ひょっとしたらね」


〝弾薬ブロックはどこに置いたっけ〟ジェーンが送信してきたとたん、敵のロケット弾が命中した。わたしが地面に身を投げると、ジェーンが立っていた大岩が周囲にバラバラとふりそそいできた。顔をあげたらジェーンの手が見えた。ピクピクとふるえている。近づこうとしたが、一斉射撃をあびて身動きがとれなくなった。わたしはくるりときびすをかえし、さっきまでいた岩陰へ退却した。

わたしは、いきなり攻撃してきたララエィ族のチームを見おろした。二体がゆっくりと丘をのぼっていて、三体目が、ロケット砲にふたたび装塡をしようとしている最後の一体を手伝っていた。そいつがどこを狙っているかはわかっていた。のぼってくる二体のラララエィにむかって擲弾を撃ちこんでやったら、そいつらは大急ぎで物陰に隠れた。擲弾が爆発すると、わたしは隠れた二体を無視して、ロケット弾を用意しているララエィを撃った。そいつはどさっと倒れ、こときれる寸前のけいれんでロケット砲の引き金をひいた。手伝っていたララエィは、噴射炎で顔を焼かれて絶叫し、じたばた暴れながら帯状の目をかきむしった。わたしはそいつの頭を撃ち抜いた。ロケット弾は弧を描いて上昇し、わたしから遠ざかっていった。どこに落ちるかをわざわざ見届けたりはしなかった。

こちらへむかっていた二体のララエィは、大急ぎで退却をはじめていた。わたしは、そいつらのいる方角へ擲弾を撃ちこんであわてさせてやってから、ジェーンのもとへむかった。擲弾は一体のララエィのすぐそばに落ちて、その両足を吹き飛ばした。もう一体のララエィは地面に伏せた。わたしはふたたび擲弾を撃ちこんだ。そいつは逃げようとしたがまにあわなかった。

わたしはジェーンのかたわらで膝をついた。まだ体がピクピクふるえていて、側頭部には岩のかけらが突き刺さっていた。スマートブラッドはみるみる凝固していたが、へりのあたりは出血がつづいていた。声をかけてみたが返事はなかった。ジェーンのブレインパルにアクセスしてみると、ショックと痛みで乱れた感情がとぎれとぎれに流れてきた。両目はなにも見ていない。死にかけているのだ。わたしはジェーンの手を握り、胸くそ悪いめまいとデジャヴュをおさえつけようとした。

ララエィ族の反撃は、わたしたちが探知ステーションを制圧してからすこしたった、夜明けごろにはじまっていた。それは激しいなどという生易しいものではなく、猛烈きわまりなかった。防衛手段を奪われたことに気づいて、探知ステーションを奪還するために猛攻撃を仕掛けてきたのだ。場当たり的で、作戦もなにもあったものではないとはいえ、その攻撃は執拗だった。兵員輸送船がつぎつぎと水平線にあらわれて、ララエィ族の兵士たちを戦場へ送りこんできた。

特殊部隊の兵士たちは、戦術と狂気のスペシャルブレンドでこれに対抗した。第一陣の輸送船団が接岸すると、各チームが走って出迎えに行き、上陸用の扉がひらくと同時にロケット弾や擲弾を撃ちこんだ。ララエィ族がやむなく航空支援を追加すると、部隊は接岸と同時に吹き飛ばされることなく上陸をはじめた。こちらの兵力の大半は、司令センターとそこで発見したコンスー族のテクノロジーの防衛にあたり、わたしたちの小隊は、周辺部をあちこち移動して、ララエィ族の前進を困難にさせるためにしつこく攻撃をくりかえしていた。ジェーンとわたしが司令センターから数百メートル離れた岩場にいたのはそういうわけだった。

わたしたちのいる場所の真下で、ララエィ族のべつのチームが丘をのぼりはじめた。そろそろ移動しなければ。ロケット弾を二発撃ちこんでララエィ族を足止めしてから、かがみこんでジェーンの体をかつぎあげた。ジェーンがうめき声をあげたが、心配している余裕はなかった。ここへ来たときに身を隠すのに使った大岩を見つけ、そこへむかって歩きだした。背後では、ララエィ族が武器の狙いをつけていた。銃弾がひゅんと通過し、砕け散った岩で顔が切れた。大岩のうしろへまわりこみ、ジェーンをおろしてから、ララエィ族のいる方角へ擲弾を発射した。それが爆発すると同時に大岩の陰から駆けだして、敵のいる場所へむかって大股で二歩跳躍し、一気に距離を詰めた。ララエィ族がギャーギャーと叫んでいる。身をさらして突撃してくる人間にどう対処すればいいのかわからないのだろう。わたしはMPを全自動に切り替えて、至近距離から、体勢を立て直す暇をあたえずに敵を撃ち倒した。それから急いで大岩のところへもどり、ジェーンのブレインパルにアクセスした。まだ反応がある。まだ生きている。

つぎの行程は厳しいものになりそうだった。目的地である小さな整備用倉庫まで、ひらけた野原をおよそ百メートル移動しなければならない。ララエィ族の歩兵部隊がその野原のへりに陣取っていた。ララエィ族の航空機が、わたしの行きたい方向へ飛んで、銃撃をあびせる人間をさがしていた。クソッタレにアクセスして、ジェーンの部下たちの位置を確認したところ、近くに三人いた。ふたりは野原のこちらがわの、三十メートルほど離れたところで、あとのひとりはむこう側だった。わたしはその三人に援護しろと命じてから、ふたたびジェーンをかつぎあげ、倉庫をめざして走りだした。

銃声がわきあがった。わたしの足が踏んだ場所やこれから踏む場所に銃弾が撃ちこまれて、草がぱっぱっと跳ねあがる。左の腰を銃弾がかすめた。体のわきを走った痛みに下半身がねじれた。きっとあざになるだろう。わたしはなんとか踏んばり、そのまま走りつづけた。背後の、ララエィ族の部隊のいるあたりで、ロケット弾がドンと破裂する音がした。

騎兵隊のおでましだ。

ララエィ族の航空機が、旋回してわたしに銃撃をあびせようとしたが、こちらの兵士が発射したロケット弾を避けるためにまた方向を変えた。それはうまくいったものの、べつの方向から発射された二発をかわせるほど運がよくはなかった。一発目はエンジンに命中し、二発目はウインドシールドを突き破った。機体はぐらりとかしぎ、なんとか高度をたもっていたが、それも最後のロケット弾が砕けたウインドシールドからコクピットへ飛びこんで爆発するまでだった。航空機は身の毛のよだつ轟音とともに地上へ墜落し、わたしはなんとか倉庫までたどり着いた。背後では、それまでわたしを狙っていたララエィ族が、ずっと大きな脅威になりつつあるジェーンの部下たちに注意を移していた。わたしは倉庫のドアを蹴破り、ジェーンをかついだまま、奥まった修理場にはいりこんだ。

いくらかおちついた状況になったので、あらためてジェーンの容態をたしかめた。頭の傷口はスマートブラッドで完全におおわれていた。どれくらいの傷で、岩のかけらがどれくらい深く脳に刺さっているかは調べようがなかった。脈は強かったが、呼吸は浅く、乱れていた。こういうときこそ、酸素をたくさんはこぶスマートブラッドの能力が役に立つ。もう死にかけているとは思わなかったが、生きつづけさせるためにここでなにができるのかがわからなかった。

クソッタレにアクセスしてみると、ひとつの選択肢がしめされた。司令センターに小さな医務室がある。設備はたいしたものではないが、ポータブル式の停滞チューブが用意されている。それなら、宇宙船にたどり着いて治療のためにフェニックスへもどるまで、ジェーンを生かしておいてくれるだろう。このまえコーラルへ来たとき、ジェーンとスパロウホーク号の面々がわたしを停滞チューブに入れたことを思いだす。恩返しをするときが来たようだ。

数発の銃弾が頭上の窓を突き抜けた。だれかがわたしがここにいることをおぼえていたらしい。また移動しなければ。つぎのダッシュの目的地は、五十メートルほど前方にあるララエィ族の掘った塹壕だ。いまは特殊部隊が占拠していたので、これからそっちへ行くと伝えた。ありがたい援護射撃のなか、わたしはジグザグに走って彼らのもとへたどり着いた。これで特殊部隊の防衛線のなかにもどることができた。司令センターまでの残りの道のりは、じつに平穏なものだった。

わたしが到着したちょうどそのとき、ララエィ族が司令センターに砲撃をはじめた。もはや探知ステーションを取り返すことには興味がなく、ただ破壊するつもりなのだ。わたしは顔をあげた。朝の空は明るかったが、それでも、青いひろがりのなかにぽつぽつときらめくものが見えた。コロニー防衛軍の船団が到着したのだ。

ララエィ族は、それほどたたないうちに司令センターを破壊して、コンスー族のテクノロジーをいっしょに葬り去るだろう。あまり時間がない。わたしは建物へ踏みこみ、外へ逃げだしていく人の流れにさからって医務室へ走った。

司令センターの医務室には、なにか大きくて複雑なものがあった。コンスー族の探知システムだ。ララエィ族がなぜこんなところに置いたのかはわからない。とにかくあるのだ。おかげで、司令センター全体でこの医務室だけは銃火にさらされていなかった。特殊部隊は探知システムを無傷で確保せよと命令されていた。そこで、若き兵士たちは閃光手榴弾とナイフで攻撃をしかけたらしい。刺し傷だらけのララエィ族の死体がまだ床にころがっていた。

探知システムはブンブンとなにやら満足げにうなっていた。のっぺりした、特徴のない筐体《きょうたい》が、医務室の壁を背に置かれている。入出力機能をしめすものといえば、小型モニターと、患者用ベッドのわきのテーブルにほうりだしてある、ララエィ族のメモリーモジュールを差しこむためのアクセス用スピンドルだけだ。あと数分もしたら、襲来するララエィ族の砲弾によってただの壊れた配線のかたまりに変わってしまうことなど、探知システムには知る由もないだろう。このいまいましいしろものを安全に確保するための膨大な努力は、すべて水泡に帰そうとしていた。

司令センターがガタガタとゆれた。わたしは探知システムのことを頭から追いだし、ジェーンを医務室のベッドにそっと横たえてから、停滞チューブはないかとあたりを見まわした。それは隣接する物置のなかにあった。車椅子に半円筒形のプラスチックのおおいをかぶせたような姿をしている。となりの棚に携帯用の電源がふたつあったので、ひとつをチューブにつないで表示パネルをたしかめた。二時間はもつようだ。わたしはもうひとつの電源をつかんだ。ころばぬ先の杖だ。

停滞チューブをごろごろとジェーンのそばへ押していったとき、ふたたび砲弾が命中した。こんどは司令センター全体がゆれて電源が落ちた。衝撃でよろめいたわたしは、ララエィ族の死体で足をすべらせて倒れこみ、その拍子に頭を壁にぶつけた。目の奥で閃光がひらめき、強烈な痛みが襲いかかってきた。悪態をつきながら体を起こすと、ひたいのすり傷からスマートブラッドがにじみだしていた。

照明がパチッパチッと点滅をくりかえし、そのすきまから、ジェーンの感情がどっとあふれだしてきた。それがあまりにも強烈だったので、わたしは思わず壁に手をついて体を支えた。目をさましたのか。その数秒間、わたしはジェーンが見たと思っているものを見た。ジェーンとよく似た女性がいっしょに部屋にいて、両手でジェーンの顔をつつみこんでほほえみかけていた。パチッ、パチッ。するとその女性の姿は最後にわたしが見たときの姿にもどっていた。もういちど照明がゆらめき、安定すると、幻覚は消えた。

ジェーンが身じろぎした。そばへ近づいてみると、目がひらいてこちらをまっすぐに見つめていた。わたしはジェーンのブレインパルにアクセスした。意識はあるが、ごくわずかだ。

「やあ」わたしは静かにいって、ジェーンの手をとった。「きみは撃たれたんだ、ジェーン。もうだいじょうぶだが、ちゃんとした治療ができるときまで、きみにはこの停滞チューブにはいってもらわなければならない。きみもいちどわたしを助けてくれただろ。これでおあいことというわけだ。がんばるんだよ、いいかい？」

ジェーンが、注意を引こうとするかのように、わたしの手を力なく握った。「彼女を見た」ささやき声がもれた。「キャシーを見たの。あたしに話しかけてくれた」

「なんていってた？」

「キャシーは」ジェーンはふっと気を失いかけてから、ふたたびわたしに目の焦点を合わせた。「あなたといっしょに農場で暮らせといってた」

「きみはなんてこたえたんだ？」

「わかったって」

「そうか」

「そうよ」ジェーンはふたたび意識を失った。彼女のブレインパルが、脳の乱れた活動をしめしていた。わたしはその体を抱きあげて、できるだけそっと停滞チューブのなかにおさめた。ジェーンにキスをして、装置を起動させる。チューブは閉じてうなりをあげはじめた。神経機能と生理機能の活動をしめす指針の動きがゆっくりになっていく。これで準備はできた。車輪を見ながらチューブを押して、さっき踏んづけたララエィ族の死体をまわりこんだとき、そいつの腹のポーチからメモリーモジュールが突きだしているのに気づいた。

司令センターがまた砲撃でゆれた。よせばいいのに、わたしは手をのばしてメモリーモジュールをひろいあげ、アクセス用スピンドルにそれを差しこんだ。モニターが点灯して、ララエィ族の文字でファイルの一覧が表示された。ファイルをひとつあけてみたら、図面が表示された。それを閉じてべつのファイルをあけてみる。また図面だった。最初の一覧にもどって、そのグラフィカルインターフェースをにらみ、最上位のカテゴリーがないかとさがした。あった。わたしはそのカテゴリーにアクセスして、クソッタレに内容を翻訳させた。

そこに表示されていたのは、コンスー族の探知システムの取扱説明書だった。図面、操作指示、調整方法、点検修理のやりかた。なにもかもそこに記されていた。システムそのものは手に入れられなくても、これなら次善の成果といえるだろう。

つぎの砲弾は司令センターを直撃し、わたしは衝撃でしりもちをついた。爆弾の破片が医務室を突き抜けた。ひとつの破片はわたしが見ていたモニターを貫通し、べつの破片は探知システムそのものに穴をあけた。探知システムはブンブンとうなるのをやめ、窒息したような音を立てはじめた。わたしはメモリーモジュールをつかみ、スピンドルから引き抜くと、停滞チューブのハンドルを握って走りだした。かろうじて安全な距離まで逃げのびたとき、最後の砲弾が司令センターに落下して、建物をそっくり崩壊させた。

わたしたちの目のまえで、ララエィ族が退却をはじめていた。彼らにとって探知ステーションはもはやささいな問題となっていた。頭上から降下してくる何十もの黒い点は、CDFの着陸用シャトルで、そのなかにぎっしり乗りこんでいる兵士たちは、惑星を奪い返そうとうずうずしていた。さっさと片付けてもらうとしよう。わたしはできるだけ早くこの惑星を離れたかった。

すぐ近くで、クリック少佐が数名のスタッフと打ちあわせをしていた。わたしを手招きしている。停滞チューブをごろごろと押してそちらへ近づいた。少佐はジェーンを見おろして、わたしに顔をもどした。

「聞くところによると、きみはセーガンをかついで一キロメートル近く走り、ララエィ族の砲撃がはじまったときに司令センターへはいったそうだな」クリックはいった。「たしか、わたしたちのことを正気じゃないといったのはきみだったと思うんだが」

「わたしは正気です、少佐どの。受け入れ可能なリスクについてきちんとした判断をくだすことができるだけです」

「彼女の容態は？」クリックはジェーンに顔をむけた。

「安定していますが、頭にかなり重い傷を負っています。できるだけ早く医療ベイに搬送する必要があります」

クリック少佐は、着陸用シャトルのほうへ顎をしゃくった。「輸送船の第一便だ。ふたりともあれに乗るといい」

「ありがとうございます」

「感謝するのはこっちだ。セーガンはうちで最高の士官のひとりだ。よくぞ救ってくれた。もしも探知システムまで救うことができていたら申し分なかったんだがな。いまいましい探知システムを守ろうとした努力はすべてむだになってしまった」

「その件ですが」わたしはメモリーモジュールを差しだした。「少佐が興味をもたれるかもしれないものがあります」

クリック少佐はメモリーモジュールを見つめて、わたしをにらみつけた。「あまり手柄を立てすぎるときらわれるぞ、大尉」

「はい、そのとおりだと思います。ところで、中尉ですので」

「その件についてはいずれな」

ジェーンはシャトルの第一便でもどった。わたしはかなりあとまわしになった。

18

わたしは大尉に昇進した。まだジェーンとは再会していない。

最初のほうは、このふたつのうちでは劇的なできごとだった。ジェーンをかついで隠れる場所もない戦場を数百メートル駆け抜け、砲火をあびながら彼女を停滞チューブにおさめただけでも、今回の戦闘の公式報告ではかなりの高評価をあたえられる。そのうえ、コンスー族の探知システムの技術資料まで持ち帰ったとなると、クリック少佐がほのめかしたように、すこしばかりやりすぎではあった。とはいえ、こちらでどうできることでもない。〝第二次コーラルの戦い〟における功績により、わたしはさらにふたつ勲章を授与され、ついでに昇進した。わたしが一ヵ月とかからずに伍長から大尉まで昇進したことに気づいた者がいたとしても、胸にしまっておいてくれたようだった。まあ、わたしも同じだったが。いずれにせよ、それから数ヵ月は飲み物をおごってもらえた。もちろん、コロニー防衛軍にいれば飲み物はすべて無料だが、そう思うことが重要なのだ。

コンスー族の技術マニュアルはまっすぐ軍事研究部門へ送られた。のちにハリーから聞いたところでは、その内容を調べるのは神のメモ帳を読むようなものだったらしい。ララエィ族は、探知システムの使い方は知っていたが、その仕組みはまったくわかっていなかった。たとえ完全な図面があっても、ラエィ族が同じものを組み立てられるとは思えない。そのために必要な製造技術がないのだ。なぜそれがわかるかといえば、わたしたちにも必要な製造技術がないからだ。マシンを開発するための理論だけでも、物理学にまったく新しい展望がひらけたし、コロニー連合はスキップドライヴ・テクノロジーの見直しを強いられることになった。

ハリーは、コンスー族のテクノロジーの実務応用を担当するチームのメンバーに選ばれて、おおよろこびだった。ジェシーは、このせいでハリーが鼻持ちならないやつになったと不平をもらした。仕事のために必要な数学の素養がないというハリーのいつものぼやきは、ここでは取るに足らないものとみなされた。なぜなら、だれひとり必要な数学の素養などなかったのだ。これはまた、人類はコンスー族にはちょっかいをだすべきではないという考えをいっそう補強する事実でもあった。

第二次コーラルの戦いから数カ月後、ララエィ族がコンスー星域を再訪し、さらなるテクノロジーの提供を懇願したという噂が流れた。コンスー族はこれにこたえて、ララエィ族の宇宙船を破壊し、手近のブラックホールへほうりこんだという。これはやっぱりやりすぎだろう。もっとも、すべては噂にすぎない。

コーラルのあと、CDFはわたしに一連の楽な任務をあたえた。まずはじめに、CDFのいちばん新しいヒーローとして各コロニーをめぐり、〈コロニー防衛軍はみなさんのために戦っています！〉と植民者たちに宣伝してまわった。いくつものパレードで手をふり、いくつもの料理コンテストで審査員をつとめた。数カ月もたつと、なにかほかのことがやりたくなってきたが、住民を皆殺しにすることなく惑星をひとつふたつ訪問できるのは楽しかった。

宣伝ツアーが終わると、こんどは新兵たちの輸送船の監督をさせられた。新しい体にはいった千人の老人たちのまえに立ち、楽しみたまえとあおってから、一週間後に、これからの十年で諸君の四分の三は死ぬと伝える、あの兵士の役割をあたえられたのだ。この任務は、ほとんど耐えがたいほどほろ苦いものだった。わたし自身が、輸送船の食堂にはいると、できたての友人たちのグループが絆を深めていた。ハリーやジェシー、アランやマギー、トムやスーザンとそうしたように。このなかの何人が生きのびられるだろうと思った。全員に生きのびてほしいと思った。そして、ほとんどの新兵が生きのびられないことを知っていた。数カ月後、わたしはべつの任務につかせてほしいと要求した。そのことで文句はいわれなかった。だれであれ、あまり長いことつづけたいと思うような仕事ではないのだ。

結局は、戦いにもどることを選んだ。妙にそちら方面で優秀だとはいえ、わたしは戦いが好きなわけではない。ただ、この人生においては、わたしは兵士なのだ。兵士となって戦うことを受け入れたのだ。いずれは退役するとしても、その日が来るまでは第一線にとどまりたい。わたしは中隊をひとつまかされて、タオス号に配属となった。いまもそこにいる。なかなかいい船だし、部下の兵士たちも優秀だ。この人生では、それ以上のことは望みようもない。

まだジェーンと再会していないというのは、これよりもかなり地味なできごとだ。なにしろ、会っていないのだから劇的になりようがない。ジェーンはシャトルの第一便でアマリロ号へのぼった。船医は、特殊部隊の記章をひと目見るなり、ジェーンをごろごろと医療ベイの片隅へはこび、フェニックスへもどって特殊部隊の医療技術者に仕事をまかせられるときがくるまで、彼女を停滞状態にとどめることにした。わたしは結局、ベーカーズフィールド号でフェニックスへもどった。そのころには、ジェーンは特殊部隊の医療棟の奥深くに連れ去られていて、わたしのような死をまぬがれない一介の兵士では、とても手が届かなくなっていた。たとえ、できたてのヒーローであっても。

それからすこしして、わたしは勲章をもらい、昇進して、コロニー巡業をはじめた。クリック少佐の話では、ジェーンはすっかり回復して、スパロウホーク号の生き残ったクルーの大半とともに、カイト号という新しい船に配属になったとのことだった。それ以上のことは、ジェーンにメッセージを送ろうとしてもむだだった。特殊部隊は特殊部隊だ。彼らは〝ゴースト部隊〟なのだ。彼らがどこに行き、なにをしているかを知ってはならない――たとえ目のまえにいるとしても。

だが、わたしには彼らがわかる。特殊部隊の兵士たちは、わたしを見るたびにブレインパルで合図を送ってくる――短くぱっと感情をほとばしらせて、敬意をしめすのだ。ごく短期間だったとはいえ、わたしは特殊部隊で戦った唯一の真生人だ。彼らの仲間を救出し、部分的な任務の失敗という窮地から、成功をかすめとったのだ。わたしはブレインパルで合図を返して彼らの敬礼にこたえるが、おもてむきはなにもいわないし、彼らの正体を明かすようなこともしない。それが特殊部隊のやりかただ。フェニックスでもほかのどこでも、わたしはまだジェーンとは再会していない。

それでも連絡はもらったことがある。タオス号に配属されてすこしたったころ、クソッタレが、匿名の送信者からメッセージが届いていると伝えてきた。それは初体験のできごとだった。ブレインパル経由で匿名のメッセージなど受けとったことがなかった。わたしはメッセージをあけてみた。一枚の写真が目にとびこんできた。穀物畑と、遠くに見える農家と、夜明け。日没かもしれなかったが、わたしの受けた印象はそうではなかった。一瞬おいて、その写真がポストカードを模していることに気づいた。すると、彼女の声が聞こえてきた。ふたりの女性から、生涯にわたって聞かされてきた声が。

〝あなたに特殊部隊の兵士は退役したらどこへ行くのかときかれて、知らないとこたえたことがあったでしょ。でも、いまはもうわかった。あたしたちにはその気になれば行ける場所があって、そこではじめて人間になる方法を学ぶことができるの。あたしも時期が来たら行ってみるつもり。あなたにもいっしょに来てほしい。むりにとはいわない。でも、その気があるなら来てほしい。だって、あなたはあたしたちの仲間だから〟

わたしは一分ほどメッセージを停止し、心の準備ができたところで、ふたたび再生をはじめた。

〃あたしの一部は、かつてあなたが愛した女。その部分のあたしは、もういちどあなたに愛されたいと願っていて、あたしにもあなたを愛してほしいと願っているみたい。あたしは彼女にはなれない。あたしはあたしだから。でも、あなたはそんなあたしでも愛せると思う。あたしもそうしてほしい。準備ができたらあたしのところへ来て。あたしはここにいるから〃

そういうことだ。

最後に妻の墓のまえに立った日のことを思いだす。あのときなんの未練もなく背をむけることができたのは、妻だったものはあんな地面の穴にはいないと知っていたからだ。わたしは新しい人生をはじめて、ふたたび彼女を見つけだした。まさに彼女そのものの、ひとりの女性のなかに。この人生が終わるときには、やはりなんの未練もなく背をむけるだろう。なぜなら、彼女がわたしを待っていることを知っているから。べつの、もっとちがう人生で。

まだ彼女と再会してはいないが、いずれそうなることはわかっている。もうすぐ。きっともうすぐ。

感謝のことば

この小説が出版にいたるまでの道のりは刺激とおどろきでいっぱいだった。道中、あまりにも大勢の人たちから支援とはげましをもらったので、どこからはじめればいいのかよくわからないほどだ。

まずは、あなたがたったいま手にしている本をつくりあげるのに一役買った人たちからはじめよう。最初の、そして最大の感謝をささげるのはパトリック・ニールスン・ヘイデン。彼はこの作品を買って、その後に適切な編集作業をおこなってくれた。テリーサ・ニールスン・ヘイデンにも感謝する。そのすばらしい仕事ぶりと、センスと、助言と、おしゃべりに。ドナート・ジャンコラの手になる表紙絵は、わたしの期待よりもはるかにクールだ。彼と同じくらいイケてるのが、アイリーン・ギャロ。いまごろはビーチボーイズのファンになっているといいんだけど。トーにつとめるそれ以外のすべての人たち。みんなに感謝する。つぎの本ではかならずきみたちの名前をおぼえておくから。

もっとまえには、たくさんの人たちが〝ベータ版の体験者〟として協力してくれた。お返しに、ここでお礼をいっておこう。バカなわたしは、完全なリストをなくしてしまったんだけど（もう二年もたつから）、あれこれ意見をいってくれたのは、（順不同で）エリン・ローク、メアリ・アン・グレーザー、クリストファー・マカルー、スティーヴ・アダムズ、アリスン・ベッカー、リネット・ミレー、ジェイムズ・コンツ、ティファニー・カロン、ジェフリー・ブラウン。忘れてしまった人たちが少なくともこれと同じくらいいるはずなんだけど、Eメールのアドレス帳に名前が見当たらない。その人たちにはお許しを願うとして、その尽力に感謝するとともに、次回はもっとちゃんと記録することを約束する。いや、誓おう。

以下にあげるSF／ファンタジイ方面の作家および編集者には、その支援と友情に心から感謝すると同時に、いずれ恩返しをしたいと思っている。コリイ・ドクトロウ、ロバート・チャールズ・ウィルスン、ケン・マクラウド、ジャスティン・ラーバレスティア、スコット・ウエスターフェルド、チャーリー・ストロス、ナオミ・クリッツァー、メアリ・アン・モハンラジ、スーザン・マリー・グロッピ。とりわけ、ニック・セーガンについては、その姓をこの小説のなかで借用させてもらった（彼の父親へのたむけ）し、よき友人であるというだけでなく、〝ニックとジョンの尻蹴飛ばしあい同盟〟の貴重なメンバーでもある。エージェントのイーサン・エレンバーグには大きな成功を祈る。彼には、この本をあらゆる種類の外国語で出版するために関係者を説得するという仕事が待っている。

わたしが正気を失うのを阻止する手助けをしてくれた友人や家族にも感謝する。順不同で、デヴン・デサイ、ケヴィン・シュタンプフル、ダニエル・マインツ、シャラ・ゾール、ナターシャ・コルダス、ステファニー・リン、カレン・マイズナー、スティーヴン・ベネット、チアン・チャン、クリスティ・ガイテン、ジョン・アンダースン、リック・マクギニス、ジョー・リビッキー、カレンとボブ・バシー、テッド・ロール、シェリー・スキナー、エリック・ゾーン、パメラ・リボン（つぎはきみの番だよ！）、マイケル・バーンズ、ビル・ディクスン、リーガン・エイヴリー。出版体験をつづるわたしのブログに耐え抜かなければならなかったWhateverとBy The Wayの読者にも感謝したい。クリスティンとアシーナ・スコルジーにはキスと愛を。ふたりともよくがまんしてくれた。ママ、ヘザー、ボブ、ゲイル、カレン、ドーラ、マイク、ブレンダ、リチャード、姪っ子たち、甥っ子たち、いとこたち、おばさんたち、おじさんたち（大勢いる）。もちろん、忘れている人もいるだろうけど、あまりつづけるのもよくないだろう。

最後に――ありがとう、ロバート・A・ハインライン。どのような恩義があるかについては（この感謝のことばは本の最後に置かれることになっているので）すでにあきらかだと思う。

ジョン・スコルジー

二〇〇四年六月

訳者あとがき

アメリカの人気ブロガーが自分のサイトで連載したSF長篇が、大手出版社から書籍として刊行されたとたん、あれよあれよというまにヒューゴー賞の候補となり、本人は新人賞のジョン・W・キャンベル賞を受賞。そんな絵に描いたようなサクセスストーリーを実現したのが、本書 *Old Man's War* の作者であるジョン・スコルジーです。さて、その内容は直訳すると〝老人の戦争〟というふしぎな題名をつけられたこの作品。その内容はというと——

妻に先立たれ、人生に思い残すこともなくなったジョン・ペリーは、七十五歳の誕生日をむかえたその日に、コロニー防衛軍（ＣＤＦ）へ入隊する。なぜか老人だけが入隊を許されるこの奇妙な軍隊で、宇宙へ飛びだし、新たな人生を踏みだすために。ところが、新兵として訓練を受けるうちに、地球ではだれも知ることのできなかった、ＣＤＦのほんとうの姿や、人類が宇宙で置かれている厳しい状況があきらかになってくる。

スキップドライヴと呼ばれる宇宙航法により、人類はさまざまなエイリアンが勢力争いをくりひろげる星の世界へと進出し、コロニー連合をつくりあげていた。まだまだ新興勢力でしかない人類としては、わずかずつでも新たな惑星への移住を進めて、その生息圏をひろげないかぎり、強大なエイリアン種族の圧力によって衰退の道をたどるしかない。CDFの役目とは、競争に打ち勝って新たなコロニーを開拓し、そこをエイリアンの攻撃から守り抜くことだった。

老人たちは戦士として生まれ変わり、地球では考えられないほど高性能の装備を支給される。だが、敵となるエイリアンは、その能力にしても使う武器にしても、人類の想像をはるかに超えていた。訓練を終えたペリーは、兵役期間中に新兵の四分の三が命を落とすという過酷きわまりない戦場で、人類の存亡をかけた戦いに身を投じていく……

あらすじでもわかるとおり、本書は、ロバート・A・ハインラインの『宇宙の戦士』、ジョー・ホールドマンの『終りなき戦い』、オースン・スコット・カードの『エンダーのゲーム』といった、正統派戦争SFの系列につらなる作品です。いまあげた三つの長篇はいずれ劣らぬ傑作ぞろいですが、本書にもっとも大きな影響をおよぼしているのは、作者が巻末で述べているように、ハインラインの『宇宙の戦士』でしょう。

宇宙軍に入隊した主人公が、厳しい訓練をへたあと、歩兵として最前線でエイリアンとの実戦に突入する——といった全体的な流れが似ているだけではありません。戦死した兵士のかわりにやってくる補充兵に対する古参兵たちの思いなど、さがせばこまかな類似点はいろいろあります。にもかかわらず、単なる二番煎じとみなされずに多くの読者の支持を集めたのは、やはり、老人しか入隊できないという設定のおもしろさにあったのでしょう。もうひとつは、つぎつぎと登場するエイリアンのユニークさ。兵器や軍艦などの描写がほとんどないぶん、こちらの描写にはかなり力がはいっていますので、ファーストコンタクトSFとしても楽しめます。

ハインラインやホールドマンは、太平洋戦争やベトナム戦争での従軍経験を作品のなかに色濃く反映させることで、語りたいテーマをむきだしに近いかたちでぶちまけていました。本書についても、内容が内容だけに、9・11以降のアメリカでこそ生まれる作品だと思われがちですが、じつは本書の原稿はその大半が9・11以前に書きあげられていました。作者のスコルジーは、あるインタビューでこんなふうに語っています。「この作品の狙いはそんなにだいそれたものじゃない。わたしが書きたかったのは、読者を楽しませる物語であり、出版できる物語であり、舞台となる宇宙で矛盾なく展開する物語だった。わたしが戦争についてどう考えているかということは二の次だった」スコルジー自身は政治的な問題にも関心の深い人ですが、この作品にかぎっていえば、肩肘張らずに読める娯楽SFをめざしていたようです。

こんなふうに書いてくると、この作品の主人公は老人ではなくふつうの若者でもかまわないのでは——という疑問がわいてくるかもしれません。しかし、主人公が人生の終盤をむかえた高齢者であるということが、中盤以降のおどろくべき展開の鍵を握ることになります。そのあたりはぜひ本文を読んでたしかめてみてください。

作者のジョン・スコルジーは、一九六九年、カリフォルニア州生まれ。この年代の人だけに、SFとの最初の出会いはやはり映画の〈スター・ウォーズ〉。その後、ハインラインのジュブナイルものを入口として小説へ進むという道筋をたどりました。ただし、五歳のころから天文学にのめりこんでいたらしく、SF小説を読みはじめたのもじつはそちらがきっかけでした。ちなみに、テレビ方面では〈スター・トレック〉よりも〈スペース1999〉や〈宇宙空母ギャラクティカ〉のほうが好きだったとか。

大学卒業後に地元の新聞で映画評を書きはじめ、それ以降、さまざまな分野のエッセイスト・評論家・編集者として生計を立てるようになりました。映画に関する豊富な知識を生かした *The Rough Guide to Sci-Fi Movies*（2005）をはじめとして、これまでにノンフィクションの著作も五冊あります。評論家や編集者としてほかの作家の作品にふれてきた経験は、小説の執筆でもおおいに役立っているそうです。

一九九七年、スコルジーは「自分に長篇小説が書けることをたしかめるため」に、発表のあてもないまま *Agent to the Stars* という作品を書きあげました。しかし、ユーモアSFはなかなか売れないということで出版社への売り込みは難航。やむなく、一九九九年にみずからのウェブサイトで〝シェアウェア小説〟として公開しました。（のちに限定版がハードカバーで刊行されましたが、現在でもサイトでは無料公開されています）。

このときの経験をもとに、本気で書籍としての出版をめざして執筆されたのが、第二長篇の『老人と宇宙《そら》』でした。すでにノンフィクションのライターとしてあるていどの地位を確立していたスコルジーは、原稿持ちこみという退屈な手続きをはぶき、自分のブログで毎日一章ずつ連載するという思いきった手段に出ました。事前にマーケティング（本屋へ行ってSF小説の棚をじっとにらむ）を充分におこなっていたせいか、この作品はたちまち大手出版社の目にとまり、二〇〇五年一月、とうとうハードカバーで刊行のはこびとなったのです。

その後はまさにとんとん拍子で、二〇〇六年には、前述のとおり『老人と宇宙《そら》』が各賞の候補にあげられ、作者は有望な新人作家として一躍脚光をあびました。執筆意欲も旺盛で、同じ宇宙を舞台にした *The Ghost Brigades*（題名どおり〝ゴースト部隊〟に焦点をあてた作品で、本書で活躍したハリーやジェーンも登場します）と、ユーモアSFに再チャレンジした *The Android's Dream* が刊行され、いずれも好評をもってむかえられています。

二〇〇七年には、本書の物語を別の人物の視点から描いた中篇 *The Sagan Diary* と、コロニー連合ものの総決算となる長篇 *The Last Colony* が刊行されるほか、ノンフィクションの著作の予定もあり、いっそうの飛躍が期待できるでしょう。

現在はオハイオ州で妻と娘とペットたちと暮らしているスコルジー。日々の暮らしぶりなども含めた近況については、作者自身のブログ Whatever で楽しく紹介されていますので、興味のある方はどうぞ(http://www.scalzi.com/)。最後に、フィクションのみ著作リストをあげておきます。

Old Man's War (2005) 本書
Agent to the Stars (2005)
The Ghost Brigades (2006)
The Android's Dream (2006)
The Sagan Diary (2007)
The Last Colony (2007)
〔ほかに、ジョン・ペリーが登場する短篇を収録した*Questions for a Soldier* (2005) という限定版の小冊子がある〕

二〇〇七年一月

訳者略歴　1961年生，神奈川大学卒，英米文学翻訳家　訳書『ターミナル・エクスペリメント』『ハイブリッド』ソウヤー，『キリンヤガ』レズニック（以上早川書房刊）他多数

HM=Hayakawa Mystery
SF=Science Fiction
JA=Japanese Author
NV=Novel
NF=Nonfiction
FT=Fantasy

老人《ろうじん》と宇宙《そら》

〈SF1600〉

二〇〇七年二月　二十　日　印刷
二〇〇七年二月二十八日　発行
（定価はカバーに表示してあります）

著　者　ジョン・スコルジー
訳　者　内《うち》田《だ》昌《まさ》之《ゆき》
発行者　早川　浩
発行所　株式会社　早川書房
郵便番号　一〇一 - 〇〇四六
東京都千代田区神田多町二ノ二
電話　〇三 - 三二五二 - 三一一一（大代表）
振替　〇〇一六〇 - 三 - 四七七九九
http://www.hayakawa-online.co.jp

乱丁・落丁本は小社制作部宛お送り下さい。
送料小社負担にてお取りかえいたします。

印刷・信毎書籍印刷株式会社　製本・株式会社川島製本所
Printed and bound in Japan
ISBN978-4-15-011600-2 C0197